Fiebre mágica

Fiebre mágica

Karen Marie Moning

Traducción de
Nieves Calvino

TERCIOPELO

Título original: *Faefever*
Copyright © Karen Marie Moning. 2008

Primera edición: febrero de 2010

©de la traducción: Nieves Calvino
© de esta edición: Libros del Atril, S.L.
Marquès de l'Argentera, 17. Pral.
08003 Barcelona
correo@terciopelo.net
www.terciopelo.net

Impreso por Puresa, S.A.
Girona, 206
08203 Sabadell (Barcelona)

ISBN: 978-84-96.575-96-7
Depósito legal: B. 44.822-2008

Este libro está dedicado a los fervientes seguidores de Moning; los mejores admiradores que un escritor puede tener.

Querido lector:

Al final del libro encontrarás un glosario detallado de nombres y objetos.

Algunas entradas contienen pequeños datos sobre el desenlace que podrían destripar la historia. Lee por tu cuenta y riesgo.

Para más información sobre los diferentes libros de la serie y el mundo de Fae puede visitar las siguientes páginas:

www.sidhe-seersinc.com

www.karenmoning.com

Y te mostraré algo diferente
De tu sombra que te sigue a zancadas por la mañana
O de tu sombra que en la noche surge hacia tu encuentro;
Te mostraré el terror en un puñado de polvo.

La tierra baldía
T. S. ELIOT

No entres dócilmente en esa noche quieta. [...]
Rabia, rabia contra la agonía de la noche.

DYLAN THOMAS

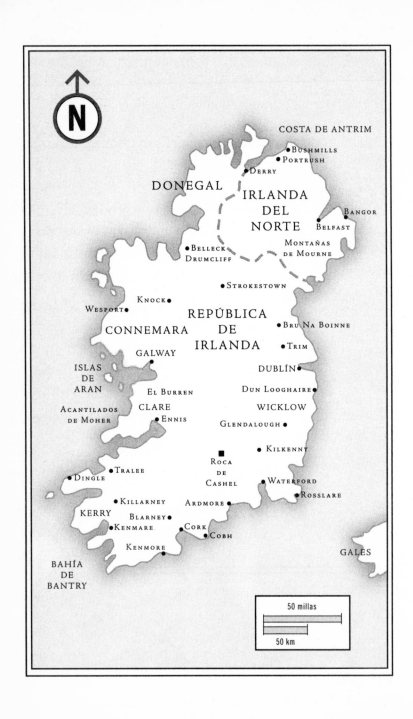

N

COSTA DE ANTRIM

●BUSHMILLS
●PORTRUSH

●DERRY

DONEGAL

IRLANDA
DEL
NORTE

●BANGOR

BELFAST●

●BELLECK
DRUMCLIFF

MONTAÑAS
DE MOURNE

●STROKESTOWN

KNOCK●

WESPORT●

CONNEMARA

REPÚBLICA
DE
IRLANDA

●BRU NA BOINNE

●TRIM

GALWAY●

ISLAS
DE
ARAN

EL BURREN
CLARE

DUBLÍN●

DUN LOOGHAIRE●

ACANTILADOS
DE MOHER

●ENNIS

WICKLOW

GLENDALOUGH●

●KILKENNY

ROCA
DE
CASHEL

DINGLE●

●TRALEE

●WATERFORD

●ROSSLARE

●KILLARNEY

ARDMORE●

KERRY

BLARNEY●
KENMARE●

CORK●
●COBH

GALES

KENMORE●

BAHÍA
DE
BANTRY

50 millas

50 km

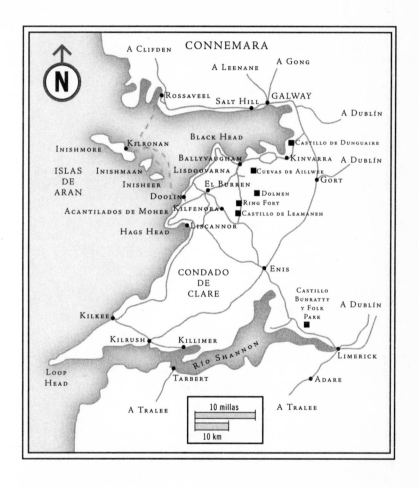

CONNEMARA

A CLIFDEN

A LEENANE

A GONG

ROSSAVEEL

SALT HILL

GALWAY

A DUBLÍN

BLACK HEAD

KILRONAN

Castillo de Dunguaire

INISHMORE

BALLYVAUGHAM

KINVARRA

A DUBLÍN

ISLAS
DE
ARAN

INISHMAAN

LISDOOVARNA

Cuevas de Aillwee

GORT

INISHEER

EL BURREN

DOOLIN

Dolmen

ACANTILADOS DE MOHER

KILFENORA

Ring Fort

Castillo de Leamaneh

LISCANNOR

HAGS HEAD

CONDADO
DE
CLARE

ENIS

Castillo
Bunratty
y Folk
Park

A DUBLÍN

KILKEE

KILRUSH

KILLIMER

Río Shannon

LIMERICK

LOOP
HEAD

TARBERT

ADARE

A TRALEE

10 millas

A TRALEE

10 km

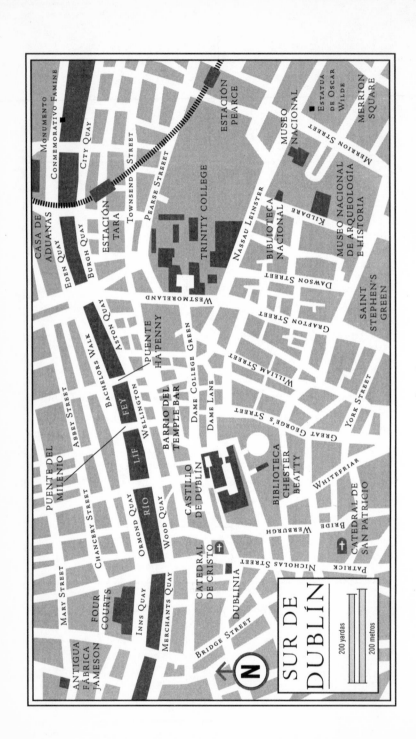

MONUMENTO CONMEMORATIVO FAMINE
CASA DE ADUANAS
CITY QUAY
EDEN QUAY
BURGH QUAY
ESTACIÓN TARA
TOWNSEND STREET
PEARSE STREET
ESTACIÓN PEARSE
ESTATUA DE ÓSCAR WILDE
MERRION SQUARE
MUSEO NACIONAL
MERRION STREET
KILDARE
MUSEO NACIONAL DE ARQUEOLOGÍA E HISTORIA
NASSAU LEINSTER
BIBLIOTECA NACIONAL
DAWSON STREET
SAINT STEPHEN'S GREEN
TRINITY COLLEGE
WESTMORELAND
ASTON QUAY
BACHELORS WALK
ABBEY STREET
PUENTE DEL MILENIO
MARY STREET
CHANCERY STREET
FOUR COURTS
ANTIGUA FÁBRICA JAMESON
INNS QUAY
MERCHANTS QUAY
ORMOND QUAY
WOOD QUAY
RÍO
LIF
FEY
WELLINGTON
PUENTE HAPENNY
BARRIO DEL TEMPLE BAR
DAME COLLEGE GREEN
DAME LANE
WILLIAM STREET
GREAT GEORGE'S STREET
GRAFTON STREET
YORK STREET
CASTILLO DE DUBLÍN
BIBLIOTECA CHESTER BEATTY
WHITEFRIAR
WERBURGH
BRIDE
CATEDRAL DE SAN PATRICIO
CATEDRAL DE CRISTO
DUBLINIA
BRIDGE STREET
NICHOLAS STREET
PATRICK

N

SUR DE DUBLÍN

200 yardas
200 metros

Primera parte

Antes del alba

Aún espero despertar y descubrir que todo fue un mal sueño.
Alina estará viva,
Yo no le tendré miedo a la oscuridad,
los monstruos no recorrerán a su antojo las calles de Dublín,
y no temeré que el próximo amanecer nunca llegue.

Diario de Mac

Prólogo

«*M*oriría por él.»

No, espera un segundo… no es por ahí por donde debo comenzar.

Ya lo sé; pero habiéndome dejado que me las arreglara a solas, preferiría correr un tupido velo sobre los acontecimientos de las próximas semanas y llevarte a través de esos días de detalles velados que proyectan sobre mí una imagen aduladora.

Nadie causa buena impresión en los momentos cruciales de su vida. Pero son esos momentos los que nos convierten en lo que somos. Ante ellos, nos mantenemos firmes o nos acobardamos. Salimos victoriosos, curtidos por las pruebas superadas, o permanentemente afectados por el fracaso.

Yo antes no pensaba en cosas como momentos cruciales, pruebas o fracasos.

Solía pasarme el día tomando el sol y yendo de compras, sirviendo copas en el Brickyard (que siempre me pareció más una diversión que un trabajo y así era como me gustaba que fuera mi vida), e ideando formas de camelarme a mamá y a papá para que me ayudaran a comprarme un coche nuevo. A los veintidós años aún vivía en casa, a salvo en mi protegido mundo, arrullada por los lánguidos y apacibles abanicos del Profundo Sur que me llevaban a creerme el centro del universo.

Entonces murió mi hermana Alina, brutalmente asesinada mientras estudiaba en Dublín, y mi mundo cambió de la noche a la mañana. Fue realmente terrible tener que identificar su cuerpo mutilado y ver cómo mi familia, que antes era feliz, se desmoronaba; pero es que, para colmo de males, mi mundo continuó haciéndose pedazos. He averiguado que casi todo lo que creía acerca de mí misma es falso.

Descubrí que mis viejos no eran mis verdaderos padres, que mi hermana y yo fuimos adoptadas y que, a pesar de mi lánguido, y en ocasiones rimbombante, acento, no éramos sureñas, sino descendientes de una antigua estirpe celta de *sidhe-seers*: personas que pueden ver a los *faes*, una aterradora raza de seres sobrenaturales que llevan miles de años viviendo ocultos entre nosotros, amparados en ilusiones y mentiras.

Precisamente ésas fueron las lecciones fáciles que tuve que aprender.

Las difíciles estaban por llegar, y me aguardaban en las bulliciosas calles del barrio del Temple Bar de Dublín, donde vería morir a la gente y aprendería a matar; donde conocería a Jericho Barrons, V'lane y a lord Master; donde me convertiría en una importante pieza de un juego letal con el destino del mundo en mis manos.

Para aquellos que acabáis de uniros a mí, me llamo Mac-Kayla Lane, Mac para los amigos. Mi verdadero apellido podría ser O'Connor, pero no lo sé con seguridad. Soy una *sidhe-seer*, una de las más poderosas que han existido. No sólo puedo ver a los *faes*, sino que puedo herirlos y, armada con una de sus reliquias más sagradas (la Lanza de Longino, o del Destino), puedo incluso matar a los seres inmortales.

No te aposentes en tu sillón y te relajes. El que corre peligro no es sólo mi mundo, también es el tuyo. Está sucediendo ahora mismo, mientras estás ahí sentado, tomando un aperitivo, preparándote para sumergirte en esta novela de ficción. ¿Sabes qué? No es ficción, y no hay salida. Los muros entre el mundo de los humanos y el de los *faes* se están viniendo abajo… y odio ser yo quien te lo diga pero… estas hadas no se parecen en nada a Campanilla.

Si los muros se desmoronan por completo… bueno, más nos vale que eso no llegue a pasar. Yo en tu lugar encendería todas las luces ya mismo, tendría a mano unas cuantas linternas y me aseguraría de tener un buen suministro de pilas.

Dos cosas fueron las que me trajeron a Dublín: descubrir quién mató a mi hermana y vengarme. ¿Has visto lo fácil que me resulta decirlo ahora? Quiero venganza. Venganza, así, en mayúsculas. Venganza, con huesos rotos y sangre; mucha, mucha sangre. Quiero a su asesino muerto, preferiblemente por mi mano. Unos pocos meses en este lugar y ya he echado por la borda todos aquellos años de refinada educación sureña.

Poco después de que bajara del avión procedente de Ashford, Georgia, y plantara mi perfecto piececito en suelo irlandés, seguramente habría muerto de no haberme tropezado con una librería propiedad de Jericho Barrons. No me preguntéis quién o qué es él, porque no tengo ni idea. Pero posee los conocimientos que yo necesito y, a su vez, yo tengo algunos que él quiere, lo que nos convierte, forzosamente, en aliados.

Barrons me acogió cuando no tenía a dónde ir, me enseñó quién soy y lo que soy, me abrió los ojos y me ayudó a sobrevivir. No derrochó amabilidad conmigo, pero ya me traen al fresco estas cosas, siempre que consiga sobrevivir.

Me mudé a su librería porque era más segura que el cuartucho que ocupaba en el hostal. Está protegida contra la mayoría de mis enemigos gracias a guardas y conjuros diversos, y es un bastión erigido en los márgenes de lo que yo llamo una Zona Oscura: un barrio que ha sido ocupado por las Sombras, *unseelies* amorfos que proliferan en la oscuridad y chupan la vida a los humanos.

Juntos hemos combatido monstruos, me ha salvado la vida en dos ocasiones y hemos compartido el sabor de una peligrosa lujuria. Va detrás del *Sinsar Dubh*, un libro con un millón de años de antigüedad que fue escrito por el mismísimo rey de los *unseelies*, y que contiene la magia más negra imaginable y la clave para dominar el mundo de los *faes* y el de los hombres. Dice que lo quiere porque colecciona libros. ¡Y yo voy y me lo creo!

V'lane es otra historia. Es un príncipe *seelie*, y un *fae* orgásmico-letal, del que muy pronto sabréis más cosas. Los *faes* están formados por dos cortes enfrentadas, cada una con sus propias casas reales y castas únicas: la de la Luz, o Corte *Seelie*, y la Oscura, o Corte *Unseelie*. No dejes que los términos luz y oscuridad te engañen. Ambas son letales. Sin embargo, la Corte *Seelie* consideraba a los *unseelies* tan peligrosos que los apresaron sin miramientos hace setecientos mil años. Cuando la una teme a la otra, tú échate a temblar.

Cada corte tiene sus Reliquias, u objetos sagrados de poder inmenso. Las Reliquias *Seelies* son la lanza (que la tengo yo), la espada, la piedra y el caldero. Las *unseelies* son el amuleto (que tuve en mis manos y que me arrebató lord Master), la caja, el espejo y el tan buscado Libro Oscuro. Todos ellos tienen distintos fines; algunos los conozco y otros no están tan claros.

Al igual que Barrons, V'lane va detrás del libro por orden de la reina *seelie* Aoibheal, que lo necesita para reforzar los muros entre los reinos *faes* y humano e impedir que se desmoronen. Y al igual que Barrons, me ha salvado la vida. (También me ha proporcionado algunos de los orgasmos más intensos.)

Lord Master es el asesino de mi hermana; la sedujo, la utilizó y la destruyó. No es *fae* del todo, pero tampoco humano. Se ha estado dedicando a abrir portales entre los reinos, a través de los cuales ha traído *unseelies* a nuestro mundo, dejándolos sueltos y enseñándoles a infiltrarse en nuestra sociedad. Quiere que caigan los muros para poder liberar a todos los *unseelies* de su gélida prisión. También busca el *Sinsar Dubh*, aunque no estoy segura del motivo. Creo que podría ser para destruirlo y que nadie pueda reconstruir nuevamente los muros.

Ahí es donde entro yo: estos tres poderosos y peligrosos hombres me necesitan de alguna manera.

No sólo puedo ver a los *faes*, sino que soy capaz de sentir sus reliquias. Percibo el *Sinsar Dubh* ahí fuera, como un oscuro y palpitante corazón de maldad pura.

Puedo seguirlo, y puedo encontrarlo.

Mi padre diría que eso me convierte en la jugadora más valiosa de la temporada.

Todo el mundo me quiere. Así que sigo viva en un mundo donde la muerte se presenta ante el umbral de mi puerta cada día.

He visto cosas que harían que se te pusiera la piel de gallina. He hecho cosas que hacen que se me pongan los pelos de punta.

Pero nada de eso es importante ahora. Lo que importa es comenzar en el punto correcto... Veamos... ¿por dónde iba?

Paso hacia atrás las páginas de mi memoria, de una en una, entrecerrando los ojos para no tener que verlas con demasiada nitidez. Vuelvo atrás, más allá de la laguna donde todos mis recuerdos se desvanecieron durante un tiempo. Más allá de aquel infernal día de Halloween y las cosas que Barrons hizo. Me remonto a los hechos que tuvieron lugar antes de aquel episodio en que maté a una mujer y cuando una parte de V'lane perforó la carne de mi lengua. Mucho antes de lo que le hice a Jayne.

«¡Ahí!»

Pulso el zoom y me acerco a una calle oscura y húmeda.

Soy yo; monísima, de rosa y dorado.

Estoy en Dublín, es de noche. Camino por el pavimento adoquinado de Temple Bar. Reboso vida por los poros de mi cuerpo. No hay nada como un lance reciente con la muerte para hacer que te sientas exultante.

Me brillan los ojos y camino con brío. Llevo un vestido rosa matador, mis zapatos de tacón preferidos y montones de complementos a juego en dorado, rosa y amatista. Me he esmerado al máximo con el cabello y el maquillaje. Me dirijo a mi cita con Christian MacKeltar, un joven escocés, atractivo y misterioso, que conoció a mi hermana. Me siento realmente bien, para variar.

Bueno, al menos durante un tiempo me sentí así.

Pulso avance rápido y me adelanto unos momentos.

Ahora estoy sujetándome la cabeza y dando tumbos por la acera hasta que caigo, a cuatro patas, en el reguero del alcantarillado. Acabo de acercarme al *Sinsar Dubh* más de lo que lo he hecho hasta entonces y eso está teniendo el efecto de costumbre en mí. Dolor, debilidad.

Ya no estoy tan monísima. De hecho, tengo un aspecto realmente espantoso.

Estoy a cuatro patas en un charco que huele a cerveza y a orina, y calada hasta los huesos. Llevo el cabello hecho un asco, las horquillas de amatista se balancean sobre mi nariz y estoy llorando. Me retiro el pelo de la cara con la mano sucia y observo la imagen que se despliega ante mí, boquiabierta y horrorizada.

Recuerdo aquel momento. Quién era; qué no era. Capturo la imagen congelada. Hay tantas cosas que le diría a la Mac de aquel momento.

«Escucha, Mac. Prepárate. Se acerca una tormenta. ¿Es que no oyes el estruendo de las afiladas pezuñas en el viento?

¿Acaso no sientes el frío capaz de helarte el alma? ¿No reconoces el olor a especias y a sangre en la brisa?»

«Corre —le diría—. Escóndete.»

Pero no me haría caso.

Estoy de rodillas, observando lo que aquella... «cosa»... hacía, y me encuentro bajo el dominio absoluto de la vorágine de violencia desatada.

De mala gana me fundo con el recuerdo, me meto en su piel...

Capítulo 1

*E*l dolor… ¡Dios, qué dolor tan intenso! ¡Va a partirme el cráneo!

Me agarro la cabeza con las manos mojadas y malolientes, decidida a resistir hasta que suceda lo inevitable… que me desmaye.

No hay nada que pueda compararse a la agonía que me produce el *Sinsar Dubh*. Siempre ocurre lo mismo cada vez que me acerco a él: me quedo paralizada por el dolor que va aumentando hasta que pierdo la consciencia.

Barrons dice que eso se debe a que el Libro Oscuro y yo somos polos opuestos. Él es tan maligno y yo tan buena que me repele de forma violenta. Su teoría es que debería rebajar de algún modo mi bondad, envilecerme ligeramente, para poder acercarme a él. A mí no me cabe en la cabeza que envilecerme para poder acercarme lo suficiente y hacerme con el libro pueda ser algo bueno. Seguramente de ese modo sólo haría maldades con él.

—No —me quejé, de rodillas en el charco—. Por favor… ¡no! ¡Aquí no, ahora no!

Barrons siempre había estado conmigo cada vez que me había acercado al libro y me consolaba pensar que no dejaría que me pasase nada mientras estaba inconsciente. Puede que me lleve de un lado a otro como si fuera la varita de un zahorí, pero puedo vivir con eso. Esta noche, sin embargo, estaba sola, y me aterraba la idea de estar a merced, aunque sólo fuera un segundo, de cualquier persona o cosa que puebla las calles de Dublín. ¿Y si estaba inconsciente durante una hora? ¿Y si me caía de cabeza en el asqueroso charco en el que me encontraba y me ahogaba en sólo unos centímetros de…? ¡Aaarrrg!

Tenía que salir del charco. No pensaba morir de modo tan patético.

En la calle soplaba un viento invernal que se filtraba con fuerza entre los edificios, helándome hasta los huesos. Viejos periódicos revoloteaban igual que sucias y empapadas plantas rodadoras por encima de botellas rotas y envoltorios y vasos desechados. Me revolví frenéticamente en las aguas residuales, arañé el pavimento con las uñas, rompiéndomelas entre los agujeros de los adoquines de piedra.

Logré arrastrarme hasta el suelo seco con uñas y dientes.

Ahí estaba, justo delante de mí, el Libro Oscuro. Podía sentirlo a cuarenta y cinco metros de donde yo intentaba ponerme en pie con todas mis fuerzas. Puede que a menos distancia. Y no era un libro sin más, de eso nada; la cosa no era tan simple. Aquello vibraba de forma siniestra, abriéndose paso a fuego en mi mente.

¿Por qué no me desmayaba?

¿Por qué no cesaba el dolor?

Me sentía como si me estuviese muriendo. La boca se me estaba llenando de saliva que se condensaba en mis labios. Quería vomitar desesperadamente, pero no podía, porque incluso el estómago se me había cerrado a causa del dolor.

Intenté levantar la cabeza gimiendo por el esfuerzo. Tenía que verlo. No era la primera vez que lo tenía cerca, pero nunca lo había visto, ya que siempre me quedaba inconsciente antes de poder hacerlo. ¿Quién lo tenía? ¿Qué estaban haciendo con él? ¿Por qué me lo seguía encontrando?

Me puse de rodillas, estremeciéndome, y me retiré un apestoso mechón enmarañado de la cara y miré.

La calle, que momentos antes bullía de turistas que iban de un animado *pub* a otro, estaba ahora desierta bajo el azote del siniestro viento ártico. Las puertas estaban cerradas a cal y canto y habían quitado la música.

Sólo quedaba yo.

Y aquellos extraños seres. Ellos.

La visión que tenía ante mis ojos no era lo que había esperado encontrar.

Un tipo tenía encañonado a unas personas contra la pared de un edificio; una familia de turistas, con cámaras fotográficas colgadas del cuello. El cañón de un arma semiautomática centelleaba a la luz de la luna. El padre gritaba y la madre chillaba tratando de acoger a los tres niños en sus brazos.

—¡No! —grité. Al menos creo que lo hice. En realidad no estoy segura de haber emitido sonido alguno. Tenía los pulmones atenazados por el dolor.

Aquel tipo disparó una ráfaga que silenció los gritos. Mató al más pequeño en último lugar, una delicada niña rubia de cuatro o cinco años, con los ojos desorbitados y suplicantes, que me atormentará hasta el día de mi muerte. Una niña a la que no pude salvar porque no podía mover un maldito dedo. Paralizada por un dolor desgarrador, sólo pude quedarme allí, de rodillas, gritando dentro de mi cabeza.

¿Por qué estaba sucediendo aquello? ¿Dónde estaba el *Sinsar Dubh* y por qué no podía verlo?

El hombre se giró y yo inspiré entrecortadamente.

Llevaba el libro bajo el brazo.

Un inofensivo libro de tapa dura y unas trescientas cincuenta páginas, sin sobrecubierta, en gris claro con cubierta roja. El típico libro de hojas amarillentas por el tiempo y que podría encontrarse en cualquier librería de segunda mano de cualquier ciudad.

Me quedé boquiabierta. ¿Se suponía que debía creer que «eso» era el libro de un millón de años escrito por el rey *unseelie* y que contenía la más negra de las magias? ¿Y eso era gracioso? ¡Qué decepcionante! ¡Qué ridículo!

El tipo de la pistola miró su arma con desconcierto. Entonces giró la cabeza nuevamente hacia los cuerpos, la sangre y los fragmentos de carne y hueso esparcidos por la pared de ladrillo.

El libro pareció deslizarse a cámara lenta desde debajo de su brazo, transmutándose en la caída y transformándose al precipitarse sobre el empapado y reluciente ladrillo. Cuando finalmente topó contra los adoquines del pavimento con un sonoro golpe seco, ya no era un simple libro de tapa dura, sino un enorme volumen negro, de casi treinta centímetros de grosor, con runas grabadas, encuadernado con bandas de hierro e intrincadas cerraduras. Justamente la clase de libro que me había esperado: de aspecto antiguo y maligno.

Inspiré bruscamente de nuevo.

Ahora el grueso volumen estaba cambiando otra vez, convirtiéndose en algo completamente nuevo. Giraba y se retorcía, absorbiendo la esencia del viento y la oscuridad.

En su lugar se alzaba una… «cosa»… hecha de una… terrible esencia viscosa. Una… «cosa» (sólo puedo describirlo así), siniestramente animada… que existía sin nombre o apariencia definida: una criatura deforme salida de tierra de nadie, de allá donde sólo existen lamentos desgarradores y donde la cordura no tiene cabida.

Y estaba «viva».

No tengo palabras para describirlo, porque en nuestro mundo no hay nada con qué compararlo. Y me alegra que así sea, pues si hubiera algo semejante, no estoy segura de que nuestro mundo existiera.

Sólo se me ocurre llamarlo La Bestia, y dejémoslo ahí.

Mi alma se estremeció, como si percibiera a un nivel visceral que mi cuerpo no le ofrecía suficiente protección. No frente a esa cosa.

El tipo de la pistola y la cosa se miraron, y éste se apuntó con el arma.

Temblé violentamente al escuchar más disparos. El hombre se desplomó sobre el pavimento y su arma cayó con un sonido metálico.

Otra racha de viento gélido recorrió la calle y divisé más movimiento por el rabillo del ojo.

Una mujer dobló la esquina como si estuviera en trance, contempló la escena con la mirada ausente durante unos momentos y, a continuación, se fue derecha hacia el libro que, de repente, ya no era la bestia agazapada de miembros imposibles y hocico sanguinolento ni tampoco el volumen de antiguos cierres, sino que nuevamente había adoptado la apariencia de un inofensivo libro de tapa dura.

—¡No lo toques! —grité, poniéndoseme la carne de gallina sólo de pensarlo.

La mujer se detuvo, lo cogió, se lo puso bajo el brazo y dio media vuelta.

Me gustaría decir que se marchó sin mirar atrás, pero no fue así. Lanzó una mirada por encima del hombro, directamente hacia mí, y su expresión me privó bruscamente del poco aire que tenía en los pulmones.

Sus ojos destilaban pura maldad. Una pérfida malevolencia sin fondo que me «conocía», que sabía cosas acerca de mí que ni yo misma entendía y que no deseaba conocer nunca. Una malevolencia que celebraba su existencia a través del caos, la destrucción y la cólera sicótica siempre que se le presentaba la ocasión.

Ella esbozó una espantosa sonrisa, que dejaba al descubierto cientos de pequeños dientes puntiagudos.

Y tuve una de esas repentinas epifanías.

Recordé la última vez que estuve cerca del *Sinsar Dubh* y perdí el conocimiento. Al día siguiente leí algo acerca de un hombre que había matado a toda su familia y después se había arrojado con su coche por un terraplén a unas pocas manzanas del lugar donde perdí la consciencia. Todos los entrevistados habían dicho lo mismo: el hombre no podía haberlo hecho, no había sido él, los últimos días se había comportado como si estuviera poseído. Recordé la serie de truculentos artículos que últimamente se hacían eco de las mismas noticias, fuera cual fuese el crimen brutal: no había sido él/ella; él/ella jamás lo hubiera hecho. Miré fijamente a la mujer, que ya no era la misma que al doblar la esquina y entrar en esta calle. Ahora era una mujer poseída. Y entonces lo entendí todo.

Esas personas «no» habían cometido aquellos crímenes.

La bestia que ahora estaba dentro de esa mujer la controlaba. Y así sería hasta que hubiera acabado de utilizarla. Entonces se desharía de ella y pasaría a la siguiente víctima.

¡Qué equivocados habíamos estado Barrons y yo!

Habíamos creído que el *Sinsar Dubh* estaba en posesión de alguien con un plan preestablecido, que lo trasladaba de un lugar a otro con algún fin; alguien que, o bien lo estaba utilizando para lograr ciertos objetivos o lo estaba preservando en un intento por impedir que cayera en malas manos.

Pero no obraba en posesión de alguien con un plan, preestablecido o no, y no lo estaban llevando de un lado a otro.

Se movía solo.

Pasaba de unas manos a otras transformando a cada una de sus víctimas en un arma de violencia y destrucción. Barrons me había contado que las reliquias *faes* tendían a cobrar vida propia y a desarrollar un propósito con el tiempo. El Libro Oscuro tenía un millón de años de antigüedad, y eso era mucho tiempo. No cabía duda de que había cobrado vida.

La mujer desapareció al doblar la esquina y yo me dejé caer sobre el pavimento como una piedra, con los ojos cerrados y resollando. A medida que ella o ello se alejaba, desvaneciéndose en la noche donde, sabía Dios, qué haría, mi dolor fue mitigándose.

Aquella era la reliquia más peligrosa jamás creada... y estaba libre en nuestro mundo.

Hasta esta noche, esa escalofriante cosa no había sido consciente de mí.

Ahora sí lo era.

Me había mirado, me había visto. No sabría explicarlo, pero tenía la sensación de que me habían «marcado», anillado como a una paloma. Había mirado a las profundidades del abismo y el abismo me había devuelto la mirada, tal y como mi padre siempre me dijo que sería: «¿Quieres saber de la vida, Mac? Es sencillo. Sigue contemplando los arco iris, nena. Sigue mirando al cielo. Encuentra lo que buscas. Si vas buscando la bondad en el mundo, la encontrarás. Si buscas el mal... bueno, mejor no lo busques.»

¿Qué idiota había decidido concederme poderes especiales?, pensé mientras me arrastraba hasta la acera. ¿Qué imbécil pensó que podría resolver problemas de semejante magnitud? ¿Cómo no iba a buscar el mal cuando era una de las pocas personas que podía verlo?

Los turistas inundaron de nuevo la calle. Las puertas de los *pubs* se abrieron. La oscuridad retrocedió, la música comenzó a sonar y el mundo comenzó a girar de nuevo. La animación se respiraba en el ambiente. Me pregunté en qué mundo vivía toda esa gente porque, desde luego, en el mío, no.

Ajena a todos, vomité hasta la primera papilla. Luego seguí hasta que eché, incluso, la bilis.

Me puse en pie, me limpié la boca con el dorso de la mano y miré mi reflejo en la ventana de un *pub*. Estaba echa un asco, calada y apestaba. Mi pelo era un revoltijo empapado de cerveza y... «¡Oh!» No quise ni pensarlo. Uno nunca sabe lo que puede encontrarse en una alcantarilla de la zona de marcha de Dublín. Me quité la horquilla del pelo, me pasé los dedos y me lo recogí atrás, donde no pudiera rozarme la cara.

El vestido estaba desgarrado, me faltaban dos botones en la parte delantera, me había roto el tacón derecho y tenía las rodillas magulladas y me sangraban.

—Esa chavala le da un nuevo significado a la expresión «ir como una cuba», ¿eh? —Un hombre se rio por lo bajinis al pasar por mi lado. Sus colegas se partieron de risa. Eran una docena, ataviados con fajines y pajaritas combinados con vaqueros y jerseys. Se trataba de una despedida de soltero celebrando la dicha de la testosterona. Se mantuvieron bien lejos de mí.

Qué poco sabían.

¿De verdad sólo veinte minutos antes había estado sonriendo a los transeúntes? ¿Caminado por el Temple Bar, sintiéndome viva y atractiva, y preparada para cualquier cosa que el mundo decidiera depararme? Veinte minutos antes me habrían hecho corrillo, habrían flirteado conmigo.

Caminé como si estuviera pedo durante unos pasos, procurando andar como si no me faltaran casi nueve centímetros de tacón en el pie derecho. No fue fácil. Me dolía todo el cuerpo y, aunque el dolor debido a la proximidad del libro continuaba mitigándose, me sentía maltrecha de la cabeza a los pies por haber estado sometida a él. Si esta noche resultaba ser como la última vez que me lo había encontrado, tendría jaqueca durante horas y el malestar me duraría días. Mi visita a Christian MacKeltar, el joven escocés que había conocido a mi hermana, iba a tener que esperar. Eché un vistazo en busca del tacón de mi zapato sin verlo por ningún lado. ¡Me encantaban esos zapatos, joder! Había ahorrado durante meses para poder comprármelos.

Suspiré en silencio y me dije que ya estaba bien. En esos momentos tenía problemas mayores en los que pensar.

«No había perdido el conocimiento.»

Había estado a unos cuarenta y cinco metros del *Sinsar Dubh* y había seguido consciente todo el tiempo.

Barrons iba a sentirse complacido. Encantado, incluso, aunque ésa es una emoción difícil de leer en su hosco y atractivo rostro. Cincelado de forma irracional por la mano de un escultor experto, Barrons es la imagen retrospectiva de una época sin ley y su aspecto es tan estoicamente primitivo como su comportamiento.

Al parecer, los últimos acontecimientos me habían «envilecido» débilmente y ahora me asemejaba más al libro.

Malvada.

Regresaba cojeando de forma lamentable a la librería cuando comenzó a llover. Odio la lluvia por muchas razones.

Primero: está mojada, es fría y desagradable, y yo ya estaba bastante calada y tenía frío; segundo: el sol no brilla cuando llueve, y soy una redomada fanática del sol. Tercero: hace que la noche dublinesa sea más oscura de lo habitual, y eso significa que los monstruos se vuelven más atrevidos. Cuarto: es necesario un paraguas, y cuando la gente lleva esos trastos tienen tendencia a llevarlos pegados a la cabeza y a parapetarse tras ellos, sobre todo si llueve a cántaros; yo no soy diferente, y eso quiere decir que no puedes ver quién se te acerca, cosa que, en una calle transitada, normalmente se traduce en tropezones y disculpas o improperios apresurados. En una ciudad como Dublín eso significa que puedo toparme con un *fae* (su glamour no me repele físicamente como le sucede a la gente normal) y ponerme en evidencia, y todo esto tiene una consecuencia: cuando llueve no llevo paraguas.

La cosa no tendría mayor trascendencia si no fuera porque aquí llueve todo el puto día, con lo cual me calo hasta los huesos, y eso me lleva al punto número cinco: se me corre el maquillaje y parece que me haya lamido el pelo una vaca.

Pero cada nube trae consigo un pequeño resquicio de esperanza y, después de un buen remojón, al menos ya no huelo tan mal.

Bajé mi calle. Bueno, en realidad no es mi calle; la «mía» se encuentra a más de cuatro mil setecientos kilómetros de distancia, en el profundo sur. Una avenida soleada y repleta de exuberante vegetación, bordeada de lustrosos magnolios, radiantes azaleas e imponentes robles. En mi calle no llueve a todas horas.

Pero no puedo irme a mi hogar por miedo a que los monstruos me sigan hasta Ashford, y dado que necesito un lugar que sea mío, me conformo con esta lluviosa, sombría y deprimente calle.

A medida que me acercaba a la librería, escudriñé con atención la fachada del edificio clásico de cuatro pisos. Unos reflectores montados en la parte delantera, posterior y en los laterales bañaban de luz el alto inmueble de ladrillo. El vistoso cartel de la librería Barrons, que colgaba sobre la acera desde un elaborado mástil metálico, perpendicular al edificio, chirrió mecido por la, cada vez más gélida, brisa. En el letrero de neón del tradicional escaparate verde podía leerse «CERRADO». Unas antorchas ambarinas, colocadas en apliques metálicos, iluminaban el profundo soportal de caliza de la magnífica entrada abovedada de la librería. La luz arrancaba destellos a las ornamentadas puertas de cerezo, con paneles en forma de rombo, encastradas entre columnas.

Todo estaba en orden en mi «casa». Las luces encendidas, el edificio protegido contra mis mortíferos enemigos. Me detuve y dirigí la vista calle abajo, hacia el vecindario abandonado, cerciorándome de que ninguna sombra hubiera hecho alguna incursión en mi territorio.

La Zona Oscura en el margen de la librería de Barrons es la mayor que yo haya visto hasta la fecha (¡y que espero ver jamás!). Abarca más de veinte manzanas de la ciudad, totalmente abarrotadas de letales sombras oscuras. Una Zona Oscura se caracteriza por dos cosas: oscuridad y muerte. Estas criaturas de la noche devoran todo aquello que tiene vida, desde personas hasta la hierba, pasando por hojas e incluso lombrices, dejando atrás tierra yerma.

En estos momentos se mueven agitadamente, retorciéndose como insectos en una tira atrapamoscas, desesperadas por cambiar sus estériles sombras por el fértil y bien iluminado vecindario de más allá.

Por el momento estaba a salvo. Las Sombras no toleran la luz, y junto a la librería estaba bañada por ella. Sin embargo, si me diera por alejarme seis metros calle abajo, internándome en la zona en penumbra donde todas las farolas estaban apagadas, estaría muerta.

Estoy obsesionada con mis vecinos. Son vampiros en el

sentido más genuino de la palabra. He sido testigo de lo que hacen con la gente. Los consumen, dejando de ellos sólo un montón de ropa, joyas y otros objetos inanimados coronado por una envoltura de piel seca junto con cualquier desecho humano que les resulte difícil de digerir. Igual que sucede con la cola de un langostino, supongo, parte de los humanos es demasiado crujiente para su gusto. Ni siquiera puedo matarlas porque, como no tienen materia real, las armas son inútiles. Lo único que funciona con ellas es la luz, y eso tampoco las mata, pero las mantiene a raya. Confinada por todos los flancos por las luces de los barrios circundantes, esta Zona Oscura no ha variado prácticamente su tamaño en varios meses. Lo sé; exploro su perímetro con regularidad.

Si no eres una *sidhe-seer*, no puedes verlas. La gente que muere en una Zona Oscura no llega a verle la cara a su ejecutor. No es que las Sombras tengan rostro, pues carecen de rasgos distintivos. Aunque seas una *sidhe-seer* y sepas qué tienes delante, sigue siendo difícil distinguirlas de la oscuridad. Son más oscuras que la propia oscuridad, como niebla negra, se arrastran y deslizan sobre los edificios, filtrándose por las canales, enroscándose alrededor de las farolas rotas. A pesar de no haberme acercado nunca lo suficiente como para probar mi teoría, y espero no hacerlo, creo que son frías.

Tienen todo tipo de forma y tamaño, desde pequeñas como un gato hasta tan grandes como la que...

Pestañeé.

¡Imposible! ¡«Ésa» de ahí no podía ser la que me arrinconó en el salón la noche en que Fiona, la mujer que antes llevaba la librería, intentó matarme dejando entrar a un montón de ellas mientras yo dormía! La última vez que la había visto, hacía unas cinco semanas, contando el mes que desaparecí en el Reino Faery, tenía unos seis metros de largo por casi tres de alto. Ahora era prácticamente el doble, una densa nube de oleosa oscuridad que ocupaba casi por completo la longitud del edificio abandonado adyacente al de Barrons.

¿Aumentaban de tamaño comiendo humanos? ¿Sería posible que alguna llegase a alcanzar las dimensiones de una pequeña ciudad? ¿Podría, quizá, colocarse encima y tragársela de un bocado?

Me quedé mirando. Para tratarse de una cosa sin cara, parecía estar mirándome. Ya le había sacado el dedo a esa cosa en un par de ocasiones. La última vez que la había visto, adoptó una forma casi humana y me devolvió el insulto.

No tenía la menor intención de enseñarle nuevos trucos.

Me estremecí violentamente y lo lamenté de inmediato. Me dolía tantísimo la cabeza que sentía el cerebro magullado, y yo acababa de zarandearlo de un lado a otro del cráneo.

Aunque por fin había dejado de llover o, más bien, se producía una de esas brevísimas treguas típicas de Dublín, estaba calada, helada y tenía cosas mejores que hacer que quedarme ahí afuera, obsesionándome con uno de mis muchos enemigos. Cosas como tomarme media caja de aspirinas y darme una ducha caliente. Cosas como despejarme la cabeza para poder sopesar las consecuencias de lo que había presenciado esta noche y buscar a Barrons para contárselo. No dudaba de que a él le sorprendería tanto como a mí el método de locomoción del libro. ¿Cuáles eran sus siniestros planes? ¿Se conformaría con sembrar el caos y la violencia de forma aleatoria?

Cuando entré en el portal y me dispuse a buscar las llaves en el bolso, escuché unos pasos a mi espalda. Eché un vistazo por encima del hombro y fruncí el ceño.

El inspector Jayne se unió a mí en la entrada, sacudiéndose la lluvia del abrigo con la mano enguantada. Me había cruzado con él cuando me dirigía a ver a Christian, antes del encontronazo con el *Sinsar Dubh*, y a pesar de que su mirada prometía no dejar de hostigarme, supuse que dispondría de un día o dos hasta que encontrara tiempo para cumplir la promesa.

No iba a tener tanta suerte.

Jayne era un hombre alto y fornido, con el cabello pulcramente peinado a raya, de marcadas facciones y expresión adusta. Cuñado del difunto inspector Patty O'Duffy (que en un principio se había encargado del caso del asesinato de mi hermana, y al que habían encontrado con el pescuezo rebanado y aferrando un papelito con mi nombre escrito en él), Jayne me había arrastrado a la Comisaría y retenido veinticuatro horas bajo sospecha de asesinato. Me había interrogado y matado de hambre, acusado de estar liada con O'Duffy y, por último, me había soltado en el oscuro corazón de Dublín, sin las linternas para protegerme de las Sombras, para que volviese andando a casa. No pensaba perdonarle su trato vejatorio.

«Voy a pegarme a su culo», me había dicho.

Y estaba cumpliendo su palabra; siguiéndome, vigilando cada uno de mis movimientos.

Me miró de arriba abajo y profirió un bufido de desagrado.

—Ni siquiera voy a preguntarle.

—¿Piensa arrestarme? —pregunté con frialdad. Dejé de intentar fingir que me faltaba un tacón y me apoyé torcidamente contra la puerta. Me dolían las pantorrillas y los pies.

—Puede.

—Eso es un sí o un no, Jayne. Inténtelo de nuevo. —Él no dijo nada y ambos sabíamos lo que eso significaba—. Pues pírese. La tienda está cerrada, por lo que ahora mismo es propiedad privada. Y usted no tiene autoridad para entrar.

—O hablamos esta noche o volveré mañana cuando tenga clientes. ¿Quiere tener a un detective de homicidios merodeando por la tienda e interrogando a sus clientes?

—No tiene derecho a interrogar a mi clientela.

—Soy policía, señora. Eso me otorga todos los derechos que necesito. Puedo, y haré, de su vida un infierno. Póngame a prueba.

—¿Qué es lo que quiere? —gruñí.

—Está lloviendo y hace frío. —Se acercó las manos a la boca y sopló—. ¿Y si me invita a una taza de té?

—¿Y si le dan por el culo? —Le brindé una sonrisa que era toda dulzura.

—¿Qué pasa? ¿Es que mi cuñado, un tipo con sobrepeso y de mediana edad, era lo bastante bueno para usted y yo no?

—No me acostaba con su cuñado —espeté.

—¿Pues qué cojones hacía con él? —me replicó en el mismo tono.

—Ya hemos pasado por esto. Ya le respondí. Si quiere interrogarme de nuevo va a tener que arrestarme, y esta vez no pienso abrir la boca sin que esté presente un abogado.

Miré por encima de su hombro. Las sombras se agitaban incansablemente sin cesar, como si nuestra discusión las alterase. Nuestra discusión parecía estar... excitándolas. Me pregunté si la ira o la pasión hacían que nuestro sabor les resultase más sabroso. Desterré tan macabro pensamiento de mi cabeza.

—Sus respuestas no son tal cosa, y lo sabe.

—No quiere conocer las verdaderas respuestas. —Tampoco yo quería. Por desgracia, no me quedaba otra.

—Puede que sí que quiera. Por… difícil que pueda resultar… creerlo.

Le miré con dureza. Aunque lucía la expresión decidida de costumbre, como si fuera un perro con un hueso, había en ella un sutil elemento nuevo que no había visto antes. El mismo recelo que atisbé en los ojos de O'Duffy la mañana en que vino a verme, la mañana en que murió, como si comenzara a pensar que, tal vez, el mundo no era tal y como él creía. A pesar de que el modo en que había sido asesinado O'Duffy sugería que el asesino era humano, yo estaba segura de que había muerto por las cosas que había averiguado acerca de los nuevos chicos de la ciudad: los *faes*.

Dejé escapar un suspiro. Me moría de ganas de quitarme la ropa sucia y mojada. Quería lavarme mi asqueroso pelo.

—Déjelo estar, ¿quiere? Yo no tuve nada que ver con el asesinato de O'Duffy y no tengo nada más que decirle.

—Sí, claro que lo tiene. Usted sabe qué está pasando en esta ciudad, señorita Lane. No sé cómo o dónde encaja en todo esto, pero sé que es así. Por eso vino a verla Patty. No se pasó por aquí para hablarle del caso de su hermana, vino para preguntarle algo. ¿Qué fue? ¿Qué le tuvo tan obsesionado toda la noche que fue incapaz de esperar al lunes para hablar con usted, tanto como para perderse la misa familiar? ¿Qué le preguntó Patty la mañana de su muerte?

Jayne era bueno, eso tenía que reconocerlo. Pero ahí se acababa todo.

—¿También voy a morir yo ahora que he venido a verla, señorita Lane? —dijo con brusquedad—. ¿Es así como funciona? ¿Debería haber despertado a mis hijos para despedirme de ellos con un beso antes de salir esta mañana? ¿O decirle a mi esposa cuánto la quiero?

—¡Yo no tengo la culpa de que muriese! —exclamé, llena de remordimiento.

—Puede que usted no lo matara, pero puede que tampoco

lo salvara. ¿Respondió a sus preguntas? ¿Por eso murió? ¿O seguiría con vida si lo hubiera hecho?

Lo fulminé con la mirada.

—Márchese.

Se llevó la mano al interior del abrigo y sacó un puñado de mapas doblados del bolsillo.

Aparté bruscamente la vista, odiando lo que representaba el momento. Se trataba de un *déjà vu* que no hubiera deseado revivir.

Patty O'Duffy también me había traído los mapas. Aquel domingo por la mañana que vino a verme a la librería me había ilustrado con detalle cartográfico un imposible gráfico, un descubrimiento que yo había realizado dos semanas antes que él: había partes de Dublín que ya no venían reflejadas en los mapas. Estaban desapareciendo, cayendo en el olvido de los mapas y de la memoria humana, como si jamás hubieran existido. Había descubierto las Zonas Oscuras. Había estado explorándolas, adentrándose en ellas, librándose de la muerte por los pelos.

Jayne se acercó poco a poco hasta que sólo escasos centímetros separaban su nariz de la mía.

—¿Ha echado un vistazo a estos últimamente?

Guardé silencio.

—Encontré una docena en el escritorio de Patty. Había señalado con un círculo ciertas zonas. Tardé un tiempo en averiguar la causa. La policía tiene un depósito en Lisle Street, a siete manzanas de aquí. Y no se puede encontrar cualquiera de ellas en ningún mapa publicado en los dos últimos años.

—¿Y qué? ¿Adónde quiere ir a parar? ¿Es que ahora, además de asesina, formo parte de una importante conspiración cartográfica? ¿Y qué será lo próximo de lo que me acuse, de operar ilegalmente para que los turistas se pierdan?

—Qué graciosa es usted, señorita Lane. Ayer mismo me tomé unas horas para almorzar y me fui a Lisle Street. Intenté tomar un taxi, pero el taxista insistió en que no existía tal dirección y se negó a llevarme. Acabé dando un paseo. ¿Quiere saber lo que vi?

—No, pero no me cabe duda de que va a contármelo igualmente —farfullé, masajeándome las sienes.

—El depósito sigue allí, pero la zona de la ciudad que lo rodea parece haber sido... olvidada. Quiero decir, completamente olvidada. Nadie limpia las calles, no se recoge la basura y las farolas no alumbran. Las alcantarillas rezuman aguas residuales. Mi teléfono móvil no tenía cobertura. ¡Estaba en pleno centro de la ciudad y no tenía cobertura!

—No entiendo qué tiene esto que ver conmigo —dije, con el tono de voz más aburrido que pude.

El inspector no pareció escucharme y supe que una vez más estaba recorriendo mentalmente las calles desiertas y llenas de basura. Una Zona Oscura no sólo da la impresión de estar abandonada, sino que rezuma muerte y decadencia y hace que te sientas infectado. Deja una marca indeleble en ti. Hace que te despiertes en mitad de la noche con el corazón en la garganta, aterrorizada de la oscuridad. Yo duermo con todas las luces encendidas y voy cargada con linternas las veinticuatro horas del día, los siete días de la semana.

—Encontré coches abandonados en medio de las calles con las puertas abiertas de par en par. Coches caros. La clase de vehículos que son desmontados en piezas antes incluso de que el propietario tenga tiempo de regresar con la gasolina. Explíqueme eso —bramó.

—Puede que el índice de criminalidad de Dublín esté bajando —propuse, sabiendo que era una mentira.

—Se ha disparado en los últimos meses. Los medios nos están crucificando.

Por supuesto que sí. Y después de lo que había presenciado esta noche, el aumento de la violencia local era algo que me interesaba especialmente. Una idea comenzaba a formase en mi cabeza.

—Había montones de ropa junto a los coches, así como carteras y bolsas. Algunas estaban repletas de pasta, esperando a que alguien las robase. ¡Por el amor de Dios, encontré dos Rolex en la acera!

—¿Los cogió? —pregunté con interés. Siempre quise tener un Rolex.

—¿Pero sabe qué fue lo más extraño, señorita Lane? Que no había gente. Ni una sola persona. Daba la sensación de que se hubieran puesto de acuerdo para dejar lo que estuvieran haciendo y desalojar al mismo tiempo veintipico manzanas, en pleno centro de la ciudad, sin llevarse nada; ni coches, ni siquiera la ropa. ¿Es que todos se marcharon en pelotas?

—¿Cómo quiere que yo lo sepa?

—Está sucediendo aquí mismo, señorita Lane. Hay una zona desaparecida en estos mapas justo al lado de su librería. No me diga que nunca echa una mirada hacia allí cuando se marcha.

Me encogí de hombros.

—No suelo salir.

—La he seguido y sí que sale.

—Soy bastante despistada, inspector. Raras veces miro lo que me rodea. —Miré más allá de él por enésima vez. Las Sombras se comportaban como de costumbre, atrapadas en su oscuridad, relamiéndose sus delgados, oscuros y repugnantes labios.

—Gilipolleces, la he interrogado. Es usted inteligente y avispada. Está mintiendo.

—Vale, dígamelo usted. ¿Qué cree que ha sucedido?

—No lo sé.

—¿Se le ocurre alguna cosa que pueda explicar sus hallazgos?

Le palpitaba un músculo en la mandíbula.

—No.

—Entonces, ¿qué espera que yo le cuente? ¿Que unas malvadas criaturas de la noche se han apoderado de Dublín? ¿Que están ahí mismo —agité el brazo hacia la derecha— y que se comen a la gente y dejan las partes que no les gustan? ¿Que han reclamado ciertos territorios, y que morirá si es lo bastante lerdo como para adentrarse a pie o en coche en uno de ellos cuando ha oscurecido? —Hecho estaba, eso era todo lo dispuesta que estaba a ponerle sobre aviso.

—No sea estúpida, señorita Lane.

—Lo mismo le digo, inspector —repuse con dureza—. ¿Quiere que le dé un consejo? No se acerque a lugares que no pueda encontrar en los mapas. Ahora, márchese. —Me volví de espaldas a él.

—No hemos terminado —dijo con voz tirante.

Parece que últimamente todo el mundo me decía lo mismo.

No, desde luego que no había terminado, pero tenía el claro presentimiento de que sabía cómo iba a terminar: con otra muerte sobre mi conciencia que ocupara mis ya de por sí noches en vela.

—Déjeme en paz o consiga una orden judicial. —Introduje la llave en la puerta y abrí, echando un vistazo por encima del hombro.

Jayne estaba parado en la acera, casi en el mismo lugar donde había permanecido los últimos cinco minutos, con la vista puesta en el abandonado vecindario, con el ceño fruncido. Él no lo sabía, pero las Sombras le miraban a su vez, de aquel modo tan particular, sin rostro y sin ojos. ¿Qué iba a hacer si le daba por dirigirse hacia allí?

Conocía la respuesta y me repateaba: desenfundaría mis linternas y le seguiría. Me pondría total y absolutamente en ridículo rescatándole de algo que él ni podía ni quería ser capaz de ver. Seguramente me encerrarían en la planta para enfermos mentales del hospital local en agradecimiento por las molestias.

El dolor de cabeza se estaba volviendo atroz. Si no conseguía una aspirina pronto iba a acabar vomitando otra vez.

El inspector me miró. Aunque Jayne había perfeccionado lo que yo llamo cara de poli —cierto escrutinio imperturbable unido a una paciente certeza de que la persona con la que está tratando acabará profiriendo una serie de gilipolleces y se convertirá en un completo cretino—, y yo ya voy calando mejor a las personas.

Estaba asustado.

—Váyase a casa, inspector —le dije con suavidad—. Bese a su esposa y arrope a sus hijos. Dé gracias por lo que tiene y no salga a buscarse la ruina.

Jayne me miró prolongadamente, como si considerase los principios de la cobardía, y acto seguido giró y salió airadamente hacia el Temple Bar.

Dejé escapar un enorme suspiro de alivio y entré cojeando en la librería.

Aunque no se hubiera tratado de un refugio sumamente

necesario, me habría encantado igualmente la librería Barrons. Había encontrado mi vocación, y no era ser una *sidhe-seer*, sino dirigir una librería, sobre todo si, como ésta, cuenta con las mejores revistas de moda, bonitos bolígrafos, artículos de papelería y periódicos, y tiene un ambiente tan exclusivo y elegante. Representa todo aquello que siempre quise para mí: elegancia, clase, refinamiento y gusto.

Lo primero que te llama la atención cuando pones un pie en la librería, aparte del despliegue de reluciente y rica madera de caoba y ventanas de cristal biselado, es la ligera y desconcertante sensación de anomalía espacial, como si hubieras abierto una caja de cerillas y encontrado un campo de fútbol metido dentro.

La sala principal tiene, aproximadamente, veintiún metros de largo y más de quince de ancho. Las medias bóvedas principales se alzan hasta el último de los cuatro magníficos pisos. En cada nivel, las paredes están revestidas de estanterías de caoba labrada, del suelo a las molduras del techo. Pasarelas acotadas por elegantes barandas permiten el acceso al segundo, tercero y cuarto nivel. Y unas escaleras correderas, apoyadas sobre engrasadas ruedecillas, llevan de una sección a otra.

En el primer piso hay estanterías independientes dispuestas en amplios pasillos. A la izquierda, a ambos lados de ésta, hay dos acogedoras zonas de asientos con una elegante chimenea de gas esmaltada (ante la que paso mucho tiempo tratando de librarme del frío clima de Dublín) y un mostrador, con una caja registradora a la derecha, detrás de la cual hay una nevera, un pequeño televisor y mi equipo de sonido. Más allá, detrás de las galerías traseras de los niveles superiores, hay más libros, incluyendo los más raros, y algunos de los adornos que se mencionan en el letrero, guardados en vitrinas cerradas con llave.

Valiosas alfombras cubren el piso de madera. El mobiliario es clásico, suntuoso y caro, como el auténtico sofá Chesterfield en el que me gusta acurrucarme a leer. La estancia está iluminada por antiguos apliques y plafones empotrados, de un curioso tono ámbar, que envuelven todo con un agradable resplandor cálido.

Cuando cruzo el umbral, procedente de las frías, mojadas y

transitadas calles y entro en la librería, siento que recobro el aliento. Y cuando abro la tienda y comienzo a marcar ventas en la antigua caja registradora, que suena como una diminuta campanilla de plata cada vez que se abre el cajón, siento que tengo una vida buena y sencilla y que puedo olvidarme de todos mis problemas durante un rato.

Eché un vistazo al reloj y me despojé de los estropeados zapatos. Era casi medianoche. Apenas unas pocas horas antes había estado sentada en la parte posterior con el enigmático propietario, exigiendo saber quién o qué era él.

Como de costumbre, no me había respondido.

No sé ni por qué me molesto. Barrons sabe prácticamente todo sobre mí. No me sorprendería que en alguna parte tuviera un expediente en el que se recogieran todos los hechos de mi vida, desde que nací hasta el día de hoy, con fotografías pulcramente ordenadas y parcamente rotuladas al pie: Mac toma el sol; Mac se pinta las uñas; Mac casi muerta.

Pero siempre que le formulo una pregunta personal, por toda respuesta obtengo un misterioso «tómeme o déjeme», junto con un malhumorado recordatorio de que sigue salvándome la vida. Como si con eso bastara para cerrarme la boca y mantenerme a raya.

Lo triste es que, por lo general, así es.

Existe un intolerable desequilibrio de poder entre nosotros. Él es quien tiene todos los triunfos de la baraja en tanto que yo apenas consigo aferrarme a los doses o treses que la vida me reparte.

Juntos buscamos ODP, u Objetos de Poder de los *faes*, como las Reliquias. Luchamos y matamos enemigos codo con codo; y, hace poco, incluso tratamos de arrancarnos la ropa mutuamente, llevados por un arrebato de lujuria, tan repentino y abrasador como el inesperado siroco que por algún motivo he atisbado en su mente mientras me besa; pero de ningún modo compartimos detalles personales de nuestras vidas o la agenda individual de cada uno. No tengo ni idea de dónde vive, de a dónde va cuando no está por aquí, o cuándo va a aparecer, y eso me saca de quicio. Sobre todo ahora que sé que puede encontrarme siempre que quiera, gracias a la marca que me tatuó en la parte posterior del cráneo; la maldita inicial de su segundo nombre: Z. Sí, me ha salvado la vida. Y no, eso no significa que tenga que gustarme.

Me despojé de la empapada chaqueta y la colgué. Dos linternas cayeron al suelo y salieron rodando. Tenía que encontrar un modo mejor de llevarlas conmigo. Pesaban y abultaban, y se me caían constantemente del bolsillo. Temía que, muy pronto, me conocerían como «la chalada de las linternas»; siempre cargada con ellas por todo Dublín, vaya a donde vaya.

Me fui corriendo al baño del fondo de la tienda, me sequé enérgicamente el pelo con una toalla y me quité con cuidado el maquillaje corrido. Había una caja de aspirinas en el primer estante que gritaba mi nombre. Hace un mes me hubiera arreglado el maquillaje; ahora me conformo con tener la piel limpia y no estar bajo la lluvia.

Salí del cuarto de baño y crucé las puertas dobles que conectan la librería con la parte del edificio dedicada a residencia, mientras llamaba a Barrons y me preguntaba si andaba por aquí. Abrí las puertas y miré en todas las habitaciones de la primera planta, pero no estaba. No tenía sentido registrar el segundo y tercer piso, ya que Barrons mantiene todas las puertas cerradas con llave. Las únicas que están abiertas son las del cuarto piso, donde duermo yo, y él nunca sube allí, salvo en una ocasión, hace poco tiempo, en la que puso mi habitación patas arriba cuando desaparecí durante un mes.

Consideré llamarle al móvil, pero me dolía tanto la cabeza que desestimé la idea. Tampoco pasaba nada porque le contara lo que había averiguado sobre el *Sinsar Dubh* al día siguiente. Conociéndole, si le llamaba esta noche intentaría que volviese a salir en su busca, y ni por asomo pensaba ir a ninguna parte que no fuera derechita a tomar una ducha caliente y después a mi acogedora cama.

Subía de nuevo por las escaleras traseras cuando capté un movimiento. Me di la vuelta, intentado localizar con exactitud la fuente. No podía tratarse de una Sombra, ya que todas las luces estaban encendidas. Retrocedí un escalón y escudriñé las habitaciones que era capaz de ver. No vi movimiento alguno, así que me encogí de hombros y me dispuse a subir de nuevo.

Volvió a suceder.

Esta vez tuve un extraño presentimiento, no esa especie de

cosquilleo que me producen mis sentidos de *sidhe-seer*, sino algo que se asemejaba más al preludio de dicha sensación. Dirigí la vista hacia el lugar que me tenía mosca: el estudio de Barrons. Después asomé la cabeza, había dejado la puerta entreabierta. Al otro lado pude ver el escritorio labrado del siglo XV y, entre estanterías, parte de un alto espejo que ocupaba la pared posterior.

Sucedió otra vez y me quedé boquiabierta. El plateado reflejo del espejo acababa de temblar.

Bajé nuevamente las escaleras sin quitarle los ojos de encima. Lo observé, durante unos pocos minutos, desde una cómoda posición en el pasillo, pero no pasó nada.

Abrí la puerta del todo y entré en el cuarto. Olía a Barrons. Inhalé profundamente. En el aire se respiraba cierto aroma a *aftershave*, intenso y especiado, y por un momento me encontré otra vez en las cuevas bajo El Burren, donde la semana anterior había estado a punto de perder la vida cuando el vampiro Mallucé me secuestró y me llevó por un profundo laberinto de túneles, para torturarme hasta la muerte, en venganza por una espantosa herida que le había infligido poco después de mi llegada a Dublín. Estaba tendida en el suelo, debajo del salvaje y electrizante cuerpo de Barrons, arrancándole la camisa y posando las manos sobre el duro y musculoso abdomen cubierto de tatuajes de extraños diseños en tinta negra y escarlata. Rodeada por su olor, sintiéndome como si lo tuviera dentro de mí, o yo estuviera dentro de él. Preguntándome hasta dónde podría adentrarme en su interior si le dejaba entrar en mí.

Ninguno de los dos había mencionado nada aquella noche. Dudo que él llegue a hacerlo algún día. Y yo no pienso sacarlo a relucir. Me afectó enormemente a niveles que no fingiré comprender.

Me centré en la habitación. Había registrado su estudio en otra ocasión. Mirado en cada cajón, en el armario, incluso fisgoneé detrás de los libros de los estantes buscando quién sabe qué, cualquier secreto que pudiera desenterrar acerca de él. No hallé nada. Barrons lleva una existencia aséptica. Dudo mucho que consienta, siquiera, que haya un cabello que pueda utilizarse en un análisis de ADN.

Me acerqué al espejo y pasé las yemas de los dedos sobre el

KAREN MARIE MONING

cristal. Enmarcado con gran elegancia, cubría la pared del suelo al techo, y era duro y liso, elaborado con materiales que no vibraban.

Pero vibró bajo mis dedos. Esta vez mis sentidos de *sidhe-seer* se pusieron alerta. Aparté la mano bruscamente y choqué contra el escritorio con un grito amortiguado.

La superficie ahora vibraba ostensiblemente.

¿Estaba Barrons al tanto de esto?, pensé frenéticamente. Por supuesto que lo estaba. Barrons lo sabía todo; era su librería. Pero ¿y si no era así? ¿Y si Barrons no era tan omnisciente como yo lo creía? ¿Y si era un primo y alguien como… digamos lord Master, conociendo la afición de Barrons por ciertas antigüedades, se las había arreglado para que Barrons se hiciese con una especie de espejo encantado… y el líder de los *unseelies* le estaba espiando gracias al objeto? ¿Cómo no lo había percibido? ¿Era o no un objeto *fae*?

Unas runas formadas de humo aparecieron sobre la superficie, y el contorno del cristal se oscureció súbitamente, adquiriendo el tono del cobalto, rodeando el borde interior del espejo con una orla de casi cuatro centímetros de color negro.

¡Era un *fae*! Sus negros márgenes lo delataban. De haberse hecho visible antes, habría reconocido de inmediato lo que era, pero la verdadera naturaleza del espejo había sido camuflada tras algún tipo de ilusión infalible incluso a mis sentidos de *sidhe-seer*. ¿Quién podía crear tan perfecta ilusión?

No era un simple espejo, sino uno de los que fueron creados por el mismísimo rey *unseelie* como medio de locomoción entre el reino de los mortales y el de los *faes*. Formaba parte de la Reliquia *Unseelie* conocida como la Red de Plata, ¡y estaba en mi librería! ¿Qué hacía aquí? ¿Qué más podría esconderme la tienda, oculto a plena vista?

No era la primera vez que veía parte de esta reliquia. Cuando estuve en la casa que lord Master había tenido en el 1247 LaRuhe, en la Zona Oscura, me encontré con casi una docena de espeluznantes portales de plata con el contorno negro adornando las paredes. En ellos había cosas terribles. Cosas que aún me producen pesadillas. Cosas como… bueno, como esa cosa espantosamente deforme que en estos momentos tomaba forma ante mis propios ojos.

Cuando le hablé a Barrons de los espejos que había visto en casa de lord Master, me había preguntado si estaban «abiertos». Si era a esto a lo que se refería entonces, sí que lo habían estado. Cuando estaban abiertos, ¿podían salir de él los monstruos que albergaban? Y de ser así, ¿cómo se «cerraba» un espejo de plata? ¿Bastaría con romperlo? ¿Era posible romperlos? Antes de poder buscar con la mirada algo con lo que intentarlo, la cosa de extremidades atrofiadas y dientes enormes había desaparecido.

Expulsé el aire trémulamente. Ahora comprendía a qué se debía la sensación de distorsión espacial que se respiraba en la librería Barrons. Había sentido algo similar en casa de lord Master el día que me adentré en la Zona Oscura y descubrí que el ex novio de mi hermana era el chico más malo de Dublín, pero hasta ahora no había sumado dos y dos. Por algún motivo, estos espejos, o portales interdimensionales, alteraban el espacio que los rodeaba.

Ahora algo comenzaba a emerger del fondo del espejo, originando ráfagas plateadas con cada enérgico paso que daba. Retrocedí para poner una distancia segura de por medio.

Oscuras formas se agitaban sobre la superficie trémula del espejo. Sombras indefinidas pero que provocaban un temor profundo. Era una de esas ocasiones en que echar a correr era, con toda seguridad, una muy buena idea; pero el problema era que no tenía a dónde ir. Éste era mi refugio, mi lugar seguro. Si no podía quedarme aquí, no podía quedarme en ningún sitio.

La cosa se acercaba más y más.

Miré fijamente el espejo, siguiendo la angosta senda plateada que se difuminaba en la negrura de los bordes; flanqueados por descarnados árboles, envueltos en un velo de amarillenta niebla, cubiertos de criaturas monstruosas que surgían y tomaban forma en la bruma. El hedor a tierra yerma era peor que el de la Zona Oscura y, de algún modo, supe que el aire del interior del espejo era gélido, glacial, física y psíquicamente. Sólo un ser infernal e inhumano podría aguantar en semejante lugar.

A medida que la negra figura recorría el aterrador sendero, los demonios sombra retrocedían con mudos gritos.

En la trémula superficie del espejo se materializaron algunas runas más. No sabía decir si lo que se acercaba caminaba erguido o iba a cuatro patas. Quizá se desplazaba gracias a docenas de garras. Centré bien la vista para intentar identificar su forma, pero la pálida niebla ocultaba su aspecto.

Solamente sabía que era enorme, oscuro, peligroso... y que casi lo tenía encima.

Salí de puntillas del cuarto y cerré la puerta, dejando una minúscula rendija por la que mirar, y me preparé para cerrarla de golpe y echar a correr como alma que lleva el diablo.

El espejo expulsó una glacial ráfaga de aire.

¡Estaba aquí!

Jericho Barrons salió del espejo, con su largo abrigo negro ondeando.

Estaba cubierto de sangre que se había convertido en escarcha escarlata en sus manos, rostro y ropa. Tenía la piel pálida a causa del frío extremo, y en sus ojos del color de la medianoche centelleaba un brillo inhumano y feroz.

En los brazos llevaba el cuerpo ensangrentado, brutalmente masacrado, de una mujer joven.

No fue necesario buscarle el pulso para saber que estaba muerta.

Capítulo 2

—*Q*uisiera hablar con el inspector Jayne, por favor —dije por teléfono, a primera hora de la mañana.

Mientras esperaba a que él se pusiera, me tragué tres aspirinas con el café.

Había tenido la esperanza de haberme deshecho del insoportable inspector durante un tiempo, pero después de lo de anoche me había dado cuenta de que lo necesitaba. Había ideado un plan simple pero brillante, y me faltaba sólo una cosa para llevarlo a cabo: mi víctima desprevenida.

Después de unos momentos y una serie de tonos, escuché:

—Jayne al habla. ¿En qué puedo ayudarle?

—En realidad, soy yo quien puede ayudarle a usted.

—Señorita Lane —dijo sin más.

—La misma que viste y calza. ¿Quiere saber qué está pasando en esta ciudad, inspector? Reúnase conmigo esta tarde para tomar el té. A las cuatro en punto en la librería. —Me sorprendí a punto de decir, con la voz profunda de un locutor, «y venga solo». Soy producto de una generación que ve demasiada televisión.

—A las cuatro, entonces. Pero, señorita Lane, si me hace perder el tiempo…

Colgué el aparato, pues no estaba de humor para amenazas. Había logrado mi objetivo. Jayne iba a venir.

No soy muy buena cocinera. A mi madre se le da de miedo y, bueno, llamemos a las cosas por su nombre y punto: hasta hace unos pocos meses era tan perezosa y mimada que si la idea de valerme por mí misma se me hubiera «ocurrido», no habría tardado en descartarla optando por ponerme mona y engatusar a mi madre para que me preparase uno de mis tentempiés favoritos. No sé quién es más culpable de las dos: yo por hacerlo o ella por consentírmelo.

Desde que tengo que arreglármelas sola mi dieta se compone, prácticamente, de palomitas, cereales y barritas de chocolate. En mi cuarto tengo un calientaplatos, un microondas y una pequeña nevera. Justo la típica clase de cocina en la que sé defenderme.

Pero hoy me he puesto mi gorro de chef, por abandonado que lo tenga. Podría haber comprado una bandeja de ricos mantecados en una pastelería calle abajo, pero he preparado los sándwiches yo misma, dando bonitas formas a las rebanadas de pan recién horneado y rellenándolas con mi receta especial. Se me hacía la boca agua sólo de mirar los pequeños bocaditos.

Miré el reloj, vertí agua sobre el té Earl Grey y llevé unas tazas a la mesa cerca de la zona de descanso del fondo, donde el crepitante fuego encendido ahuyentaba el frío del plomizo día de octubre. Aunque no me apetecía nada tener que perder ventas o romper la rutina, cerré el establecimiento temprano puesto que tenía que mantener este encuentro a una hora en que sabía que era improbable que mi jefe apareciera por aquí.

Ver a Barrons salir del espejo la noche pasada me había hecho reaccionar.

Había huido escaleras arriba más rápido que un *fae* desplazándose en el espacio, cerrando mi puerta con llave y atrancándola, con el corazón palpitándome de tal manera que creía que iba a estallarme la tapa de los sesos.

Ya era bastante malo que mi jefe tuviera una reliquia *unseelie* en la tienda y no me lo hubiera dicho, y que posiblemente la utilizase de manera regular teniendo en cuenta que se encontraba en su estudio, pero… la mujer… ¡Dios, aquella mujer!

¿Por qué llevaba un cadáver ensangrentado en sus brazos manchados de sangre? La lógica era aplastante, colega, porque la había matado él.

Pero ¿por qué? ¿Quién era la mujer? ¿De dónde procedía? ¿Por qué la llevaba consigo fuera del espejo? ¿Qué había dentro del espejo? Esta mañana había vuelto para examinarlo, pero de nuevo era un cristal corriente e impenetrable, y sólo Barrons sabía lo que escondía su interior, fuera lo que fuese.

¡Y la expresión de su cara! Era la expresión de un hombre que había hecho algo que le había resultado, si no placentero, sí un tanto consolador. Su rostro traslucía cierta... sombría satisfacción.

Jericho Barrons no era un hombre difícil de idealizar (obviando la escena en que había cargado con un cadáver masacrado, por supuesto). Fiona, la gerente de la librería que me precedió, había estado tan locamente enamorada de él que había tratado de matarme para quitarme de en medio. Barrons es poderoso, inquietantemente guapo, asquerosamente rico, aterradoramente inteligente y tenía un gusto exquisito; por no hablar de un cuerpo duro que exudaba algún tipo de carga de baja intensidad. Balance final: está hecho de la misma pasta que los héroes.

Y de los asesinos psicópatas.

Si algo he aprendido en Dublín, es que existe una finísima línea entre esas dos cosas.

No pensaba idealizarle. Sabía que era despiadado. Lo sabía desde el día en que lo conocí y lo vi mirándome fijamente desde el fondo de la librería con ojos fríos y sabios. Barrons hace única y exclusivamente lo que más le conviene a él; punto pelota. Y mantenerme con vida era lo que más le convenía. ¡Pero puede que algún día eso cambie!

¿Por qué tenía un espejo de plata en su estudio? ¿Adónde iba con él? ¿Qué hacía? Además de llevar mujeres muertas de un lado a otro.

El comportamiento de los demonios-sombra del espejo cuando Barrons lo había atravesado había sido semejante al de las Sombras de la Zona Oscura: cediéndole el paso, manteniéndose bien apartados. No hacía mucho, el propio lord Master le había echado la vista encima y se había alejado de él.

¿Quién era Jericho Barrons? ¿«Qué» era? Un sinfín de posibilidades se agolpaba en mi cabeza, cada una peor que la anterior.

No tenía forma de saber qué era, pero sabía lo que «no era»: alguien a quien iba a revelarle lo que anoche descubrí del *Sinsar Dubh*. ¿Quería guardarse sus secretos? Pues muy bien; yo me guardaría el mío.

No tenía el menor deseo de ser la responsable de reunir a Barrons con el Libro Oscuro. Mi jefe se movía a través de las reliquias *unseelies* e iba a la caza de otra. Oye, ¿podría eso significar que era algún tipo de criatura *fae*? ¿Quizá uno de esos delicados y transparentes, a los que yo llamaba *grippers*, que podían introducirse bajo la piel de los humanos y controlarlos? ¿Cabía la posibilidad de que hubiera sido poseído por uno de ellos?

Había contemplado esa idea con anterioridad y la había descartado al instante. Ahora tenía que reconocer que carecía de fundamentos para descartarla, aparte de que... bueno... le había estado idealizando, diciéndome que Jericho Barrons era demasiado fuerte como para que nada ni nadie le poseyera. ¿Quién era yo para afirmar que tal cosa era cierta? Hacía poco había visto a un *gripper* tomar posesión de una joven en el Temple Bar. En cuanto entró en ella fui incapaz de percibir al *unseelie* en su interior; habría pasado por humana a mis sentidos de *sidhe-seer*.

¿Y si Barrons estaba trabajando en secreto para las fuerzas de la oscuridad, engañándome con la misma destreza con la que lord Master había seducido a mi hermana para que buscase el Libro? Eso explicaría prácticamente todo sobre él: su fuerza sobrehumana, su conocimiento de los *faes*, que conociera y poseyera uno de los Espejos Oscuros, que las Sombras le evitasen, que lord Master no se enfrentase a él... Al fin y al cabo, ambos estarían en el mismo bando.

Exhalé, frustrada.

Desde que llegué a Dublín, únicamente la noche en que Mallucé estuvo a punto de liquidarme y comí carne *unseelie* para sobrevivir, me sentí capaz de cuidar de mí misma. Por repugnante que fuera, la carne *fae* confería cierto grado de poder a la persona que la ingería, dotándola de una fuerza superior, capacidad de sanar heridas mortales e, incluso, supuestamente poder en las artes negras.

Aquella noche sentí que al fin tenía lo que hay que tener y que no necesitaba que nadie me protegiera. Me sentí capaz de estar a la altura de los chicos malos que me rodeaban. Me medí con Mallucé de igual a igual. Casi fui tan letal como el propio Barrons, aunque no estaba tan bien adiestrada como él. Por fin me sentí en posesión de una fuerza decisiva, alguien capaz de exigir respuestas, de hacer uso de mi fuerza sin temer constantemente acabar herida o muerta.

Estaba exultante, liberada, pero no podía comer carne *unseelie* todos los días; tenía demasiados inconvenientes. No sólo anulaba temporalmente todos mis poderes de *sidhe-seer* y me hacía vulnerable a mi propia lanza (la reliquia capaz de matar cualquier cosa de origen *fae*, aunque sólo hubieras ingerido su carne; lo descubrí viendo pudrirse a Mallucé), sino que la semana pasada me di cuenta de que era adictivo, y que una sola ingesta bastaba para crear tal adicción. Mallucé era débil. La erótica del poder *fae* era poderosa y, de noche, había estado soñando con eso: trocear carne de *rhino-boy* vivo… masticarla… tragarla… sentir cómo su oscura vida entraba en mi cuerpo… inflamando mi sangre… infundiéndome energías… haciéndome de nuevo invencible…

Dejé a un lado mis fantasías, sorprendiéndome a punto de darle un bocado a un delicioso sándwich. Tenía el labio manchado ligeramente de harina del pan horneado.

Dejé nuevamente el sándwich en la bandeja, llevé el tentempié a la mesa y dispuse el festín en platos de papel con motivos florales y servilletas a juego que había comprado cuando volvía de la pastelería.

La distinguida dama sureña que habitaba en mi interior se sentía avergonzada por la ausencia de porcelana y cubertería de plata.

Pero a la Mac que lleva lanza, sólo le preocupaba que pudieran quedar sobras del festín, puesto que la comida no debe desperdiciarse jamás. La gente se muere de hambre en los países del Tercer Mundo.

Miré el reloj. Si Jayne era un hombre puntual estaría aquí dentro de tres minutos, y pondría mi plan en marcha. Era un poco arriesgado, pero necesario.

La noche pasada —entre pesadillas en las que perseguía el Libro y siempre que me acercaba a él, éste no se convertía en la Bestia, sino en Barrons—, la había pasado casi en vela, revisando y descartando ideas, hasta que di con una cuya brillantez me impresionó incluso a mí misma.

La clave para dar con el *Sinsar Dubh* estaba en seguir la

pista de los crímenes más atroces. Lo encontraría allá donde reinase el caos y la violencia. Al principio decidí intentar echarle mano a una radio de la policía, pero la logística que suponía robar una y hacer un seguimiento veinticuatro horas al día, siete días a la semana, pudo conmigo.

Me di cuenta de que ya tenía lo que necesitaba: al inspector Jayne.

Mamá siempre me decía que no pusiese todos los huevos en la misma cesta, y eso era precisamente lo que había estado haciendo con Barrons. ¿A quién tenía como plan B? A nadie. Tenía que diversificar.

Si conseguía persuadir a un miembro del cuerpo de policía para que me avisase siempre que recibieran una denuncia de delito que se ajustarse a los parámetros, tendría una pista inmediata sin tener que estar pegada a una radio. Podría acudir a toda prisa a la escena del crimen, con la esperanza de que el Libro estuviera aún lo bastante cerca como para percibirlo, y utilizar mis sentidos de *sidhe-seer* para seguir su rastro. Lo más probable era que la mayor parte de los soplos fueran infructuosos, pero acabaría por tener suerte tarde o temprano, al menos una vez.

Jayne iba a ser mi informador. Cabría preguntarse cómo pretendía lograr dar un giro tan radical a la habitual relación policía/civil... y ésa era la parte más brillante de mi sencillo plan.

Como era natural, no tenía la menor idea de qué hacer si conseguía localizar el *Sinsar Dubh*. Ni siquiera era capaz de acercarme a él, y si por algún motivo lograba hacerlo, había visto lo que le sucedía a la gente que lo tocaba. A pesar de todo, tenía que buscarlo. Era una de esas necesidades determinadas por mis genes, junto con mi terror innato a los Cazadores, mi reacción refleja a las Reliquias y el constante impulso de ir advirtiendo a la gente acerca de los *faes*, aunque sepa que nunca van a creerme.

Hoy era necesario que alguien me creyera. Jayne quería saber lo que estaba sucediendo, y yo iba a enseñárselo.

La voz de mi conciencia protestó sin demasiada convicción, pero hice caso omiso. Mi conciencia no iba a mantenerme con vida.

Eché una ojeada a la bandeja y se me hizo la boca agua. Aquellos no eran simples sándwiches de huevo, atún o ensalada de pollo; eran riquísimas creaciones que me había esforzado en elaborar y ahora me moría de ganas de hincarles el diente. Soñaba cómo comérmelos. Nunca había ansiado tanto la comida humana como ansiaba devorar esos sándwiches.

Aquellas vibrantes creaciones eran sándwiches de ensalada *unseelie*… y Jayne estaba a punto de ver su ciudad con nuevos ojos.

La cosa iba igual de bien que el descarrilamiento de un tren.

El inspector sólo se tomó dos de mis diminutos sándwiches: el primero porque no se esperaba que tuviera un sabor tan repugnante; el segundo me parece que fue porque, seguramente, creyó que debió de equivocarse con el primero.

Cuando se hubo tragado el segundo pudo ver que los sándwiches se movían en su plato, y ya no hubo modo de conseguir que probase un tercero. No estaba segura de cuánto durarían los efectos de tan pequeña cantidad de carne *unseelie*, pero imaginé que un día o dos. No le había hablado de la súper fuerza, los poderes regeneradores o de las habilidades en las artes oscuras como consecuencia de la ingesta de carne *unseelie*. Sólo sabía que ya era lo bastante fuerte como para aplastarme de un solo puñetazo.

Me temblaban las manos cuando me obligué a tirar por el retrete el resto de las delicias antes de marcharme. Había reservado dos, por si las moscas. A medio camino de la puerta me di cuenta de mi hipocresía y volví para deshacerme también de esos dos.

Vi mi reflejo fugazmente en el espejo, la cara pálida a causa del esfuerzo de negarme lo que tanto deseaba: la dicha de tener súper fuerza, estar a salvo de mis innumerables enemigos que poblaban las calles de Dublín, por no hablar de ser capaz de plantarle cara a Barrons. Me aferré al borde del inodoro viendo cómo los trozos de carne giraban en el remolino de agua hasta desaparecer.

Nos encontrábamos en los alrededores del barrio del Temple Bar y estaba exhausta.

Llevaba siete largas horas con Jayne y no me caía mejor ahora de lo que me había caído antes de darle carne *unseelie* y obligarle a ver lo que estaba ocurriendo en su mundo.

Yo tampoco le caía mejor a él. De hecho, estaba convencida de que me odiaría el resto de su vida por todo aquello a lo que le había obligado a enfrentarse esa noche.

Poco después de haber iniciado nuestro *tour* en busca de monstruos, Jayne insistió en que le había drogado. Me acusó de haberle dado alucinógenos, y por ello iba a hacer que me arrestasen por tráfico de drogas e iba a expulsarme de Irlanda para que me recluyeran en una cárcel de mi país.

Ambos sabíamos que no iba a hacerlo. Para conseguir que comprendiera tuve que pasarme horas paseándole por Dublín, mostrándole los seres que había en los bares, que conducían los taxis y los puestos ambulantes, pero lo había conseguido. Tuve que indicarle en todo momento cómo debía reaccionar, que debía mirar furtivamente para no delatarnos, a menos que quisiera terminar tan muerto como lo estaba O'Duffy.

A pesar de lo que pudiera pensar sobre sus métodos y su forma de tratarme, el inspector Jayne era un buen policía con un gran olfato, le gustase o no lo que le contaban. Aunque insistió en que nada de aquello era real, igualmente había empleado la prudencia que había aprendido en sus veintidós años de carrera. Había observado a los monstruos sin boca y mirada triste y acuosa, las gárgolas aladas y las corpulentas masas de extremidades deformes y carne supurante con la serenidad de un perfecto incrédulo.

Sólo había tenido un único desliz, hacía unos instantes.

Yo había inmovilizado y apuñalado a tres *rhino-boys* en cuestión de minutos en el oscuro callejón que había estado utilizando como atajo.

Jayne estaba allí, parado, mirando fijamente los cuerpos de color gris, contemplando las caras llenas de bultos con mandíbula protuberante y colmillos, los ojillos y la piel de elefante, las heridas abiertas revelando la carne de un rosa grisáceo veteada de quistes purulentos.

—¿Me ha dado de «comer» de eso? —dijo, al fin.

Yo me encogí de hombros.

—No conocía otro modo de enseñarle lo que tenía que ver.

—¿Había trozos de estas... «cosas»... en esos pequeños sándwiches? —Alzó la voz; tenía el rostro rubicundo pálido.

—Ajá.

Me miró, la nuez se le movía espasmódicamente, y por un momento creí que iba a vomitar, pero mantuvo la calma.

—Señora, está enferma.

—Vamos. Hay una última cosa que quiero que vea —le dije.

—Ya he visto suficiente.

—No, de eso nada. Aún no. —Me había guardado lo peor para el final.

Finalicé el recorrido al borde de una nueva Zona Oscura, al norte del río Liffey, que había planeado explorar para poder delimitar sus parámetros en el mapa que había colgado en la pared de mi cuarto.

—¿Se acuerda de esos lugares que no podía encontrar en los mapas? —dije—. ¿De la zona próxima a la librería? ¿Los que O'Duffy estaba explorando? Esto es lo que son. —Señalé calle abajo con la mano.

Jayne dio un paso hacia la oscuridad.

—¡No se aparte de la luz! —exclamé.

Él se detuvo debajo de una farola y se apoyó en ella. Observé su rostro mientras contemplaba a las Sombras deslizarse ávidamente al borde de la oscuridad.

—¿Y espera que me crea que estas sombras se comen a la gente? —dijo, al fin, con voz tirante.

—Si no me cree, vaya a casa, traiga a uno de sus hijos y envíelo ahí dentro. Ya verá lo que ocurre.

No me pareció tan crudo como sonó cuando lo dije, pero tenía que hacerle comprender, y para eso, tenía que darle donde más le dolía, hacer que sintiera que la amenaza era real.

—¡Jamás vuelva a mencionarme a mis hijos! —gritó, volviéndose hacia mí—. ¿Me ha oído? ¡Jamás!

—Cuando los efectos desaparezcan —señalé—, ya no sabrá dónde se encuentran las Zonas Oscuras. Sus hijos podrían atravesar una de camino al colegio y no volvería a verlos. ¿Irá a buscar sus restos? ¿Sabrá siquiera dónde buscarlos? ¿Morirá intentándolo?

—¿Me está amenazando? —Sus grandes manos eran dos puños que dirigió hacia mí.

Yo me mantuve firme.

—No. Me estoy ofreciendo a ayudarle. Le ofrezco un trato. Dentro de un día, más o menos, será incapaz de ver todo esto. No tendrá ni idea de dónde se encuentra el peligro que amenaza a su familia, y está a su alrededor, por todas partes. Puedo mantenerle informado. Puedo decirle dónde se encuentran las Zonas Oscuras, dónde se reúnen la mayoría de los *unseelies* y el mejor modo de mantener a salvo a su esposa y sus hijos. Si la cosa se pone realmente fea, puedo informarle de cuándo abandonar la ciudad y a dónde ir. Lo único que quiero a cambio es un poco de información. No le estoy pidiendo que me ayude a cometer ningún crimen. Le pido que me ayude a evitarlos. Estamos del mismo lado, inspector. Lo que sucede es que, hasta esta noche, usted no sabía que había otro lado. Ahora es consciente de ello. Ayúdeme a acabar con lo que está sucediendo en esta ciudad.

—Esto es una locura.

—Locura o no, es real.

A mí también me había resultado difícil aceptarlo. Me había costado lo mío cruzar el puente que conecta el mundo de la cordura con el Dublín oscuro e infectado de criaturas *fae*.

Jayne apartó la mirada y guardó silencio. En ese preciso instante supe que lo había logrado. Supe que me llamaría la próxima vez que le informaran de un crimen. Odiaría todo aquello, se diría a sí mismo que estaba loco, pero haría la llamada, y eso era lo único que me importaba.

Dejé a Jayne en la comisaría de la calle Pearse, asegurándole que pronto perdería la capacidad de ver todas esas criaturas. Cuando nos separamos, vi la misma expresión vacía en sus ojos que a veces vislumbro en los míos.

Le compadecí.

Pero necesitaba a alguien en la policía y ahora le tenía a él.

Además, de no haberle abierto los ojos esta noche y obligado a ver lo que estaba pasando, habría acabado muerto en cuestión de días. Había estado armando demasiado alboroto. Había divisado un coche abandonado en algún callejón vacío y entrado en una Zona Oscura por la noche o, quienquiera que hubiese degollado a O'Duffy para silenciarle, habría hecho lo mismo con Jayne.

Habría sido hombre muerto; ahora, al menos, tenía una posibilidad de sobrevivir.

Capítulo 3

«Moriría por él.

No hay más que decir.

Daría hasta mi último aliento y renunciaría a toda esperanza por mantenerlo con vida. Cuando creía que estaba loca, vino a mí y le dio sentido a todo. Me ayudó a comprender lo que yo era, me enseñó a cazar y a esconderme. Me enseñó que las mentiras son necesarias, algo sobre lo que últimamente he aprendido mucho. Cada vez que Mac me llama, adquiero más práctica. También moriría por ella.

Él ha hecho que me vea de un modo distinto. Me deja ser la mujer que siempre quise ser, no la hija perfecta y estudiante de matrícula que se siente en la obligación de hacer en todo momento lo correcto para que mamá y papá estén orgullosos de la hermana mayor perfecta que siempre tiene que dar un buen ejemplo a Mac, y a no dar pábulo a las lenguas afiladas de los vecinos. ¡Odio ese pueblucho de metomentodos! Siempre quise parecerme más a Mac. Ella no hace nada que no le apetezca hacer. Le trae al fresco que la gente le llame vaga o egoísta; ella es feliz. Me pregunto si sabe lo orgullosa que estoy de ella por eso.

Pero ahora las cosas son diferentes.

Aquí, estando en Dublín con él, puedo ser quien quiero ser. Ya no estoy atrapada en un pequeño pueblo del sur, obligada a ser una niña buena. ¡Soy libre!

Él me llama su reina de la noche. Me enseña las maravillas de esta increíble ciudad. Me anima a encontrar mi propio camino y a elegir lo que creo que es correcto o erróneo.

Y el sexo… ¡Dios, el sexo! ¡No sabía lo que era el sexo hasta que le conocí! No es música suave y velas; una elección, una acción deliberada.

Es algo tan espontáneo e imposible de no hacer como respirar. Contra la pared de un oscuro callejón o sobre el frío pavimento porque no puedo soportar estar un minuto más sin él. Ponerme a cuatro patas, con la boca seca y el corazón en la garganta, esperando el momento en que él me toque y me sienta viva otra vez. Es agotador y purificante, delicado y violento, y hace que todo desaparezca, hasta que lo único que importa es tenerle dentro de mí y ya no sólo moriría por él... también mataría por él.

Como he hecho esta noche... como haré mañana cuando la vea».

Lo odio.

Oh, ya odiaba al asesino de mi hermana, pero ahora lo odio aún más.

Aquí, en mi puño férreamente cerrado, tenía la prueba de que lord Master había utilizado sus poderes con Alina, convirtiéndola en alguien que no era, antes de matarla: una página arrancada de su diario, escrita con la bonita letra suavemente inclinada que había comenzado a perfeccionar antes de que yo hubiera aprendido siquiera a leer.

Una página tan impropia de Alina, que no podría estar más claro que le había lavado el cerebro; había empleado la Voz con ella, lo mismo que había hecho conmigo aquella noche en las cuevas debajo del Burren, cuando me exigió que le entregase el amuleto y me fuera con él, y yo fui incapaz de resistirme o negarle nada. Me convirtió en una autómata mecánica con el poder de unas simples palabras. Si no llega a ser por Barrons, me habría largado con él, esclavizada. Pero también Barrons era experto en el poder druídico de la Voz, y me había liberado del influjo de lord Master.

Conocía a mi hermana y había sido feliz en Ashford. Había estado satisfecha de la persona que era: brillante, triunfadora y divertida; idolatrada por mí y por casi todos los vecinos de la ciudad; aquella cuyo rostro sonriente aparecía siempre en el periódico por alguna mención honorífica; que lo hacía todo bien.

«Me llama su reina de la noche.»

—Reina de la noche, y un cuerno.

Mi hermana nunca quiso ser reina de nada, pero de haberlo querido no habría elegido la noche. Habría elegido algo festivo, como el desfile anual del Melocotón y la Calabaza de Ashford. Habría ganado un lazo naranja chillón y una tiara de plata y salido en la portada del *Journal-Constitution* de Ashford al día siguiente.

«Siempre quise parecerme más a Mac.» ¡Ni una sola vez había dicho que deseara parecerse más a mí! «Le trae al fresco que le llamen vaga y egoísta.» ¿De verdad la gente decía eso de mí? ¿Es que estaba sorda o simplemente demasiado atontada como para importarme?

Y lo que había escrito en relación al sexo... ésa no era mi hermana, ni hablar. A Alina no le gustaba esa postura porque la consideraba humillante. «A cuatro patas, nena. Sí, y una leche», solía decir y se echaba a reír. «¡Qué te den a ti!».

—Lo ves, no es Alina —le dije a la página.

¿A quién había matado mi hermana la noche en que escribió esta entrada? ¿A un monstruo? ¿O acaso lord Master le había lavado el cerebro para que matase a uno de los buenos por él? ¿A quién iba a ver al día siguiente? ¿Había planeado matarla también a ella? ¿Había estado matando humanos o *faes*? Y si eran *faes*, ¿cómo los había matado? Yo tenía la lanza. Dani, una mensajera de Post Haste, Inc., la tapadera de la organización de *sidhe-seers* dirigida por Rowena, la Gran Señora, tenía la espada. Por lo que yo sabía, ésas eran las dos únicas armas capaces de matar a los *faes*. ¿Había descubierto mi hermana otra arma que yo desconocía? De todas las páginas de su diario, ¿por qué alguien me había enviado ésta?

Y lo que era más importante e inquietante de todo: ¿quién me la había enviado? ¿Quién tenía el diario de mi hermana? V'lane, Barrons y Rowena habían negado haberla conocido. ¿Podría habérmela enviado lord Master pensando, tal vez, en su retorcida arrogancia, que conseguiría que lo encontrase tan atractivo como mi hermana? Como de costumbre, flotaba a la deriva en medio de un mar de preguntas, y si las respuestas fueran botes salvavidas, corría el peligro inminente de ahogarme.

Cogí el sobre y lo estudié con atención: sencillo, de vitela color hueso, grueso y lo bastante elegante como para ser hecho por encargo; pese a todo, no me dijo nada.

La dirección, pulcramente mecanografiada en letra normal, podría proceder de cualquier impresora láser o de tinta de cualquier parte del mundo.

«MacKayla Lane. c/o Librería Barrons», decía.

No llevaba remitente. La única pista era un matasellos de Dublín, fechado ayer, y que no tenía mayor relevancia.

Tomé un trago de café mientras pensaba. Esta mañana me había levantado temprano y me había vestido y bajado a la tienda, desde mi cuarto en el último piso, para colocar los nuevos diarios y revistas mensuales, pero me distraje con la pila de correo amontonada sobre el mostrador. Tres facturas después, encontré el sobre que contenía la página del diario de Alina. La pila de correo se tambaleó. Las revistas mensuales continuaban metidas en la caja.

Cerré los ojos y me los froté. Había estado buscando el diario de mi hermana, desesperada por encontrarlo antes de que otro lo hiciera, pero ya era demasiado tarde. Alguien se me había adelantado. Alguien estaba al corriente de sus pensamientos más íntimos y tenía a su disposición todo el conocimiento que había adquirido desde su llegada a las costas irlandesas, infestadas de *faes*.

¿Qué otros secretos contenía su diario, aparte de la poco halagadora visión personal sobre mí? ¿Había escrito sobre la ubicación de alguna de las *Hallows* o las reliquias que necesitábamos? ¿Sabía ese alguien alguna cosa acerca del *Sinsar Dubh* y cómo se desplazaba? ¿Teníamos mi adversario y yo la esperanza de localizarlo del mismo modo?

El teléfono comenzó a sonar y en la pantalla vi que se trataba de un número local. Hice caso omiso. Todas aquellas personas que eran importantes para mí tenían mi número de móvil. Ver la letra de Alina, escuchar sus palabras en mi mente mientras las leía, me había dejado muy sensible. No estaba de humor para hablar de libros con un cliente.

El teléfono dejó al fin de sonar, pero después de una pausa de tres segundos, sonó de nuevo.

Lo cogí a la tercera, simplemente para que dejara de sonar. Era Christian MacKeltar, preguntándose qué me había sucedido la otra noche y por qué no le había devuelto ninguna de sus llamadas. De ningún modo podía decirle que todo se debía a que había estado un poco ocupada retorciéndome de rodillas por culpa de un libro con vida propia; viendo cómo el asesino de mi jefe cargaba con un cadáver; sirviendo un adictivo ten-tempié caníbal con el té a un detective de homicidios, a fin de convertirlo en mi informador, y luego dándole un paseo por la ciudad y obligándole a ver monstruos. Y en estos momentos, leyendo que a mi hermana le había encantado practicar sexo con el monstruo responsable de traer al resto de los suyos a nuestro mundo.

No, estaba muy segura de que todo eso sólo me granjearía la antipatía de un hombre que esperaba resultase una valiosa fuente de información.

Así que le ofrecí un bonito montón de mentiras y concerté una nueva cita con él para esta noche.

Cuando me puse en camino para reunirme con Christian, Barrons seguía sin hacer acto de presencia, cosa que me alegró. Aún no estaba preparada para enfrentarme a él.

Escudriñé la Zona Oscura al tiempo que cerraba con llave la librería. Tres Sombras se acercaron al borde de la luz, el resto se deslizaron y movieron en la penumbra. Nada había cambiado; continuaban presas de la oscuridad.

Giré enérgicamente hacia la izquierda y me dirigí al Trinity College, donde trabajaba Christian en el departamento de Lenguas Antiguas. Le había conocido hacía varias semanas, cuando Barrons me envió a recoger un sobre de la mujer que dirigía el departamento. Ella no estaba, pero él sí.

Luego nos habíamos encontrado por segunda vez, hacía una semana, en un *pub*. Me había dejado pasmada cuando me contó que había conocido a mi hermana e, incluso, que sabía lo que ella y yo éramos. Nuestra conversación había sido interrumpida de repente por Barrons, que me llamó para advertirme de que había Cazadores en la ciudad y decirme que regresara corriendo a la librería. Había planeado llamarle al día siguiente y averiguar qué más sabía, pero de camino a casa me arrinconaron los Cazadores y fui secuestrada por Mallu-

cé, y huelga decir que en aquellos momentos estaba un po-
quitín ocupada luchando por mi vida. Después, la otra noche,
la debilitadora aparición del *Sinsar Dubh* había impedido
nuevamente que nos viéramos. Estaba impaciente por descubrir qué sabía.

Me retiré los rizos negros de la frente y los ahuequé con los
dedos. Me había vuelto a arreglar esta noche, sujetándome el
cabello con un colorido pañuelo de seda y dejando que los extremos cayeran sobre mi hombro, cubriéndome ligeramente el
escote. Lo tenía clarísimo, al menos un par de veces por semana me ponía ropa bonita de vivos colores. Temía que, de no hacerlo, olvidara quién era. Me había convertido en lo que a mí
me parecía una desastrada y desagradable arpía armada, resen-
tida y ávida de venganza. Tal vez la chica de largo cabello rubio,
maquillaje y manicura impecables había desaparecido, pero seguía siendo guapa. Llevaba el cabello negro azabache hasta los
hombros y se me rizaba atractivamente en torno a la cara, re-
saltando mis ojos verdes y mi piel clara. El carmín y el perfilador de labios a juego me hacían parecer mayor, más atractiva
que de costumbre.

Esta noche había elegido ropa que se ceñía a mis curvas y
las resaltaba. Me puse una falda color crema con un ajustado
jersey amarillo en honor a Alina (con un corto y elegante im-
permeable en color crema que ocultaba las ocho linternas, dos
navajas y una lanza), tacón alto y perlas. Mi padre decía que el
día en que nos recogieron de la agencia de adopciones, Alina
iba vestida con si fuera un rayo de sol y yo como un arco iris.

«Alina.»

Su ausencia era tan dolorosa que era como una presencia.
El dolor aún me despertaba de golpe por la mañana, me acom-
pañaba durante todo el día y se metía conmigo en la cama por
las noches.

Dublín me la recordaba constantemente. Ella estaba aquí,
en cada calle, en el rostro de cualquier joven estudiante, completamente ajena a lo que caminaba a su lado, disfrazado de
humano. Oía su risa en los *pubs* y, más tarde, moría en la oscuridad.

Era todas las personas a las que no podía salvar.

Bordeé las bulliciosas calles del Temple Bar y me dirigí directamente a la universidad. La noche pasada no había estado de humor para que me recordasen que sólo existían dos armas conocidas que pudieran matar a los *faes* y cientos, si no miles, de *unseelies* en la ciudad. El encuentro con el *Sinsar Dubh* me había hecho poner los pies en el suelo. La maldad en estado puro de esa reliquia me había recordado tristemente que, aunque recientemente hubiera superado, contra todo pronóstico, una situación imposible y salido reforzada de ella, aún me aguardaban cosas peores.

Cuando llegué a la oficina que albergaba al personal del departamento de Lenguas Antiguas, Christian se reunió conmigo en la puerta. Tenía un aspecto joven, a la última y muy atractivo, con unos vaqueros desgastados, botas resistentes y un jersey; llevaba el negro cabello recogido en una coleta con una tira de cuero. Me dirigió una intensa mirada apreciativa que hizo que me alegrase de haberme arreglado.

Me tomó del brazo y sugirió que nos fuéramos a otro sitio.

—Están discutiendo el presupuesto —me informó, con voz grave y ronca con acento irlandés, mientrás cargaba la atiborrada mochila sobre su musculoso hombro.

—¿No es necesario que te quedes?

—No. Sólo los empleados a jornada completa están obligados a sufrir las reuniones. Yo soy empleado a tiempo parcial. —Me brindó una sonrisa arrebatadora que me hizo erguirme. Christian era la clase de tío guapo que te impacta y hace que no dejes de lanzarle miraditas de reojo: una fuerte mandíbula con barba incipiente, hombros anchos, piel morena y sin mácula y unos impresionantes ojos de tigre. Su esbelto cuerpo poseía una elegancia natural que dejaba entrever una madurez impropia de su edad—. Además, no es un lugar cómodo para hablar, y tenemos muchísimo de que hablar, muchacha.

Esperaba que eso significara que al fin alguien iba a contarme algo útil acerca de mi hermana. Me llevó a un despacho sin ventana al lado de una zona de máquinas expendedoras en el sótano del edificio, prácticamente desierto. Nos acomodamos en unas sillas metálicas plegables, bajo el zumbido de los fluorescentes, donde imaginé que mi hermana podría haberse sentado a estudiar en alguna ocasión. No malgasté el tiempo preguntándole a Christian cómo la había conocido. Me pregunté si sería uno de los chicos con quien había salido cuando llegó a la ciudad, antes de que lord Master le hubiera lavado el cerebro. Yo lo habría hecho… en otra vida; una vida normal.

—Vino al departamento de Lenguas Antiguas buscando a alguien que le tradujese un texto.

—¿Qué clase de texto? —El *Sinsar Dubh* me vino inmediatamente a la cabeza.

—Ninguno que yo pudiera traducir. Y tampoco mis tíos.

Di por supuesto que sus tíos eran lingüistas o algo por el estilo.

Él sonrió débilmente, como si el asunto le hiciera gracia.

—Son historiadores, en cierto modo, entendidos en antigüedades y ese tipo de cosas. Jamás me había encontrado con un texto que no pudieran traducir.

—¿Llegaste a averiguar de qué se trataba?

—Mi turno, Mac. Yo también tengo algunas preguntas. ¿Qué te sucedió la otra noche? ¿Por qué te echaste atrás?

—Ya te lo he dicho. Me llamó mi padre y estuvimos hablando sobre mi madre. Está empeorando y perdiendo la noción del tiempo. Luego, cuando colgué, me sentó mal algo que había cenado y me encontraba tan mal, que sólo tenía ganas de irme a la cama.

—Buen intento —dijo con sequedad—. Ahora, dime la verdad.

—Acabo de hacerlo.

—No, no lo has hecho. Has mentido; puedo saberlo por tu voz.

—No puedes saber por mi voz si miento o no —me burlé—. Puede que el lenguaje corporal te diga alguna cosa, pero…

—Sí que puedo —me interrumpió con un atisbo ligeramente amargo de aquella sonrisa arrebatadora—. Literalmente. Sé cuándo mientes. Ojalá no fuera así. No tienes ni idea de lo a menudo que miente la gente. Todo el maldito tiempo, por todo, incluso por estupideces por las que no merece la pena mentir. Entre nosotros sólo nos diremos la verdad, Mac, o nada en absoluto. Tú eliges. Pero no te molestes en intentar engañarme, porque no puedes.

Me disponía a despojarme del abrigo cuando me acordé del arsenal que llevaba encima, así que lo pensé mejor y me acomodé nuevamente en la silla, crucé las piernas, balanceando un tobillo. Escruté su rostro con atención. Dios mío, hablaba en serio.

—¿De verdad sabes cuándo la gente está mintiendo?

Él asintió.

—Demuéstramelo.

—¿Tienes novio?

—No.

—¿Estás interesada en algún hombre?

—No.

—Mientes.

Me puse tensa.

—No miento.

—Sí, mientes. Puede que no sea tu novio pero hay alguien que te interesa lo suficiente como para pensar en acostarte con él.

Le fulminé con la mirada.

—De eso nada. Y es imposible que sepas eso.

Christian se encogió de hombros.

—Lo siento, Mac, oigo la verdad aunque la persona no la reconozca ante sí misma. —Enarcó una morena ceja—. ¿Supongo que no soy yo?

Me sonrojé. Christian acababa de hacerme pensar en ello. En nosotros, desnudos. Soy una mujer normal y él era realmente un hombre muy guapo.

—No —dije, avergonzada.

Él se echó a reír, sus ojos dorados centelleaban.

—Mentira. Mentira y gorda. Me encantaría. ¿Te he contado que soy partidario de cumplir las fantasías de la mujer?

Puse los ojos en blanco.

—Te he dicho que no estaba pensando en eso antes de que lo mencionaras. Tú pusiste la idea en mi cabeza y entonces, ¡tachán!, me puse a pensar en ello. —Y eso me preocupaba porque sólo se me ocurrían otras dos «personas», y estaba utilizando el término muy libremente, con quien pudiera haber pensado en acostarme «antes» de que Christian me hiciera pensar en practicar sexo con él, y ambas eran posibilidades nefastas—. Esto no demuestra nada.

—Pues supongo que tendrás que fiarte de mí hasta que me

conozcas. Yo me fío de ti. No te pido que me demuestres que ves a los *faes*.

—La gente piensa en el sexo constantemente —dije, irritada—. ¿Eres consciente de que están pensando en ello y de con quién piensan hacerlo?

—A Dios gracias no, o no conseguiría hacer nada. La mayor parte del tiempo es como una música de fondo. Ya sabes, sexo-sexo-sexo-encuéntralo-antes-de-que-el-esperma-perfecto-se-acabe, sonando suavemente en mi cabeza con una sensual cadencia. Entonces entra alguien como tú y empieza a subir el volumen hasta ser como esa canción de los *Nine Inch Nails* que mi tío pone siempre para su mujer. —Hizo una mueca—. Nos largamos del castillo y nos vamos a otra parte cuando lo hacen.

—¿Tu tío escucha a Trent Reznor? —Pestañeé—. ¿Vives en un castillo? —No sabía cuál de las dos cosas resultaba más rara.

—En uno grande y lleno de corrientes de aire. No es tan impresionante como parece. Y no todos mis tíos son tan guais como Dageus. Los hombres quieren ser como él. Las mujeres le adoran. En realidad, es irritante. Nunca le presento a mis novias.

Si se parecía en algo a Christian, comprendía bien el porqué.

—La cuestión es que no me mientas, Mac. Ya te he dicho que sabré si lo haces. Y no lo toleraré.

Sopesé su confesión. Sabía lo que era ser capaz de hacer cosas que otros considerarían imposibles. Decidí tomarle en serio y ver en qué quedaba todo aquello. El tiempo lo diría.

—¿Así que es un don de nacimiento, igual que ser una *sidhe-seer*?

—Tú no crees que ser *sidhe-seer* sea un don. Tampoco lo es mi… problemilla, y sí, para disgusto de mis padres, nací así. Hay mentiras que son necesarias. O, al menos, las piadosas. Ésas ni las he oído ni las oigo.

Alina había dicho lo mismo: algunas mentiras son necesarias.

—Bueno, míralo por el lado bueno, no puedes oír ninguna, porque nadie a tu alrededor dice ninguna. ¿Crees que es fácil

estar con alguien a quien tienes que decirle la verdad todo el…
¡Oh! —Me callé de golpe—. No tienes muchos amigos, ¿verdad? —No si era de los que hablaba con franqueza y tenía pinta de ser la clase de tipo que lo hacía.

Él me lanzó una mirada adusta.

—¿Por qué te echaste atrás la otra noche?

—Me topé con una Reliquia Oscura, y me pongo malísima si me acerco demasiado.

Christian se inclinó hacia delante, apoyando los codos en las rodillas, y me miró fijamente, fascinado.

—¡Eso sí que es como música celestial para mis oídos, muchacha! ¿Viste una Reliquia Oscura? ¿Cuál?

—¿Cómo es que conoces las Reliquias Oscuras? ¿Quién eres y qué papel juegas tú en todo esto? —No necesitaba más hombres envueltos en un halo de misterio en mi vida.

—¿Hasta qué punto me dirás la verdad?

Vacilé brevemente. De entre todos los hombres a los que había conocido en Dublín, Christian era el que más se me parecía: básicamente normal, pero dotado de un talento no deseado de los que te cambian la vida.

—Hasta donde me sea posible si tú haces lo mismo.

Él asintió, satisfecho, y luego se recostó en la silla.

—Procedo de un clan que, en la antigüedad, servía a los *faes*.

Según me contó Christian, los Keltar fueron en otra época druidas de alto rango de los Tuatha Dé Danaan, hace miles de años, durante el breve período en que los *faes* intentaron portarse bien y coexistir con el hombre. Sucedió algo que rompió la frágil paz existente (esa parte se la saltó), pero fuera lo que fuese había causado que los *faes* y los hombres siguieran caminos distintos, y no de forma amistosa.

Se llegó a un pacto por el que ambas razas pudieran existir en el mismo planeta pero manteniendo sus reinos separados, y a los Keltar se les encomendó el deber de realizar ciertos rituales para mantener los muros entre estos. Durante un milenio cumplieron fielmente, con pocas excepciones, y si del algún modo fallaban siempre se las arreglaban para compensarlo justo a tiempo.

Pero durante los últimos años, los rituales dejaron de funcionar como se esperaba. Una de aquellas noches del año, previamente señaladas, en que los Keltar debían obrar su magia, surgió cierta magia negra que impidió cumplir la promesa de mantener los muros y el pago completo del diezmo. Y aunque esa otra magia no había sido capaz de derrumbar las murallas entre nuestros mundos, las había debilitado gravemente. Los tíos de Christian creían que los muros no resistirían otro ritual incompleto. La reina de los *seelies*, Aoibheal, que en el pasado siempre aparecía en tiempos de crisis, aún no había hecho acto de presencia a pesar de que la habían invocado con todo hechizo del que disponían.

La historia me tenía embobada. Pensar que un clan de las Highlands escocesas había estado protegiendo a la humanidad de los *faes* durante miles de años me fascinaba. Sobre todo si eran como Christian: guapos, profundamente atractivos y dueños de sí mismos. Resultaba reconfortante saber que en el mundo existían otros linajes con poderes especiales y poco comunes. No era la única que estaba al corriente de lo que le estaba ocurriendo a nuestro mundo. Había encontrado a alguien, aparte de Barrons, que tenía en su haber más información que yo; ¡y estaba dispuesto a compartirla!

—Mis tíos creen que algo le ha sucedido a la reina —dijo—, y que mientras su poder disminuye, aumenta el de alguien. Los muros continúan debilitándose y se vendrán abajo si no descubrimos algo de aquí a que se celebre el próximo ritual.

—¿Y qué pasará entonces? —pregunté, con voz queda—. ¿Se romperá el pacto?

—Mis tíos creen que ya se ha roto, que los muros se sostienen únicamente por los diezmos, cada vez mayores, que han estado pagando. La magia *fae* es algo extraño. —Hizo una pausa para, acto seguido, continuar con voz tirante—. Las últimas veces tuvimos que utilizar sangre Keltar en un rito pagano. Algo insólito, pues nunca antes tuvimos que hacerlo. Mi tío Cian sabía cómo llevarlo a cabo. Es magia oscura, lo presiento. Lo que hizo no estuvo bien, pero no podíamos hacer otra cosa.

Conocía esa sensación. Nunca tendría la conciencia tranquila por lo que había hecho con Jayne, pero fui incapaz de dar con otra alternativa. No fue magia oscura, sino té oscuro. Un despiadado acto de manipulación. Pero había empezado a comprender que el juego limpio sólo es posible cuando lo que hay en juego no es gran cosa.

—¿Y si los muros se derrumban por completo? —repetí mi anterior pregunta. Tan sólo deseaba saber cómo de grave era la situación.

—Cuando los *faes* vivieron entre nosotros, sólo lo hicieron los *seelies*. Hacía tanto que los *unseelies* habían sido confinados que la historia de su existencia había quedado reducida al de una simple leyenda. Si los muros se vienen abajo, absolutamente todos los *unseelies* serán liberados, no sólo las castas inferiores que ya están cruzando de algún modo a nuestro mundo, sino que también escaparán las Casas Reales más poderosas. —Hizo otra pausa y cuando habló de nuevo, su voz era grave, apremiante—. Los mitos y leyendas equiparan a los jefes de dichas Casas, los príncipes oscuros, con nuestros Cuatro Jinetes del Apocalipsis.

Sabía quiénes eran: la Muerte, la Peste, la Guerra y la Hambruna. Los *unseelies* que había visto hasta la fecha ya eran suficientemente malos; no tenía ningunas ganas de toparme con un *fae* oscuro de la realeza.

—La cosa se pondrá chunga, Mac. Convertirán nuestro mundo en una auténtica pesadilla. Mis tíos creen que los *seelies* no serán capaces de confinar de nuevo a los *unseelies* si escapan.

¿Era por esto por lo que todo el mundo andaba en busca del *Sinsar Dubh*? ¿Es que el Libro contenía los hechizos necesarios para confinarlos y, quizá, incluso impedir que los muros llegasen a derrumbarse? Eso sin duda explicaría por qué V'lane y la reina lo querían, por qué Alina quería que yo lo encontrase antes de que lo hiciera lord Master. Era obvio que, si le ponía las manos encima, lo destruiría sin demora para asegurarse de que nadie pudiera volver a encarcelar a su ejército. Me pregunté dónde encajaba Barrons en todo esto. ¿De verdad vendería la reliquia al mejor postor?

No podía detenerme a pensar en la posibilidad de que los *unseelies* gobernasen nuestro mundo. Centrar mi mente en los objetivos a conseguir era la clave para mantener a raya mis temores.

—Cuéntame algo más sobre mi hermana. —Pareció aliviado por el brusco cambio de tema, y caí en la cuenta de que no era la única que se sentía como si sobre mis hombros recayese el peso de una misión imposible. No era de extrañar que Christian pareciera demasiado maduro para su edad. Lo era. También él tenía que lidiar con sus propios problemas sobre el destino del mundo.

—Lo siento, Mac, pero no hay mucho más que pueda contarte. Intenté trabar amistad con ella. Aunque mis tíos no pudieron traducir el texto, sabían de dónde procedía y necesitábamos saber cómo se había hecho con él. Se trataba de la fotocopia de la página de un antiguo libro…

—… llamado el *Sinsar Dubh*. —«La Bestia», pensé, y me estremecí.

—Me preguntaba si estabas al corriente. ¿Qué sabes? ¿Tienes conocimiento de su paradero?

No sabía dónde se encontraba «exactamente» en estos momentos y enarbolé ese pensamiento como un escudo cuando respondí:

—No. —Por si acaso era un detector de mentiras andante. Y como me escrutó la mirada de forma demasiado penetrante para sentirme tranquila, me apresuré a añadir—: ¿Qué sucedió cuando intentaste hacerte amigo de mi hermana?

—Que no me dio opción. Mantenía una estrecha relación con alguien y me dio la impresión de que se trataba de un tipo muy posesivo. No le gustaba que ella hablara con nadie.

—¿Llegaste a conocerle?

—No. Lo vi de pasada en una ocasión. No me acuerdo de mucho, lo que me hace pensar que era *faes*. Te nublan la mente si no quieren que los veas.

—¿Le contaste a mi hermana lo que acabas de contarme?

—No tuve ocasión.

—Si no os hicisteis amigos, ¿cómo descubriste que era una *sidhe-seer*? ¿Cómo supiste de mí?

—La seguí algunas veces —dijo—. Siempre se quedaba mirando cosas invisibles, estudiando el vacío. Me crié oyendo historias sobre las *sidhe-seers*. Mi familia… conoce los viejos mitos y el folclore. Sumé dos y dos.

—¿Y yo?

Se encogió de hombros.

—Estuviste haciendo preguntas en el Trinity sobre tu hermana. Además, la familia figura en el Registro Civil si sabes dónde buscar.

Teniendo en cuenta cuántos enemigos tenía, me hubiera encantado destruir esos archivos. Daba gracias por que mis padres estuvieran a miles de kilómetros de distancia.

—¿Con qué Reliquia Oscura te topaste la otra noche? —preguntó como si tal cosa.

—Con el amuleto.

—Mentira.

Le puse a prueba.

—El Cetro.

—Otra mentira. Y no existe tal cosa.

—Tienes razón. Fue con la Caja —dije sin convicción.

—Estoy esperando a que me digas la verdad, Mac.

Me encogí de hombros.

—¿El *Sinsar Dubh*? —dije, como si no hubiera querido hacerlo en realidad.

Christian se levantó de golpe de la silla.

—¿Qué demo... me tomas el pelo? No, no respondas, ya sé que no. ¡Has dicho que no sabías dónde estaba!

—Y no lo sé. Lo vi de pasada.

—¿Aquí? ¿En Dublín?

Asentí.

—Desapareció y no tengo ni idea de a dónde... lo han llevado.

—¿Quién...? —comenzó Christian.

—Hola, chicos. ¿Cómo va eso?

Christian dirigió la vista a mi espalda, hacia la puerta. Se puso tenso.

—Hola, Río, no te he oído entrar.

Yo tampoco le había oído.

—¿Cuánto llevas aquí?

—Acabo de abrir la puerta. Me pareció oírte aquí dentro.

Me giré en la silla. Reconocí la voz al oírle hablar por segunda vez. Era el chico moreno de los ojos bonitos que había visto en el museo y con quien más tarde me había tropezado en la calle el día en que el inspector Jayne me interrogó. Me había dicho que trabajaba para el Departamento de Lenguas Antiguas, pero me había olvidado de él. Al igual que con Christian, habría salido con él, sin dudarlo, en mi otra vida. Entonces, ¿por qué había acabado besando a Barrons?

—Hola, guapa. Qué casualidad verte por aquí. El mundo es un pañuelo, ¿verdad?

—Hola. —Me sonrojé un poco. Es algo que me sucede cuando un chico guapo me dice algún cumplido. Sobre todo ahora, que siempre que me miro al espejo apenas me reconozco. Resulta irónico que, cuando el mundo se te viene encima, lo que te mantiene son esas pequeñas cosas cotidianas que de pronto parecen auténticas maravillas.

—¿Os conocéis? —Christian parecía perplejo.

—Nos hemos tropezado una o dos veces —repuse.

—Te buscan en la oficina, Chris —dijo el chico de los ojos bonitos—. Elle quiere hablar contigo.

—¿No puede esperar? —dijo Christian con impaciencia.

El chico se encogió de hombros.

—Elle parece creer que no. Es sobre una apropiación indebida de fondos o algo similar. Le he dicho que debe de ser un simple error de contabilidad, pero es de ideas fijas.

Christian puso los ojos en blanco.

—Esa mujer es insoportable. ¿Le dices de mi parte que estaré allí dentro de cinco minutos?

—Claro, tío. —Clavó la mirada en mí—. ¿Es éste el novio del que me hablaste?

Negué con la cabeza.

—Pero tienes novio, ¿no?

—Docenas, ¿recuerdas?

Él se echó a reír.

—Nos vemos, guapa. Cinco minutos, Chris. Ya sabes cómo se pone Elle cuando se trata de ti. —Simuló rebanarse la garganta con el dedo, luego sonrió ampliamente y se marchó.

Christian se fue a toda prisa hacia la puerta y la cerró.

—De acuerdo, tenemos que hablar rápido porque necesito este empleo, por ahora, y Elle parece empeñada en buscar una razón para despedirme. Tienes que ver una cosa. —Abrió la mochila y sacó un cuaderno de piel atado con un cordón—. Mis tíos me enviaron a Dublín por un motivo, Mac. En realidad, por varios, pero sólo uno te concierne directamente. He estado vigilando a tu jefe.

—¿A Barrons? ¿Por qué? —¿Qué había averiguado? ¿Algo que pudiera ayudarme a despejar mis preocupaciones sobre quién o qué era?

—Mis tíos son coleccionistas. Durante los últimos años tu jefe ha ido detrás de todo lo que han intentado añadir a su colección. Él se ha hecho con algunas cosas, mis tíos con otras, y algunas han ido a parar a una tercera persona. —Extrajo un archivo de su cuaderno y me entregó una revista abierta por una página—. ¿Es ése Jericho Barrons?

Me bastó con un breve vistazo.

—Sí.

Estaba prácticamente oculto entre las sombras, de pie detrás de un grupo de hombres, pero el flash había incidido en su rostro en el ángulo justo para iluminarle de forma austera. Aunque la foto estaba granulada, era imposible no reconocerlo. Barrons no es un hombre corriente. Dice que sus antepasados son vascos y pictos.

«Criminales y bárbaros», me burlé cuando me lo dijo. No cabía duda de que daba la imagen.

—¿Cuántos años crees que tiene?

—¿En esta foto?

—No, ahora.

—Tiene treinta. Lo vi en su carné de conducir. —Su cumpleaños se acercaba; el día de Halloween cumpliría treinta y uno.

—Mira la fecha de la revista.

Pasé las hojas hasta la portada. La fotografía había sido tomada hacía diecisiete años, lo que significaba que en aquella época tenía trece años, si la fecha de su carné de conducir era cierta. Obviamente, no lo era. Ningún chico de trece años tenía un aspecto tan maduro.

Christian me entregó otra revista, en la que aparecía un artículo sobre una gala en el Museo Británico a la que había acudido mucha gente de dinero. Una vez más, Barrons aparecía en ella, inconfundible a pesar de estar parcialmente vuelto. El mismo pelo y la misma ropa impecable, la misma expresión en su arrogante rostro clásico: una mezcla de tedio y diversión rapaz.

Miré la portada. Esa foto había sido tomada hacía «cuarenta y un» años. Volví a la foto y la estudié con atención, buscando anomalías. No había ninguna. O era Barrons o bien tenía un abuelo que habría podido pasar por su gemelo idéntico, y si se trataba de mi jefe, en la actualidad tendría setenta y un años.

A continuación, Christian me pasó la fotocopia de un artículo de periódico, con una descolorida fotografía en blanco y negro de un grupo de hombres uniformados. Barrons era el único que no llevaba uniforme. Como en el caso de las otras dos fotografías, se encontraba ligeramente apartado, como si tratara de escapar antes de que pudiera ser retratado. Y, de la misma manera que en las otras dos, su aspecto era el mismo que tenía ahora.

—¿Sabes quién es? —Christian señaló al hombre alto y enjuto, de unos treinta años, que aparecía en el centro de la fotografía.

Negué con la cabeza.

—Es Michael Collins. Era un famoso líder revolucionario irlandés.

—¿Y qué?

—Pues que fue asesinado en 1922. Esta fotografía se tomó dos meses antes de que falleciera.

Hice un cálculo rápido. Eso significaría que Barrons no tenía setenta y un años, sino que se conservaba muy bien para sus ciento quince años.

—Tal vez tenía un pariente —aduje—, con un gran parecido genético.

—Tú no crees que sea así —dijo, taxativamente—. ¿Por qué la gente hace estas cosas? ¿Decir cosas que ni ellos mismo se creen?

Christian tenía razón. No lo creía. Las fotografías eran demasiado idénticas. Había pasado el tiempo suficiente con Barrons como para conocer su porte, cómo se mueve, sus expresiones. Era él quien aparecía en todas esas fotografías. En mi interior, una parte de mí se quedó petrificada.

Barrons era mayor, increíblemente viejo. ¿Se mantenía con vida gracias a que estaba poseído por un *gripper*? ¿Era eso posible?

—¿Hay más fotos?

Me pregunté a cuántos años se habían remontado en el tiempo los tíos de Christian. Quería llevarme conmigo esas fotografías, estampárselas a Barrons en el pecho y exigir respuestas, aunque sabía que no iba a obtener ninguna.

Christian echó un vistazo a su reloj.

—Sí, pero tengo que irme.

—Deja que me las lleve unos días.

—Ni hablar. Mis tíos me matarían si Barrons les pone las manos encima.

Renuncié a ellas de mala gana. Ahora que sabía qué buscar, podía comenzar a investigar por mi cuenta. ¿Qué diferencia había si Barrons tenía un centenar, un millar de años o «varios» milenios? El caso es que no era humano. Estaba por ver si eso era malo, y cuánto.

—Me marcho a Inverness mañana y estaré ausente una semana. Tengo... cosas que solucionar allí. Ven a verme el jueves de la semana que viene. Creo que podemos ayudarnos mutuamente. —Hizo una pausa y luego dijo—: Creo que «tenemos» que ayudarnos mutuamente, Mac. Estoy convencido de que nuestros objetivos están vinculados.

Yo asentí, aunque tenía mis reservas. Últimamente me había vuelto una experta leyendo entre líneas y, a pesar de lo mucho que pudiera saber Christian, o del papel que jugaba manteniendo el muro intacto, era un hombre que no podía ver a los *faes*, y eso significaba que, en combate, sería un lastre; otra persona más de la que preocuparme por mantener con vida y, en los últimos tiempos, me estaba resultando un tanto difícil no perder la mía.

Emprendí el camino de regreso, abriéndome paso como pude entre turistas, *rhino-boys* y diversos *unseelies*, y me encontraba a unas manzanas de la librería, pasando por delante de uno de los innumerables *pubs* que caracterizaban el Temple Bar, cuando miré a través de la ventana y allí estaba ella.

«Alina.»

Sentada con un grupo de amigos en un cómodo rincón de respaldo bajo, tomando un trago de cerveza y riéndose de lo que acababa de decir algún tipo que tenía a su lado.

Cerré los ojos. Sabía quién provocaba esa ilusión y necesitaba algunos trucos nuevos. Los abrí y me miré. Al menos no estaba desnuda.

—V'lane —dije. ¡Le había pillado!

—MacKayla.

Haciendo caso omiso de la imagen de la alta criatura eróticamente dorada que tenía detrás, centré esa parte antigua y ajena *sidhe-seer* de mi cerebro en la ilusión: «muéstrame la verdad», exigí. La visión de Alina se rompió con la misma brusquedad con la que estalla un globo, revelando un grupo de bulliciosos jugadores de rugby brindando por su última victoria.

Me giré y me encontré de cara con un *fae* orgásmico-letal.

Me temblaban las rodillas, los pezones se me pusieron duros y deseé tener sexo sobre la acera, sobre el coche más próximo, contra la pared del *pub,* y me traía al fresco que todos vieran mi culo desnudo aplastado contra la ventana.

V'lane es un príncipe de una de las cuatro Casas Reales *Seelie,* y es difícil mirarle de frente cuando le envuelve el glamour. Todo en él es dorado y broncíneo, es terciopelo y acero, y en sus ojos centellea la grandeza estelar de un invernal cielo nocturno. Su belleza es tan sobrenatural que hace que una parte de mi alma llore. Cuando le miro, ansío cosas que no comprendo. Anhelo sentir su contacto y a la vez me aterroriza. Creo que mantener relaciones sexuales con él desharía la cohesión celular esencial y me convertiría en fragmentos que jamás podrían volver a recomponerse.

Si V'lane fuese una señal indicadora, en ella podría leerse «Todo el que ponga un pie aquí, renuncia a su voluntad», y aunque no he pensado demasiado en volver a Ashford, aquí he comenzado a pensar que es lo único que realmente puedo llamar mío.

Intenté mirarle ligeramente de reojo, pero de nada sirvió. Sentía que la ropa me apretaba demasiado, y luché contra el abrumador impulso de quitármela.

Los príncipes *faes* exudan tal erotismo en estado puro, que excita los sentidos de la mujer de un modo distinto a todo cuanto haya podido experimentar, convirtiéndola en un animal en celo, deseosa de hacer cualquier cosa a cambio de sexo. Aunque pueda parecer que tal cosa apunta a que vas a vivir las aventuras más depravadas y los orgasmos más increíbles de tu vida, los *faes* no comprenden los conceptos humanos más básicos, como la muerte. El tiempo no tiene sentido para ellos, no necesitan comer o dormir y su apetito sexual por las mujeres humanas es descomunal, todo lo cual conduce a un inevitable final: por lo general, una mujer cautiva bajo el influjo de un príncipe *fae* folla hasta caer muerta. Si sobrevive, se transforma en una *pri-ya*: una adicta, una mujer vacía y con insaciable apetito sexual cuya existencia obedece al único fin de servir a su Maestro... y eso viene determinado por quién sea la persona que le proporcione lo que ansía.

En mis primeros encuentros con V'lane me había puesto a desnudarme donde estaba. Cada vez se me daba mejor resistirme, ya que era capaz de detener mi mano en cuanto se iba hacia el bajo del jersey «antes» de que empezara a quitármelo por la cabeza. A pesar de eso, no estaba segura de cuánto tiempo podría controlarme.

—Calla —le exigí.

Una pausada sonrisa curvó sus labios.

—No he dicho una sola palabra. Lo que quiera que sientas no procede de mí.

—Estás mintiendo. —Recordé fugazmente que Christian me había acusado de estar pensando en practicar sexo con alguien. Pues bien, V'lane no era ese alguien, ya que él no era humano.

—En absoluto. Has dejado muy claro que no vas a consentir que te ponga... caliente. Puede que estés... ¿cómo lo decís los humanos?... ¿En celo?

—Eso se dice referido a los animales, no a las personas.

—Animales, personas, ¿qué diferencia hay?

—*Seelies, unseelies,* ¿qué diferencia hay?

Unos copos plateados se cristalizaron en el aire entre nosotros, haciendo que la noche bajara su temperatura de manera desagradable.

—La diferencia es demasiado grande para que tu endeble mente lo comprenda.

—Lo mismo digo.

—No estás desnuda, a cuatro patas, ofreciéndome tu bonito culito, MacKayla, cosa que haces cuando te someto al *Sidh-ba-jai*. ¿Quieres que te lo recuerde?

—Inténtalo y te mato.

—¿Con qué?

Retiré por la fuerza la mano del botón en la parte posterior de la falda y la llevé hasta la lanza enfundaba sujeta bajo el brazo, pero no estaba ahí. La última vez que nos habíamos visto también me la quitó. Quería saber cómo lo hacía. Tenía que encontrar un modo de impedirlo.

Caminó alrededor de mí. Cuando había completado el círculo, su mirada era tan gélida como el aire.

—¿Qué has estado tramando, *sidhe-seer*? Hueles diferente.

—He estado usando una nueva crema hidratante. —¿Acaso podía oler que últimamente había comido carne de los suyos? Aunque ya no sufría sus dramáticos efectos, ¿era posible que quedara algún resto residual sobre mi piel, como si hubiera ensombrecido otra parte menos tangible de mi persona? Había comido carne *unseelie*, no *seelie*; ¿representaría alguna diferencia para él? Lo dudaba. El hecho era que había comido carne *fae* para robarle su poder, y que acababa de darle a probar a otro humano. Y jamás admitiría ninguna de las dos cosas ante ningún *fae*—. ¿Te gusta? —pregunté alegremente.

—No tienes poder para desafiarme y, sin embargo, me plantas cara. ¿Por qué?

—Puede que posea más poder del que crees.

¿Qué efectos tendría en mí un bocado de carne *seelie* de la realeza? Lo descubriría si me veía obligada a hacerlo. Sin duda podría paralizarle el tiempo necesario para hincarle los dientes en alguna parte. La idea resultaba casi demasiado tentadora. Todo ese poder... mío de un solo bocado... o de diez. Al no estar herida, no estaba segura de cuánto tendría que ingerir para conseguir la súper fuerza.

Me miró con atención durante un momento y acto seguido se echó a reír, lo cual me hizo sentir pletórica, ebria de euforia.

—Basta —dije entre dientes—. ¡Deja de magnificar mis sentimientos!

—Soy lo que soy. Incluso cuando me «callo», como tú dices, mi presencia resulta abrumadora para los simples humanos...

—Gilipolleces —le interrumpí—. Cuando estabas arrodillado en la playa en el reino Faery y me tocaste, parecías un hombre normal y corriente. —Eso no era del todo cierto, pero entonces su influjo no era tan acusado como ahora. V'lane podía bajar la intensidad si así lo deseba—. Sé que puedes hacerlo. Si quieres mi ayuda para encontrar el *Sin*… esto, el Libro, baja el volumen o apágalo del todo. Ahora. Y mantenlo apagado en el futuro. —Dani, la joven *sidhe-seer* que había conocido hacía poco y que me había aconsejado que no pronunciase en voz alta ciertas palabras si no quería que me siguieran la pista, me había pegado esa superstición, de modo que ahora, siempre que hablaba del *Sinsar Dubh* con alguien en la calle, sobre todo de noche, procuraba acordarme de llamarlo simplemente «el Libro».

V'lane emitió un brillante destello blanco y seguidamente desapareció y volvió a hacerse sólido. Intenté no quedarme embobada. Atrás quedaron las togas iridiscentes, los ojos en cuyas profundidades refulgían un millar de estrellas, el cuerpo que irradiaba el ardor de Eros. Ante mí se encontraba un hombre con unos vaqueros desgastados, chupa de cuero y botas; el hombre más atractivo que jamás había visto. Un dorado ángel valiente sin alas. Con «este» V'lane sí podía tratar. Con este príncipe *fae* podía seguir con la ropa puesta.

—Pasea conmigo. —Me ofreció su mano.

¿Una *sidhe-seer* paseando con un *fae*? Todos mis instintos me gritaban que no aceptase.

—Te paralizaré con solo tocarte.

Me contempló durante un momento, como si se debatiera entre hablar o callar. Luego se encogió de hombros, pero no le salió bien. Ese gesto humano sólo hizo que pareciera más sobrenatural.

—Sólo si tú lo deseas, MacKayla. El deseo de paralizar o el instinto de conservación deben de estar presentes. Si no lo deseas, puedes tocarme sin que pase nada. —Hizo una pausa—. No conozco a ningún otro *fae* que permitiera tal intimidad o corriera semejante riesgo. Me pides que confíe en ti y yo lo hago. Una vez que me toques, puedes cambiar de opinión y yo estaría a tu merced.

Ya me gustaría a mí tenerlo a mi merced. Tomé su mano y

era la de un hombre: caliente, fuerte; sólo eso. Entrelazó sus dedos con los míos. Hacía mucho que no iba de la mano con nadie, y aquello me resultó agradable.

—Estuviste en mi mundo —dijo—, ahora yo pasaré algo de tiempo en el tuyo. Muéstrame qué es lo que tanto te importa como para dar tu vida por ello. Enséñame las costumbres humanas, MacKayla. Muéstrame por qué a mí también debería importarme.

¿Enseñarle a esta antigua criatura que, en su última reencarnación, su edad superaba los ciento cuarenta y dos mil años? ¿Enseñarle por qué debería preocuparse por nosotros? ¡Claro, como que yo nací ayer!

—Siempre estás con lo mismo, ¿verdad?

—¿A qué te refieres? —preguntó, de forma inocente.

—Tratando de seducir. Lo que sucede es que cambias de táctica. No soy imbécil, V'lane. No podría enseñarte a mostrar preocupación por nosotros ni aunque dispusiera de un millón de años. Pero ¿sabes lo que de verdad me cabrea? Que no debería tener que justificar nuestra existencia ante ti, o ante ningún *fae*. «Nosotros» estábamos aquí primero. Tenemos derecho a este planeta. Vosotros, no.

—Si el poder otorga el derecho, tenemos todo el derecho a este mundo que necesitamos, podríamos haber exterminado tu raza hace mucho.

—¿Por qué no lo habéis hecho?

—Es complicado.

—Te escucho.

—Es una larga historia.

—Tengo toda la noche.

—Las decisiones de los *faes* no son algo que deban conocer o comprender los humanos.

—Ahí lo tienes, otra vez te pones en plan altivo. No puedes fingir ser simpático más de unos pocos segundos.

—No estoy fingiendo, MacKayla. Intento conocerte, ganarme tu confianza.

—Pues podrías haberte ganado parte de ella estando aquí cuanto te necesité. ¿Por qué no me salvaste? —exigí saber. Mi cautiverio bajo el Burren me había dejado aterrada en más aspectos de los que alcanzaba a comprender y, aunque mi cuerpo había sanado y me sentía más fuerte, no estaba segura de que, necesariamente, fuera mejor a causa de ello—. Estuve a punto de morir. Te supliqué que vinieras.

V'lane se detuvo en seco y me hizo girar para mirarle a la cara. Aunque su cuerpo era tan cálido y sólido como el mío, en sus ojos ardía un fuego inhumano.

—¿Me suplicaste? ¿Gritaste mi nombre? ¿Me rogaste?

Puse los ojos en blanco.

—Ya suponía que sólo oirías eso. —Le hundí el dedo en el pecho, lo que hizo que un erótico estremecimiento recorriera mi brazo. Me ponía cachonda aun sin él pretenderlo—. Lo importante es que estuve a punto de «morir».

—Estás viva. ¿Qué problema hay?

—¡Que sufrí lo indecible, ése es el problema!

Atrapó mi mano antes de que pudiera clavarle de nuevo el dedo, la giró y posó los labios en la parte interna de la muñeca, luego la mordisqueó de repente. Me zafé, sentía un escozor en la piel.

—Qué muñeca tan desnuda e indefensa —dijo—. ¿Cuántas veces te ofrecí el Brazalete de Cruce? No sólo te protegería de los *unseelies* menos poderosos, sino que con él podrías haberme llamado y yo te habría salvado. Te lo dije la primera vez que nos vimos. Te he ofrecido mi protección en repetidas ocasiones y siempre la has rechazado.

—Un brazalete pueden quitártelo. —Parecía amargada porque así me sentía. Había aprendido esa lección por las malas.

—Éste no… —Cerró la boca, pero era demasiado tarde. El poderoso príncipe V'lane de los altaneros *faes* había cometido un desliz.

—¿De veras? —dije con sequedad—. Así que, una vez que me lo ponga ya no podré quitármelo nunca. ¿Es ése el pequeño inconveniente del regalo que siempre olvidas mencionarme?

—Es por tu propia seguridad. Tal y como has dicho, un brazalete pueden quitártelo. ¿De qué iba a servirte entonces? Es preferible que no puedan arrebatártelo.

Las intenciones de Barrons y de V'lane habían sido siempre las mismas: intentar ponerme su marca de forma permanente. Barrons lo había conseguido, y antes iría al infierno que permitir que V'lane se saliera con la suya. Además, estoy convencida de que Mallucé no habría tenido el menor reparo en cortarme el brazo para quitarme el brazalete, por lo que me alegraba enormemente de no haberlo llevado.

—¿Quieres que confíe en ti, V'lane? Dame otra forma de invocarte. Un modo de hacerlo que no me cueste nada.

V'lane adoptó un aire despectivo.

—¿Y que un príncipe *fae* tenga que rendir cuentas a una *sidhe-seer*?

—Permíteme que te lo ponga en perspectiva. La otra noche volví a ver el Libro, y no tenía modo de contactar contigo.

—¿Lo viste? ¿Cuándo? ¿Dónde?

—¿Cómo puedo invocarte?

—Eres muy osada, *sidhe-seer*.

—Y tú pides mucho, *fae*.

—No tanto como podría.

¿Me había perdido algo o se había acercado cada vez más a mí? Escasos centímetros separaban su boca de la mía. Podía sentir su aliento sobre mi piel; era un aroma a exóticas especias narcóticas.

—Retrocede, V'lane —le advertí.

—Me estoy preparando para darte el modo de invocarme, humana. Quédate quieta.

—¿Un beso? ¡Venga ya! No pienso...

—Mi nombre en tu lengua. No puedo enseñarte a decirlo, ya que los humanos carecéis de la habilidad para pronunciar tales sonidos. Pero puedo dártelo. Con mi boca puedo dejarlo en tu lengua. Luego sólo tendrás que liberarlo al viento y yo apareceré.

Estaba tan cerca que el calor que irradiaba su cuerpo era como rayos de sol sobre mi piel. ¿Es que no había nada que fuera sencillo? No quería un brazalete, ni quería un beso. Lo que quería era un método normal de comunicación.

—¿Y si me das un teléfono móvil?

—En mi reino no tenemos repetidores.

Entrecerré los ojos.

—¿Acabas de hacer un chiste?

—Te mueves entre lo peor de mi raza y sin embargo te echas a temblar solo de pensar en un simple beso.

—No tiemblo. ¿Ves como no tiemblo? —Metí mis temblorosas manos en los bolsillos del abrigo y le lancé una mirada
puramente arrogante. Dudaba que nada que tuviera que ver
con V'lane fuera fácil. Mucho menos un beso—. ¿Y un teléfono móvil místico de esos que no necesitan repetidores? —in-
sistí—. Sin duda, con tanto poder como presumes tener, puedes
crear...
　　—Calla, MacKayla.
　　Agarró un puñado de rizos de la parte posterior de mi cabeza y me atrajo hacia él. No me dio tiempo a sacar las manos de
los bolsillos, por lo que choqué contra su pecho. Contemplé la
posibilidad de paralizarle, pero si realmente iba a proporcio-
narme un modo de contactar con él, lo quería, ya que formaba
parte de mi plan de diversificación. Quería contar con todo el
apoyo, las armas potenciales y todas las probabilidades a mi favor que me fuese posible obtener. Si vuelvo a meterme en líos,
como me pasó en el Burren, V'lane podría salvarme en cuestión de segundos. A Barrons le había llevado horas localizarme
y llegar hasta mí siguiendo la señal de mi tatuaje.
　　Hablando de lo cual...
　　Los nudillos de V'lane me masajearon la base del cráneo en
el punto en el que Barrons me había marcado; entrecerró los
ojos e inhaló bruscamente. Por un momento pareció brillar,
como si luchara por mantener su forma y no adoptar otra.
　　—¿Consientes llevar su marca sobre tu cuerpo pero te nie-
gas a llevar la mía? —dijo entre dientes. Y acto seguido se apoderó de mi boca.
　　Los Cazadores *unseelies* resultan especialmente aterradores para las *sidhe-seers* porque conocen el lugar dónde vivimos
dentro de nuestra mente. Saben de forma instintiva dónde encontrar a la pequeña niña asustada que todos llevamos dentro.
　　Los príncipes *seelies* también conocen nuestra morada,
pero quien les interesa es la mujer adulta. Nos buscan por
nuestros cuerpos, siguiéndonos sin cuartel hasta lo más recóndito de nuestra libido. Seducen a la virgen y gozan de la puta.
Atienden nuestras necesidades sexuales sin desfallecer, devoran nuestra pasión, la magnifican y nos la devuelven multipli-
cada por mil. Son maestros en todos nuestros deseos. Conocen
los límites de nuestras fantasías; nos llevan a la cima, dejándo-

nos allí suspendidas precariamente sobre un abismo sin fondo, suplicando más.

Su lengua rozó la mía. Una especie de caliente descarga eléctrica me sacudió la boca y perforó mi lengua. Se inflamó dentro de mí, llenándome la boca. Me atraganté y tuve un orgasmo instantáneo, tan abrasador y electrizante como lo que fuera que acabara de hacerme en la lengua. El placer se adueñó de mí con precisión tan exquisita que mis huesos hirvieron y se licuaron. Me habría derrumbado de no ser porque él me sujetaba y, por unos instantes, me encontré en un lugar irreal de ensueño en el que su risa era terciopelo negro y su necesidad tan inmensa como la noche; luego volví a la realidad y fui yo misma de nuevo.

Sentía algo potente y peligroso en la boca, en la lengua. ¿Cómo iba a poder hablar así?

V'lane dio un paso atrás.

—Espera unos momentos hasta que se asiente.

Se asentó con la sutileza de un orgasmo múltiple en la punta de una lanza; el placer y el dolor iban de la mano. Continué estremeciéndome y le fulminé con la mirada, más afectada por su contacto de lo que deseaba reconocer.

V'lane se encogió de hombros.

—Me he contenido todo lo posible. Podría haber resultado mucho más... ¿cuál es la palabra? Traumático. Los humanos no estáis hechos para llevar el nombre de un *fae* en la lengua. ¿Qué sientes, MacKayla? Tienes una parte de mí en tu boca. ¿Quieres otra? —Sonrió, y supe que no se refería a una palabra, o a lo que fuera que se retorcía ahí, apenas adormecido, en una caja de porcelana.

Cuando tenía catorce años, me astillé un diente durante un entrenamiento de animadoras. Mi dentista estaba de vacaciones y pasaron casi dos semanas hasta que me lo pudieron arreglar. Durante la interminable espera, mi lengua pasaba una y otra vez por el borde mellado del esmalte. Así era como me sentía ahora, como si tuviera una aberración en la boca y deseara deshacerme de ella porque aquel no era su lugar, y mientras estuviera en mi lengua, no sería capaz de quitarme al príncipe *fae* de la cabeza.

—Hace que me entren ganas de escupir —dije con frialdad.

Su rostro se tensó y la temperatura bajó tanto, y tan de golpe, que mi aliento congeló el aire nocturno.

—Te he concedido un gran honor, un regalo que jamás he hecho a nadie. No lo menosprecies.

—¿Cómo se utiliza?

—Si me necesitas, abre la boca y yo acudiré. —No le vi moverse, pero de pronto tenía sus labios junto a mi oreja—. No le digas a nadie que te lo he dado. Si lo mencionas te lo quitaré. —Se desvaneció antes de terminar de hablar. Sus palabras quedaron flotando en el aire como la sonrisa de un gato de Cheshire.

—¡Oye, pensé que querías que te hablase del *Sinsar Dubh*!

Me sentía tan turbada por su repentina marcha que hablé sin pensar… y lo lamenté de inmediato. Mis palabras quedaron suspendidas en el aire, tan densas como la humedad nocturna de Georgia. «*Sinsar Dubh*»… parecía reverberar de forma sibilante, llevado como un rumor por el viento, atravesando la oscuridad hasta oídos indiscretos, y de pronto me sentí como si me hubieran estampado una «X» roja en toda la frente.

No tenía ni idea de a dónde se había marchado V'lane, o por qué había desaparecido tan de repente, pero decidí que sería prudente hacer lo mismo.

Antes de que pudiera moverme, una mano me agarró del hombro.

—Yo sí, señorita Lane —dijo Barrons, sombrío—. Pero antes quiero saber por qué demonios le estaba besando.

Capítulo 4

$\mathcal{M}$e di la vuelta con el ceño fruncido. Barrons tiene por costumbre aparecer de golpe, sin avisar, cuando menos me lo espero y en los momentos más inoportunos. Fui volviendo la vista poco a poco hacia él, era el único modo de mirarle. En conjunto, su presencia llena incómodamente el espacio, como si ocupase diez veces el espacio de un hombre normal. Me pregunto por qué es así. ¿Será porque lleva un *unseelie* en su interior? Me pregunto qué edad tiene en realidad.

Debería temerle, y algunas veces lo hago. Cuando estoy sola, en mitad de la noche, y pienso en él, sobre todo cuando le imagino llevando el cuerpo inerte de aquella mujer y recuerdo la expresión de su cara manchada de sangre.

Pero no cuando lo tengo delante de mí.

Me pregunto si es posible que una persona realice alguna clase de hechizo «hipnótico», crear una especie de espejismo tan efectivo que engañe a los sentidos, incluso a los de una *sidhe-seer*.

—Tiene algo en la solapa. —Señalé con el dedo. Barrons es muy meticuloso, no es de los que lleva pelusillas o manchas en la ropa, pero esa noche su traje negro tenía una mancha brillante en el lado izquierdo. Estaba apuntando a un... hombre, a falta de un término mejor... que había vivido innumerables cumpleaños, que entraba en una reliquia oscura y que transportaba cadáveres de un lado a otro. Parecía tan absurdo como cepillarle las fauces a un lobo, o tratar de peinarle el pelaje—. Y no le estaba besando.

«Y a mí me gustaría saber qué narices hacía con aquella mujer en el espejo», pensé. Pero no lo dije en voz alta. Existe un término legal que a mi padre le gusta utilizar: *res ipsa lo-*

quitur, los hechos hablan por sí solos. Sabía lo que sabía y ahora le vigilaba a él, así como mi espalda, con mucha atención.

Barrons me apartó el dedo de un manotazo.

—Entonces, ¿por qué tenía la lengua metida en su boca? ¿Estaba acaso realizando un test sobre su reflejo nauseoso? —Sonrió, pero no de manera agradable—. ¿Qué tal se encuentra su reflejo nauseoso, señorita Lane? ¿Es usted de las que salta a la menor provocación?

A Barrons le gusta utilizar insinuaciones sexuales para cerrarme el pico. Creo que espera que la educada beldad sureña que llevo dentro diga «aaarrggg» y desista. En ocasiones me apetecería decir «aaarrggg», pero no desistir.

—No tengo aguante, si es lo que me pregunta. —Le brindé una sonrisa extremadamente dulce.

—No me mire de ese modo. Creo que tiene unas buenas tragaderas. Casi le había metido la lengua hasta el estómago y aún seguía.

—¿Está celoso?

—Eso implicaría un interés emocional. Lo único que le dedico es mi tiempo y espero una gran recompensa a cambio. Hábleme del *Sinsar Dubh*.

Eché un vistazo a mi mano, me la había mojado al tocarle la solapa. La acerqué hacia la luz. El rojo parecería negro de noche. Me la llevé a la nariz y capté un olor como de peniques viejos. ¡Vaya, era sangre! Aquello no me sorprendió.

—¿Ha estado en una pelea? No, déjeme adivinar; ¿ha vuelto a salvar a un perro herido? —dije con sequedad. Ésa era la excusa que me había dado la última vez.

—Me ha sangrado la nariz.

—Que le ha sangrado la nariz, ¡y una petunia!

—¿Petunia?

—Mierda, Barrons. Quería decir ¡y una mierda!

—El Libro, señorita Lane.

Le miré a los ojos. ¿Habría un *gripper* ahí dentro? Algo muy antiguo me devolvió la mirada.

—No hay gran cosa que contar.

—¿Por qué le ha llamado?

—No le había visto desde la última vez que vimos el Libro.

Mantengo a V'lane informado. Usted no es el único tiburón del mar.

Me recorrió con una mirada despectiva.

—La naturaleza de un príncipe *fae* es esclavizar a una mujer mediante el sexo, señorita Lane. La de una mujer es ser esclavizada. Intente sobreponerse.

—¡Oh, no soy una mujer cuya naturaleza sea la de ser esclavizada! —Me alcé en defensa de todas las mujeres, lista para plantar batalla.

Él dio media vuelta y se alejó.

—Lleva mi marca, señorita Lane. —Me dijo por encima del hombro—. Y, si no me equivoco, ahora lleva la suya. ¿Quién es su amo? Porque no creo que sea usted su propio amo.

—¡Esto ya es pasarse de la raya! —Le grité mientras se alejaba, pero ya había recorrido media calle y desaparecía en la oscuridad—. ¡Yo no llevo su marca! —¿O sí? ¿Qué era exactamente lo que V'lane había grabado en mi lengua? Apreté los puños, con la vista clavada en él.

Escuché el sonido de pasos enérgicos a mi espalda. Llevé la mano de forma instintiva a la lanza, que volvía a estar en su sitio, en la funda que llevaba bajo el brazo. Tenía que descubrir cómo se las arreglaba V'lane para quitármela. ¿Me la había devuelto cuando me besó? Si hubiera sido así, ¿cómo no lo había notado? ¿Sería capaz de convencer a Barrons para que le lanzase un conjuro protector con el fin de que nadie pudiera quitármela? Parecía tener un interés personal en que yo la tuviera.

Un grupo de espantosos *rhino-boys* pasó por mi lado, y yo me entretuve hurgando en mi bolso, en parte para evitar mirarlos, hacer un recuento y tratar de decidir si eran recién llegados a la ciudad o si los había visto antes, y en parte para que mi rostro quedara oculto por las sombras. No me habría extrañado en absoluto que lord Master hubiera hecho circular un cartel de «SE BUSCA» con un dibujo detallado de mi cara. Seguramente había llegado el momento de volver a cambiarme el color del pelo y comenzar a llevar gorra o peluca.

Reanudé el camino hacia la librería. A pesar de que tenía el cerebro aún nublado por el orgasmo, no me había pasado por alto que V'lane había desaparecido en cuanto apareció Barrons.

Quizá no fuera un *gripper*, sino un *unseelie* aún peor con el que yo aún no me había topado. En un mundo que cada día se volvía más oscuro, estaba claro que Barrons parecía tener la clave para mantener a todos los monstruos a raya.

¿Podía deberse a que él era el monstruo más grande y malvado de todos?

El lunes por la mañana tuve un despertar parsimonioso y difícil.

La mayoría de las mañanas saltaba de la cama. A pesar de que mi vida no había resultado ser como a mí me hubiera gustado, es la única que tengo, así que procuro exprimirla al máximo. Pero algunos días, pese a mis buenas intenciones de aprovechar el día y ser todo lo feliz que pueda —aunque sea tomándome un café con leche con espuma salpicada de canela, o pasar veinte minutos bailando por la librería con mi iPod a todo volumen—, me despierto cansada, acosada por las sensaciones de algún mal sueño que ya no me abandona en todo el día.

Así era como me sentía esta mañana.

Había soñado nuevamente con la hermosa mujer moribunda.

Y ahora que lo había hecho, no podía creer que me hubiese olvidado de ello durante tanto tiempo. De niña había soñado repetidamente con ello durante años, con tanta frecuencia que había acabado confundiendo los detalles con la realidad y comenzado a esperar verla en algún lugar estando despierta.

Ignoraba por completo qué le sucedía a esa mujer tan triste, sólo sabía que debía de ser algo terrible y que habría dado mi brazo derecho, e incluso veinte años de mi vida, por salvarla. No existía una sola ley que no hubiera quebrantado, un solo código moral que no hubiera violado. Ahora que sabía que Alina y yo éramos adoptadas, me preguntaba si aquello no era un sueño, sino un recuerdo reprimido de mi infancia que afloraba por las noches cuando era incapaz de controlarlo.

¿Sería aquella hermosa y triste mujer nuestra madre biológica?

¿Habría renunciado a nosotras porque sabía que se estaba

muriendo y su pena era el dolor que sentía al verse obligada a entregarnos a nuestros nuevos padres?

Pero si hubiera tenido que entregarnos porque se estaba muriendo, ¿por qué nos envió tan lejos? Si realmente era una O'Connor, como afirmaba Rowena, la Gran Maestra de las *sidhe-seers*, lo más probable era que Alina y yo hubiéramos nacido en Irlanda. ¿Por qué motivo nuestra madre iba a enviarnos fuera del país? ¿Por qué no dejar que nos criaran unas personas que pudieran habernos inculcado nuestro legado e instruido como a las demás *sidhe-seers*? ¿Por qué obligar a nuestros padres adoptivos a jurar que nos criarían en una ciudad pequeña y que nunca nos dejarían venir a Irlanda? ¿De qué había intentado mantenernos alejadas? ¿O qué era lo que había tratado de evitar que se nos acercara?

¿Había otros recuerdos que mi mente infantil había reprimido? De ser así, tenía que encontrarlos, liberarlos y recordar.

Fui al baño, abrí a tope el grifo del agua caliente de la ducha y dejé que el vapor inundara el cuarto. Estaba tiritando, congelada. Incluso cuando era una niña, el sueño siempre me había provocado el mismo estado. Dondequiera que se encontraba la mujer moribunda hacía un frío gélido, y ahora yo también estaba helada.

A veces, mis sueños parecen tan reales que resulta difícil creer que no son más que un paseo del subconsciente por un enrevesado mapa que no tiene un norte verdadero. A veces parece que los sueños tienen lugar en una tierra que existe realmente en algún lugar, con una latitud y longitud concretas, con sus propias reglas y leyes, terrenos traicioneros y peligrosos habitantes.

Se dice que si uno muere en un sueño, el corazón se te para en la vida real. Desconozco si eso es cierto. No he conocido a nadie que haya muerto en un sueño para poder preguntarle al respecto… quizá porque están muertos.

El agua caliente me limpió la piel pero me dejó la psique nublada. No había jabón en el mundo que pudiera librarme de la sensación de que iba a ser un día realmente asqueroso.

No tenía ni idea de cuánto…

ϒ

Gracias a uno de mis cursos universitarios de psicología me enteré de la existencia de las zonas de confort.

A la gente le gusta encontrarlas y quedarse en ellas. Una zona de confort puede ser un estado mental: creer en Dios es la zona de confort de muchas personas. No me malinterpretéis, no critico la fe; lo que ocurre es que no creo que debas tenerla por que te haga sentir seguro. Creo que uno debe tener fe porque se tiene y punto. Porque en lo más recóndito de tu ser sepas, sin temor a equivocarte, que hay algo más grande, más sabio y con una capacidad de amar infinitamente mayor de lo que alcanzamos a comprender; que tiene un interés personal en el universo, en el modo en que salen las cosas. Porque puedas sentir que, por mucho que las fuerzas de la oscuridad intenten hacerse con el control, existe una Fuerza Superior.

Ésa es mi zona de confort.

Pero las zonas de confort también pueden ser lugares físicos: como el sillón reclinable preferido de tu padre, que tu madre amenaza con tirar, con sus muelles hundidos, la tapicería rasgada y que es garantía de descanso, porque se relaja nada más acomodarse en él cada noche; o el rincón favorito para desayunar de tu madre, que cada mañana baña el sol mientras ella se toma su café, con el rostro iluminado; o el jardín de rosas que tu anciano vecino atiende sin descanso, a pesar del sofocante calor estival, con una sonrisa desde que el sol sale hasta que se pone.

El mío es la librería. Me siento segura en ella… siempre y cuando las luces estén encendidas y no puedan entrar las Sombras. Barrons ha protegido el edificio con hechizos contra mis enemigos: lord Master; Derek O'Bannion, que quiere verme muerta por robar la lanza y matar a su hermano; los aterradoramente satánicos Cazadores *Unseelies*, que localizan y matan *sidhe-seers* por norma general; todos los *faes*, incluso V'lane. Y si por alguna extraña casualidad algo consiguiera entrar, dispongo de un arsenal que llevo encima y he escondido en zonas estratégicas por toda la tienda: armas, linternas, e incluso agua bendita y ajo.

Aquí nada puede hacerme daño. Bueno, está el propietario, pero si quiere hacerme daño, no lo hará hasta que no haya cumplido con mi misión, y como estoy lejos de encontrar el Libro, aún estoy a salvo de él. Y eso es algo que me reconforta en cierta medida.

¿Quieres conocer a alguien? Me refiero a conocer de verdad... Despójale de su zona de confort y ya verás lo que pasa.

Sabía que no debería haber subido a la tercera planta a catalogar libros, dejando desatendida la caja registradora llena de dinero y la puerta abierta dos pisos por debajo de donde yo me encontraba, pero había sido un día sin demasiado movimiento y no estaba en guardia. Era de día y me encontraba en la librería. Nada podía pasarme aquí.

Sonó la campanilla que había sobre la puerta principal, y yo grité:

—Enseguida bajo. —Y coloqué el libro que había estado a punto de catalogar en su lado de la estantería para señalar por dónde me había quedado. Luego di media vuelta y corrí escaleras abajo.

Sentí que algo parecido a un bate de béisbol me golpeaba en las espinillas al pasar por la última hilera de estanterías.

Caí volando de cabeza al suelo de madera noble. Una *banshee* se encaramó sobre mi espalda y trató de sujetarme las muñecas atrás.

—¡La tengo! —gritó.

¡Y una petunia! Ya no soy tan buena persona como lo era antes. Me retorcí, la agarré del pelo y tiré con la fuerza necesaria para hacer que me doliera la cabeza sólo de ponerme en su lugar.

—¡Ay!

Las mujeres peleamos de forma distinta a los hombres. Por nada del mundo atacaría a una mujer en el pecho. Sé por experiencia lo sensibles que son cuando estás con el síndrome premenstrual. Además, con ellos amamantamos a los bebés. Aprovechando que la tenía cogida de los pelos, me la quité de encima, la tumbé en el suelo y la agarré por la garganta. Estaba a punto a ahogarla por inercia cuando una segunda *banshee* se me echó sobre la espalda, pero esta vez la sentí acercarse y le di un codazo justo en el abdomen. Se dobló por la mitad y rodó por el suelo. Una tercera se abalanzó sobre mí y le estampé un puñetazo en al cara. Su nariz crujió bajo mi puño y se puso a sangrar.

Aparecieron tres mujeres más y la lucha se volvió realmente encarnizada, y desterré las ilusiones de que las mujeres luchaban de forma diferente o de que éramos el sexo débil. Me importaba un comino dónde daba, siempre que mis puñetazos llegasen a buen puerto y las oyera gruñir y quejarse. Cuanto más fuerte mejor. Seis contra una no era una lucha justa.

Noté que me trasformaba como lo hice aquel día en el almacén de la Zona Oscura, cuando Barrons y yo tuvimos que luchar codo con codo contra los secuaces de lord Master y contra Mallucé. Sentí que me convertía en una fuerza a tener en cuenta, en un peligro por derecho propio aun sin la oscura ayuda de la carne *unseelie*. Lo cual no impidió que deseara tener un bocado a mano.

Sentí que me convertía en una *sidhe-seer*, que me hacía más fuerte, más dura, que me movía con mayor velocidad de la que podía moverse un humano, con la precisión de un francotirador consumado, la habilidad de un asesino profesional.

El único problema era que el uniforme verde de Post Haste, Inc. que llevaban significaba que también ellas eran *sidhe-seers*.

Tengo las imágenes de la pelea grabadas en la cabeza como si fueran una película, y mientras cuento la historia, avanzo rápidamente, saltándome los detalles. Me superaban en número pero, por algún motivo, parecían tenerme cierto miedo. Supuse que Rowena las había enviado y que, quizá, les había dicho que era una granuja impredecible.

No os equivoquéis, me llevé lo mío. Seis *sidhe-seers* es un ejército, y me patearon la «petunia» hasta hartase de seis maneras diferentes, pero no pudieron conmigo.

Con qué rapidez puede pasar una situación de mala a irrevocable, haciéndote reflexionar… Espera un minuto, ¿dónde está el mando a distancia? ¿Dónde el botón de rebobinado? ¿Puedo simplemente rebobinar estos nefastos tres segundos y hacer las cosas de otro modo?

No quería matarla.

Lo que sucedió era que, en cuanto asimilé que eran *sidhe-seers*, intenté hacerles razonar, pero ninguna quiso hacerme caso. Estaban empeñadas en darme una paliza que me dejara inconsciente y yo estaba igualmente decidida a no dejar que lo hicieran. No pensaba consentir que me arrastrasen a la abadía en contra de mi voluntad. Iría según mis reglas, cómo y cuándo me sintiera segura… y después de esta turbia emboscada de Rowena, puede que eso nunca llegase a pasar.

Entonces comenzaron a reclamarme la lanza, dándome codazos y empujándome, tratando de averiguar si la llevaba encima, y algo se rompió dentro de mí al darme cuenta de que Rowena había enviado a mi propia gente en mi busca; no para llevarme con ellas, sino para arrebatarme mi arma, como si tuviera derecho sobre ella. Yo era quien la había robado. Yo era quien había pagado con sangre por ello. ¿Planeaba dejarme indefensa? Por encima de mi cadáver. Nadie iba a quitarme la poderosa arma que tanto me había costado conseguir.

Introduje la mano dentro de la chaqueta con la intención de sacarla y agitarla de forma amenazadora para hacer que retrocedieran y entraran en razón y, cuando la saqué de su funda, la morena de la gorra se me abalanzó y la lanza y ella… chocaron violentamente.

—Oh —dijo, y sus labios quedaron paralizados al pronunciarlo. Parpadeó y tosió. La sangre afloró en su lengua y le manchó los dientes.

Bajé la vista a mi mano, a la sangre de su blusa de raya diplomática y a la lanza alojada en su pecho. Ignoraba quién de las dos estaba más desconcertada. Deseé soltarla y alejarme todo lo posible de lo que aquellos centímetros de letal acero le habían hecho, pero ni siquiera en tales circunstancias fui capaz de renunciar a la lanza. Era mía. Mi tabla de salvación. Mi única defensa en aquellas peligrosas calles oscuras.

Sus párpados se agitaron y de pronto parecía… soñolienta, lo cual, supuse, no era tan extraño; la muerte es el descanso eterno. Se estremeció y se tambaleó hacia atrás, retorciéndose. La sangre manó de su herida abierta, y yo me quedé ahí, sujetando lo que la había taponado. Una cosa era la sustancia verde que manaba de un *unseelie*, pero lo que lo empapaba todo, su camisa, sus pantalones, a mí, era sangre humana. El pánico inundó mis pensamientos, dejándome la mente en blanco. Traté de sujetarla pero sus ojos se cerraron y se desplomó hacia atrás.

—Llamaré a una ambulancia —grité.

Dos de las *sidhe-seers* la cogieron cuando caía y la depositaron con cuidado en el suelo, lanzándose órdenes unas a otras.

Saqué mi teléfono móvil.

—¿Cuál es el número de emergencias aquí?

Debería saberlo, pero no era así. Ella estaba quieta, demasiado quieta. Tenía la cara pálida y los ojos cerrados.

—Es demasiado tarde para eso —me espetó una de ellas.

¡A la mierda con la atención médica!

—Puedo conseguir otra cosa que la salve —grité. ¡Debería haber guardado esos malditos sándwiches! ¿En qué había estado pensando? El hecho era que posiblemente debiera comenzar a llevar carne *unseelie* conmigo a todas partes—. Que no se mueva. —Saldría corriendo a la calle, engancharía al *fae* oscuro más próximo, le arrastraría hasta aquí y le daría de comer. Se pondría bien. Podía arreglarlo. No estaba muerta, no podía estarlo. La carne *unseelie* la curaría.

Cuando me lancé hacia las escaleras, una de ella me agarró y tiró de mí.

—Está muerta, jodida idiota —dijo entre dientes—. Es demasiado tarde. Pagarás por esto. —Me empujó de forma violenta y me estrellé contra una estantería.

Miré fijamente a las mujeres vestidas de verde apiñadas alrededor del cuerpo, y mi futuro pasó ante mis ojos. Llamarían a la policía, me arrestarían. Jayne me encerraría y arrojaría la llave. Jamás se creería que había sido en defensa propia, sobre todo no con una antigua lanza robada. Habría un juicio y mis padres tendrían que volar hasta aquí. Esto acabaría por destruirlos: una hija pudriéndose en su tumba y la otra en una celda en la cárcel.

Las *sidhe-seers* cogieron el cuerpo y se dispusieron a transportarlo hasta las escaleras, llevándola a la planta principal.

Estaban alterando la escena del crimen. Si quería tener alguna esperanza de demostrar mi inocencia, necesitaba que no tocasen nada.

—No creo que debáis hacer eso. ¿Es que no vais a llamar a la policía?

Quizá pudiera salir del país antes de que lo hicieran. Quizá Barrons pudiera arreglar esto. O V'lane. Tenía amigos importantes, amigos que me querían con vida y libre para cumplir sus órdenes.

Una de ellas me lanzó una mirada asesina por encima del hombro.

—¿Has visto cómo está la policía últimamente? Además, los humanos no son nuestros protectores —se burló—. Nosotras mismas nos protegemos. Siempre ha sido así y siempre lo será. —Sus palabras dejaron entrever cierta amenaza.

Asomé la cabeza por encima de la barandilla y las vi aparecer nuevamente abajo. Una de ellas alzó la vista hacia mí.

—No intentes marcharte; te perseguiremos —dijo entre dientes.

—Oh, pues coge número y ponte a la cola —farfullé cuando salieron en tropel por la puerta.

—Necesito que me deje un coche —le dije a Barrons cuando regresó esa misma noche, poco después de las nueve.

Vestía un traje de corte exquisito, una impecable camisa blanca, corbata rojo sangre y unos gemelos de diamantes centelleaban en sus muñecas. Llevaba el cabello negro peinado hacia atrás, retirado de su bello rostro. Su cuerpo rezumaba tal energía que saturaba el ambiente. Los ojos le brillaban como estrellas, moviéndose con inquietud por todas partes.

Había sentido su cuerpo encima del mío, así como su abrasadora mirada. Intento no pensar en ello. Ahora tengo una caja dentro de mí que antes no tenía, puede que porque no la necesitaba. Se encuentra en el rincón más recóndito de mi ser y es hermética, está insonorizada y acolchada. Es ahí donde guardo los pensamientos con los que no sé qué hacer, aquellos que podrían meterme en líos. Comer carne *unseelie* es uno de esos pensamientos que no cesan de dar golpes contra la tapa. Intento dejar guardada la idea de besar a Barrons, pero ésta consigue escapar de cuando en cuando.

No iba a meter la muerte de la *sidhe-seer* en la caja; era algo a lo que tenía que enfrentarme para poder avanzar hacia la consecución de mis objetivos.

—¿Por qué no le pide a su noviete *fae* que la lleve donde quiere ir?

Era una idea, pero implicaba otras que aún no había considerado con detenimiento. Además, en Ashford, siempre que alguna cosa me disgustaba de verdad, como romperme una uña el mismo día en que me había gastado un pastón en hacerme la manicura, o enterarme de que Betsy se había ido a Atlanta con su madre y se había comprado el mismo vestido rosa que yo para el baile de graduación, aguándome así la ocasión, solía meterme en mi coche, poner la música a toda pastilla y conducir durante horas hasta que me calmaba.

Ahora necesitaba conducir, perderme en la noche, y deseaba sentir el estruendo de cientos de caballos rugir debajo de mí mientras lo hacía. Tenía magulladuras en todas partes de mi cuerpo; mis emociones eran un caos. Hoy había matado a una joven. Ya fuera por acción u omisión, estaba muerta. Maldije las erráticas ideas que me habían llevado a elegir aquel preciso momento para desenfundar mi arma, y a ella por decidir abalanzarse en aquel preciso instante.

—No me apetece pedírselo a mi noviete *fae*.

Barrons movió los labios nerviosamente; casi le había hecho sonreír. Mi jefe sonríe con la misma frecuencia con la que el sol sale en Dublín y tiene el mismo efecto en mí; hacer que me sienta animada y estúpida.

—Supongo que la próxima vez que le vea no estará dispuesta a llamarle así y permitirá que yo observe su reacción, ¿verdad?

—No creo que eso funcionara —dije con dulzura—. Todo el mundo desaparece siempre que usted aparece. Qué cosa tan rara. Da la sensación de que todo el mundo le teme.

Mi empalagoso sentido del humor exorcizó el asomo de su sonrisa.

—¿Está pensando en algún vehículo en concreto, señorita Lane?

Esta noche quería potencia manual.

—En el Viper.

—¿Por qué debo dejar que lo coja?

—Porque me lo debe.

—¿Y por qué se lo debo?

—Porque le soporto.

Entonces sonrió, y lo hizo de verdad. Yo solté un bufido y aparté la mirada.

—Las llaves están puestas, señorita Lane. Las del garaje se encuentran en el cajón superior derecho de mi escritorio.

Le miré con severidad. Al decirme dónde estaban sus llaves, ¿estaba haciendo una concesión? ¿Me estaba ofreciendo una asociación más profunda y basada en la confianza?

—Claro que usted ya lo sabe —prosiguió con sequedad—. Las vio allí la última vez que fisgó en mi despacho. Me sorprendió que no intentara utilizarlas entonces en lugar de romper la ventana. Podría haberme evitado ciertas molestias.

Barrons merecía sentirse molesto. Es el hombre… o lo que sea… más irritante que he conocido. La noche que rompí la ventana para colarme en su garaje, no se me ocurrió probar con esas llaves porque había estado segurísima de que ocultaba algún oscuro secreto encerrado allí, tan grande que no iba a dejar las llaves en cualquier lado. (Y claro que guarda un enorme y oscuro secreto, sólo que aún no he descubierto cómo llegar a él). Unas cámaras ocultas en el garaje habían grabado mi allanamiento y me dejó la prueba incriminatoria justo en la puerta de mi dormitorio.

—Déjeme adivinar, ¿también tiene cámaras ocultas en la tienda?

—No, señorita Lane, pero puedo olerla. Sé cuándo ha estado en una de mis habitaciones, y sé que es fisgona por naturaleza.

No me molesté en negarlo. Por supuesto que era una fisgona. ¿De qué otro modo iba a descubrir nada?

—No puede oler dónde he estado —me burlé.

—Esta noche huelo a sangre, señorita Lane, y no es suya. ¿Por qué tiene la cara magullada? ¿Qué ha sucedido? ¿Quién ha sangrado en mi librería?

—¿Dónde se encuentra la abadía? —repliqué, pasándome los dedos por el moratón de la mejilla. Me había aplicado hielo, pero no a tiempo. Lo tenía duro y me dolía al tacto. Había recibido la mayoría de los golpes en el cuerpo. Tenía las costillas magulladas, me dolían al respirar hondo, y en el muslo derecho una enorme contusión. Tenía gigantescos bultos en las espinillas. Había temido que se me hubieran roto varios dedos, pero aparte de tenerlos un poco hinchados, ya parecían estar bien.

—¿Por qué lo pregunta? ¿Es ahí adónde tiene pensado ir? ¿Lo cree prudente? ¿Y si la atacan?

—Ya he estado allí y ya me han atacado. ¿Cómo me encontró anoche? ¿Me estuvo buscando?

Ésa pregunta me había estado rondando. ¿Por qué había aparecido cuando estaba con V'lane? Parecía demasiada coincidencia para serlo.

—Iba de camino a Chester's. —Se encogió de hombros—. Fue una coincidencia. ¿Y el moratón?

«Chester's.» Allí era donde el inspector O'Duffy había hablado con un hombre llamado Ryodan que, según Barrons, hablaba demasiado sobre cosas de las que no debería hablar; como del propio Barrons. Tomé nota mental para buscar Chester's, localizar al misterioso Ryodan y ver qué podía averiguar.

—Tuve una pelea con otras *sidhe-seers*. Ándese con rodeos si quiere, Barrons, pero no me trate como si fuera idiota.

—Sabía que no andaba lejos. Me desvié de mi camino para asegurarme de que estaba a salvo. ¿Qué tal fue la pelea? ¿Está... ilesa?

—Casi por completo. Descuide, mis contusiones no afectan al trabajo que desempeño para usted. No tema, su detector de ODP sigue aquí. —Me llevé la mano a la base del cráneo—. ¿Fue por la marca? ¿Es el motivo de que pueda encontrarme con tanta facilidad?

—Puedo sentirla cuando se encuentra cerca.

—Vaya mierda —dije con amargura.

—Puedo quitársela si lo desea —dijo—. Sería... doloroso. —Sus centelleantes ojos se clavaron en los míos y nos miramos fijamente durante un prolongado momento. En aquellas profundidades de obsidiana vi la oscuridad de la gruta de Mallucé, saboreé de nuevo mi propia muerte.

A lo largo de la historia las mujeres hemos pagado un precio a cambio de protección. Algún día no tendré que hacerlo.

—Me las arreglaré. ¿Dónde está la abadía, Barrons?

Él escribió «Abadía de Arlington» y una dirección en un pedazo de papel, me dio un mapa de la estantería y marcó en él una «x». Se encontraba a varias horas de Dublín.

—¿Quiere que la acompañe?

Yo negué con la cabeza.

Barrons me estudió durante un momento.

—Entonces, que tenga buenas noches, señorita Lane.

—Hace días que no salimos a detectar ODPs, ¿cuándo lo haremos?

—Ahora estoy ocupado con otros asuntos, pero será pronto.

—¿Qué le tiene tan ocupado? —En lo que a preguntas se refiere, ésta era inofensiva. A veces responde este tipo de cuestiones.

—Entre otras cosas, estoy localizando a los postores de la lanza —dijo, recordándome que había obtenido varios nombres del ordenador portátil que Mallucé tenía en la gruta; aspirantes en una subasta por el arma inmortal. Imaginé que intentaba descubrir qué objetos poseían que él quisiera, y que iríamos a robarlos tan pronto tuviera una buena configuración del terreno y un plan. Dentro de poco saldríamos de nuevo a detectar ODPs, y me sobresalté al darme cuenta de que estaba deseosa de que llegara el momento.

Barrons se despidió con una inclinación de la cabeza y se marchó. Me quedé mirando la puerta después de que se hubiera ido. En ocasiones deseaba poder volver al principio de nuestra relación, cuando creía que no era más que un hombre insoportable, pero humano. Pero no lo era, y si hay algo que he aprendido en los últimos meses, y por las malas, es que no hay vuelta atrás. Lo hecho, hecho está; los muertos, muertos están (bueno, casi todos; Mallucé había tenido algunos problemas al respecto), y todo el remordimiento del mundo no servía de nada. De no ser así, Alina estaría viva y yo ni siquiera estaría aquí.

Descolgué el teléfono y marqué el número que había buscado antes. No me sorprendió que alguien respondiera a una hora tan intempestiva en Post Haste, Inc., el servicio de mensajería que albergaba a las *sidhe-seers* de Rowena y que vigilaba lo que sucedía en la ciudad y sus alrededores con la excusa de entregar cartas y paquetes.

Su cuartel general, la abadía, estaba lejos de la ciudad, y me informaron de que era allí donde se encontraba Rowena.

—Vale. Dígale a la vieja que estaré allí dentro de dos horas —dije, y colgué.

Capítulo 5

*E*l Viper no era el coche más caro o rápido del mercado, pero cumple con lo que promete. Posee un diseño magnífico, un comportamiento impresionante y alcanza los cien kilómetros por hora en cuatro segundos. Si algún día vuelvo a casa, no sabré qué hacer con mi Toyota. Tendré que hacer como Pedro Picapiedra e impulsar el coche con los pies.

El último Viper que Barrons me dejó conducir y que pensaba llevarme esta vez, había desaparecido. En su lugar había uno de los modelos nuevos, recién salido de la cadena de montaje; reluciente, aerodinámico y potente: el SRT-10, con 90 caballos más de potencia, lo que hacía un total de 600 briosos sementales, y un torque de 560 lb-ft.

Tenía la carrocería y la tapicería negras y las lunas tintadas, parecía una especie de bestia agazapada de metal, que espera —no, que suplica— que alguien lo coja y ponga a prueba sus límites. Me sentí momentáneamente sobrecogida, deseando tomar las riendas en mis manos.

Me quedé durante un momento contemplando la increíble colección de coches de Barrons, escuchando con atención, alerta ante cualquier sonido o vibración del suelo. Nada. Fuera cual fuese la criatura que moraba debajo del garaje, o estaba dormida o saciada. Imaginé un montón de huesos limpios rodeados de una inmensa oscuridad, y sacudí la cabeza para disipar la imagen.

Me introduje en el interior del biplaza, tapizado en cuero negro, arranqué y sonreí al escuchar el rugido del motor. Metí primera y salí del garaje. Una queja con respecto al Viper (según la gente que prefiere un cuatro cilindros automático y viven la vida a través de los *reality shows*), es que el compartimento del pasajero se calienta demasiado a causa de los gases de combustión y que es excesivamente ruidoso cuando vas por carretera con la capota bajada.

Aceleré y el bronco rugido del motor se amplificó gracias a las angostas paredes del callejón. Solté una carcajada. Eso es el Viper: potencia y fuerza en estado puro, y cuando lo tienes a manos llenas, te pavoneas.

A mi derecha, la gigantesca Sombra sacó pecho eclipsando prácticamente el edificio que quedaba detrás. Farfullé algo que hubiera hecho estremecer a mi madre, pero no aparté las manos del volante y la palanca de cambios. No pensaba volver a sacarle el dedo a ningún monstruo de dimensiones desconocidas. Conocía casos de conducción agresiva que, por mucho menos, habían acabado en asesinato, y no veía la necesidad de cabrear más a una Sombra de por sí cabreada y que era más consciente de mí de lo que yo deseaba.

Para mí, conducir un coche potente se parece mucho al sexo, o a lo que en mi opinión debería ser el sexo: una experiencia totalmente corpórea, que inunda los sentidos, te lleva a sitios a los que nunca has ido y cuyo impacto te deja sin aliento y conmueve tu alma. El Viper me llenaba mucho más que mi último novio.

Subí la música y me adentré en la noche como una bala. No pensé en lo sucedido hoy, pues había tenido toda la tarde para hacerlo y tomar decisiones. El momento para pensar había pasado, era hora de pasar a la acción.

A veinte minutos de la abadía, «en medio de la nada», como se dice en mi tierra, rodeada por demasiadas ovejas y muy pocos cercados para sentirme tranquila en un coche tan caro, me detuve en el arcén de la estrecha carretera de doble sentido. A continuación eché un vistazo alrededor para cerciorarme de que crecía hierba y follaje, asegurándome de ese modo de que se trataba una zona libre de Sombras, aunque dejé los faros encendidos por si las moscas, y me bajé.

Lo que V'lane me había puesto en la lengua me llevaba molestando desde entonces, y no sabía cuánto tiempo más iba a ser capaz de soportarlo. Pero, en estos momentos, me alegraba de tenerlo.

«Si me necesitas, abre la boca y yo acudiré», me había dicho. Jamás habría imaginado que lo utilizaría menos de veinticuatro horas después, pero esta noche tenía que ocuparme de un asunto y necesitaba apoyo. Un buen apoyo. Necesitaba algo que causase una fuerte impresión a Rowena, y Barrons no era tan apto para el papel como lo era un príncipe *seelie*.

Intenté determinar qué podría representar necesitarle, tener que liberar lo que fuera que me perforaba la lengua. ¿Pensar en él, sin más? No podía ser eso. Me había pasado medio día pensando en él. Había estado muy presente en el fondo de mi mente desde que puso su marca en mí, tal y como él sabía que pasaría. Quizá, con el tiempo, me acostumbrara a tal intrusión; aunque lo dudaba.

—V'lane, te necesito —dije al aire, y por Dios que sentí que esa cosa que tenía en la boca se movió.

Sentí arcadas. Esa cosa se retorció y golpeó contra mis dientes. Escupí convulsivamente, y algo suave y oscuro estalló en mi boca, impactó en el aire y desapareció.

—*Sidhe-seer*.

Me giré y V'lane estaba detrás de mí. Abrí la boca y la cerré de nuevo; ¡dónde habían quedado los buenos tiempos de los teléfonos móviles! Quizá, tal y como advierten los expertos, la radiación me friera el cerebro después de hacer un uso repetido durante décadas, pero utilizar los métodos de comunicación de los *faes*, una sola vez, me tenía ya frita.

No me molesté en echar mano de la lanza, pues no notaba ya su frío peso en la funda. De algún modo él me la había quitado nada más aparecer. De haber sabido lo rápido que aparecería, me hubiera aferrado a ella para ver si podía impedírselo. Tomé nota de intentarlo la próxima vez.

—*Fae* —le devolví el saludo, si es que podía llamarlo así, con sequedad. ¿Cómo me las había apañado para acabar en un mundo con una forma de saludarse tan extraña? De todos los hombres que había conocido en Dublín, Christian era el único que me llamaba Mac—. Devuélveme mi lanza. —Sabía que no iba a hacerlo, pero eso no me impidió pedírselo.

—No me presento ante ti con armas letales para los humanos.

V'lane lucía su apariencia *fae*: irradiaba una docena de extraños colores, sus ojos iridiscentes tenían una expresión desapasionada y sumamente distante y destilaban sexo; increíble y arrollador sexo.

—Tú mismo eres un arma letal contra los humanos.

Su mirada decía «claro, y así es como debe ser».

—¿Por qué me has llamado? —Parecía impaciente, como si le hubiera interrumpido en medio de algo importante.

—¿Cuánto deseas el Libro para tu reina?

—Si lo has encontrado y piensas ocultármelo...

Sacudí la cabeza.

—No te oculto nada. Pero todo el mundo quiere mi ayuda para encontrarlo, y no estoy segura de quién es el más fuerte o el que me ayudará más. Yo también tengo mis condiciones.

—¿Cuestionas mi poder?

Sus centelleantes ojos se tornaron plateados, igual que afilados puñales, y tuve una repentina y extraña visión (¿restos de una memoria genética?), de un *fae* arrancándole la piel a un humano sólo con la mirada. «Si te atrapan, inclina la cabeza ante ellos —es lo que les hemos enseñado a nuestros hijos—, y nunca le mires a los ojos.» No porque temiésemos que pudieran hipnotizarnos, pues un *fae* no necesita hacer contacto visual para eso, sino porque si nuestros hijos iban a morir de forma atroz, no deseábamos que vieran su destino reflejado en esos penetrantes ojos inhumanos.

—¿Por qué te marchaste cuando llegó Barrons? —pregunté.

—Porque le desprecio.

—¿Por qué?

—No es de tu incumbencia. ¿Eres tan estúpida como para haberme invocado a fin de interrogarme?

Me estremecí a pesar de llevar un suéter ligero y chaqueta. La temperatura acababa de descender bruscamente. La realeza *fae* es tan poderosa que su agrado o desagrado afecta al clima si así lo permiten. No hace mucho he aprendido que los Cazadores *Unseelies*, con sus grandes alas, lenguas bífidas y ojos feroces, también poseen ese poder.

—Te he llamado porque necesito tu ayuda. Me preguntaba si puedes hacer lo que necesito que hagas.

—Te mantendré con vida. Y no permitiré que... ¿Qué era eso que tanto te disgustó la vez que no pudiste invocarme? Ah, sí, dijiste que habías sufrido de forma atroz. No permitiré que te suceda de nuevo.

—No me basta con eso. Necesito que hoy no permitas que nadie muera y tampoco que sufran de forma atroz. Y he de saber que no regresarás aquí un buen día para hacerles daño.

—Las *sidhe-seers* llevaban miles de años escondiéndose de los *faes* y yo estaba a punto de llevar a uno de los más poderosos a su guarida. ¿Me tacharían de traidora? ¿Me expulsarían? ¡Anda, pero si lo habían hecho! Gracias a Rowena, aquellas que deberían haber sido mis aliadas en esta batalla, ahora huían de mí. No me hubiera visto obligada a hacer esto si ella no me hubiera presionado tanto.

Sus extraños ojos se entrecerraron y echó una vistazo a su alrededor. Acto seguido se echó a reír.

Me sorprendí quitándome el suéter y sonreí sin ganas. Sentía los pechos sensibles y los pezones erectos.

—Desconecta —gruñí—. Tenemos un trato, ¿recuerdas? Dijiste que siempre desconectarías cuando estuvieses conmigo.

V'lane centelleó y una vez más se transformó en el hombre al que había visto la noche anterior, ataviado con vaqueros, botas y chupa de cuero.

—Lo olvidé. —Sus palabras no transmitían verdad o arrepentimiento—. Vas a la abadía.

—¡Ay que joderse! —exploté—. ¿Es que todo el mundo lo sabe todo de mí? —Me consolé pensando que al menos ahora no tenía por qué sentirme mal por revelar su ubicación a V'lane, puesto que él ya la conocía.

—Eso parece. Eres joven. Tu insignificante edad es equiparable a un bostezo en mi vida. —Hizo una pausa y luego agregó—: Y en la de Barrons.

—¿Qué sabes tú de Barrons? —exigí saber.

—Que sería más acertado que contaras conmigo, MacKayla.

Se acercó a mí y yo retrocedí. Aun en su forma humana, era puro sexo. Pasó junto a mí, se detuvo junto al Viper y acarició con la mano la reluciente curva metálica de la capota. V'lane al lado de un Viper negro era algo digno de ver.

—Quiero que me acompañes a la abadía —le dije—. Como apoyo. Quiero tu protección. Pero no le harás nada a las *sidhe-seers* que hay allí.

—¿Me estás dando órdenes? —La temperatura descendió de nuevo y unos copos de nieve se posaron sobre mis hombros.

Reflexioné sobre mis palabras. Decir las cosas de un modo más amable no iba a acabar conmigo. Mi madre siempre decía que se atraen más moscas con miel que con vinagre.

—¿Me prometes que no le harás daño a ninguna de las *si-dhe-seers*? —Y estremeciéndome por dentro, añadí—: ¿Por favor?

Sonrió, y un árbol cercano agitó sus fragantes y aterciopeladas flores blancas impregnando la noche con su penetrante aroma especiado. Las flores comenzaron a marchitarse con celeridad, cayendo en picado al suelo en una exótica lluvia de pétalos alabastrinos, y se descompusieron rápidamente. Pasaron de la vida a la muerte en cuestión de segundos. ¿Era así como él me veía?

—Te lo concedo. Me gusta cuando pides algo «por favor». Dilo de nuevo.

—No. Con una vez basta.

—¿Qué harás por mí a cambio?

—Lo que hago: ayudarte a buscar el Libro.

—No es suficiente. ¿Deseas darle órdenes a un príncipe *fae* como si fuera un perrito faldero? Eso tiene un precio, MacKayla. Dejarás que te folle.

Me quedé atónita, y me sentí tan furiosa por un momento que fui incapaz de hablar. Tampoco ayudó el que sus palabras suscitaran que una erótica emoción se agitara en mis entrañas. ¿Había vuelto a intensificar su influjo? ¿Me había lanzado alguna especie de dardo sexual *fae* al decir aquello?

—No. No te ofrecería sexo a cambio aunque el infierno se congelase. ¿Lo pillas? Hay cosas que son innegociables y ésta es una de ellas.

—Es un simple coito, un acto físico, igual que lo es comer o evacuar. ¿Por qué concederle tanta importancia?

—Puede que para un *fae* no sea más que un acto físico, y tal vez también para algunas personas, pero no para mí.

—¿Porque en tu corta existencia has disfrutado de un sexo magnífico? ¿Porque has tenido amantes que han hecho arder tu cuerpo y prendido fuego a tu alma? —se burló.

Yo alcé la barbilla.

—Quizá no haya sentido exactamente eso, pero algún día lo haré.

—Yo haré que lo sientas ahora. Te llevaré a un estado de éxtasis tal que podrías morir de placer, pero no dejaré que eso pase. Me detendré antes.

Sus palabras me provocaron un escalofrío: no era más que otro vampiro que prometía detenerse antes de chuparme las últimas gotas de sangre que mantendrían mi corazón latiendo.

—Olvídalo, V'lane. Siento haberte invocado. Ya me ocupo yo de mis asuntos. No te necesito ni a ti ni a nadie. —Abrí la puerta del coche.

Él la cerró tan bruscamente que estuve a punto de perder un dedo. Me asustó su súbita violencia. Me aplastó contra el Viper y me acarició la cara. La expresión de ojos era penetrante como navajas, hostiles; sus dedos ligeros como plumas.

—¿Quién te ha hecho ese cardenal?

—Tuve una pelea con algunas *sidhe-seers*. Deja de aplastarme.

Me pasó un dedo por el pómulo y el dolor cesó. Bajó la mano hasta mi caja torácica y dejé de sentir una aguda punzada cada vez que respiraba. Cuando deslizó la palma de su mano por mi muslo, sentí que la sangre coagulada desaparecía de la contusión. Presionó sus piernas sobre las mías y las magulladuras de las espinillas se desvanecieron. Mi carne ardía allá donde me tocaba.

Inclinó la cabeza hacia delante, acercando sus labios a los míos.

—Ofréceme algo a cambio de lo que me pides, MacKayla. Soy un príncipe y tenemos nuestro orgullo. —Pese a la suavidad de su contacto, sentí la rigidez de su cuerpo y supe que le había exigido demasiado.

En el sur entendemos de orgullo. Hubo un tiempo en que lo perdimos todo, pero por Dios que conservamos nuestro orgullo. Echamos más leña al fuego, lo avivamos hasta el infinito. Y de vez en cuando nos inmolamos en él.

—Sé cómo se desplaza el Libro. No se lo he contado a nadie. —Tener su cuerpo apretado contra el mío estaba abriendo puertas en mi cabeza, mostrándome cosas cuya existencia preferiría ignorar.

Sus labios rozaron mi mejilla y me estremecí.

—¿Barrons no lo sabe?

Sacudí la cabeza y la volví a un lado. Sus labios vagaron hasta mi oreja.

—No, pero te lo contaré a ti.

—¿Y no se lo dirás a Barrons? ¿Será nuestro secreto?

—No. Quiero decir, sí. Por ese orden. —Detestaba que la gente superpusiera una pregunta a otra. Su boca era fuego sobre mi piel.

—Dilo.

—No se lo diré a Barrons y será nuestro secreto. —Menuda cosa; de todas formas no había tenido intención de contárselo a mi jefe.

V'lane sonrió.

—Trato hecho. Cuéntame.

—Después de que me ayudes.

—Ahora, MacKayla, o entrarás tú solita. Si he de acompañar a una *null* a la guarida de las *sidhe-seers*, exijo el pago por anticipado. —Su voz no dejaba espacio a la negociación.

Odiaba renunciar a un as en mi manga, pero si tenía que hacer partícipe a V'lane de una información que hubiera preferido ocultarle para poder impedir que Rowena fuera a por mí cada vez que le daba la espalda, que así fuera. No podía protegerme de todos los peligros que acechan en la ciudad. Ya era bastante malo tener que hacerlo de los *faes*, pero al menos podía verlos venir. Pero las secuaces de Rowena eran personas normales y corrientes que podían acercarse demasiado antes de que supiera siquiera que eran una amenaza. A pesar de que el instinto me pedía a gritos que acabara con los *faes*, no sucedía lo mismo con los humanos, y no quería que se acostumbrasen a ello. Los humanos no eran mis enemigos. Tenía que enviarle un mensaje a Rowena y a sus *sidhe-seers* para que se mantuvieran alejadas de mí, y V'lane era el mensajero perfecto.

A pesar de todo, no tenía por qué contárselo todo. Lo empujé y me aparté del Viper y de él. Me vio alejarme con una sonrisa socarrona. Me sentía mejor con un par de metros entre ambos, y comencé a seleccionar trozos de lo que había visto mientras estaba tirada en el apestoso charco. Le conté que pasaba de una persona a otra haciéndoles cometer crímenes.

Pero no le hablé de las tres caras que el libro había presenciado, ni de la severidad de los crímenes o que mataba al portador antes de saltar a otro cuerpo. Dejé que creyera que el Libro se movía de un cuerpo a otro por sí mismo. De esa forma, si decidía intentar localizarlo, tendría cierta ventaja, y necesitaba toda la que fuera posible. Sabía que V'lane no consideraba a los humanos como formas de vida viables y no tenía más motivos para confiar en él de los que tenía para confiar en Barrons. Puede que V'lane fuera *seelie* y que Barrons siguiera salvándome la vida, pero tenía demasiadas incógnitas sobre los dos. Mi hermana había confiado en su novio hasta el fin. ¿Había inventado excusas para justificar a lord Master tal y como había estado haciendo yo con Barrons? «¿Y qué si nunca responde a ninguna de mis preguntas? Me ha contado más cosas acerca de lo que soy que nadie. ¿Y qué si mata sin piedad? Sólo lo hace para mantenerme a salvo…» Podía recordar media docena de excusas en cuestión de un momento. También para V'lane: «Es un *fae* orgásmico-letal; en realidad, nunca me ha hecho nada malo. ¿Y qué si hace que me desnude en lugares públicos? Me ha salvado de las Sombras…»

Soy camarera, me gustan las recetas porque son concretas. ¿Acaso la receta para la seducción estaba compuesta por una medida de encanto y dos de autoengaño? ¿Removido, no agitado?

—¿Estuviste consciente en todo momento?

Yo asentí.

—¿Sigues sin poder acercarte a él?

Asentí de nuevo.

—¿Cómo piensas dar con él otra vez?

—No tengo ni idea —mentí—. Dublín tiene más de un millón de habitantes y el índice de criminalidad se ha disparado. Suponiendo que siga en la ciudad, cosa que dudo que podamos dar por supuesto. —Esto era mentira; no sé por qué, pero creía que el Libro no tenía intención de abandonar las caóticas calles dublinesas por el momento ni en un futuro cercano—, estamos buscando una aguja en un pajar.

Él me estudió durante un momento y luego dijo:

—Muy bien. Has cumplido con tu parte del trato. Yo haré otro tanto.

Subimos al coche y pusimos rumbo hacia la abadía.

Y

La abadía de Arlington se construyó en el siglo XVII, sobre suelo sagrado, cuando se quemó una iglesia construida originalmente por San Patricio en el año 441 a. C. La iglesia, cosa curiosa, había sido erigida para reemplazar un círculo de piedra en ruinas que, según han afirmado algunos, hace mucho estaba consagrado a una antigua hermandad matriarcal pagana. El círculo de piedra había sido supuestamente precedido por un *shian*, o montaña de las hadas, en cuyas entrañas se ocultaba una entrada al Otro Mundo.

La abadía fue saqueada en el año 913, reconstruida en 1022, quemada en 1123, vuelta a reconstruir en 1218, quemada de nuevo en 1393, y reconstruida una vez más en 1414. Y cada vez que lo hacían, la ampliaban y fortificaban.

Se llevó a cabo una ampliación en el siglo XVI y de nuevo una más extensa en el XVII, sufragada por un rico benefactor anónimo que completó el rectángulo de edificios de piedra, cerró el patio interior y agregó, para asombro de los lugareños, viviendas para un millar de residentes.

Aquel mismo benefactor adquirió las tierras circundantes a la abadía, y convirtió el enclave en el autosuficiente cuartel general que era hoy en día. La abadía cuenta con sus propios productos lácteos, dispone de huerto, ganado vacuno y ovino y extensos jardines. Lo más destacado es un invernadero con una elaborada cúpula de cristal que, según se rumorea, alberga algunas de las flores y hierbas más raras del mundo.

Y eso era todo lo que había sido capaz de averiguar acerca del lugar en los veinte minutos que había tenido para navegar por Internet antes de partir rumbo a la dirección que Barrons me había dado.

Hoy, la abadía de Arlington era propiedad de una compañía menor de una empresa mucho mayor que formaba parte de un enorme *holding* de otra sociedad anónima aún más importante. Por curioso que pueda resultar, parecía que nadie lo encontraba extraño. A mí me parecía sumamente insólito que un país que se preocupaba tanto por cuidar de sus abadías, castillos, construcciones megalíticas y un sinfín de otros monumentos no hiciera preguntas con respecto a la extraordinariamente bien conservada abadía dentro de sus fronteras. Pero no era así, y ésta se alzaba en medio de casi un millar de hectáreas, silenciosa, misteriosa y tranquila, sin que a nadie le preocupara.

Me preguntaba cuál era la suprema importancia que representaba para las *sidhe-seers* que con tanta ferocidad la habían protegido, aun bajo la fachada del cristianismo, y la habían reconstruido cada vez que había sido destruida, fortificándola más cada vez, hasta que ahora se alzaba como una fortaleza imponente sobre un tranquilo y oscuro lago.

V'lane se removió en el asiento del pasajero y pareció titilar. Le miré.

—Dejaremos el coche aquí —me dijo.

—¿Por qué?

—Las habitantes de la abadía son... molestas... con sus intentos por desafiar a mi raza.

Traducción: la abadía estaba protegida.

—¿Puedes atravesar sus hechizos de protección?

—No pueden impedirme la entrada. Nosotros nos desplazamos en el espacio, y contra eso no pueden protegerse.

Vale, eso resultaba perturbador, pero ya volveré más tarde sobre ello. Lo primero es lo primero.

—Barrons me dijo que también podéis desplazaros en el tiempo. —En realidad dijo que antes érais capaces pero que ya no—. Que podéis volver al pasado. —Donde Alina seguiría viva. Donde podría salvar a mi hermana y este terrible futuro podría evitarse. Podríamos retomar nuestras vidas en la bendita ignorancia, ajenas a lo que éramos, felices con nuestra familia en Ashford, Georgia, y no salir de allí jamás. Nos casaríamos, tendríamos hijos y moriríamos en el sur a una edad avanzada—. ¿Es eso cierto? ¿Puedes viajar en el tiempo?

—Hubo un tiempo en que algunos de nosotros podían hacerlo. Incluso entonces, teníamos limitaciones, a excepción de la reina. Ya no poseemos esa habilidad. Estamos tan atrapados en el presente como los humanos.

—¿Por qué? ¿Qué fue lo que sucedió?

V'lane se estremeció de nuevo.

—Para el coche, MacKayla. Esto no me agrada. Sus hechizos son muchos.

113

Me detuve y apagué el motor. Cuando bajamos lo miré por encima del techo del vehículo.

—Así que los hechizos protectores te hacen sentir incómodo y, ¿nada más? ¿De verdad no pueden impedirte la entrada?

—¿Podría entrar en la librería cuando le viniera en gana? ¿De verdad los hechizos de Barrons me mantenían a salvo de «cualquier» *fae*?

—Así es.

—Pero yo creía que no podías entrar en la librería. ¿Es que sólo fingías la noche en que se colaron las Sombras?

—Hemos hablado de los hechizos de las *sidhe-seers*. La magia que conoce tu gente y la que conoce Barrons no es la misma. —Su mirada centelleó como acero templado al mencionar a mi jefe—. Vamos. Dame tu mano para que pueda transportarte al interior. Y cuidadito con lo que haces. Si me paralizas cuando esté dentro de esos muros, lo lamentarás. ¿Ves que deposito en ti mi confianza, MacKayla? Te permito que me lleves a tu mundo *sidhe-seer*, donde soy temido y odiado y estoy a tu merced. Ninguno de los míos contemplaría siquiera tal posibilidad.

—No voy a paralizarte. Te lo prometo. —Barrons tenía otra ventaja más sobre el resto de nosotros. ¿Por qué no me sorprendía eso? ¿Era así como había logrado ocultarme El Espejo *unseelie*? ¿Gracias a una magia más potente que la conocida por las *sidhe-seers*? Sin embargo, no podía disgustarme en exceso por eso, porque significaba que «estaba» realmente a salvo en la librería. Me estaba convirtiendo en una persona sumamente compleja: me sentía agradecida por el poder, independientemente de su procedencia, siempre que jugara a mi favor—. ¿Tienes claro lo que voy a hacer y lo que tú no debes hacer?

—Tan claro como transparentes son tus deseos, *sidhe-seer*.

Puse los ojos en blanco, rodeé el coche y le tomé de la mano.

Allá en Ashford tengo un gran grupo de amigos. En Dublín ni uno solo.

El único lugar en el que pensé que podría hacer amigos era

en la abadía, entre los míos. Ahora, gracias a Rowena, esa posibilidad me estaba vetada. Me había estado fastidiando la vida desde la misma noche en que llegué a Irlanda, cuando estuve a punto de ponerme en evidencia en un *pub* ante el primer *fae* que veía. En vez de acogerme y hablarme sobre lo que era, me dijo que me fuera a morir a otra parte.

Luego se mantuvo pasiva mientras V'lane casi me viola en un museo.

Más tarde mandó a sus *sidhe-seers* a espiarme (¡cómo si yo no fuera una de ellas!), y finalmente, por si fuera poco, las envió para que me atacaran y me robaran mi arma, obligándome a herir a una de ellas. Rowena no me había acogido con agrado. Ni una sola vez me había mostrado nada que no fuera desprecio y desconfianza... ¡y sin ningún motivo!

Estas mujeres jamás me perdonarían por matar a una de ellas. Lo sabía y había venido a la abadía para pedirles que lo hicieran. Lo importante no son las cartas que te tocan, sino cómo las juegas.

Había venido para poner las cosas en claro.

Esta tarde Rowena me había transmitido sus intenciones al enviar a un batallón de *sidhe-seers* a por mí, con órdenes de someterme y robarme mi arma. Con sus acciones me había dicho: «no eres una de nosotras y el único modo en que puedes llegar a serlo es someterte completamente a mi voluntad. Dame tu arma, obedéceme en todo y pensaré si te acojo en el redil».

Yo estaba aquí para darle mi respuesta: «qué te jodan, vieja». Y para hacerle llegar el mensaje me había traído como protector a un príncipe *fae* capaz de destruirlas a todas (aunque no pensaba permitir que lo hiciera). Si era una mujer sabia no volvería a meterse conmigo y me quitaría de encima a sus perros de presa. Ya tenía detrás a demasiada gente y demasiados monstruos.

Me hubiera gustado que chicas como Dani, sólo que con más edad, confiaran en mí lo suficiente como para hablar conmigo y compartir secretos acerca de nuestro legado. Hubiera querido ser parte de ellas, saber más cosas sobre los O'Connor, la familia de la cual supuestamente procedía y de la cual era la última descendiente.

—Llévame dentro —le dije a V'lane, preparándome para ser «transportada».

Le pregunté a V'lane por qué los *faes* lo denominaban de ese modo, y me dijo que era el único término humano que resumía lo que eran capaces de hacer. Los *faes* cribaban las dimensiones sin límites, como si de granos de arena que se escurren de entre los dedos se tratasen, derramando algunos de esos granos aquí, otros allá, clasificándolos hasta que tenían aquellos que les interesaban. Una vez hecha la elección, las cosas cambiaban.

Pregunté si eso significaba que elegían el «grano» de un lugar donde deseaban estar y se trasladaban allí con el poder de la mente, pero él no comprendió la noción de trasladarse a un lugar. Según él, ni nosotros ni las dimensiones se movía. Simplemente… cambiábamos. Y ahí lo teníamos de nuevo, los dos conceptos comunes de los *faes*: equilibrio y cambio.

Transportarse en el espacio se asemejaba a la muerte. Uno sencillamente deja de existir y, acto seguido, ahí estás de nuevo. Resulta indoloro, aunque profundamente perturbador. Me encontraba fuera, junto al Viper, en la práctica oscuridad, y al instante mis dilatadas pupilas registraron un fogonazo de luces que me cegaron momentáneamente, y cuando pude ver de nuevo, estaba dentro de los iluminados muros de la abadía de Arlington.

Escuché los gritos ensordecedores de muchas mujeres.

Por un instante temí que estuvieran siendo atacadas. Luego lo entendí todo: precisamente era yo el invasor y lo que escuchaba eran los gritos de cientos de *sidhe-seers* al sentir a un *fae* inmensamente poderoso dentro de sus protegidos muros. Me había olvidado de ese nimio detalle; como era de esperar, habían detectado a V'lane y formado un gran alboroto.

—¿Quieres que las haga callar? —me preguntó V'lane.

—No. Déjalas tranquilas. Se callarán en un momento. —O esa era mi esperanza.

Así lo hicieron.

A petición mía V'lane nos transportó a la parte posterior de la abadía, donde esperaba hallar los dormitorios. Mi suposición, basada en los esbozos que había visto en Internet, había sido fidedigna. Una por una, fueron abriéndose las puertas por las que asomaron cabezas que, tras quedar boquiabiertas y proferir un grito estrangulado, volvieron a desaparecer en el interior, cerrando de un portazo.

Una familiar cabeza de cabello rizado y pelirrojo emergió de una puerta cercana.

—¡Oh, estás jodidamente muerta! —exclamó Dani—. Antes tenías graves problemas, pero ahora va a matarte.

—Cuidado con esa lengua, Dani —le reprendió la mujer que apareció en la puerta detrás de ella.

Dani puso los ojos en blanco.

—Ya me gustaría ver cómo lo intentaba —dije.

Las comisuras de los labios de la pelirroja se movieron nerviosamente.

—¿Cómo te atreves a venir aquí? ¿Cómo te atreves a traer a esa «cosa» aquí? —exigió saber una *sidhe-seer* ataviada con un pijama que apuntaba con un dedo a V'lane. Otra cabeza asomó detrás de ella, con la nariz vendada. Conocía a esa mujer, mi puño se había encontrado con su cara esa misma mañana. Tenía los ojos enrojecidos de llorar y me miraba con ellos entornados y rebosantes de hostilidad.

Cuando V'lane se puso tenso, posé la mano sobre su brazo, cuidando de no paralizarle, como una muestra de solidaridad con la que esperaba aplacarle.

El corredor estaba ahora lleno de *sidhe-seers* en diversos estados de desnudez. No a causa de V'lane, sino porque era pasada la medianoche y las había despertado. Al parecer, V'lane estaba cumpliendo con su palabra. Ni una sola de ellas se estaba desnudando y yo no sentía el menor deseo sexual. Sin embargo, todas tenían la vista clavada en él.

—No me atreví a venir sin el príncipe V'lane. —Se sintió complacido al oírme emplear su título; sentí que sus músculos se relajaban bajo su piel—. Rowena envió a seis de vosotras a por mí hoy.

—Ya he visto a las que han regresado —espetó la del pijama. Miró por encima del hombro a su compañera de cuarto, la de la nariz vendada, y luego de nuevo a mí con expresión gélida—. Aquellas que siguen con vida recibieron una buena paliza. Tú no tienes un solo arañazo, ni un moratón. —Hizo una pausa y seguidamente soltó—: *¡Pri-ya!*

—No soy una *pri-ya*.

—Viajas con un príncipe *fae*. Le tocas con libertad, motu propio. ¿Qué otra cosa podrías ser?

—¿Qué te parece una *sidhe-seer* que trabaja con un príncipe *fae* para ayudar a la reina Aoibheal a encontrar el *Sinsar Dubh* a fin de que pueda solucionar el embrollo en el que todas estamos metidas? —dije con frialdad—. V'lane se puso en contacto conmigo en nombre de la reina *seelie* porque puedo sentir el Libro cuando está cerca. He…

La mujer se quedó pasmada.

—¿Puedes sentir el *Sinsar Dubh*? ¿Está cerca? ¿Lo has visto?

Las *sidhe-seers* de un lado y otro del pasillo se volvieron unas a otras lanzando exclamaciones.

—¿Es que vosotras no podéis sentirlo? —Miré a mi alrededor. Las caras que estaban vueltas hacia mí reflejaban la misma estupefacción que la mía. Había pensado que lo más seguro era que hubiese otras como yo. Al menos una o dos.

Dani sacudió la cabeza.

—El don de sentir los objetos *faes* es extremadamente raro, Mac.

—La última *sidhe-seer* que poseía tal don murió hace mucho —dijo su compañera de cuarto, con voz tirante—. No hemos logrado reproducir ese linaje.

¿Reproducir ese linaje? El suave acento irlandés no atenuó la frialdad de sus palabras. Me hizo pensar en batas blancas, laboratorios y placas. No me extrañaba estar tan solicitada, ni que Barrons tuviera tanto empeño en mantenerme con vida, o que tuviera a un príncipe *fae* haciendo de perrito faldero y que lord Master no hubiera lanzado un ataque exhaustivo contra mí. Ahora lo entendía: todos me necesitaban viva. Era como Tigger, el personaje de Winnie The Pooh: era única en mi especie.

—¡Has matado a Moira! —me acusó la mujer apoyada en la puerta al otro lado del pasillo.

V'lane me miró con gran interés.

—¿Has matado a una de las tuyas?

—No, yo no maté a Moira —me dirigí a las *sidhe-seers* que, a excepción de Dani, me miraban con manifiesta hostilidad—. Rowena fue quien mató a Moira al enviarla para darme una paliza y robarme la lanza. —La mujer tenía un nombre: Moira. ¿Tenía también una hermana que ahora lloraba su pérdida como yo la de Alina?—. Me siento tan horrorizada por lo sucedido hoy como vosotras.

—Seguro que sí —se burló una de ellas.

—Ni siquiera ha dicho que lo siente —espetó otra—. Sólo viene aquí con su guapo príncipe *fae* y le echa la culpa a nuestra líder. Me sorprende que no se haya traído también a un Cazador.

Si querían una disculpa, yo se la daría.

—Lamento haber desenvainado y sostenido en la mano mi lanza. Y lamento aún más que ella decidiera abalanzarse sobre mí justo en ese momento. Si no lo hubiera hecho, seguiría con vida.

—Si no te hubieras negado a entregarnos la lanza, también estaría viva —voceó alguien.

—La lanza no es tuya —gritó otra—. ¿Por qué tienes que tenerla tú? Sólo hay dos armas capaces de matar a los *faes*. Somos más de setecientas y compartimos la espada. Tú tienes la otra para ti sola. Haz lo correcto. ¡Entrégala a quienes han nacido y han sido criadas para tenerla!

Otras estuvieron de acuerdo.

¡Nacido y sido criadas, y una petunia! ¡Cómo si yo fuera menos!

—Yo soy la única que puede sentir El Libro, y tengo que salir cada noche a buscarlo. ¿Tenéis idea de cómo es Dublín ahora? No sobreviviría ni una sola noche sin ella. Además, soy yo quien arriesgó la vida para robarla.

Mi acusadora dio un respingo y dio media vuelta, cruzándose de brazos.

—Robas, trabajas con un príncipe *fae*, matas a una de tus hermanas. No eres una de nosotras.

—Yo digo que lo es y que sólo ha empezado con mal pie —dijo Dani—. No ha tenido a nadie que la ayudase a entender las cosas. ¿Cuántas habríais hecho lo mismo en su situación? Tan sólo intenta sobrevivir, igual que todas nosotras.

—Vuelve a la cama, niña —gritó alguien.

—No soy una niña, joder —replicó, enfadada—. He matado a más *faes* que cualquiera de vosotras.

—¿Cuántos llevas ya, Dani?

La última vez que hablamos llevaba cuarenta y siete en su haber. Con el don de la supervelocidad y armada con La Espada de la Luz, una Reliquia *Seelie*, tenía que ser una luchadora formidable. Me gustaría tener la oportunidad de averiguarlo algún día, de luchar a su lado. Podríamos vigilarnos las espaldas mutuamente.

—Noventa y dos —dijo, orgullosa—. Y acabo de liquidar a esa cosa grande y jodidamente vomitiva, con docenas de bocas y una enorme y repugnante polla...

—Muy bien, Dani, se acabó —le dijo su compañera de cuarto, con severidad, obligándola a girarse hacia su puerta—. Vuelve a la cama.

—¿Has liquidado al bicho de muchas bocas? —exclamé—. ¡Bien hecho, Dani!

—Gracias —repuso, con orgullo—. Era duro de pelar. No te creerías lo que...

—A la cama. Ahora. —Su compañera empujó a Dani a su cuarto y cerró la puerta, quedándose ella en el pasillo.

—Sabes bien que está al otro lado de la puerta escuchando —dije—. ¿De qué sirve?

—No te metas en nuestros asuntos y saca a esa «cosa» de aquí.

—Bien dicho —dijo la voz acerada que había estado esperando oír.

Las *sidhe-seers* retrocedieron, permitiendo que la mujer de cabello plateado se acercase. Me había preguntado cuánto tiempo tardaría en presentarse, y supuse que dos o tres minutos. Había tardado cinco. Me hubiera gustado pasar unos minutos a solas con las *sidhe-seers*, sin la intromisión de Rowena, para limpiar mi nombre. Ya les había dicho a sus seguidoras todo lo que tenía que decirles, ahora tenía algunas cosas que decirle a su líder.

Alcé la vista hacia V'lane. Él me devolvió la mirada, con el rostro impasible, pero sus ojos eran como espadas; cientos de relucientes cuchillas afiladas capaces de derramar sangre con solo un parpadeo de sus letales ojos.

La mujer se detuvo delante de mí con un susurro de su larga túnica blanca. Su edad era imposible de adivinar; podría tener sesenta o quizá ochenta. Llevaba el largo cabello canoso recogido en un intrincado moño trenzado por encima de un rostro elegantemente arrugado. Sobre la nariz puntiaguda descansaban unas gafas, que magnificaban la feroz intensidad e inteligencia de sus penetrantes ojos azules.

—Rowena —dije. Vestía lo que supuse debía de ser el atuendo de la Gran Maestra: una túnica blanca con capucha, con un ribete esmeralda, y un trébol deforme (símbolo del compromiso de nuestra orden: ver, servir y proteger), bordado sobre el pecho.

—¿Cómo te atreves? —Su voz era grave, controlada, y furiosa.

—Anda, mira quién habla —dije, con el mismo tono de voz tirante.

—Te invité a ocupar tu lugar entre nosotras y esperé a que aceptaras mi oferta. No lo hiciste. Sólo pude concluir que nos habías vuelto la espalda.

—Te dije que vendría y planeaba hacerlo, pero me surgió algo. —Algo como ser perseguida, secuestrada, encerrada y torturada hasta morir—. Sólo han pasado unos días.

—¡Ha pasado casi una semana y media! Ahora los días son decisivos, incluso las horas.

¿De verdad había pasado ya una semana y media? El tiempo vuela cuando te estás muriendo.

—¿Les ordenaste que me mataran si no había otro medio de conseguir mi lanza?

—¡Oh, no soy yo quien ha derramado la sangre de una *sidhe-seer*!

—Ah, claro que has sido tú. Tú las enviaste. Mandaste a seis de tus mujeres a atacarme. Jamás habría matado a ninguna de ellas y lo saben. Presenciaron lo ocurrido. Moira se abalanzó sobre la lanza. Fue un terrible accidente. Pero sólo eso, un accidente.

Se quitó las gafas y las dejó sobre su pecho, suspendidas de una cadena de delicadas perlas irregulares que llevaba al cuello. Sin apartar la vista de mi cara, se dirigió a su congregación:

—Afirma que el asesinato fue un accidente. Nos delata ante nuestros enemigos y los guía para que traspasen nuestros hechizos de protección. Esta mujer es también nuestro enemigo.

—Conozco la guarida de vuestra raza desde hace un milenio —dijo V'lane, con voz seductora—. Tus hechizos son irrisorios. No podrías impedirle la entrada a alguien como yo. Desprendes la fetidez de la vejez y la muerte, humana. ¿Quieres que entreteja tus sueños con ella y que te atormente con ellos?

Rowena dirigió la mirada más allá de él.

—No pienso escuchar a esa cosa. —Y luego se dirigió a mí—: Entrégame la lanza y permitiré que los dos viváis. Tú te quedarás aquí, con nosotras. Esa «cosa» se marchará para no volver jamás.

Sentí la nieve caer sobre mis mejillas. El pasillo se llenó de unos suaves jadeos. Algunas de las *sidhe-seers* levantaron las manos, con las palmas hacia arriba, para capturar los ligeros copos helados. Supuse que ninguna de ellas había visto antes a un príncipe *fae*.

La voz de V'lane era aún más fría que la nieve sobrenatural desatada por su desagrado.

—¿Piensas matarme con la espada que llevas escondida en la túnica, anciana?

Gruñí para mis adentros. ¡Genial! Ahora tenía ambas armas. ¿Debería paralizarle e intentar recuperarlas?

Rowena echó mano a la espada. Podría haberle dicho que no se molestase en hacerlo. V'lane alzó la espada que ella buscaba, arrancándole un destello de plata, y posó la afilada punta en el arrugado hueco de su garganta.

La Gran Maestra de las *sidhe-seers* se quedó muy, muy quieta.

—Conozco a las de tu raza, anciana. Y tú conoces la mía. Podría hacer que te arrodillaras ante mí. ¿Te gustaría eso? ¿Te gustaría que tus encantadoras *sidhe-seers* presenciaran cómo te retuerces, desnuda, en éxtasis delante de mí? ¿Hago que ellas también se retuerzan?

—Basta, V'lane —le ordené, con severidad.

—Ella no te salvó de mí —dijo, recordándome la ocasión en que había estado a punto de violarme en el museo—. Se quedó allí de pie, viéndote sufrir. Sólo pretendía… ¿cómo se dice?… devolverte el favor. La castigaré por ti. Quizá entonces me perdones en parte.

—No quiero que la castigues y no sería un favor. Basta.

—Esta anciana se entromete y te ofende. La eliminaré.

—No lo harás. Tenemos un trato, ¿recuerdas?

Me miró fijamente mientras apuntaba con la espada a su garganta y sopesaba la empuñadura en su mano.

—En efecto, lo recuerdo. Me estás ayudando a ayudar a tu raza. Por primera vez en siete mil años, los *faes* y el hombre trabajan juntos por una causa común. Es una rareza, y es necesaria si deseamos sobrevivir con nuestros mundos intactos —miró de nuevo a Rowena—. Uniendo nuestras fuerzas lograremos lo que todas tus *sidhe-seers* juntas no pueden conseguir. No me enfurezcas, anciana, o te abandonaré a tu suerte si se desata el infierno que se avecina si MacKayla no logra encontrar el *Sinsar Dubh*. Deja de intentar robarle su arma y comienza a protegerla. Ella es la esperanza de tu raza. Arrodíllate.

Eso de ser «la esperanza de tu raza» me importaba bien poco. No se me dan bien estas cosas. Nunca he respondido bien bajo presión.

Obligó a Rowena, con los labios pálidos y tiritando, a que se arrodillara. Podía ver la batalla que se libraba en su pequeño y robusto cuerpo. Su túnica temblaba y tenía una expresión feroz.

—Basta —repetí.

—Dentro de un momento. Jamás volverás a presentarte ante mí llevando armas, anciana, u olvidaré las promesas que he hecho y te destruiré. Ayúdala en su búsqueda para ayudarme, y permitiré que vivas.

Dejé escapar un suspiro. No me fue necesario echar un vistazo a mi alrededor para comprender que esta noche no había hecho amigos. De hecho, estaba muy segura de que había empeorado las cosas.

—Devuélvele la espada, V'lane, y vámonos de aquí.

—Tus deseos son órdenes. —Me tomó de la mano y nos transportó.

Nada más materializarnos a unos cientos de metros del Viper, le golpeé con ambas palmas, deseando que se paralizara con cada fibra de ese extraño lugar dentro de mi cráneo.

A diferencia de la primera vez que había intentado paralizarle la noche en que nos conocimos, el efecto duró más de unos pocos instantes. Estaba tan sorprendida que yo tampoco me moví, hasta que él comenzó a hacerlo, y le golpeé de nuevo, deseando neutralizar al *fae* con todas mis fuerzas. Si la intención era algo a tener en cuenta, era fuerte en ese aspecto. Durante años mi empeño había sido el de crecer, de modo que sabía al dedillo lo que es la intencionalidad.

Cronometré el tiempo; V'lane estuvo siete segundos paralizado. Le registré rápidamente en busca de mi lanza, cacheándole, enviándole en todo momento mensajes de «paralízate, capullo» con las palmas de las manos.

No llevaba la lanza encima.

Retrocedí y dejé que recuperase su estado normal.

Nos miramos fijamente el uno al otro, separados por los más de tres metros que había puesto de por medio entre los dos, y vi infinidad de cosas en sus ojos. Vi mi muerte; vi mi indulto. Vi un millar de castigos entre lo uno y lo otro, y supe el instante en que decidió no tomar represalias contra mí.

—Es realmente difícil que me veas como una forma de vida válida, ¿no? —dije—. ¿Qué tengo que hacer para que me tomes más en serio? ¿Cuántos años he de vivir para que me otorgues el crédito que merezco?

—La longevidad no es el factor clave. No creo que la mayor parte de mi raza merezca la pena; una opinión fruto, no de la arrogancia, sino de los eones pasados entre aquellos que son los más necios. ¿Por qué me has paralizado, *sidhe-seer*?

—Porque me has jodido el plan del todo.

—Entonces, quizá la próxima vez debas confiarme los sutiles matices de tu plan. Creí que deseabas hacerte con el control y procuré ayudarte a lograr tal fin.

—Has hecho que crean que estoy aliada contigo. Has hecho que me teman.

—Eres mi aliada. Y deberían temerte.

Entrecerré los ojos.

—¿Por qué deberían temerme?

V'lane sonrió ligeramente.

—Apenas has empezado a comprender quién eres. —Y desapareció de pronto.

Luego sentí su mano en los rizos de la nuca y su lengua se abrió paso en mi boca, y aquello caliente, oscuro y aterrador me perforó la lengua y se alojó en ella… y yo tuve un violento orgasmo.

Él volvía a estar a tres metros de mí y yo boqueaba como un pez fuera del agua y trataba de mantenerme a flote con igual desesperación. Se apoderó de mí una oleada de erotismo tan intensa que me quedé momentáneamente paralizada. Si hubiera intentado moverme, me habría desplomado.

—Esto sólo funciona una vez, MacKayla. He de colocar de nuevo mi nombre en tu lengua cada vez que hagas uso de él. He supuesto que querías que lo hiciera.

Asentí, furiosa. Mira por dónde, se le había olvidado contarme ese pequeño inconveniente.

V'lane desapareció de nuevo, pero esta vez no regresó.

Me llevé la mano al lugar donde debería estar la lanza, y ahí estaba.

No me moví, esperando a que cesaran los últimos estremecimientos. Me pregunté si de verdad había conseguido inmovilizarle o él había fingido. Mi paranoia fue en aumento al tiempo que me preguntaba si todo el mundo me estaba tomando el pelo. Lo más probable era que algo que podía moverse con semejante velocidad no tuviera problemas en eludir mis inexpertos intentos de utilizar la magia de las *sidhe-seers*. ¿O es que de verdad le había pillado por sorpresa? ¿Qué iba a lograr fingiendo? ¿Guardarse un as en la manga? ¿Que quizá algún día necesitara paralizarle de verdad y entonces averiguase que no funcionaba, que nunca había resultado?

Di media vuelta y emprendí el camino de regreso al Viper. No había mirado una sola vez en su dirección desde que nos materializáramos. Ahora lo hice y me quedé boquiabierta.

El Wolf Countach estaba estacionado al fondo, aparcado por las sombras, y Jericho Barrons se apoyaba en el vehículo, con los brazos cruzados y vestido de negro de la cabeza a los pies, tan oscuro y sereno como la noche.

Parpadeé, pero él seguía allí. No era fácil distinguirle, pero allí estaba.

—¿Qué narices… como… de dónde ha salido? —barboté.

—De la librería.

¡Tonta de mí! Algunas veces sus respuestas hacían que me entrasen ganas de estrangularle.

—¿Sabía V'lane que estaba usted aquí?

—Me parece que los dos estaban demasiado ocupados como para verme.

—¿Qué hace aquí?

—Asegurarme de que no necesitaba refuerzos. Si me hubiese contado que iba a llevarse a su noviete *fae*, no habría perdido el tiempo. No me gusta que me haga perder el tiempo, señorita Lane.

Se subió a su coche y se marchó.

Fui detrás de él durante casi todo el trayecto de regreso a Dublín. Cuando estuvimos en las afueras, pisó el acelerador a tope y ya no fui rival, así que le perdí.

Capítulo 6

$\mathcal{F}$altaba un cuarto de hora para las cuatro cuando conduje el Viper hasta el callejón de detrás de la librería. Las horas previas al amanecer, entre las dos y las cuatro, son las más difíciles para mí. Durante las últimas semanas, he estado despertándome cada noche a las 2.17 en punto de la madrugada, como si tuviera un reloj interno programado para sufrir un ataque de ansiedad y el mundo fuera a desmoronarse, a empeorar más aún, si no me paseo por mi cuarto y me preocupo por su seguridad.

El silencio en la librería es ensordecedor, y no es difícil imaginar que soy la única persona que queda viva en el mundo. La mayor parte del tiempo soy capaz de soportar el lío al que yo llamo vida, pero en mitad de la noche hasta yo me siento un poco deprimida. Normalmente acabo revisando mi guardarropa, por escaso que sea, o me pongo a ojear revistas de moda, tratando de no darle vueltas a la cabeza. Idear modelitos me relaja. Buscar los accesorios a juego es un bálsamo para mi alma. Si no puedo salvar el mundo, al menos puedo ponerlo más bonito.

Pero la noche pasada, las colecciones de alta costura de cuatro países distintos no consiguieron distraerme. Acabé acurrucada con una manta en el asiento de la ventana, con un aburrido libro sobre la historia de la raza irlandesa que incluía varios extensos y pedantes ensayos acerca de las cinco invasiones y el mito de los Tuatha Dé Danaan, abierto sobre el regazo, mirando por la ventana de mi cuarto el océano de tejados y observando por el rabillo del ojo cómo las Sombras se deslizaban y movían sigilosamente.

Luego la vista me jugó una mala pasada, y se apagaron las luces en el horizonte hasta donde alcanzaba a ver, sumiendo a Dublín en la completa oscuridad.

Parpadeé, tratando de disipar la ilusión, y finalmente fui capaz de ver las luces de nuevo, pero el apagón imaginario me pareció tan real que temía que se tratase de una premonición de lo que se avecinaba.

Metí el Viper en el garaje y lo dejé aparcado en su plaza, demasiado cansada como para apreciar sin demasiado entusiasmo el GT estacionado a su lado. Cuando el suelo se estremeció bajo mis pies, pegué un zapatazo y dije que cerrara el pico.

Abrí la puerta para salir al callejón, me estremecí, y la cerré de nuevo, a punto de híperventilarme.

El garaje donde Barrons guarda su fabulosa colección de coches está situado justo detrás de la librería, al otro lado de un callejón de poco más de siete metros y medio de anchura. Múltiples focos en el exterior iluminaban un camino entre los dos, proporcionando un paso seguro, a salvo de las Sombras, incluso en la noche más oscura. Por desgracia, aún no habíamos ideado un modo de contar con luz de manera perpetua, puesto que los focos se funden y las baterías se agotan.

Varios de los focos de la fachada habían superado su vida útil durante la noche: no tantos como para que lo hubiera notado con el resplandor de los faros del Viper y la suave luz que se derramaba por las ventanas posteriores, pero sí los suficientes como para haberle dado ciertas alas a una Sombra que fuera realmente emprendedora y, por desgracia, tenía una de tales características ante mi puerta.

Estaba cansada y había sido descuidada. Debería haber alzado la vista y comprobado los focos del edificio nada más llegar. Gracias a las bombillas fundidas, una delgada línea de oscuridad recorría el centro del callejón, donde no llegaba la luz de los edificios adyacentes, y la enorme Sombra, que estaba tan obsesionada conmigo como yo con ella, se las había arreglado para colarse en el resquicio, creando una negra pared que alcanzaba tres pisos de altura y se extendía a lo largo de la librería, impidiéndome cruzar el callejón.

Abrí la puerta y me la encontré, alzándose, impresionante, como un ávido y oscuro maremoto a la espera de abatirse sobre mí y ahogarme en su letal abrazo. Aunque estaba segura en un noventa y nueve por ciento de que no podía hacerlo, ya que la luz de ambos lados la mantenía atrapada en la forma que había adoptado, quedaba ese paralizador uno por ciento de duda en mi cabeza. Siempre que había creído conocer sus límites me había equivocado. La mayoría de las Sombras retrocedían ante el más mínimo atisbo del más pálido y difuso resplandor. Por lo general, conseguía que se dispersasen con solo agitar una de mis linternas en dirección a la Zona Oscura.

Pero no así con ésta. Si la luz era sufrimiento, esta enorme y agresiva Sombra se estaba haciendo más fuerte y su umbral del dolor aumentando. Al igual que yo, estaba evolucionando. Sólo deseaba ser tan peligrosa como lo era ella.

Me llevé las manos a la chaqueta, enganché una linterna en cada mano y abrí la puerta de nuevo.

Una de las linternas no funcionaba, se habían agotado las pilas. ¿No querías caldo? Pues toma dos tazas. La tiré y agarré otra que llevaba en la cinturilla. Pero al hacerlo se me cayeron otras dos al suelo, rodaron por las escaleras hasta el callejón, apagadas y desaprovechadas.

Me quedaba otro par. Esto era ridículo. Necesitaba un modo mejor de mantenerme a salvo que acarrear linternas poco manejables allá adonde iba.

Encendí otra y me obligué a bajar, pero los pies no me obedecían.

Apunté directamente a la Sombra con una de las linternas. La negra figura en forma de pared retrocedió y se formó un violento agujero del diámetro exacto del haz de luz. Puede ver que apenas tenía dos centímetros y medio de grosor.

Dejé escapar un suspiro de alivio. Esa cosa aún era incapaz de soportar la luz directa.

Estudié a la Sombra. Me era del todo imposible llegar hasta la librería. Podría caminar por la izquierda, en paralelo a la imponente y negra nube, hasta llegar al final del edificio, donde las luces de la frutería de al lado impedirían que se expandiera más, y luego doblar la esquina hacia la puerta principal y entrar.

El problema era que no estaba convencida de tener agallas, y tampoco estaba del todo segura de que fuera inteligente hacerlo. ¿Y si se apagaba la luz de la tienda cuando me encontrara al fondo de la pared que formaba la Sombra? Normalmente relegaría las probabilidades de que tal cosa sucediese al ámbito de lo absurdo, pero si algo había aprendido durante los últimos meses era que «absurdo», en realidad, significaba «es muy posible que le suceda a MacKayla Lane». Y no pensaba correr el riesgo. Tenía mis linternas, pero no podía iluminarme el cuerpo por completo al mismo tiempo, y tampoco eran suficientes para iluminar a la Sombra por entero.

Podría llamar a V'lane, él ya me había ayudado a deshacerme de las Sombras en una ocasión. Claro que su ayuda siempre tenía un precio y tendría que dejar que me grabase su nombre de nuevo en la lengua.

Pensé en utilizar el teléfono móvil. Tenía tres números programados en la memoria: Barrons, SNLDC y ECDVOM.

Si marcaba SNLDC, la nada sutil abreviatura de Barrons para «si no logras dar conmigo», me respondería el enigmático Ryodan que, aunque Barrons sostenía que hablaba demasiado, no me había contado nada útil durante la reciente y breve conversación que habíamos mantenido. No tenía el menor deseo de arrastrar a nadie hasta la muy agresiva Sombra. Quería al menos unos pocos días de margen entre muertes que pesaran sobre mi conciencia.

ECDVOM significaba «en caso de vida o muerte», y ésa no era mi situación.

Estaba harta de depender de otros para que me salvasen. Quería cuidar de mí misma. Faltaban sólo unas horas para que amaneciera. Y si fuera por mí, la Sombra podía quedarse ahí toda la noche.

Entré nuevamente en el garaje, cerré la puerta con llave, encendí la hilera de focos más potentes, contemplé la colección durante un momento y luego me metí a dormir en el Maybach.

Mientras me iba quedando dormida se me ocurrió que mis sentimientos con respecto al coche habían cambiado. Ya no me importaba que previamente hubiera pertenecido al gángster irlandés Rocky O'Bannion, a quien le había robado la lanza y de cuya muerte era responsable indirectamente, así como la de quince de sus secuaces, en el mismo callejón donde merodeaba ahora la monstruosa Sombra. Simplemente daba gracias por que fuese cómodo para dormir en él.

Y

Esperamos que el Mal se anuncie por sí mismo.

Se supone que la Maldad ha de ceñirse a ciertos convencionalismos. Se supone que produce un desagradable presentimiento en el destinatario de su visita; se supone que es reconocible al instante, y se supone que es algo atroz. El Mal debería aparecer en la noche en un coche fúnebre negro, o desmontar de una Harley fabricada con huesos, vestido de cuero, con un collar de calaveras y tibias recién despellejadas.

—Librería Barrons —respondí al teléfono, con alegría—. Tenemos lo que usted desea, y si no, se lo buscamos.

Me tomo mi trabajo muy en serio. Después de arañar seis horas de sueño en el garaje, crucé el callejón en dirección a la librería, me duché y abrí la tienda; una profesional, como de costumbre.

—No me cabe duda de que lo buscas, o no habría llamado.

Me quedé petrificada, sujetando el receptor con la mano. ¿Se trataba de una broma? ¿De verdad me estaba llamando por teléfono? Con todos los posibles enfrentamientos con el Mal que había imaginado, éste no era uno de ellos.

—¿Quién es? —exigí saber, incapaz de dar crédito.

—Sabes quién soy. Dilo.

A pesar de que sólo había escuchado la voz en dos ocasiones —la tarde en la Zona Oscura en la que estuve a punto de morir y más recientemente en la guarida de Mallucé—, jamás podría olvidarla. Era una voz seductora y hermosa, a juego con la belleza física de su propietario, todo lo contrario a lo que el Mal debía supuestamente ser.

Era la voz del amante… y asesino, de mi hermana.

Sabía su nombre, y prefería morir antes que llamarle lord Master.

—¡Cabrón!

Colgué el aparato de golpe al tiempo que utilizaba la otra mano para llamar a Barrons. Éste descolgó de inmediato, pareciendo alarmado, así que fui directa al grano:

—¿Puede utilizarse por teléfono el hechizo druida de la Voz?

—No. La potencia del hechizo no se transmite…

—Gracias. Tengo que dejarle. —Tal y como esperaba, el teléfono de la tienda ya estaba sonando. Colgué el móvil y dejé a

Barrons con la palabra en la boca. No era posible coaccionarme a través de la línea telefónica, que era justo cuanto había necesitado saber antes de que lord Master hubiera podido utilizar la Voz conmigo.

—Librería Barrons... —dije, por si acaso se trataba de algún cliente.

—Deberías habérmelo preguntado a mí —respondió esa seductora y profunda voz—. Te habría dicho que la Voz queda adulterada por la tecnología. Debe existir una cercanía física de ambas partes. Y en estos momentos, yo estoy muy lejos.

No pensaba darle la satisfacción de saber que eso era lo que había temido.

—Se me cayó el teléfono.

—Finge cuanto quieras, MacKayla.

—No me llames por mi nombre —farfullé entre dientes.

—¿Cómo quieres que te llame?

—No quiero que me llames.

—¿Es que no sientes curiosidad por mí?

Me temblaba la mano. Estaba hablando con el asesino de mi hermana, el monstruo que estaba trayendo hasta aquí a todos los *unseelies* a través de sus místicos dólmenes y convirtiendo nuestro mundo en la pesadilla que era.

—Claro. ¿Cuál es la forma más rápida y sencilla de matarte?

Él se echó a reír.

—Eres más temperamental que Alina. Pero ella era lista y yo la subestimé. Me ocultó tu existencia. Jamás me habló de ti. No tenía ni idea de que había otra persona que poseía su mismo don.

Ambos habíamos sido igualmente ignorantes a ese respecto. A mí también me había ocultado su existencia.

—¿Cómo supiste de mí?

—Oí rumores de que había otra *sidhe-seer* nueva en la ciudad que poseía poderes poco comunes. Habría acabado localizándote. Pero el día en que viniste al almacén, capté tu olor. Era imposible confundir tu linaje. Puedes sentir el *Sinsar Dubh* igual que podía tu hermana.

—No puedo hacerlo —mentí.

—Te está llamando. Sientes su presencia ahí afuera, haciéndose más fuerte. Tú, por el contrario, no te harás más fuerte. Te debilitarás, MacKayla. No puedes encargarte del Libro. Ni pienses en intentarlo siquiera. No puedes alcanzar a imaginar a lo que te enfrentarías.

Tenía una idea muy aproximada.

—¿Para eso me has llamado? ¿Para advertirme? Estoy que tiemblo. —Esta conversación me enervaba. Estaba al teléfono con el monstruo que había matado a mi hermana, el infame lord Master, que ni se reía como un maníaco ni me amenazaba como un villano. No me había perseguido con un ejército de *faes*, respaldado por su guardia personal. Me había telefoneado y hablaba serenamente y sin hostilidad, con un bonito tono seductor. ¿Era esta la auténtica cara del Mal? ¿Un Mal que no conquistaba, sino que seducía? «Me deja ser la mujer que siempre quise ser», había escrito Alina en su diario. ¿Me pediría que fuera a cenar con él? Y si lo hacía, ¿aceptaría para tener la oportunidad de matarle?

—¿Qué es lo que más deseas en este mundo, MacKayla?

—Tu muerte. —Sonó mi móvil. Era Barrons. Apreté el botón de «ignorar».

—No es eso lo que más deseas. Quieres eso «a causa» de lo que más deseas en este mundo: recuperar a tu hermana.

No me gustaba ni un pelo hacia dónde iba esta conversación.

—Te he llamado para ofrecerte un trato.

Los pactos con el diablo, tal y como Barrons me había recordado recientemente, nunca salían bien. A pesar de todo, fui incapaz de resistirme a preguntar:

—¿Qué trato?

—Consígueme el Libro y te devolveré a tu hermana.

El corazón me dio un vuelco. Me aparté el teléfono de la oreja y miré fijamente el receptor, como si buscara alguna especie de inspiración o respuesta o, quizá, sólo el coraje de colgar.

«Te devolveré a tu hermana.» Esas palabras quedaron suspendidas en el aire.

Fuera lo que fuese que estaba buscando, no lo encontré. Volví a acercarme el aparato a la oreja.

—¿Puede el Libro hacer que mi hermana regrese de entre

los muertos? —Soy una persona tremendamente supersticio-
sa a causa de las fábulas infantiles. Resucitar a los muertos va
siempre acompañado de horripilantes advertencias y de consecuencias aún más horripilantes. Era del todo imposible que
algo tan malvado pudiera devolver la vida a algo tan bueno.

—Sí.

No pensaba seguir preguntándole. ¡No pensaba hacerlo!

—¿Y sería la misma persona que era y no un aterrador
zombie? —pregunté.

—Sí.

—¿Por qué ibas a hacer tal cosa si fuiste tú quien la mató?

—Yo no la maté.

—Puede que no lo hicieras con tus propias manos, ¡pero los
enviaste a por ella!

—Aún la necesitaba. —Vaciló de forma casi impercepti-
ble—. Y no tenía planeado matarla cuando hubiera dejado de
necesitarla.

—Gilipolleces. Ella te descubrió. Te siguió un día a la Zona
Oscura, ¿verdad? Se negó a seguir ayudándote y la mataste
por ello.

Estaba segura de eso. Durante meses había pensado en ello
cada noche antes irme a dormir. Era la única conclusión que
daba sentido al mensaje de voz que ella me dejó unas pocas horas antes de morir. «Él viene —dijo—. No creo que me deje salir del país.»

—Has sentido en tus propias carnes el poder de mi suges-
tión. Podría haberle ordenado que cooperase, pero nunca tuve
necesidad de hacerlo. —Su voz destilaba pura arrogancia, como
si me recordara la facilidad con que me había controlado a mí.
No, no había necesitado que cooperase. Con aquella terrible
Voz, capaz de doblegar la voluntad de la persona, podría haberle obligado a hacer lo que quisiera, fuera lo que fuese.

Mi teléfono móvil sonó de nuevo.

—Contesta la llamada. Barrons detesta tener que esperar.
Piensa en mi oferta.

—¿Cómo es que conoces a Barrons? —exigí saber.

Pero él ya había colgado.

—¿Está usted bien? —farfulló Barrons cuando respondí.

—Estupendamente.

—¿Era él?

—¿El gran L. M.? —dije con sequedad—. Sí.

—¿Qué te ha ofrecido?

—Devolverme a mi hermana.

Barrons guardó silencio por un momento.

—¿Y?

Yo hice lo mismo durante aún más tiempo.

—Le dije que me lo pensaría.

Entre los dos se produjo un silencio que se alargó. Curiosamente, ninguno colgó. Me pregunté dónde estaba y qué hacía. Agudicé el oído pero no pude escuchar ningún ruido de fondo. O bien su móvil tenía unas prestaciones de reducción de ruidos extraordinarias, o se encontraba en un lugar muy silencioso. Una imagen acudió a mi cabeza: Barrons, grande y moreno, desnudo sobre unas sábanas blancas de seda, con los brazos cruzados detrás de la cabeza, el teléfono apoyado sobre la oreja, y el pecho y los abdominales cubiertos de tatuajes en color escarlata y negro.

No. Jamás había dejado que ninguna mujer se quedara a pasar la noche, por muy bueno que fuera el sexo.

—Barrons —dije al fin.

—Señorita Lane.

—Quiero que me enseñe a resistirme a La Voz. —Ya se lo había pedido antes, pero él se había limitado a darme una de sus respuestas evasivas.

Se hizo de nuevo uno de esos prolongados silencios, y luego:

—Para intentar eso, y le aseguro que no será más que un intento que dudo mucho que dé resultado, tendré que utilizar La Voz con usted. ¿Está preparada para ello?

Me estremecí.

—Estableceremos algunas reglas básicas.

—Eso le gustaría, ¿verdad? ¡Qué lástima! Ahora está en mi mundo y aquí no hay reglas básicas. Aprenderá a mi modo o no aprenderá nada.

—Eres un gilipollas.

Él se echó a reír y yo volví a sentir un escalofrío.

—¿Podemos empezar esta noche? —Hoy no había corrido peligro con lord Master al teléfono. Pero si, en lugar de llamar, se hubiera acercado a mí por detrás en la calle y ordenado que guardara silencio, habría sido incapaz de abrir la boca lo necesario para liberar el nombre de V'lane.

Fruncí el ceño.

¿Por qué no se había acercado a mí por la espalda? ¿Por qué no había enviado a su ejército en mi busca? Ahora que lo pensaba, en las dos únicas ocasiones en que había intentado capturarme había sido yo quien prácticamente me había entregado en bandeja de plata y él, creyéndome sola, había aprovechado una oportunidad tan buena. ¿Era posible que lord Master no tuviera prisa por acercarse a mí? ¿Le tenía miedo a mi lanza ahora que había visto lo que le hizo a Mallucé? Yo misma le había tenido pánico cuando comí carme *unseelie* y no la quise tener cerca. Pero con la Voz podría despojarme de ella con suma facilidad. Él deseó contar con la participación voluntaria de Alina y ahora parecía querer la mía. ¿Por qué motivo? ¿Porque era más fácil si estaba dispuesta, o es que la cosa era más complicada? ¿Acaso la Voz sólo funcionaba hasta cierto punto y necesitaba algo de mí que le era imposible obtener sin mi cooperación voluntaria? O puede que yo no fuera más que una pequeña parte de un proyecto mucho más ambicioso, que ya tuviera otros planes para mí y que simplemente no fuera el momento oportuno. Quizá en este preciso instante estuviera construyendo a mi alrededor una jaula que yo no podía ver. ¿Despertaría una buena mañana y me metería directamente en ella? Mallucé me había engañado y hasta el último momento le había creído un producto de mi imaginación.

Dejé a un lado mis aterradores pensamientos antes de que pudieran multiplicarse. De ningún modo quería acercarme a él. Iba a matarle. Y el truquito de la Voz no era más que un obstáculo que tendría que ser capaz de salvar.

—¿Y bien? —le apremié—. ¿Cuándo podemos empezar?

—No confiaba en Barrons, pero en el pasado había tenido infinidad de oportunidades para usar la Voz conmigo y no lo había hecho. No creía que ahora fuera a usarla para hacerme daño. Al menos no demasiado. Y la posible recompensa merecía la pena.

—Estaré allí a las diez. —Y colgó.

Y

Eran las nueve y cuarto cuando terminé mi invento, cuarenta y cinco minutos antes de la hora prevista para la llegada de Barrons.

Lo encendí y me recosté para examinarlo durante unos momentos. A continuación asentí.

No tenía mala pinta.

Bueno, no demasiada. Parecía… raro, algo salido de una película de ciencia ficción. Pero funcionaba y eso era lo único que me importaba. Estaba harta de no estar segura en la oscuridad. Esto no podría rodar. Y si estaba en lo cierto con respecto a sus capacidades, podría atravesar la Sombra con ello puesto.

Tenía que realizar una última prueba.

Era un gran invento y estaba orgullosa de él. La idea se me había ocurrido esa tarde, durante un periodo de poco ajetreo en la tienda. La gigantesca Sombra me tenía sumida en un estado de gran tensión, cuando de repente se me había encendido una lucecita en la cabeza o, más bien, una docena de ellas.

Di la vuelta al letrero y cerré a las siete en punto, corrí calle arriba hasta la tienda de deportes de la esquina y compré todo lo que iba a necesitar; desde un casco de ciclista hasta pilas, soportes y focos para espeleología, tubos de Super Glue y bandas de velcro como precaución añadida.

Luego regresé a la librería, seleccioné la lista de reproducción de mi iPod que más me gustaba, subí el volumen a tope y me puse manos a la obra.

Sacudí mi invento, lo dejé caer, le propiné una patada… y aún así todas las partes siguieron intactas. El Super Glue era, después de la cinta americana, el mejor amigo de una chica.

Estaba satisfecha.

Aún faltaban tres cuartos de hora para mi lección con Barrons, así que tenía tiempo para probar el dispositivo y regresar arriba para refrescarme un poco, aunque no es que me importase mi aspecto cuando estaba con mi jefe. Lo que sucede es que en el sur, las mujeres aprenden a muy temprana edad que cuando el mundo se desmorona a tu alrededor, ha llegado el momento de descolgar las cortinas y hacerte un vestido nuevo con ellas.

Todo inspirado invento necesita un nombre con gancho, y yo tenía uno perfecto para el mío. ¿Quién necesitaba el Brazalete de Cruce para caminar entre las Sombras?

Me puse el casco de ciclista en la cabeza y me lo sujeté debajo de la barbilla. Me encajaba como un guante, de modo que no podría caérseme en el fragor de la batalla. Podría dar una voltereta (si es que era capaz) y el artilugio seguiría sujeto a mi cabeza. Le había pegado con Super Glue docenas de luces, de esas que sólo hay que pulsar para que se enciendan, por toda la superficie del casco. A ambos lados y en la parte posterior, había colocado unos reflectores de espeleología en unos soportes que sobresalían varios centímetros y enfocaban hacia abajo.

Extendí los brazos y realicé una profunda reverencia: ¡Con todos ustedes, el MacHalo!

Con todas las luces encendidas, el casco creaba un perfecto halo de luz que envolvía todo mi cuerpo hasta los pies. Me encantaba. Si no hubiera sido tan aparatoso, podría haber intentado dormir con él puesto. Como precaución añadida, me até las bandas de velcro a las muñecas y tobillos, que había cortado en forma de bolsitas y a las que también había cosido luces. Lo único que tenía que hacer era chocarlas para que éstas se encendieran.

Estaba preparada.

Pero primero quise realizar una prueba dentro de la tienda antes de hacerlo fuera.

Me encendí de la cabeza a los pies, corrí hasta el cuadro de mandos y comencé a apagar las luces de la parte principal de la librería, pero sólo las de dentro. A pesar de saber que el edificio estaba aún rodeado de luz, no me fue fácil hacerlo. Mi temor a la oscuridad había aumentado de forma irracional. Eso ocurre cuando uno sabe que una sombra puede comerte viva si la tocas.

Mi mano vaciló al llegar a la última hilera de interruptores durante un prolongado y difícil momento.

Pero tenía mi MacHalo y sabía que iba a funcionar. Mis miedos me devorarían si les daba la oportunidad. Había aprendido esa lección de Barrons y se hizo evidente con Mallucé: la esperanza da fuerzas, el miedo mata.

Apagué la última hilera, sumiendo la librería en la total oscuridad.

¡Brillaba lo mismo que un pequeño sol en la habitación!

Rompí a reír. Debería habérseme ocurrido antes. No había

un solo centímetro de mí, ni uno solo, que no estuviese iluminado. Mi halo irradiaba un resplandor de al menos tres metros en todas direcciones. Y yo me encontraba fenomenal; si tuviera el coraje suficiente podría atravesar la pared que formaba la Sombra. ¡Ninguno de esos chupasangres podría acercarse a mí con este atuendo!

En mi iPod comenzó a sonar *Bad Moon Rising*, de *Creedence Clearwater Revival*, y me puse a bailar, borracha de éxito. Tenía otra arma más en mi arsenal para mantenerme a salvo y se me había ocurrido a mí solita.

Di vueltas por la librería, imitando a la épica luchadora que ahora iba a ser, armada con mi ingenioso MacHalo, sin temer ya a los callejones oscuros por la noche. Salté por encima de las sillas y revoloteé alrededor de estanterías. Brinqué en los sofás, me arrojé sobre las otomanas. Apuñalé a enemigos imaginarios, inmune al peligro que representan las Sombras gracias a la brillantez de mi propio invento. No hay demasiado espacio en mi vida para diversiones sencillas y estúpidas, y tampoco había tenido mucho que celebrar últimamente, por lo que siempre que puedo me aprovecho.

—*Hope you got your things together* —canté, apuñalando un cojín con la lanza, provocando un revuelo de plumas—. *Hope you are quite prepared to die!* —Giré como un remolino de luz, estampé una patada hacia atrás a una Sombra imaginaria al tiempo que daba un puñetazo al revistero—. *Looks like we're in for nasty weather!* —Me abalancé en picado sobre una Sombra inexistente, arremetí contra una más alta…

… y me quedé paralizada.

Barrons se encontraba en la puerta principal, exudando esa serena elegancia clásica.

—*One eye is taken for an eye…* —Mi voz se fue apagando poco a poco.

No necesitaba tener delante un espejo para saber que tenía un aspecto ridículo. Lo miré malhumoradamente durante un momento, luego me dirigí hacia los altavoces para apagarlos. Me di la vuelta al escuchar un sonido estrangulado y le lancé una mirada hostil. Barrons mostraba su habitual expresión arrogante y hastiada. Continué de nuevo hacia los altavoces y volví a escucharlo. Esta vez, cuando me di la vuelta, las comisuras de su boca se movían nerviosamente. Le miré fijamente hasta que se quedaron inmóviles.

Llegué a mi destino, y acababa de apagarlos cuando él explotó.

Me di media vuelta.

—No creo que tenga tanta gracia —espeté.

Sus hombros se sacudieron.

—¡Ah, venga ya! ¡Basta!

Se aclaró la garganta y dejó de reír. Luego su mirada ascendió rápidamente, clavándose en mi cegador MacHalo, y volvió a empezar. Qué sé yo, puede que fueran los soportes que sobresalían a ambos lados. O tal vez que debería haberme comprado un casco negro en lugar de uno rosa fosforito.

Me lo desaté y me lo quité de la cabeza. Me fui nuevamente hacia la puerta con paso airado, le golpeé en el pecho con mi brillante invento y salí disparada escalera arriba.

—Más vale que haya dejado de reír cuando baje —le grité por encima del hombro.

Ni siquiera estaba segura de que me hubiera oído de lo fuerte que reía.

—¿Puede la Voz obligarte a hacer algo que te resulta profundamente censurable a nivel moral? ¿Puede anular todo en lo que crees? —le pregunté a Barrons quince minutos después cuando regresé.

Le había hecho esperar, en parte porque aún estaba mosqueada por su risa y en parte porque me cabreaba en general que hubiera llegado antes de lo previsto. Me gusta que un hombre llegue a tiempo, ni antes ni después. Que sea puntual. Es una de esas galanterías perdidas de antaño que deberían ponerse en práctica en casi todos los encuentros civilizados. Echaba terriblemente en falta la buena educación de los viejos tiempos.

No hice mención alguna a su ataque de risa, al MacHalo o a mi ridículo bailecito. Barrons y yo somos unos auténticos profesionales ignorando por completo cualquier cosa que pase entre nosotros y que pueda asemejarse a una muestra de emoción, incluso algo tan simple como la sensación de bochorno. A veces me resulta imposible creer que estuve debajo de ese cuerpo duro y grande, besándole, vislumbrando atisbos de su vida. El desierto, el muchacho solo, el hombre solitario... No creáis que no se me ha pasado por la cabeza que acostarme con Barrons podría dar respuesta a alguna de mis preguntas a acerca de quién y qué era, porque sí que se me ha pasado, pero lo guardé sin demora en mi caja acolchada. Por un millón de motivos que no necesitan explicación.

—Depende de la habilidad de la persona que utiliza La Voz y de la fuerza de las creencias de su víctima.

La típica respuesta de Barrons.

—Esclarecido —dije, con sequedad. He estado aprendiendo nuevas palabras y últimamente he leído mucho.

Cuando me aventuré en la habitación, su mirada recayó en mis pies y fue subiendo hasta mi cara. Llevaba unos vaqueros desgastados, botas y una ceñida camiseta Juicy que compré en TJ Maxx el verano pasado y que decía «soy una chica Juicy».

—Seguro que sí —murmuró—. Quítese la camiseta —dijo, pero esta vez su voz resonó como una legión de voces que se propagaron más allá de mí, invadiendo la habitación, llenando cada rincón, ordenándome que obedeciera, presionando hasta la última célula de mi cuerpo para que lo hiciera. Realmente, deseaba quitarme la camisa. No del mismo modo en que lo deseaba en presencia de V'lane, llevada por un impulso sexual, sino simplemente porque... bueno, no sabía por qué. Pero deseaba quitármela ahora mismo, en este preciso instante.

Comencé a subirme la camiseta cuando pensé, «espera un minuto, no pienso enseñarle el sujetador a Barrons», y volví a bajármela.

Sonreí, ligeramente al principio y luego de oreja a oreja, satisfecha conmigo misma. Metí las manos en los bolsillos del vaquero y le miré con chulería.

—Creo que no se me va a dar nada mal esto.

—Quítese la camiseta.

La orden me golpeó como si de un muro de ladrillos se tratase, anulando mi voluntad. Inspiré bruscamente con los dientes apretados y me desgarré la camiseta desde el cuello hasta el bajo.

—Deténgase, señorita Lane.

Barrons utilizó la Voz una vez más, pero no como antes,

sino como una orden que me liberó de la anterior. Me tiré al suelo para recoger las dos mitades de mi desgarrada camiseta y me incliné sobre el regazo, apoyando la frente sobre las rodillas. Respiré hondo durante varios segundos, luego levanté la cabeza y le miré. Podría haberme obligado a hacer algo así cuando hubiera querido. Me podría haber convertido en una esclava sin voluntad. Al igual que lord Master, podría haberme doblegado a su capricho siempre que hubiera querido. Pero no lo había hecho. La próxima vez que descubra algo horripilante sobre él pienso decir: «vale, pero nunca ha utilizado La Voz para obligarme a hacer algo». ¿Sería ésa la excusa que utilizaría para justificarle?

—¿Qué es usted? —solté sin poder contenerme. Sabía que era perder el tiempo—. ¿Por qué no me lo dice y acabamos antes? —dije, irritada.

—Algún día dejará de preguntarme. Creo que me gustará su compañía entonces.

—¿Podemos excluir la ropa de la próxima lección? —me quejé—. Sólo me traje ropa para unas pocas semanas.

—Quería que me mostrase moralmente ofensivo.

—Cierto. —No estaba segura de que su demostración sirviera a ese propósito. Tampoco tenía claro que quitarme la camisa delante de él lo hiciera.

—Le estaba mostrando los distintos niveles de uso de La Voz, señorita Lane. Creo que lord Master ha alcanzado el último nivel de destreza.

—Genial. Bueno, en el futuro deje en paz mis camisetas. Sólo tengo tres. Las lavo a mano y las otras dos están sucias.

—No había lavadora ni secadora en la librería y hasta el momento me he negado a llevar mis cosas a la lavandería que había a unas manzanas, aunque muy pronto tendría que hacerlo, porque no es fácil lavar los vaqueros a mano.

—Pida lo que necesite, señorita Lane. Cárguelo a la cuenta de la tienda.

—¿En serio? ¿Puedo pedir una lavadora y una secadora?

—También puede quedarse con las llaves del Viper. No me cabe duda de que necesita un vehículo.

Lo miré, recelosa. ¿Es que me había perdido otros pocos meses en el reino Faery y ya había llegado la Navidad?

Dibujó otra de esas sonrisas de predador que dejaba al descubierto sus dientes.

—No crea que lo hago porque usted me guste. Un empleado contento es un empleado productivo, y cuanto menos tiempo pierda en la lavandería o... haciendo los recados que... alguien como usted... tenga que hacer, más tiempo puedo utilizarla para mis propios fines.

Eso tenía sentido. A pesar de todo y puesto que era Navidad, tenía unas cuantas cosas más en mi lista.

—Me gustaría un generador de emergencia y un sistema de seguridad. Y creo que también debería tener una pistola.

—Levántese.

No tenía voluntad propia, de modo que mis piernas le obedecieron.

—Vaya a cambiarse.

Regresé con una camiseta color melocotón con una mancha de café en el pecho derecho.

—Póngase a la pata coja y salte.

—Qué asco me da —farfullé mientras saltaba.

—La clave para resistirse a la Voz —me indicó Barrons—, es hallar ese lugar que tiene dentro y que nadie más puede alcanzar.

—¿Se refiere a mi lugar *sidhe-seer*? —dije, saltando como un pollo cojo.

—No, es un lugar distinto. Todos lo tenemos, no sólo las *sidhe-seers*. Nacemos solos y morimos solos. Ése es el lugar.

—No lo entiendo.

—Lo sé. Por ese motivo está saltando a la pata coja.

Seguí saltando durante horas. Yo me cansé, pero él no. Creo que Barrons podría haber utilizado la Voz durante toda la noche y no se habría hartado.

Podría haberme tenido saltando hasta que amaneciera, pero mi móvil sonó cuando faltaba un cuarto de hora para la una de la madrugada. De inmediato pensé en mis padres y eso debió traslucirse en mi cara, porque me liberó del influjo.

Llevaba tanto tiempo dando saltos que, de hecho, di un par de ellos más mientras me dirigía a donde se encontraba mi bolso, en el mostrador, junto a la caja registradora, antes de darme cuenta de lo que hacía.

Estaba a punto de saltar el buzón de voz —algo que odio desde que perdí la llamada de Alina—, así que pulsé la tecla de recepción de llamada dentro del bolso, lo saqué y me lo puse en la oreja.

—La Cuarta con Langley —bramó el inspector Jayne.

Me puse tensa. Había esperado escuchar la voz de mi padre, suponiendo que simplemente había olvidado la diferencia horaria. Teníamos por costumbre llamarnos los días alternos, aunque sólo fuera para charlar unos minutos, y la noche pasada me había olvidado de telefonear.

—Es malo. Siete muertos y el tirador se ha atrincherado en un *pub*, amenazando con matar a más rehenes y quitarse la vida. ¿Es ésta la clase de crimen del que quería que le avisase?

—Sí.

«El tirador», había dicho Jayne. Por tanto, el responsable era un hombre, lo que significaba que no me había enterado del crimen que había cometido la mujer que recogió el Libro aquella noche y que éste ya había pasado a otra persona. Me preguntaba cuántas veces habría cambiado de manos desde entonces. Revisaría artículos de prensa de los últimos días en busca de pistas. Necesitaba toda la información que pudiera conseguir para tratar de comprender al Libro Oscuro con la esperanza de anticiparme a sus futuros movimientos.

El inspector colgó el teléfono. Había hecho lo que me prometió y nada más. Miré mi teléfono intentado dar con un modo de deshacerme de Barrons.

—¿Para qué la llama Jayne a estas horas? —dijo, con suavidad—. ¿Es que le han nombrado miembro honorífico de la Policía desde la última vez que la arrestaron?

Le lancé una mirada de incredulidad por encima del hombro. Barrons se encontraba en el otro extremo de la habitación y yo tenía bajo el volumen de mi teléfono. Puede que hubiera alcanzado a escuchar el tono de voz del inspector desde tan lejos, pero era del todo imposible que hubiera oído los detalles.

—Es usted la monda.

—¿Qué es lo que no me cuenta, señorita Lane?

—Me dijo que es posible que haya encontrado una pista en

el caso de mi hermana. —Era una mentira muy pobre, pero era lo primero que se me había ocurrido—. Tengo que irme.

Metí la mano detrás del mostrador, agarré mi mochila, guardé dentro el MacHalo, me coloqué la funda al hombro y guardé en ella la lanza que llevaba metida en la bota; luego me puse la chaqueta y me dirigí a la puerta de atrás. Tenía intención de llevarme el Viper y acercarme a la Cuarta con Langley tan rápido como me fuera posible. Si el tirador seguía en la escena, el *Sinsar Dubh* también lo estaría. Y si el tirador estaba ya muerto cuando llegara, recorrería las calles y callejones de las inmediaciones, ampliando el campo, a la espera de percibir la presencia del Libro.

—Y una mierda. Dijo la Cuarta con Langley. Siete muertos. ¿Por qué le interesa eso?

¿Qué clase de monstruo tenía un oído semejante? ¿Es que no podía haberme topado con uno que estuviera medio sordo? Con el ceño fruncido, proseguí mi camino hacia la puerta.

—Párese ahí mismo y dígame a dónde va.

Mis pies se detuvieron, ajenos a mi voluntad. El muy cabrón había empleado la Voz.

—No me haga esto —dije entre dientes, y la frente se me perló de sudor. Estaba luchando contra él con todas mis fuerzas y perdiendo rápidamente la batalla. Deseaba decirle a dónde iba casi con la misma desesperación con que deseaba matar a lord Master.

—Pues no me obligue —repuso con voz normal—. Creía que íbamos a trabajar en equipo, señorita Lane. Creí que éramos aliados en una causa común. ¿Esa llamada del inspector guarda alguna relación con el *Sinsar Dubh*? Me está ocultando algo, ¿verdad?

—No.

—Se lo advierto por última vez. Si no me da una respuesta se la arrancaré de la garganta. Y de paso, le preguntaré cualquier otra cosa que me apetezca.

—¡Esto no es justo! Yo no puedo usar la Voz con usted —grité—. Sólo me está enseñando a resistirme a su poder.

—Jamás sería capaz de usarla contra mí, no si soy yo quien le enseña a utilizarla. Maestro y alumno desarrollan una inmunidad mutua. ¿No le parece eso un incentivo, señorita

Lane? Ahora, hable. O le sonsacaré toda la información que desee y, si se resiste, le dolerá.

Era como un tiburón que había olido sangre fresca y no dejaría de nadar en círculo a mi alrededor hasta que me hubiera devorado. No tenía la menor duda de que cumpliría con su amenaza y temía lo que pudiera preguntar si empezaba a sonsacarme las respuestas por la fuerza. Había oído la dirección que me había dicho el inspector. Conmigo o sin mí, iba a ir allí. Más valía que yo también fuera. Ya se me ocurriría un plan de camino.

—Suba al coche. Se lo contaré mientras vamos para allá.

—Tengo la moto en la puerta. Si el tráfico no es bueno, llegaremos antes. Si me ha ocultado algo, está metida en un buen lío, señorita Lane.

De eso no me cabía la menor duda. Pero no estaba segura de quién iba a cabrearse más conmigo antes de que acabara la noche: Barrons por no habérselo contado antes, o V'lane por haber roto mi promesa. Esa cosa extraña que llevaba en la lengua me resultaba molesta.

Estaba caminando por la cuerda floja sobre el circo oscuro y pintoresco que era Dublín, y si tenía una red de seguridad debajo de mí, desde luego no alcanzaba a verla.

Capítulo 7

De la misma forma que las rancheras típicas del profundo sur, las Harley son una oda a la testosterona: cuanto más grandes y ruidosas, mejor que mejor. En el sur más profundo, el rugido de camionetas y motos grita a los cuatro vientos: «¡Mírame! Soy la hostia; grande, ruidosa y salvaje. ¡Yuuujuuuuu! ¿No quieres un trozo mío?».

La Harley de Barrons no ruge. Ni siquiera ronronea. Se desliza en la noche, como un depredador de cromo y ébano, susurrando: «Soy grande, silenciosa y letal, y más te vale que no quiera un trozo tuyo».

Podía sentir la furia en la rigidez de sus hombros bajo mis manos mientras cruzábamos estrechos callejones, doblábamos esquinas inclinando tanto la moto que tuve que levantar los pies y mantener las piernas pegadas a los flancos por temor a dejarme la piel, pero tal y como sucedía con todo cuanto Barrons hacía era un maestro de la precisión. La moto hacía cosas cuando él la conducía que dudaba que otro pudiera hacer. En varias ocasiones estuve a punto de rodearle con brazos y piernas y pegarme a su espalda por miedo a caerme.

Su cuerpo irradiaba cólera. A su parecer, el hecho de que supiera algo acerca del Libro que no le hubiera contado era, en lo que a infracciones se refería, de las más graves. La última vez que tuvimos un encontronazo con el *Sinsar Dubh* aprendí que, por el motivo que fuese, ese objeto era su razón de ser. A pesar de la energía negativa que desprendía, acabé aferrándome a él con todas mis fuerzas para permanecer encima de la moto. Era como abrazar una corriente eléctrica de bajo voltaje. A veces me pregunto si Barrons tiene plena conciencia del peligro, porque vive como si no la tuviera.

—¡Ni que usted no tuviera secretos conmigo! —le grité, finalmente, al oído.

—Yo no le oculto nada que tenga que ver con el maldito libro —me gruñó por encima del hombro—. Ése es el trato, ¿no? Como mínimo, somos honestos el uno con el otro en lo referente al Libro.

—¡No confío en usted!

—¿Y se piensa que yo sí me fío de usted? ¡No hace tanto tiempo que ha dejado atrás los pañales como para ser digna de confianza, señorita Lane! ¡Ni siquiera estoy seguro de que se le deba permitir manejar objetos punzantes!

Le di un golpe en el costado.

—Eso no es verdad. ¿Quién ha comido carne *unseelie*? ¿Quién ha sobrevivido a cualquier precio? ¿Quién se juega la vida saliendo a enfrentarse con toda clase de retorcidos monstruos y consigue encontrar algo que le haga sonreír mientras lo hace? Precisamente esa es mi verdadera fuerza. Y eso es más de lo que usted puede decir. Usted se muestra gruñón, pensativo y reservado en todo momento. ¡Vivir con usted no es ningún regalito, se lo puedo asegurar!

—A veces sonrío. Incluso me he reído con su... sombrero.

—Se llama MacHalo —le corregí, con voz tensa—. Es un invento brillante, y significa que no necesito que ni V'lane ni usted me protejan de las Sombras, y eso, Jericho Barrons, vale su peso en oro. ¡No les necesito a ninguno de los dos para nada!

—¿Quién ha venido esta noche para enseñarle a resistirse a la Voz? ¿Cree que podría encontrar otro profesor? Aquellos que pueden utilizar ese poder no lo comparten. Le guste o no, me necesita, y me ha necesitado desde el día en que puso el pie en este país. Recuerde eso y deje de cabrearme de una vez por todas.

—Usted también me necesita —gruñí.

—Por eso le estoy dando clases. Por eso le proporciono un lugar seguro en el que vivir. Por eso sigo salvándole la vida e intento darle las cosas que necesita.

—Oh, ¿las co... cosas que ne... necesito? —balbucí porque estaba tan cabreada que intenté decirlo todo de una vez—. ¿Y no ha pensado en darme respuestas? ¡Intente darme unas cuantas!

Él se echó a reír y el sonido retumbó en las paredes de ladrillo del estrecho callejón por el que pasábamos, haciendo que pareciese que un montón de hombres se estuvieran riendo a mi alrededor, y eso era escalofriante.

—El día en que le dé respuestas será el día en que ya no las necesite.

Cuando llegamos al escenario del crimen, el tirador se había volado la cabeza, los rehenes que habían sobrevivido estaban siendo atendidos y había comenzado la penosa tarea de contar y recoger los cadáveres.

La calle estaba precintada desde un extremo del *pub* hasta el final del edificio siguiente, atestada de coches patrulla y de ambulancias, y plagada de policías. Aparcamos y nos apeamos a una manzana del escenario.

—Supongo que el Libro ha estado aquí. ¿Puede sentir su presencia?

Sacudí la cabeza.

—Ya se ha marchado. Por ahí. —Y señalé en dirección oeste. Un gélido canal se extendía hacia el este, perdiéndose en la noche. Le llevaría en la dirección contraria y al final alegaría haber perdido la maldita señal. Tenía el estómago revuelto, y no por culpa de los cadáveres y la sangre. El *Sinsar Dubh* era el causante de mis náuseas. Metí la mano en el bolsillo y saqué un antiácido. Estaba notando las primeras señales de una brutal migraña y esperaba poder atajarla.

—Más tarde me contará todo lo que sepa. De algún modo ha averiguado cómo se desplaza por la ciudad y está relacionado con los crímenes, ¿no es así?

Era bueno. Cuando asentí de forma enérgica, tratando de que el cráneo no se me partiera en dos, él me dijo:

—Y de alguna forma ha conseguido coaccionar a Jayne para que le dé información. Francamente, no alcanzo a entender cómo lo ha logrado.

—¡Vaya!, puede que no sea tan inepta como cree. —Me metí otro antiácido en la boca y tomé nota de llevar también conmigo aspirinas.

Después de una pausa, me dijo con voz tirante:

—Puede que no. —Que era lo más parecido a una disculpa que le había escuchado a Barrons.

—Le di de comer carne *unseelie*.

—¿Es que está loca de remate? —estalló Barrons.

—Funcionó.

Él entrecerró los ojos.

—Cabría pensar que ha desarrollado una ética situacional.

—Cree que no sé lo que es eso. Mi padre es abogado. Sé bien lo que es.

Una ligera sonrisa le curvó los labios.

—Volvamos a la moto e indíqueme el camino.

—Ya le diré yo a dónde puede irse —farfullé agriamente. El dolor de cabeza comenzó a pasar a medida que recorríamos la calle a toda velocidad, alejándonos del Libro. De pronto me sentía tan excitada que me sorprendí a punto de frotar mis doloridos pezones contra la espalda de Barrons. Me aparté bruscamente de golpe y eché un vistazo por encima del hombro. Se me cayó el alma a los pies. Eché mano a mi lanza, pero había desaparecido.

Barrons debió de sentir la tensión de mi cuerpo, porque me miró por encima del hombro y vio lo mismo que yo había visto: al príncipe *fae*, trasladándose por la calle detrás de nosotros; desapareció en un abrir y cerrar de ojos, y cuando volvió a reaparecer se encontraba tres metros y medio más cerca.

—Que no me contase nada sobre el Libro fue una estupidez, señorita Lane, pero dígame que no se lo contó a él.

—Tuve que hacerlo. Necesitaba que hiciera algo por mí y era lo único que podía ofrecer de todo lo que estaba dispuesta a prescindir. Pero no le conté todo.

De hecho, le había apartado a propósito del buen camino, así pues, ¿cómo había conseguido dar conmigo esta noche? ¿Por un golpe de suerte? ¡Era imposible que estuviera investigando todos los crímenes de la ciudad!

La ira se apoderó del cuerpo de Barrons con mayor intensidad que antes. Se detuvo tan de golpe que me golpeé contra su espalda, caí de la moto y aterricé, despatarrada, en el suelo. Cuando me levanté y me sacudí el polvo de encima, Barrons se había bajado de la moto; también V'lane se había parado y estaba en la calle a casi ocho metros de nosotros.

—Venga aquí, señorita Lane. Ahora.

No me moví del sitio. Estaba cabreada por haberme hecho

apear de ese modo, lo cual había agravado mi jaqueca. Además, tener a Barrons cerca cuando estaba furioso era tan apetecible como acurrucarte con una cobra mosqueada.

—A menos que quiera que se la lleve, acérquese a mí. Ahora. ¿O es que quiere irse con él?

Lancé una mirada a V'lane y me acerqué a Barrons. El príncipe estaba tan descontento que el frío que desprendía era tan extremo que una ventisca comenzó a caer al fondo de la calle, y yo no iba vestida para soportar un tiempo así. Vale, puede que V'lane me asuste un poco más que Barrons, ya que utiliza su sexualidad contra mí y soy susceptible a ella. Mi jefe no lo hace. Aun ahora, mi mano se deslizó hacia la bragueta, rozando la cremallera, y estuve a punto de gemir. Busqué ese lugar extraño dentro de mi dolorida cabeza. «Soy fuerte —me dije a mí misma—. Soy una *sidhe-seer*. No voy a sucumbir.»

Barrons me echó el brazo sobre los hombros y yo me refugié en él. La marca que me había dejado en la lengua me ardía, sentía un hormigueo. En esos momentos, los despreciaba a ambos.

—Mantente alejado de ella —gruñó Barrons.

—Ella viene a mí por su propia voluntad. Me llama, me elige —V'lane estaba envuelto en un potente glamour, dorado, bronce y hielo iridiscente. Me recorrió con una mirada imperiosa—. Me ocuparé de ti más tarde. Has roto nuestro acuerdo y eso tiene un precio. —Sonrió, sólo que los *faes* no sonríen de verdad. Adoptan una expresión humana que te hiela el alma debido a que parece verdaderamente antinatural en la inhumana perfección de sus rostros—. No temas, MacKayla, te... ¿cómo se dice?... besaré y haré que te sientas mejor cuando haya acabado.

Aparté la mano de mi bragueta.

—No he roto nuestro trato de forma intencionada, V'lane. Barrons escuchó por casualidad algo que no debería haber escuchado.

—Por acto u omisión, ¿qué diferencia hay?

—Hay una. Incluso los tribunales permiten dicha distinción.

—Las leyes humanas. Las leyes *faes* no reconocen tal cosa. Hay consecuencias. Los medios con los que se alcancen carecen de relevancia. Dijiste que ignorabas cómo localizar el Libro.

—Y así es. Tan sólo he seguido una corazonada. Y he tenido suerte. ¿Y tú?

—Cuanta insolencia y cuantas mentiras, MacKayla. No toleraré ninguna de esas dos cosas.

—Como le toques un solo pelo de la cabeza te mato —dijo Barrons.

«¿De veras? ¿Y con qué vas a hacerlo?», quise preguntar. V'lane era *fae* y mi lanza había desaparecido y Rowena tenía la espada, las dos únicas armas capaces de matar a estos seres.

El gélido influjo del Libro disminuía con celeridad, lo que significaba que se desplazaba a gran velocidad. Su próxima víctima iba en un coche, y de los rápidos. Y a mí me vino a la cabeza un pensamiento petulante propio de una amante de los coches y que nada tenía que ver con el asunto: no más rápido que el mío. Yo tenía un Viper cuyas llaves estaban en mi bolsillo.

Aquel pensamiento presuntuoso se evaporó. Iba en contra de todo lo que era dejar escapar el Libro, permitir que se marchara a destruir más vidas. Pero por mucho que mis sentidos de *sidhe-seer* me pidieran a gritos que lo siguiera, no me atrevía a hacerlo. No con Barrons y V'lane aquí. Tenía que saber más acerca del Libro, cómo ponerle las manos encima y hacer lo correcto con él. ¿A quién quería engañar? Necesitaba saber qué era lo correcto. Suponiendo que acabara haciéndome con él, ¿a quién podía confiárselo? ¿A V'lane? ¿A Barrons? O, Dios no lo quisiera, ¿a Rowena? ¿Haría acto de presencia la reina *seelie* para salvar la situación? No sabía por qué, pero dudaba de que así fuera. En mi vida no había ya nada que resultase sencillo.

—No tienes derecho a él —le decía V'lane a Barrons.

—El poder otorga el derecho. ¿Acaso no ha sido siempre ése tu lema?

—Eres incapaz de comprender mi lema.

—Lo comprendo mejor de lo que tú crees, *fae*.

—No habría nada que pudieras hacer con él aunque consiguieras echarle el guante. No hablas la lengua en el que está escrito y jamás podrías descifrarlo.

—Quizá tenga Las Piedras.

—No todas —dijo V'lane con frialdad, y supe por el desprecio que destilaba su voz que él tenía, como mínimo, una de las místicas piedras traslúcidas, negra azulada, que eran necesarias para «revelar la verdadera naturaleza» del *Sinsar Dubh*. Barrons ya tenía una en su poder cuando le conocí. Y recientemente yo había robado una segunda a Mallucé, el acontecimiento que había precipitado las hostilidades entre nosotros.

Barrons esbozó una sonrisa; tipo listo. Hasta ese momento tan sólo había tenido sospechas, pero ninguna certeza.

—Quizá aprendí lo suficiente de tu «princesa» como para no necesitar las cuatro —dijo Barrons con desdén, y sus palabras velaban todo un mundo de insinuaciones. Incluso yo, que ignoraba por completo lo que insinuaba, aprecié el insulto que escondían y supe que habían calado hondo. Había una historia entre V'lane y Barrons. No se despreciaban sólo por mi causa. Aquí había algo mucho más profundo.

De la túnica iridiscente de V'lane brotó un mar de hielo que fluyó hasta la calle adoquinada y se expandió, cubriendo el pavimento de una acera a la otra con una delgada pátina negra que se agrietó con un sonido ensordecedor al recubrir la piedra más caliente.

Vale, por mí podían pelearse. Que el Libro desapareciera y se llevara mis problemas con él.

—¿Por qué os tenéis tanto odio? —pregunté, añadiendo más leña al fuego.

—¿Ya te la has follado? —V'lane me ignoró por completo.

—No pretendo hacerlo.

—Traducción: tus intentos han sido en vano.

—No, no es así —repuse—. No ha intentado nada. Para que lo sepáis, chicos, y estoy empleando ese término muy libremente, tengo mucho más que ofrecer que sexo.

—Motivo por el que aún sigue con vida, señorita Lane. Siga por ese camino.

Ya que los tenía a los dos juntos, para variar, quise comprobar una corazonada.

—¿Qué es Barrons? —le pregunté a V'lane—. ¿Es humano o es otra cosa?

El príncipe *fae* miró a Barrons y guardó silencio.

Barrons, por su parte, me lanzó una mirada severa.

—Bueno, Barrons —dije, con dulzura—, háblame de V'lane. ¿Es de los buenos o de los malos?

Barrons apartó la mirada y no dijo palabra.

Meneé la cabeza, indignada. Mis sospechas se habían confirmado. «¡Hombres!» ¿Es que eran todos iguales, fueran humanos o no?

—Vosotros tenéis algo el uno contra el otro, pero os calláis como perros para no desvelar vuestros secretos. ¡Esto es increíble! Os odiáis pero formáis una piña. Bueno, ¿pues sabéis qué? ¡Que os jodan! He terminado con ambos.

—Elocuentes palabras para una insignificante humana —dijo V'lane—. Pero nos necesitas.

—Él tiene razón. Asúmalo, señorita Lane.

¡Genial! Ahora unían fuerzas contra mí. Prefería que V'lane desapareciera cuando aparecía Barrons. ¿Significaba esto que no temía a Barrons? Me fijé en el espacio que los separaba. Si Barrons daba un paso adelante, ¿V'lane retrocedería? Difícilmente podía insinuarlo. Después de considerarlo durante un momento, me zafé del brazo de Barrons y me situé detrás de él. Sentí que se relajaba un poco. Creo que pensó que buscaba el refugio de su cuerpo y que así, además, me posicionaba a su lado. Imaginé que en ese instante parecía muy satisfecho de sí mismo.

Le pegué un empujón con tanta fuerza como pude. V'lane retrocedió de inmediato.

Esbocé una sonrisa; no creo que sean muchas las mujeres que empujen a Barrons.

—¿A qué estás jugando, *sidhe-seer*? —me dijo V'lane entre dientes.

El príncipe *fae* temía a Barrons. Intenté procesar esa información, pero no estoy segura de haberlo hecho del todo.

—¿Aún puedes sentir el libro? —preguntó Barrons, le palpitaba un músculo en la mandíbula.

—Sí, ¿dónde ha ido? —exigió saber V'lane—. ¿En qué dirección?

—Habéis perdido mucho tiempo discutiendo —mentí. Todavía sentía un ligero hormigueo. El Libro se había detenido en algún lugar—. Desapareció de mi radar hace unos minutos.

—No estaba segura de que ninguno de los dos me hubiera creído pero ¿qué podían hacer?

De hecho, sabía que ambos podían hacerme algo realmente desagradable si se les antojaba: Barrons podía utilizar la Voz para obligarme a contarle la verdad y a perseguirlo; y si entendía el influjo de un *fae* orgásmico-letal, V'lane podía magnificar su aura sexual y llevarme de un lado a otro como una pequeña y cachonda varita de zahorí.

Así pues, ¿por qué no lo hacían? ¿Porque por lo visto eran unos tipos realmente decentes, con motivos honrados aunque con personalidades verdaderamente perturbadas? ¿O porque no querían que el otro estuviese cerca cuando me utilizaran para seguirle el rastro y a ninguno se le ocurría un modo de deshacerse del otro en estos momentos?

¿Estábamos todos consintiendo que se escapara para que el otro no se hiciera con él? ¡Vaya! En el instituto no se me daba demasiado bien la geometría. La vida era infinitamente más complicada que las matemáticas.

—Muévase —me ordenó Barrons—. Suba a la moto.

No me gustó nada su tono de voz.

—¿Adónde irá, señorita Lane, si no es conmigo o con él? ¿Regresará a su casa en Ashford? ¿Se las arreglará por sí misma? ¿Se buscará un piso? ¿Tendrá que venir su padre a recoger sus cosas igual que vino usted a recoger las de su hermana?

Di media vuelta y eché a andar. Él me siguió, lo bastante de cerca como para que pudiera sentir su aliento en el cuello.

—Él la transportará —dijo con un gruñido grave—, si le da la oportunidad.

—No creo que se arriesgue a acercarse a menos de seis metros de usted —le contesté fríamente—. Y no es necesario que me recuerde que mi hermana está muerta. Ha sido un golpe bajo.

Me subí a la Harley.

¿Irme con V'lane y ser castigada por violar nuestro acuerdo? No, gracias, prefería arriesgarme con Barrons… por ahora.

Capítulo 8

—*P*arte de tu correo ha caído fuera del buzón —dijo Dani cuando abrió la puerta principal de la librería y entró con su bicicleta.

Levanté la vista del libro que estaba leyendo (sobre las invasiones irlandesas otra vez, probablemente el trabajo de investigación más aburrido que había realizado, exceptuando el de los *fir bolg* y los fomorianos) y, después de mirar detrás de ella para cerciorarme de que estaba sola, sonreí. Llevaba el rizado cabello rojizo despeinado por el viento, las mejillas enrojecidas a causa del frío y remataba su uniforme verde a rayas de Post Haste, Inc. con una gorra de la empresa, elegantemente colocada, y su eterna expresión de «soy demasiado guay para expresarlo con palabras».

Dani me cae bien y me agradó nada más conocerla. Es distinta de las otras *sidhe-seers*. Nos parecemos en algo, aparte del hecho de que ambas buscamos venganza: ella por su madre y yo por mi hermana.

—Rowena te matará por venir aquí, ya lo sabes. —Fruncí el ceño, cuando me surgió una sospecha—. ¿O es que te ha enviado ella?

—Qué va. Me he escapado a hurtadillas. No creo que nadie me haya seguido. Encabezas su lista de enemigos, Mac. Si me hubiera mandado, lo habría hecho con la espada.

Contuve el aliento. No deseaba enfrentarme jamás a Dani. No porque tuviera miedo de no ganar —aunque con la velocidad súper humana que poseía, supongo que era posible—, sino porque no quería ver cómo esa exuberante y descarada chispa se apagaba en manos mías, ni en las de nadie.

—¿En serio?

Ella me lanzó una sonrisa llena de picardía.

—Qué va. No creo que te quiera muerta. Sólo que madures de una puñetera vez y la obedezcas sin rechistar. Lo mismo espera de mí. No entiende que ya somos adultas, joder. No somos buenas soldaditos de hojalata como el resto de su ejército de cabezas huecas. Si tienes opinión propia, Rowena dice que eres una niña. Si no tienes opinión propia, para mí eres como una oveja. *Beeee* —dijo, haciendo una mueca—. Hay tantas ovejas en la abadía que en verano apesta.

Reprimí una carcajada. Con eso sólo conseguiría animarla.

—Deja de soltar tacos —repuse. Antes de que pudiera mosquearse, añadí—: Las chicas guapas no dicen palabrotas, ¿vale? Yo también despotrico de vez en cuando. Pero lo hago con moderación.

—¿Y qué más da que sea guapa? —se mofó, pero a mí no me engañaba.

La primera vez que la vi iba maquillada y con ropa de calle, pensé que era mayor de lo que en realidad era. Con el uniforme de trabajo y sin todo ese lápiz de ojos negro, me di cuenta de que tenía trece años, catorce a lo sumo, y que estaba pasando por ese delicado momento que todos hemos vivido. Yo también había vivido esa difícil época, cuando estaba convencida de que los genes de los Lane me habían traicionado y que, a diferencia de Alina, iba a ser fea y a tener que pasar el resto de mi vida eclipsada por mi hermana mayor, teniendo que oír a la gente decir con tristeza y sin demasiado disimulo «pobrecita MacKayla, Alina ha sacado el cerebro y la belleza».

Dani estaba atrapada en plena pubertad. Su torso aún no había alcanzado el desarrollo de las piernas y los brazos, y aunque sus hormonas estaban sembrando el caos en su piel, aún no habían modelado sus caderas y busto. Estar atrapada entre la niña y la mujer no era nada agradable y, para colmo de males, tenía que luchar contra los monstruos.

—Vas a ser una preciosidad, Dani —le dije—, así que cuida tu lenguaje si quieres salir conmigo.

Ella puso los ojos en blanco, apoyó la bici contra el mostrador, arrojó un fajo enrollado de cartas encima del mismo y se acercó con chulería al expositor de las revistas, pero no antes de que captara la expresión sorprendida y pensativa de sus ojos.

No olvidaría lo que le había dicho. Se aferraría a ello en los peores momentos y le ayudaría a superarlos, del mismo modo que a mí me ayudó la promesa de mi tía Hielen de que algún día sería guapa.

—Lo encontré en la acera —me dijo por encima del hombro—. Los puñeteros carteros ni siquiera son capaces de meter las cartas en el buzón —recalcó, desafiándome con la mirada a que le corrigiera, y lo habría hecho, pero cogió un ejemplar de la revista *Hot Rod* del expositor.

Buena elección. Yo habría escogido la misma a su edad.

—¿Sabes que te encuentras en los márgenes de un barrio de asquerosos *unseelies*?

—¿Te refieres a las Sombras? —pregunté, revisando el correo distraídamente—. Sí. Yo lo llamo Zona Oscura. He encontrado tres en la ciudad.

—Se te ocurren unos nombres súper guays. ¿No te pone los pelos de punta tenerlas tan cerca?

—Me pone la carne de gallina su sola existencia. ¿Has visto lo que dejan de una persona?

Ella se estremeció.

—Sí. Rowena me envió con un equipo en busca de unas compañeras que una noche no regresaron.

Sacudí la cabeza. Era demasiado joven para ver tanta muerte. Debería estar leyendo revistas y pensando en chicos monos. Mientras hojeaba los folletos publicitarios y los cupones, divisé un sobre metido en el medio. Había visto antes esa clase de sobre: grueso, corriente, de vitela color hueso.

Sin remite.

Llevaba matasellos de Dublín, franqueado hace dos días.

«A la atención de MacKayla Lane, Librería Barrons», rezaba. Lo abrí sin miramientos y con las manos temblorosas.

«Esta noche he hablado con Mac.»

Cerré los ojos, armándome mentalmente de valor, luego los abrí de nuevo.

¡Ha sido estupendo oír su voz! Podía imaginarla tumbada en la cama, atravesada sobre el edredón arco iris que mamá le hizo hace años y del que ella se niega a desprenderse a pesar de estar deshilachado por los bordes de tantas lavadas como tiene. Podía cerrar los ojos y oler la tarta de manzana y caramelo con nueces por encima que mamá estaba cocinando. Podía escuchar de fondo la voz de papá, viendo un partido de béisbol con nuestro viejo vecino Marley, animando a los Braves como si la destreza del bateador para golpear a la bola dependiera de lo fuerte que grite. Siento que mi hogar se encuentra a millones de kilómetros, no a siete mil; un simple vuelo de ocho horas en avión y podría ver a Mac.

¿A quién pretendo engañar? Mi hogar se encuentra a un millón de vidas de distancia. Quiero verla desesperadamente. Quiero decirle «Mac, vente para acá. Eres una *sidhe-seer*. Somos adoptadas. Se avecina una guerra y estoy intentando impedirla, pero si no lo consigo, tendré que hacerte venir de todas formas para que nos ayudes a luchar». Quiero decirle: «¡te echo de menos más que a nada en este mundo, y te quiero muchísimo!». Pero si lo hago, sabrá que algo pasa. Ha sido muy duro tener que ocultárselo porque me conoce muy bien. Deseo meter la mano por el teléfono y abrazar a mi hermanita pequeña. A veces tengo miedo de no poder volver a hacerlo. De morir aquí y no poder decir ni hacer un sinfín de cosas. Pero no puedo permitirme el lujo de pensar así porque...

Apreté el puño, haciendo una bola con la página.

—Vigila el mostrador, Dani —bramé, y eché a correr hacia el cuarto de baño.

Cerré de un portazo, eché el cerrojo, me senté en el retrete y coloqué la cabeza entre las rodillas. Al cabo de un rato, me soné y me sequé las lágrimas. Su letra, sus palabras, el amor que sentía por mí se habían clavado en mi corazón de forma inesperada como si de un puñal se tratase. ¿Quién y por qué me enviaba estas entupidas y dolorosas páginas?

Alisé la página sobre las piernas y proseguí dónde lo había dejado.

...Si lo hago, perderé toda esperanza, y la esperanza es lo único que tengo. Esta noche he aprendido algo importante. Pensé que estaba buscando el Libro y que con eso acabaría todo. Pero ahora sé que tenemos que recrear lo que una vez fue. Tenemos que encontrar a los cinco que anuncia la profecía de El Refugio. El *Sinsar Dubh* sólo no basta. Necesitamos Las Piedras, El Libro y Los Cinco.

Ahí acababa la página. No había nada escrito en el dorso. La miré fijamente hasta que acabó por parecerme borrosa. ¿Cuándo acabaría todo este dolor? ¿Llegaría a terminar? ¿O simplemente te vuelves insensible a fuerza de hacerte tanto daño y tantas veces?

¿Las heridas emocionales acababan cicatrizando? Eso esperaba, aunque al mismo tiempo esperaba que no. ¿Cómo podría traicionar el amor de mi hermana dejando de sufrir cada vez que pensaba en ella? Si dejaba de dolerme, ¿significa eso que la quiero menos?

¿Cómo es que Alina conocía El Refugio? Hacía muy poco que yo misma conocía su existencia y lo que era: el Gran Consejo de las *sidhe-seers*. Rowena afirmaba que no llegó a conocer a mi hermana, pero Alina había escrito en su diario sobre el órgano de gobierno de la organización que ella dirigía y se había enterado de una profecía que habían predicho.

¿Qué eran Los Cinco? ¿Qué decía la profecía de El Refugio?

Me llevé las manos a la cabeza y me masajeé el cuero cabelludo. Libros malignos, jugadores misteriosos y una trama dentro de otra trama... ¿y ahora, además, también profecías? Antes de esto necesitaba encontrar cinco cosas: cuatro Piedras y el Libro. Y ahora, ¿necesitaba diez? No sólo era algo absurdo, sino también injusto.

Me guardé la página en el bolsillo delantero de los vaqueros, me levanté y lavé la cara, tras lo cual respiré hondo y salí para relevar a Dani de las labores de dependienta. Si tenía los ojos demasiado rojos cuando me puse detrás del mostrador, o bien no lo notó o bien comprendía lo que era sufrir y me dejó tranquila.

—Algunas chicas quieren conocerte, Mac. Por eso he venido a verte. Acudieron a mí para que te lo dijera porque piensan que no vas a dejar que crucen siquiera la puerta y están flipadas de que conozcas a un príncipe *fae*. —Entrecerró sus ojos felinos—. ¿Cómo es? —En su joven voz se apreciaba una peligrosa mezcla de fascinación y hormonas revueltas.

V'lane era el equivalente para las *sidhe-seers* a Lucifer; y aunque sus intenciones con respecto a los problemas por los que atravesaba la humanidad fueran las mismas que las nuestras, era un ser al que había que temer, rehuir y, tal y como insistía una recóndita parte de mi ser, destruir. Tanto los *seelies* como los *unseelies* son *faes*, y los *faes* son nuestros enemigos. Siempre lo han sido y siempre lo serán. ¿Por qué narices los hombres más peligrosos y prohibidos nos parecen siempre los más irresistibles?

—Los príncipes *faes* matan a las *sidhe-seers*, Dani.

—Pero él no te ha matado. —Me miró con admiración—. Parece que le tienes comiendo de tu mano.

—Ninguna mujer podría tener a un *fae* comiendo de su mano —dije con severidad—, así que no te hagas ilusiones al respecto.

Dejé escapar un suspiro cuando Dani agachó la cabeza con aire de culpabilidad, recordando lo que era tener trece años. V'lane habría sido el protagonista de todas mis fantasías de adolescente. Ninguna estrella de rock o de cine podría haber competido con el inmortal príncipe dorado de inhumano erotismo. En mis fantasías, le habría cautivado con mi inteligencia, seducido con mi incipiente femineidad, logrado ganarme su corazón cuando ninguna otra mujer habría podido porque, por supuesto, le habría dotado de un corazón que él no tenía.

—Es tan guapo —adujo con melancolía—. Parece un ángel.

—Sí —reconocí llanamente—. El ángel caído. —Mis palabras no consiguieron cambiar la expresión de su cara. Lo único que podía hacer era albergar la esperanza de que jamás volviera a verlo. Y no veía motivos para que no fuera así. En algún momento futuro íbamos a tener que mantener una larga charla acerca de la vida. Falta le hacía. Estuve a punto de echarme a reír. A mí también me había hecho falta… entonces vine a Dublín—. Háblame más sobre esa reunión que quieres, Dani. —¿Qué buscaban con ello?

—Después de que te fueras la otra noche, hubo una gran pelea. Rowena mandó a todas a dormir, pero en cuanto ella se fue, volvieron a la carga. Algunas de las chicas querían ir a por ti y desquitarse. Pero Kat, que estaba con Moira aquel día, dijo que fue sin intención y que no estaría bien hacer eso, y muchas chicas le hicieron caso. Algunas no están a gusto con Rowena. Creen que nos controla demasiado y que deberíamos salir a las calles y hacer lo que podamos para impedir lo que está pasando en lugar de quedarnos como simples espectadoras en bicicleta. Casi nunca nos deja salir de caza.

—Disponiendo sólo de un arma, entiendo por qué. —Me repateaba estar de acuerdo con la anciana, pero en este punto lo estaba.

—La espada se la queda para ella. No le gusta cederla. Creo que tiene miedo.

Eso también podía entenderlo. La noche pasada, después de que me subiera a la moto y nos largáramos a toda velocidad, comprobé si tenía mi lanza. A pesar de su manifiesto desagrado conmigo, V'lane había cumplido con su palabra y me la había devuelto al marcharse.

Y esa noche me duché con el arma atada a mi muslo, y dormí con ella en la mano.

—Podríamos luchar, Mac. Tal vez no podamos matarlos sin la espada, pero sí que podemos darles una buena patada en ese maldito culo y puede que así se lo pensasen mejor antes de instalarse en nuestra ciudad. Si ella me dejase, podría salvar a docenas de personas cada día. Los veo caminar por la calle de la mano de un humano. —Se estremeció—. Y sé que esa persona va a morir. ¡Podría salvarlos!

—Pero si no los matas, los *unseelies* a los que detengas tan sólo pasarán a la siguiente víctima, Dani. Salvarías a una persona para sentenciar a otra. —Yo misma había pasado por eso. Había sentido las mismas cosas. Estábamos en desventaja al tener sólo dos armas.

Dani torció el gesto.

—Es lo mismo que dice Rowena.

¡Aarrgg! No soy como Rowena.

—En este caso tiene razón, no basta con distraerlos. Necesitamos más armas, más formas de matarlos. Y yo no puedo prescindir de mi lanza, así que si te están utilizado para tenderme algún tipo de trampa... —le advertí—. No maté a Moira. Fue un accidente. Pero no permitiré que nadie me quite la lanza.

—No intentan tenderte ninguna trampa, Mac. Te lo juro.

Tan sólo quieren hablar contigo. Piensan que hay cosas que desconoces y creen que tú podrías saber cosas que nosotras ignoramos. Quieren intercambiar información.

—Según ellas, ¿qué es lo que no sé? —exigí que me contara. ¿Existía algún peligro del que no estaba al tanto? ¿Algo nuevo, peor incluso que el enemigo que me iba detrás?

—Si te cuento algo más se cabrearán conmigo y la mitad de la abadía ya lo está. No quiero mosquear a la otra mitad. Me dijeron que se reunirían en campo neutral y que podías escoger dónde. ¿Lo harás?

Fingí estar considerando la propuesta, pero ya había tomado una decisión. Quería saber lo que ellas sabían y deseaba desesperadamente tener acceso a sus archivos. Rowena me había dejado echar un pequeño vistazo a uno de sus muchos libros sobre los *faes* el día en que Dani me llevó a conocerla a la mensajería. Me había enseñado las primeras frases de una anotación acerca de V'lane y desde entonces ardía en deseos de ponerle las manos encima y terminar de leerlo. Si existía alguna información acerca del *Sinsar Dubh*, apostaría a que obraba en poder de las *sidhe-seers*. Por no hablar de que tenía la esperanza de que en alguna parte de la abadía se encontraran las respuestas a las preguntas que tenía sobre mi madre y mi legado.

—Sí. Pero voy a necesitar una señal de buena voluntad.

—¿Qué quieres?

—Rowena tiene un libro en su mesa…

Dani se puso tensa al instante.

—¡Y una mierda! ¡Se enteraría! ¡No pienso cogerlo!

—No te pido que lo hagas. ¿Tienes una cámara digital?

—No, lo siento. No puedo. —Cruzó los brazos.

—Te prestaré la mía. Fotografía las páginas sobre V'lane y tráemelas.

Mi plan obedecería a un doble propósito: recabar más información y demostrar que estaba dispuesta a desafiar a Rowena por mí. También haría que leyera acerca del objeto de sus erróneas fantasías y, con suerte, haría que dejase de tenerlas.

Me miró fijamente.

—Si me pilla estoy muerta.

—Pues no dejes que te pille —dije. Luego me ablandé—: ¿Crees que puedes hacerlo, Dani? Si de verdad es tan peligroso... —Sólo tenía trece años y estaba haciendo que se enfrentase a una mujer con años de sabiduría y experiencia, crueles intenciones y una voluntad de hierro.

Los luminosos ojos de Dani brillaron.

—Tengo una velocidad sobrehumana, ¿recuerdas? Si lo quieres, lo tendrás. —Echó un vistazo a la librería—. Pero si las cosas se ponen realmente feas, me vengo a vivir contigo.

—Ah, no, de eso nada —dije, tratando de no sonreír. Vaya, vaya, con la adolescente.

—¿Por qué no? A mí me parece guay. No hay reglas.

—Te ahogaría en reglas. De todo tipo. Nada de televisión, ni música alta, ni chicos, ni revistas, ni gusanitos o refrescos, nada de azúcar, nada de...

—Lo pillo, lo pillo —replicó malhumorada. Luego se animó—. ¿Y bien? ¿Puedo decirles que habrá reunión?

Asentí con la cabeza.

Dani me vigiló el mostrador mientras subía a la cuarta planta a por mi Kodak. Cambié los ajustes para que tomara fotografías con la mayor resolución posible y le dije que se asegurase de captar las páginas enteras para poder descargarlas en mi ordenador, aumentar las imágenes y leerlas. Le pedí que me llamase en cuanto lo tuviera; fijaríamos un lugar y una hora para encontrarnos.

—Cuídate, Dani —le dije cuando salió por la puerta con su bicicleta.

Había una tormenta formándose en las calles de Dublín, y no me refiero a esos densos nubarrones negros que cruzaban por encima de los tejados. Podía sentirlo. Como si la luna llena estuviera saliendo y se avecinaran más problemas aún. Desde que la otra noche bailara aquella canción, no había sido capaz de quitármelo de la cabeza. Era una música demasiado movida y alegre como para ir acompañada por unos augurios tan aciagos.

Dani me miró por encima del hombro.

—Somos como hermanas, ¿verdad, Mac?

Sentí como si un puñal se retorciera en mis entrañas. Su expresión desbordaba tanta esperanza.

—Sí, supongo. —Yo no quería otra hermana. Ni ahora ni nunca. Sólo deseaba preocuparme de mí misma.

A pesar de todo recé lo más parecido a una oración que sabía, y mientras cerraba la puerta entre susurros rogué al universo que cuidara de ella.

Los negros nubarrones que se cernían sobre la ciudad descargaron, restallaron los relámpagos, gotas de lluvia caían con saña anegando rápidamente la acera, colándose por las alcantarillas, desbordando las rejillas y espantando a todos mis clientes.

Me dediqué a catalogar libros hasta que acabé viendo borroso. Me preparé una taza de té, encendí la chimenea de gas, me acurruqué junto al hogar y hojeé un libro de cuentos irlandeses, buscando la verdad dentro del mito, mientras almorzaba el equivalente en Gran Bretaña a los fideos *ramen*. Desde que comí carne *unseelie* no había tenido demasiado apetito, al menos no de comida.

La noche pasada Barrons y yo no nos habíamos dirigido la palabra en todo el trayecto de regreso a la librería. Me dejó delante de la tienda y me vio entrar. Después me lanzó una sonrisa del todo desagradable y se fue directo a la Zona Oscura, acertando a decir «qué la jodan, señorita Lane», sin ni siquiera molestarse en abrir la boca. Sabe lo mucho que me fastidia que se niegue a contarme por qué las Sombras no se lo zampan.

Quería ser así de temeraria. Quería ser tan mala y tan dura que todos los monstruos me dejasen en paz.

Saqué del bolsillo la página del diario de Alina y la releí, más despacio esta vez.

Sus peores temores se habían cumplido y aquí estaba yo, sola con toda una vida de cosas que no había dicho ni hecho. No llegué a recibir ese abrazo. Sabía que debía dejar atrás el impacto emocional y centrarme en la profecía del Refugio, en los Cinco y en las nuevas preguntas que suscitaba el diario, pero los recuerdos me distraían. Tantas habían sido las noches en que me había tirado en la cama a hablar con Alina por teléfono. Mamá siempre estaba cocinando cosas ricas, en la casa se respiraba el delicioso olor a levadura, crema de caramelo y especias. Papá andaba siempre animando a voces a los Braves junto con Marley durante la temporada de béisbol. Yo parloteaba sin cesar sobre chicos, el instituto y me quejaba estúpidamente de lo que fuera que soliera quejarme, creyendo en todo momento que ella y yo viviríamos eternamente.

Resulta una fuerte conmoción que la vida de uno termine a los veinticuatro años. Nadie está preparado para eso. Echaba de menos mi edredón arco iris. Echaba en falta a mi madre. Dios, echaba de menos...

Me puse en pie, metí de nuevo la página en el bolsillo y corté de raíz mis oscuros pensamientos antes de que pudieran germinar. La depresión no te lleva a ninguna parte, sólo te mete en un enredado y frondoso jardín que puede absorberte la vida.

Me acerqué a la ventana y miré la lluvia caer. Calle gris; día gris; lluvia gris, cayendo, plomiza, sobre el pavimento gris. ¿Cómo decía aquella canción de los Jars of Clay que tenía en el iPod? *My World is a flood. Slowly I become one with the mud.* «Mi mundo es un diluvio. Poco a poco me convierto en uno con el barro.»

Mientras miraba fijamente aquel sombrío panorama, un brillante rayo de luz solar atravesó la lluvia, justo delante de mí.

Alcé la vista en busca de su fuente. El rayo perforó las oscuras nubes como una lanza radiante arrojada desde el cielo, formando un perfecto círculo dorado en el lúgubre pavimento empapado. En su interior no caía la lluvia ni llegaba la tormenta, sólo había sol y calor. Saqué un antiácido del bolsillo. De repente parecía que el té y los fideos que había tomado no me habían sentado bien.

Y hablando del equivalente de Lucifer para las *sidhe-seers*...

—Qué gracioso —dije. Pero no me estaba riendo. Las náuseas inducidas por un *fae* junto con una alucinación imposible sólo podían significar una cosa: V'lane. Lo único que faltaba era un ataque de lujuria, y me preparé para soportarlo. Su nombre perforado en mi lengua de repente me supo dulce como la miel, lo sentí suave, ligero y profundamente atractivo en la boca—. Fuera —le dije al rayo de sol imaginario, centrando mi sentido de *sidhe-seer*, pero siguió ahí.

Entonces V'lane apareció en él, pero no era *fae* y tampoco iba vestido de motorista. Era una versión de sí mismo que no había visto antes: parecía humano y no cabía duda de que había desconectado su poder erótico. Pese a todo, era inhumanamente guapo. Llevaba unas bermudas blancas que resaltaban magníficamente su piel dorada y destacaban su cuerpo perfecto. El cabello le caía como si fuera seda sobre sus hombros desnudos. Sus ojos eran ambarinos, con una cálida invitación en ellos.

Había venido para castigarme. Lo sabía. Y, aun así, deseaba salir a la calle, chapotear bajo la lluvia y unirme a él en su soleado oasis. Tomarle de la mano. Huir durante un tiempo, quizá al reino Faery, donde podría jugar al voleibol y tomarme unas birras con una recreación perfectamente convincente de Alina. Guardé ese pensamiento en mi caja acolchada y comprobé las cerraduras. Hoy no estaba aguantando demasiado bien.

«Me ocuparé de ti más tarde —me había dicho la noche anterior—. Has roto nuestro acuerdo y eso tiene un precio.»

—Déjame en paz, V'lane —le dije a través de la ventana. Las palabras volvieron a mí en forma de eco y no estaba segura de que me hubiera oído. Tal vez podía leer los labios. El panel de la ventana que nos separaba desapareció de repente. Unas gotas arrastradas por el viento me golpearon con fuerza la cara y las manos.

—Estás perdonada, MacKayla. Después de reflexionar me di cuenta de que no tuviste la culpa. No fuiste responsable de la intromisión de Barrons. No espero que seas capaz de controlarle. A fin de demostrarte mi comprensión, he venido no para castigarte, sino para darte un regalo.

Todos sus «regalos» conllevaban una trampa, y así mismo se lo dije, con voz dulce.

—Éste no. Éste es única y exclusivamente para ti. Yo no obtendré nada a cambio.

—No te creo.

—Podría haberte hecho daño hace mucho si hubiera querido.

—¿Y qué? Puede que sólo lo estuvieras posponiendo. Que me engañaras para el gran final. —Me enjugué la lluvia de la cara y me aparté el pelo, que se me rizaba y enlaciaba a la vez, convirtiéndose en un caos imposible de controlar—. Puedes volver a poner la ventana en su sitio cuando te apetezca.

—Te tomé de la mano y te acompañé al interior de la guarida de mis enemigos, confié en que no me paralizarías. Correspóndeme con la misma deferencia, *sidhe-seer*. —La temperatura estaba bajando—. Te di mi nombre, los medios para invocarme a voluntad. —La lluvia se tornó aguanieve.

—No inspiras confianza con tu alarde de temperamento. —Una fuerte racha de viento me arrojó una repentina ráfaga de lluvia hacia mí—. ¡Oh! ¡Lo has hecho aposta! —Me pasé la manga por la cara para secármela, pero no sirvió de nada, ya que tenía el jersey empapado.

V'lane no negó mi acusación. Tan sólo ladeó la cabeza y me estudió con atención.

—Te hablaré de aquel a quien llamas lord Master.

—Yo no le llamo lord Master y nunca lo haré —le dije enfadada. Luché contra el impulso de saltar por la ventana, agarrarle y exigirle que me dijera lo que sabía.

—¿Te gustaría saber quién es?

—Dijiste que no habías oído hablar de él. —Me miré las uñas detenidamente, consciente de que si sabía cuánto deseaba la información, me pondría muy difícil el conseguirla. Probablemente intentaría intercambiarla a cambio de sexo.

—He aprendido mucho desde entonces.

—Bueno, ¿quién es? —dije con voz hastiada.

—Acepta mi regalo.

—Primero dime cuál es tu regalo.

—No tienes planes para esta tarde. —Echó un vistazo a la calle inundada al otro lado de su soleado oasis—. No vas a tener clientes. ¿Te quedarás sentada en el sillón y suspirarás por cosas perdidas?

—Me estás cabreando, V'lane.

—¿Alguna vez has visto el mar Caribe? Sus aguas tienen matices que casi rivalizan con los que hay en el reino Faery.

Dejé escapar un suspiro. No, pero había soñado con ello. La luz distorsionada del sol que refleja el agua es una de mis cosas preferidas de este mundo, tanto si sus reflejos son azules como los de una piscina como si son tonos tropicales. Durante el invierno en Ashford solía ir a la agencia de viajes local y hojear los folletos, soñando con todos esos exóticos lugares soleados a los que iba a llevarme el marido que aún no tenía. La depresión que me producía Dublín se debía en parte a una simple falta de sol. El tiempo que pasé en las cuevas subterráneas bajo el Burren había hecho mella en mí. No es que me guste el sol, es que lo necesito. Creo que de haberme criado en el clima más frío y deprimente del norte hubiera sido una persona completamente distinta. Por supuesto que allí también salía el sol, pero ni mucho menos tan a menudo como en Georgia, y no del mismo modo. Dublín carece de esos meses de largos y calurosos días de sol veraniego, coronados por un cielo tan azul que hace daño mirarlo, y un calor bochornoso que te calienta por dentro. Aquí siento un frío que te cala los huesos… y lo mismo le pasa a mi corazón.

¿Pasar unas pocas horas en los trópicos, además de conseguir información sobre lord Master?

La lluvia caía de hostigo a través del agujero de la ventana, aguijoneándome la piel como si fueran agujas heladas de una docena de puercoespines. ¿De verdad no iba a tomar represalias contra mí por romper nuestro pacto? No estaba en situación de expulsar al príncipe *seelie* de mi vida. Tanto si confiaba en él como si no, tenía que tener una buena relación con él, y si realmente me estaba ofreciendo una carta gratuita de «sal de la cárcel», tonta sería si no aceptaba. No podía esconderme de él en la librería cada vez que aparecía. En algún momento tendría que enfrentarme a V'lane en un terreno no protegido.

—Vuelve a colocar la ventana en su sitio. —No estaba dispuesta a consentir que Barrons me echase la culpa por haberme cargado otra ventana, ni a arriesgarme a que esa gran y desagradable Sombra se colara dentro.

—¿Aceptas mi regalo?

Asentí con la cabeza.

Cuando estuvo de nuevo en su lugar, me acerqué al mostrador, me quité la empapada rebeca y me puse una chaqueta seca sobre la camisa mojada, y me agaché para sacar la lanza de mi bota y guardarla en la funda que llevaba al hombro… pero no la tenía.

Por lo visto el que la librería estuviera protegida podía impedirle la entrada, pero no que obrase su magia dentro de la tienda. Tomé nota de hablar de este problema con el intratable propietario y responsable de los hechizos. Sin duda Barrons, con todos los secretos e inexplicables habilidades que tenía, podía hacerlo mucho mejor.

Coloqué el cartel de «cerrado», eché la llave a la tienda, crucé por entre los charcos y me introduje en el círculo de sol y, cuando V'lane me ofreció su mano, dejé a un lado toda intención de paralizarle y entrelacé los dedos con los suyos.

Estaba en Cancún, México, sentada en una piscina infinita, sobre un taburete que se encontraba bajo el agua, viendo cómo la sofocante brisa mecía las palmeras contra el inconfundible esplendor marino del Caribe; bebiendo combinados de coco, lima y tequila en una piña, con las salobres salpicaduras del oleaje y el sol besando mi piel.

Traducción: había muerto y subido al Cielo.

Dublín, la lluvia, mis problemas y la depresión, todo se había desvanecido en el abrir y cerrar de ojos que había durado el desplazamiento del príncipe *fae*.

El biquini que llevaba hoy, cortesía de V'lane, tenía estampado de leopardo; tres triangulitos escandalosamente minúsculos. Una cadena de oro con cuentas de ámbar me rodeaba las caderas. Me daba igual el estado de casi desnudez en que me encontraba. Hacía un día maravillosamente luminoso y bonito. Sentía el calor del sol purificando mis hombros. La doble medida de tequila marca Cuervo Gold de mi copa también ayudaba. Me sentía resplandeciente por dentro y por fuera.

—¿Y bien? ¿Quién es? Me has dicho que ibas a hablarme sobre lord Master —le animé.

Noté entonces sus manos sobre mí, extendiendo sobre mi piel aceite solar con olor a coco y almendras, y por un momento me olvidé incluso de que tenía una lengua con la que podía formular preguntas.

Incluso habiendo desconectado su poder erótico, las manos de este *fae* orgásmico-letal eran mágicas. Hacen que sientas que estás siendo tocada por el único hombre que llegará a conocerte, a comprenderte, que te dará lo que necesitas. Quizá no sea más que una ilusión, un engaño, una mentira, pero parece «real». Puede que la mente sepa la diferencia, pero no así el cuerpo, que es un traidor.

Me dejé llevar por su contacto, moviéndome bajo sus fuertes y seguras caricias, ronroneando de placer para mis adentros mientras me mimaba. Sus ojos iridiscentes tenían el tono ardiente del ámbar, igual que las piedras de la cadena que llevaba a la cintura, y habían adquirido una expresión soñolienta, fogosa, que me prometía el sexo más devastador de toda mi vida.

—Tengo una *suite*, MacKayla —dijo en voz queda—. Vamos. —Me tomó de la mano.

—Seguro que le dices lo mismo a todas las chicas —murmuré y me zafé. Sacudí la cabeza para intentar despejarme.

—Desprecio a las chicas, prefiero a las mujeres. Son infinitamente más… interesantes. Las chicas se hacen ilusiones. Las mujeres pueden sorprenderte.

Las chicas se hacen ilusiones. No me cabía la menor duda de que había desilusionado a unas cuantas en sus tiempos. No me había olvidado del libro del despacho de Rowena en el que se atribuía a este príncipe en concreto la fundación de la Caza Salvaje. La idea me devolvió de golpe a la realidad.

—¿Quién es? —pregunté de nuevo, sentándome en el borde más lejano del taburete—. Deja de tocarme y cumple tu promesa.

V'lane dejó escapar un suspiro.

—¿Cómo dice el refrán humano? No por mucho madrugar…

—… madrugar podría hacer que sigas con vida —concluí con sequedad.

—Yo te mantendré con vida.

—Barrons dice lo mismo. Preferiría poder hacerlo yo solita.

—Eres una simple humana, y mujer, además.

Sentí que se me desencajaba la mandíbula.

—Como bien has dicho, las mujeres pueden sorprenderte. Responde a mi pregunta. ¿Quién es? —Le indiqué al camarero que me trajera otra piña, sin tequila, y esperé.

—Uno de nosotros.

—¿Eh? —Parpadeé—. ¿Lord Master es un *fae*?

V'lane asintió.

A pesar de que en las dos ocasiones en que me había encontrado con lord Master le había percibido como algo *fae*, también lo había hecho como algo humano, similar a lo que había sentido con Mallucé y Derek O'Bannion. Creí que la parte *fae* se debía a que comía carne *unseelie*, no a que fuera un *fae*.

—Pero no percibo que sea totalmente *fae*. ¿Qué es lo que pasa?

—Que ya no lo es. Aquel que se hace llamar lord Master fue antiguamente un *seelie* conocido como Darroc, un miembro leal del Gran Consejo de la reina.

Me quedé boquiabierta. ¿Era un *seelie*? Entonces, ¿qué hacía liderando a los *unseelies*?

—¿Qué sucedió?

—Traicionó a nuestra reina. La soberana descubrió que estaba trabajando en secreto con los Cazadores Reales a fin de derrocarla y retornar a las antiguas costumbres y a aquellos días en que ningún *fae* aceptaría un insulto semejante al del Pacto y los humanos no eran más que diversiones pasajeras. —Sus sobrenaturales ojos ancestrales me estudiaron durante un momento—. La diversión predilecta de Darroc era jugar cruelmente con las mujeres humanas durante largo tiempo antes de destruirlas.

A mi mente acudió la imagen del cuerpo de Alina tumbado en la mesa del depósito de cadáveres.

—¿Te he contado cuánto le odio? —dije entre dientes. Durante un momento no fui incapaz de decir nada más, ni siquiera pude pensar en nada que no fuera en él haciéndole daño a mi hermana y dejándola morir. Inspiré hondo y lentamente y luego dije—: Bueno, ¿qué? ¿Le echasteis del reino Faery y nos lo endosasteis a nosotros?

—Cuando la reina descubrió su traición, lo despojó de su poder e inmortalidad y lo desterró a tu reino, condenándole a sufrir la brevedad y humillación de la vida mortal, y a morir; la sentencia más cruel para un *fae*, más incluso que dejar de existir por un arma inmortal o… desvanecerse simplemente como algunos hacemos. Morir es el peor de los insultos. La indignidad mortal es la mayor indignidad que existe.

Era un auténtico arrogante.

—¿Era un príncipe?

¿Acaso era un *fae* orgásmico-letal? ¿Era así como había seducido a mi hermana?

—No. Pero era de los antiguos entre mi gente. Era poderoso.

—¿Cómo puedes saberlo si has bebido del Caldero? —señalé algo que obviamente tenía su lógica.

Según me había contado V'lane, un efecto colateral de la longevidad extrema era la locura. Para evitar llegar a tal punto, bebían del Caldero, una de las Reliquias *Seelie*. La bebida sagrada borraba sus recuerdos y les permitía comenzar una nueva vida *fae* sin recordar nada de quienes habían sido.

—El Caldero tiene sus defectos, MacKayla. La memoria es... ¿cómo lo dijo uno de vuestros artistas?... ah, sí, persistente. No fue creado para dejarnos en blanco, sino para aliviar la carga que conlleva la eternidad. Cuando bebemos de él renacemos hablando nuestra lengua originaria. La de Darroc es la mía: la antigua lengua, que se remonta a los albores de nuestra raza. En cierto modo sabemos cosas el uno del otro a pesar de haber sido desposeídos de nuestros recuerdos. Algunos procuran colocar información sobre sí mismos para poder averiguarla en su próxima encarnación. La Corte *Fae* no es un lugar demasiado placentero si te han despojado de la capacidad de distinguir a los amigos de los enemigos, de forma que dilatamos todo lo posible una toma de otra. A veces conservamos retazos de épocas pasadas. Algunos deben beber dos o incluso tres veces para conseguir borrar su memoria.

—¿Cómo puedo encontrar a Darroc? —pregunté. Ahora que sabía su nombre, jamás volvería a llamarle por otro o, si acaso, «L. M.» en tono de burla.

—No puedes. Se oculta allá donde ni siquiera nosotros somos capaces de localizarle. Entra y sale del reino *unseelie* a través de portales que desconocemos. Los demás príncipes *seelies* y yo le estamos persiguiendo.

—¿Cómo es posible que un simple humano pueda esquivarte y entrar y salir de los reinos *faes*? —le pinché.

Estaba furiosa. Eran ellos los causantes de este embrollo. Ellos quienes habían arrojado a Darroc a nuestro reino porque les había causado problemas, y era mi mundo el que sufría, y mi hermana quien había sido asesinada por ello. Lo menos que podían hacer era limpiar lo que habían ensuciado, y cuanto antes mejor.

—Mi reina no le despojó de sus conocimientos, un descuido que ahora lamenta. Creyó que no tardaría en morir. Por ese motivo no sospechamos que él fuera el responsable de los problemas que devastan tu reino. Una vez que fue humano, Darroc no estaba inmunizado contra las muchas enfermedades que asolan a tu raza, y aquellos que viven como dioses son proclives a subestimar la brutalidad de la manada cuando caminan entre ella.

—No es el único con tendencia a subestimar las cosas —dije, con voz gélida.

«¿Manada?» ¡Y un cuerno! A pesar de todo el poder inhumano que tenían en sus manos eran, sin el menor género de dudas, inhumanamente falibles, y los humanos pagábamos por sus errores.

V'lane hizo caso omiso de mi pulla.

—Creímos que, si no contraía una enfermedad mortal, haría enfadar a algún humano con su arrogancia y pasaría a formar parte de vuestras estadísticas delictivas. En contra de nuestras expectativas, desde que Darroc se volvió mortal, ha adquirido un inmenso poder. Sabía dónde buscar y cómo conseguirlo, y siempre ha tenido aliados entre los Cazadores Reales. Les prometió liberarlos de la prisión en que los *unseelies* están encerrados, una promesa que ningún otro *fae* haría. Los Cazadores no son de fiar.

—¿Acaso se puede confiar en cualquier otro *fae*? —dije con sequedad.

—Los Cazadores carecen de cualquier límite. —V'lane parpadeó momentáneamente, como si luchara por no mutar a otra forma—. ¡Han enseñado a Darroc a comer carne *fae* para robar su poder! —Hizo una pausa y, por un instante, la temperatura descendió tan de golpe que fui incapaz de respirar y el océano, por lo que pude ver, se congeló. De pronto, todo volvió a la normalidad—. Morirá muy lentamente cuando dé con él. La reina puede hacerle sufrir a perpetuidad por ello. Nosotros no atacamos brutalmente a los nuestros.

Aparté la mirada rápidamente y clavé los ojos en el mar, consciente de haber cometido el mismo pecado que Darroc, sintiendo que en la frente llevaba escrito con brillante letras de neón la palabra acusadora: COMEFAES.

Mallucé me había enseñado a mí y yo había hecho lo mismo con Jayne. No tenía deseos de soportar un sufrimiento eterno, tampoco efímero.

—¿Cómo puedo ser útil?

—Deja que nosotros busquemos a Darroc —dijo V'lane—. Debes hacer lo que la reina te ha encomendado y encontrar el Libro. Los muros que separan nuestros reinos son peligrosamente delgados. Si Darroc consigue derribarlos, los *unseelies* escaparán de su prisión. Sin el *Sinsar Dubh*, al igual que vosotros, no podremos hacer nada para encerrar de nuevo a nuestra raza oscura. Una vez en libertad, consumirán vuestro mundo y destruirán vuestra raza.

Hizo una pausa y agregó sombrío:

—Y muy posiblemente, también la mía.

Capítulo 9

*F*altaba un cuarto de hora para las diez y estaba esperando a que llegara Barrons para comenzar con mis lecciones de Voz. Habíamos establecido un horario fijo, y aunque sabía que lo más seguro es que siguiera cabreado conmigo, esperaba que apareciese.

No me preocupaba tener que ponerme a saltar a la pata coja. Por mi parte podría hacerme cacarear como una gallina o hacerme sentir del todo estúpida si con eso descubría cómo resistirme a él.

Christian tenía razón. Si los muros se venían abajo, todos los *unseelies* quedarían libres. Y también la había tenido cuando dijo que los *seelies* no serían capaces de encerrarlos de nuevo sin el *Sinsar Dubh*. A pesar de lo acuciante de nuestra situación, volvía a ser la Mac resuelta y centrada. Había tomado un poco el sol (del de verdad, no esa cosa ilusoria de la última vez que estuve con V'lane en el reino Faery), y había atesorado esa energía solar para mis células. Igual que un yonqui, había conseguido mi dosis.

Desafiando al gélido tiempo que hacía en la calle, en el que no tenía intención alguna de aventurarme, me había puesto mi minifalda blanca preferida, unas bonitas sandalias y una camiseta sin mangas en tonos lima y dorado que hacía que mis ojos verdes adquiriesen un tono más luminoso e intenso. Lucía la piel de un dorado bruñido por las horas pasadas al sol. Tenía buen aspecto y me sentía en consonancia con él. Después de darme una ducha, pintarme y arreglarme el pelo, había pasado un rato hablando por teléfono con mi padre. En Ashford era la hora de la cena y habían tenido treinta y un grados de temperatura. En Dublín estábamos a tres grados, pero saber que Cancún estaba a un simple salto en el espacio lo hacía más llevadero.

Con los ánimos renovados, había decidido compartir cierta información con Barrons. Trataría de atrapar moscas con miel en lugar de exigir respuestas, intentaría hacer las cosas a su manera. Pensaba enseñarle la página del diario de mi hermana que había recibido hoy. V'lane había cometido un desliz y, sin duda, Barrons también cometía alguno de vez en cuando. Tal vez su rostro desvelara algo, quizá supiera qué eran Los Cinco, o puede que a él se le ocurriera quién me había enviado parte del diario de Alina. No creía que fuera él y no veía ningún motivo para que eligiera y me enviara esas páginas en concreto. Pero claro, tampoco se me ocurría ninguna razón para que «alguien» lo hiciera, aunque eso era lo que estaba pasando.

Si compartía algo con él, tal vez él hiciera lo mismo. Quizá pensara que las respuestas eran lo bastante inocentes como para que proporcionármelas no fuera algo trascendental. La Mac con las pilas recargadas gracias al sol creía que merecía la pena intentarlo.

La campanilla de la puerta sonó y Barrons entró en la tienda. Me recorrió lentamente con la mirada de la cabeza a los pies. Su rostro se tensó y, con la misma pausa, sus ojos ascendieron hasta el punto de partida. Supongo que no le gustaba mi ropa, pocas veces le agrada. Como no tengo ningún tipo de directriz a seguir, mi forma de vestirme es demasiado alegre como para coincidir con sus gustos. Cuando vamos juntos parecemos la señorita del Arco Iris y el señor de la Noche.

Con el fin de distender cualquier tensión que pudiese quedar de la noche anterior, le brindé una sonrisa y le dije «hola» de forma amistosa para hacerle saber que estaba dispuesta a empezar de cero esta noche y que esperaba que él también lo estuviera.

Sentí que montaba en cólera un segundo antes de que emprendiera su asalto, y entonces ya era demasiado tarde. Cerró dando un portazo tan fuerte que las bisagras se sacudieron.

—Cuénteme hasta el más mínimo detalle de la última vez que vio el *Sinsar Dubh*.

La Voz atenazó todo mi cuerpo con fuerza brutal. Mierda, mierda, mierda.

Me doblé por la mitad, incapaz de respirar. Una legión de voces resonaron en la habitación, reverberando contra las paredes, amplificándose mientras zumbaban a derecha e izquierda, arriba y abajo, y luego a través de mí, perforándome la piel, reordenando las cosas en mi cabeza, haciendo suya mi mente. Dominándome, seduciéndome. Convenciéndome de la falsa idea de que su voluntad era la mía y de que vivía para obedecerla.

El sudor me perlaba la frente y el labio superior, y hacía que las palmas de mis manos se volvieran resbaladizas. Cuanto más me esforzaba por combatir el impulso, más difícil me era llenar los pulmones de aire o mover cualquier parte de mi cuerpo. Era como una muñeca de papel, ingrávida, doblada, mustia, débil. Y al igual que a una muñeca de papel, Barrons podía romperme por la mitad si así lo deseaba.

—Deje de resistirse, señorita Lane, y será menos doloroso. A menos que disfrute del dolor.

En mi mente escupí una retahíla de maldiciones, pero ni una de ellas salió por mi boca. Tenía que respirar para poder hacerlo. Barrons había superado el nivel que empleó conmigo la noche anterior —el nivel de destreza que decía había alcanzado lord Master—, y lo había hecho con voz sedosa. Barrons se movía pausadamente, pero de forma increíblemente contundente, igual que su moto con respecto a las del resto de los hombres.

—Bonito bronceado, señorita Lane. ¿Cómo está V'lane? ¿Ha pasado un buen día? Yo la llevo a visitar cementerios y él a la playa, ¿es eso lo que le pasa? ¿Que nuestras citas no son lo bastante buenas para usted? ¿La corteja de forma romántica? ¿Fomenta todas esas bonitas fantasías que usted tanto ansía? Últimamente la he descuidado, pero pronto me redimiré. Siéntese ahí. —Señaló una butaca cerca del fuego.

Me erguí a duras penas y fui de puntillas hasta la butaca que me había indicado, no porque me sintiera como una delicada florecilla, sino porque eso es lo que sucede cuando intentas inmovilizar los músculos de las piernas para impedir que tus pies caminen, pero tu cuerpo se mueve de todos modos. Resistiéndome a dar un paso tras otro, me dirigí directamente hacia la butaca, y cuando llegué me desplomé en ella como una muñeca de trapo. Los músculos de la garganta se afanaron convulsivamente cuando intenté articular palabra:

—N-no... n-no...

—No hablará a menos que sea para dar una respuesta a una de mis preguntas.

Mis labios quedaron sellados. No podía creer que me estuviera haciendo esto.

Resultaba irónico que hoy V'lane me hubiera pedido que confiara en él, que lo hiciera y que no me hubiera traicionado. Esta noche había estado dispuesta a abrirme un poco a Barrons, contarle unas cuantas cosas, y me había traicionado. V'lane había mitigado su sexualidad para preservar mi voluntad. Barrons acababa de despojarme de ella con una sola orden, lo que no distaba mucho de lo que había hecho lord Master.

—Cuénteme lo que vio la noche en que se encontró con el *Sinsar Dubh* —repitió.

Retorciéndome por dentro, casi asfixiándome por mis intentos por resistir, desembuché hasta el último detalle, pensamiento y percepción. Desde la humillación que sentí estando tirada en aquel asqueroso charco, con mis bonitas ropas, hasta las diversas formas que había adoptado el Libro, pasando por la mirada que me había echado o mi decisión de seguirle la pista. Luego, para empeorar las cosas, le conté de forma voluntaria el «asunto» con el inspector Jayne al completo.

—No se mueva —dijo, y me quedé sentada en la butaca, tiesa como un palo, e incapaz siquiera de rascarme la nariz mientras meditaba.

Se respiraba un ambiente de extrema violencia en la habitación. Algo que no acertaba a comprender. ¿Qué había hecho para cabrearle de ese modo? La noche pasada no se había enfadado ni la mitad que ahora, y había dispuesto de la ocasión de someterme a un duro interrogatorio forzoso. Pero no lo había hecho, simplemente se había marchado con su moto.

—¿Adónde ha ido hoy?

También a eso le respondí mientras el sudor resbalaba por mi cara. Deseaba hablar por propia voluntad, lanzarle hasta el último insulto que se me ocurriera, decirle que nuestra asociación se había acabado y que era precisamente yo, y no él, quien merecía tener respuestas. Pero me había sellado los labios con una orden, y sólo podía responder a lo que me preguntaba.

—¿Le ha contado V'lane alguna cosa?

—Sí —dije sin andarme con rodeos y con los dientes apretados. Había obedecido la orden, pero no tenía por qué decir más.

—¿Qué le contó?

—Que lord Master fue en otro tiempo un *fae* llamado Darroc.

Barrons soltó un bufido.

—Menuda novedad. ¿Le dijo algo sobre mí?

¿Menuda novedad? ¿Había dispuesto de información sobre lord Master de la que no me había hecho partícipe? ¿Y se cabreaba conmigo por no contarle todo lo que sabía? Si no me mataba cuando terminase de interrogarme, sería yo quien acabaría con él. Barrons era una enciclopedia andante cuya cubierta me era imposible abrir. Inservible… y peligrosa.

—No.

—¿Se lo ha follado?

—No. —Apreté los dientes.

—¿Alguna vez se lo ha follado?

—No —respondí, rechinando los dientes. Jamás había conocido a dos hombres más obsesionados por mi vida sexual o, más bien, por mi falta de ella.

Parte de la violencia que impregnaba el ambiente desapareció.

Entrecerré los ojos. ¿Cómo? ¿Acaso era ésa la causa de su ira? ¿Sería posible que Barrons estuviera celoso? ¿No porque sintiera algo por mí, sino porque me creía una posesión personal y su *sidhe-seer* particular, y no quería que las erecciones de otros hombres interfirieran con mi labor como detector de ODPs?

Me miró con frialdad.

—Tenía que saber si era una *pri-ya*. Por eso lo he preguntado.

—¿Es que tengo pinta de ser una *pri-ya*? —espeté.

No tenía ni idea de qué aspecto tenía una adicta al sexo *fae*, pero de algún modo dudaba que yo diese la imagen. Siempre me las había figurado más parecidas a las chicas góticas que había visto remoloneando en la guarida de Mallucé: llenas de *piercings* y tatuajes, muy maquilladas, ataviadas con ropa de otra época y casi siempre de negro.

Barrons se sobresaltó, me evaluó durante un instante, y luego rompió a reír.

—¡Bien por usted, señorita Lane! Está aprendiendo.

También yo me quedé impresionada al comprender lo que había hecho. ¡Había dicho algo que no era una respuesta a una pregunta directa! Intenté hacerlo de nuevo, formando las palabras en mi mente, pero no conseguí pronunciarlas. No sabía cómo lo había logrado antes.

—¿A quién iba a ver la noche en que se encontró con el *Sinsar Dubh*?

Oh, no. No era justo. No tenía por qué saberlo todo.

—A un tipo que conocía a Alina —dije entre dientes.

—Dígame su nombre.

¡No, no, no!

—Christian MacKeltar.

—Joder, ¿me está tomando el pelo? —Se levantó como un rayo de la silla y me fulminó con la mirada.

Por primera vez desde que había comenzado a utilizar la Voz, me vi obligada a responder «no» a pesar de que su pregunta había sido retórica. Sentí de nuevo que la violencia de antes impregnaba el ambiente, y todo por la mención de un simple nombre. ¿Por qué? ¿Qué representaba el nombre de Christian para él? ¿Es que lo conocía? Cerré los ojos y busqué ese lugar *sidhe-seer* dentro de mi cabeza, pero no sirvió de nada. No era capaz de hablar. ¿Cómo era posible que sintiese un poder tan intenso y extraño en aquella parte de mi mente pero que no encontrase nada que me resultase útil en esta situación?

—¿Cómo conoció a Christian MacKeltar?

—Trabaja en el Departamento de Lenguas Antiguas del Trinity. Le conocí cuando usted me envió a recoger la invitación para la subasta al despacho de su jefa, pero ella no estaba.

Sus fosas nasales se dilataban furiosamente.

—Debe de llevar poco trabajando allí. Me han estado espiando.

No había utilizado la Voz ni me había formulado una pregunta, de modo que guardé silencio.

—¿Han estado espiándome los MacKeltar?

Cerré los ojos con fuerza, pero dije:

—Sí.

—¿Me ha estado usted espiando, señorita Lane?

—Tanto como puedo.

—¿Qué ha averiguado sobre mí?

Me puse nuevamente a rebuscar en mi cabeza, pero fuera cual fuese el lugar que se suponía que debía descubrir, continuaba siendo un misterio para mí. Consciente de que me estaba cavando mi propia tumba una palada de información tras otra, se lo dije. Le dije que sabía que no era humano, que era increíblemente viejo. Que le había visto salir del Espejo de Plata *unseelie* que tenía en su estudio llevando en brazos el cadáver de una mujer brutalmente masacrada. Y que, al igual que las Sombras, los demonios que moraban en el espejo huían a su paso.

Él se echó a reír como si el que supiera todos sus oscuros secretos fuera una especie de chiste. No intentó dar explicaciones ni justificarse en absoluto.

—Y yo que pensaba que no podría seguir su propio consejo. Sabía todas estas cosas y no ha dicho ni una sola palabra. Se está volviendo usted interesante. ¿Está trabajando con los MacKeltar en contra mía?

—No.

—¿Trabaja con V'lane en contra mía?

—No.

—¿Trabaja con las *sidhe-seers* en contra mía?

—No.

—¿Trabaja con alguien en contra mía?

—No.

—¿A quién es usted leal, señorita Lane?

—A mí misma —grité—. ¡A mi hermana! ¡A mi familia! ¡Al resto que os jodan!

La atmósfera de violencia remitió.

Al cabo de un momento Barrons se sentó de nuevo en la butaca frente a la mía, se percató de mi dolorosa postura rígida y sonrió sin gota de humor.

—Muy bien, Mac. Relájate.

¿Mac? ¿Me había llamado Mac? Luché por respirar.

—¿Estoy a punto de morir? —resollé—. ¿Va a matarme?

Barrons parecía sobresaltado. Había vuelto a hablar por voluntad propia. Había liberado mi cuerpo, pero no mi mente y mi boca. Podía sentirlo, dominándome, hiriéndome.

Entonces profirió un bufido.

—¿Le digo que se relaje y piensa que voy a matarla? Padece usted de la falta de lógica propia de la mujer. —Y como si se le acabara de ocurrir, agregó—: Ya puede hablar libremente.

La presión que atenazaba brutalmente mi garganta desapareció y, durante unos instantes, me limité a disfrutar de la sensación del aire al entrar y salir de mis pulmones, de saber que era nuevamente dueña de mi lengua. Podía sentir el nombre de V'lane perforándome la carne, y reparé en que, desde que Barrons había utilizado la Voz para doblegar mi voluntad, éste había desaparecido, retrocedido hasta donde no podía llegar a él.

—De eso nada. Las únicas dos veces en que me ha llamado Mac han sido cuando estaba a punto de morir. Dado que en estos momentos no existe ninguna otra amenaza, debe de estar a punto de liquidarme. Es perfectamente lógico.

—No la he llamado Mac.

—Sí que lo ha hecho.

—La he llamado señorita Lane.

—No, de ningún modo.

—Sí, claro que sí.

Apreté los dientes. En ocasiones, a pesar de la clásica sofisticación de Barrons, y de mi serenidad de chica glamurosa, él y yo casi nos enzarzábamos en peleas de parvulario. Francamente, me importaba una mierda cómo me hubiese llamado y no pensaba ponerme a discutir con él por ese motivo. Era libre y estaba furiosa. Me levanté de golpe de la butaca, me abalancé sobre él y le estampé ambas palmas en el pecho. Puse en mis manos todo el empeño de paralizar del que fui capaz. Mi parte *sidhe-seer* ardía como si fuera un pequeño sol *fae* dentro de mi cabeza. ¿Era o no era *unseelie*?

Le golpeé con tanta fuerza que su silla se volcó hacia atrás y ambos salimos despedidos por el suelo hacia la chimenea, deteniéndonos a unos centímetros del hogar. Si llegó a paralizarse, fue durante un instante tan breve que no pude decidir si le había paralizado o simplemente se había quedado inmóvil a causa del susto.

¡Quién iba a decirlo! Más preguntas sin repuestas concernientes a Barrons.

Me eché hacia atrás, poniéndome a horcajadas sobre él, y le di un puñetazo en la mandíbula tan fuerte como pude. Él se dispuso a hablar y yo le di otro. Ojalá hubiera comido carne *unseelie*. Iba a comerme a diez de ellos esta noche para después regresar y terminar con él, y al cuerno con las respuestas.

—¿Cómo se atreve a venir aquí para obligarme a darle respuestas cuando usted jamás da una? —dije entre dientes. Le golpeé en el estómago con ganas, pero él ni siquiera se inmutó. Así que le aticé de nuevo y... nada.

—La veo aquí, toda bronceada y resplandeciente, y se pregunta por qué he utilizado la Voz con usted —bramó—. ¿De dónde narices ha salido? Ha estado otra vez con V'lane. ¿Cuántas bofetadas se cree que pienso aguantar, señorita Lane? —Me agarró el puño y me sujetó cuando intenté golpearle de nuevo, e hizo lo mismo con el otro cuando traté de darle con él—. Le advertí que no intentase enfrentarnos.

—¡No estoy jugando con usted! Sólo intento sobrevivir. ¡Y no le abofeteo cuando me marcho con V'lane! —Intenté liberarme—. No tiene nada que ver con usted. Lo que pretendo es conseguir respuestas, y dado que no me da ninguna, no puede culparme por buscarlas en otra parte.

—¿Así que el hombre que no folla en casa tiene derecho a salir y a engañar?

—¿Eh?

—¿Qué palabra no ha entendido? —dijo, despectivo.

—Es usted quien carece de lógica. ¡Esta no es mi casa, nunca lo será, y nadie se folla a nadie! —respondí a gritos.

—¿Y cree que no lo sé? —Movió su cuerpo debajo del mío, haciendo que fuera dolorosamente consciente de algo. De un par de cosas, de hecho, una de las cuales era lo corta que era mi falda. La otra no era problema mío. Me meneé para bajármela, pero su expresión me hizo desistir de la idea. Cuando Barrons me mira de ese modo hace que me estremezca. La lujuria en esos antiguos ojos de obsidiana no promete ni rastro de humanidad. Era inútil molestarse siquiera.

Mac la salvaje quiere invitarle a salir y a jugar. Yo creo que está chiflada. Chiflada, sin la más mínima duda.

—Suélteme las manos.

—Oblígueme —me provocó—. Utilice la Voz conmigo, señorita Lane. Vamos, niñita, muéstreme algo de su poder.

¿Niñita? ¡Y un cuerno!

—Sabe que no puedo. Y eso hace que lo que esta noche ha hecho conmigo sea aún más imperdonable. Bien podría haberme violado. De hecho, ¡eso es justo lo que ha hecho!

Barrons rodó rápida y bruscamente, y me encontré debajo de él, con las manos sujetas por encima de la cabeza, el peso de su cuerpo aplastándome contra el suelo y su rostro a escasos centímetros del mío. Su respiración era más agitada de lo requerido por el esfuerzo.

—No se equivoque, señorita Lane, yo no la he violado. Puede seguir ahí, tumbada sobre su bonito culito políticamente correcto y esgrimir, con sus argumentos políticamente correctos, que cualquier vulneración de su voluntad es una violación y que soy un grandísimo cabrón, y yo le diré que sólo dice sandeces y que es obvio que jamás ha sido violada. Una violación es mucho, muchísimo, peor. La violación no es algo que pueda olvidarse. Va siempre contigo.

Se apartó de mí y se puso en pie, saliendo por la puerta hecho una furia antes de que hubiera podido siquiera tomar aire para responderle.

Segunda Parte

La hora más aciaga

«Anochecer.»
Qué extraña palabra.
Entiendo la «noche».
Pero la «caída» es una palabra amable.
Las hojas caen en otoño, arremolinándose con lánguida gracia
para cubrir la tierra con su marchita gloria.
Las lágrimas caen, igual que diamantes líquidos,
resplandeciendo suavemente antes de fundirse.
Aquí no cae la noche.
Aquí llega de golpe.

Diario de Mac

Capítulo 10

*D*ormí de forma irregular y soñé con la mujer triste una vez más.

Ella intentaba decirme algo, pero un viento gélido no paraba de llevarse sus palabras cada vez que abría la boca. Creí reconocer la risa que se mecía en la brisa glacial, pero no conseguía recordar el nombre. Cuanto más lo intentaba, más asustada y confusa me sentía. Entonces apareció V'lane, y también Barrons, con otros hombres que yo no conocía, y de pronto se presentó Christian y mi jefe fue hacia él con mirada asesina.

Desperté, helada hasta los huesos, y en estado de alerta.

Mi subconsciente había enlazado lo que mi mente consciente no había asimilado: hoy era jueves, Christian regresaba de Escocia y, por mi culpa, Barrons iba a ir a por él.

Ignoraba por completo qué podría hacerle Barrons y no deseaba descubrirlo. Sin embargo MacKeltar, con su don para detectar la mentira, no era rival para mi jefe... fuera lo que fuese. Recogí mi teléfono móvil de la mesita de noche, mientras me castañeteaban los dientes, y llamé al Departamento de Lenguas Antiguas. El chico de los ojos bonitos fue quien respondió y me dijo que no esperaban a Christian hasta la tarde. Le pedí la dirección de su apartamento o casa, o el número de su móvil, pero me dijo que los archivos personales se guardaban bajo llave en el despacho de la directora del departamento, que se había tomado libre un largo fin de semana y no regresaría hasta el lunes.

Dejé un mensaje urgente para Christian pidiéndole que me llamase nada más llegar.

Estaba a punto de taparme la cabeza con el edredón para intentar entrar en calor, cuando sonó mi teléfono.

Era Dani.

—¡Casi me pilla, Mac! —dijo, sin aliento—. Ayer no salió en todo el día de la mensajería. Durmió en su despacho y me he tirado toda la noche en vela a la espera de la oportunidad para entrar. Bueno, pues hace unos minutos por fin ha bajado, creo que a desayunar, y me he colado dentro, pero no he encontrado el libro que querías. Sobre la mesa había otro, así que le he sacado fotos, aunque no muchas porque ella volvió enseguida y he tenido que salir por la puñetera ventana. Me he roto el uniforme y me he pegado un buen piñazo. Así que no he podido conseguir lo que me pediste aunque lo he intentado, pero tengo otra cosa. Eso cuenta, ¿no? ¿Te reunirás con nosotras de todos modos?

—¿Estás bien?

Ella profirió un bufido.

—Me dedico a matar monstruos, Mac. Sólo me he caído de una estúpida ventana.

Sonreí.

—¿Dónde estás? —Podía escuchar bocinas de fondo, el sonido de la ciudad que despierta.

—No muy lejos de donde estás tú —me dijo. Conocía el cruce.

Eché un vistazo por la ventana y aún estaba oscuro. A pesar de su súper velocidad, no me gustaba nada que estuviera en la calle en la oscuridad, y dudaba que llevase la espada.

—Hay una iglesia al otro lado de la calle. —Y estaba bien iluminada—. Me reuniré contigo delante de ella dentro de diez minutos.

—¡Pero las demás no están conmigo!

—Sólo voy a recoger la cámara. ¿Puedes reunir a las chicas esta tarde?

—Lo intentaré. Kat dice que tienes que elegir un lugar donde las demás… mensajeras… no puedan vernos.

Nombré una seria de cafeterías que ella descartó por ser demasiado arriesgado. Al final nos decidimos por un *pub* subterráneo llamado, muy oportunamente, El Metro, y que tenía dardos y billar, aunque no ventanas.

Colgué el teléfono y me fui a lavarme los dientes y la cara. Después de eso me puse unos vaqueros, una chaqueta forrada de lana encima de la camiseta del pijama y me planté una gorra de béisbol en la cabeza. Las raíces rubias ya empezaban a asomar, por lo que tomé nota mental de pasarme por una farmacia de camino y comprar un par de cajas de tinte. Ya era bastante deprimente tener que teñirme de negro como para encima llevarlo mal.

Eran las siete y veinte cuando salí a la calle. El sol no saldría hasta las ocho menos ocho minutos y no se pondría hasta las seis y veintiséis de la tarde. Me había vuelto un poco obsesiva con el horario exacto de la luz natural y tenía un gráfico en mi pared, junto al mapa en el que sigo el rastro de los puntos calientes *unseelies* y de la actividad del Libro. Me mantuve en la luz siempre que fue posible, moviéndome del foco de una farola al de otra, con una linterna en cada mano y sintiendo el reconfortante peso de la lanza en su funda. El MacHalo estaba destinado únicamente a las actividades en plena noche. Me importaba un pepino que la gente con la que me cruzase creyera extraño que llevase linternas encendidas. Por mí podían reírse por lo bajinis, como hicieron algunos, porque el caso era seguir con vida.

Mientras bajaba apresuradamente la calle, comparé mi aspecto actual con cómo era yo hacía tres meses y me eché a reír. El ejecutivo que caminaba a toda prisa a mi lado volvió la cabeza hacia mí, se estremeció levemente cuando me miró a los ojos y apretó el paso dejándome atrás.

Había llovido durante la noche, y la luz que precede al alba hacía fulgurar las calles adoquinadas. La ciudad estaba a punto de iniciar su actividad: autobuses tocando el claxon, taxis ocupados, intentado hacerse hueco, gente echando un vistazo al reloj y corriendo al trabajo, otras personas… o cosas… desempeñando ya el suyo, como los *rhino-boys* que barrían las calles y recogían la basura.

Los observé disimuladamente, atónita por la singularidad de la situación. Los viandantes sin poderes de *sidhe-seer* sólo verían la imagen humana del trabajador municipal que proyecta su *glamour*, aún medio dormido; pero yo veía sus extremidades rechonchas, sus ojillos saltones y mandíbulas salientes con la misma claridad que la piel del dorso de mi mano. Sabía que eran los perros guardianes de los *faes* de alto rango y no conseguía imaginar por qué un *fae* se rebajaba a hacer tal labor, perteneciera a la corte a la que perteneciese. Los muchos *unseelies* de menor categoría estaban afectando a mis sentidos de *sidhe-seer*. Normalmente los *rhino-boys* no suelen molestarme demasiado, pero grupos masivos hacen que me sienta como si tuviera una úlcera. Rebusqué dentro de mi cabeza, preguntándome si podría acallarlos de algún modo.

¡Eso estaba mejor! Podía bajar la intensidad. ¡Qué guay!

Dani estaba apoyada con desenfado contra una farola frente a la iglesia, con la bicicleta posada sobre la cadera. Tenía un feo chichón en la frente, la parte interna de los antebrazos cubierta de arañazos y estaba sucia; se había hecho un par de agujeros en los pantalones, en la zona de las rodillas, como si se hubiese resbalado a cuatro patas por un tejado asfaltado, cosa que, según me dijo de manera despreocupada, había hecho. Quise llevarla de nuevo a la librería para limpiar y curar sus heridas, pero le dije a mi compasivo corazón que lo superase. Si algún día llegábamos a luchar codo con codo, tendría que confiar en ella para todo, incluso para las heridas graves.

Dani me plantó la cámara en la mano con una sonrisa torcida y me dijo:

—Adelante, dime que he hecho un trabajo de la leche.

Sospechaba que no escuchaba cumplidos muy a menudo. Rowena no parecía la clase de persona que malgastaba saliva por un trabajo bien hecho cuando podía guardársela para criticar uno mal hecho. También dudaba que Dani recibiera demasiado cariño por parte de las demás *sidhe-seers*. Su deslenguada actitud defensiva hacía que no resultase fácil mantener una relación cercana con ella, y sus compañeras de fatigas tenían sus propias preocupaciones. Encendí la cámara. Miré las siete míseras páginas que había fotografiado del material equivocado y le dije:

—¡Muy buen trabajo, Dani!

Se regodeó durante un momento, luego se subió a la bicicleta y se puso a pedalear con sus escuálidas piernas. Me pregunté si alguna vez utilizaba la súper velocidad cuando pedaleaba y, de ser así, si lo único que se veía de ella era un destello verde al pasar; algo así como la rana Gustavo atiborrada de esteroides.

—Nos vemos, Mac —dijo por encima del hombro—. Te llamaré pronto.

Me pasé por una farmacia de camino a la librería. El día ya había despuntado, por lo que me guardé las linternas. Luego miré la cámara, ampliando las fotografías para intentar averiguar qué había en ellas. No era tan tonta como para ir caminando con la cabeza gacha. Ni siquiera me atrevo a llevar paraguas cuando llueve por temor a lo que pueda encontrarme.

Por el camino, choqué con el hombro de un hombre que había parado junto a un coche negro de lujo aparcado en la acera, y exclamé «¡Oh, lo siento!», y proseguí mi camino, dando gracias por haber tenido la suerte de tropezarme con un humano y no con un *fae*, cuando me di cuenta de que tenía mi «volumen» bajo y que no se trababa de un humano.

Me di la vuelta rápidamente, sacando la lanza de la chaqueta y deseando con todas mis fuerzas que la gente que pasaba, la mayoría absortos en un periódico o con el teléfono móvil, no me vieran; como si yo fuera capaz de utilizar el *glamour* y fundirme entre las sombras como los demás monstruos.

—Puta —espetó Derek O'Bannion, con el moreno rostro deformado por el odio. Pero su fría mirada de reptil reconoció mi arma y no se me acercó.

¡Qué ironía! Esa arma era la misma lanza que yo le había robado a su hermano, Rocky, poco después de que Barrons y yo condujésemos a sus hombres y a él al callejón trasero donde las Sombras acabarían con ellos. Lord Master había reclutado a Derek, aprovechándose de su sed de venganza, para que reemplazara a Mallucé. Le había enseñado a comer carne *seelie* y le mandó a robarme la lanza. Había convencido al menor de los O'Bannion de que le mataría si se atrevía siquiera a mirarme mal y le había hecho saber lo terrible que sería su muerte. La lanza mataba cualquier cosa que fuera *fae*. Cuando una persona come carne *unseelie*, algunas partes de la misma pasan a ser también *fae*; si dichas partes mueren, la persona se va pudriendo de dentro hacia fuera, envenenando las partes humanas y provocándole finalmente la muerte. La única vez que comí carne *unseelie* sentí auténtico pavor por la lanza. Había visto a Mallucé de cerca y se estaba pudriendo a trozos. Media boca se le había podrido, tenía las manos, las piernas y el abdomen casi en descomposición, y los genitales... ¡aggg! Era una forma horrible de morir.

O'Bannion abrió de golpe la puerta del coche, farfulló algo al conductor y luego la cerró de nuevo. El motor se puso en marcha y doce cilindros dotaron de vida la sobria elegancia del vehículo.

Le dirigí una sonrisa. Me encanta mi lanza; ahora entiendo por qué los chicos ponen nombre a sus pistolas. Derek tiene miedo a mi arma. Exceptuando a las Sombras, que no pueden ser apuñaladas porque no son corpóreas, puede acabar con la vida de cualquier cosa que sea *fae*, supuestamente incluso con el rey y la reina.

Alguien a quien no pude ver abrió la puerta trasera desde el interior. O'Bannion apoyó la mano en la parte superior de la ventanilla. Ahora era mucho más *fae* que hacía una semana y media; podía sentirlo.

—Es un poco adictivo, ¿eh? —dije con dulzura. Bajé la lanza, la sujeté contra mi muslo para disuadir a los posibles entrometidos de que llamaran a la policía, pero no estaba dispuesta a guardarla. Sabía lo veloz y fuerte que era él. También yo había sufrido esos efectos y había sido increíble.

—Tú deberías saberlo.

—Sólo la he comido una vez. —Seguramente no era demasiado prudente reconocerlo justo en estos momentos, pero estaba orgullosa de la batalla que había ganado.

—¡Gilipolleces! Nadie que haya probado el poder renunciaría a él.

—Tú y yo somos distintos.

Él quería el poder oscuro, yo no. En el fondo lo único que yo quería era volver a ser la chica de antes. Únicamente estaba dispuesta a adentrarme en los territorios más oscuros sólo si mi supervivencia dependiera de ello, en tanto que O'Bannion consideraba que abrazar la oscuridad era un progreso.

Hice amago de asestarle un golpe con la lanza y él se estremeció, apretando la boca hasta convertirse en una fina línea blanca.

Me pregunté si volvería a ser enteramente humano si dejaba el consumo ahora o, si llegados a cierto punto, la transformación era ya irreversible.

¡Ojalá aquel día hubiera dejado que entrase en la Zona Oscura! No podía luchar contra él aquí y ahora, en plena hora punta.

—Largo de aquí. —Y volví a lanzar un golpe al aire—. Y si me ves por la calle, echa a correr lo más rápido y lejos que puedas.

Él se carcajeó.

—Estúpido chochito, no tienes ni idea de lo que se avecina. Espera hasta que veas lo que lord Master te tiene reservado. —Se subió al coche y me lanzó una mirada con una sonrisa malévola y… repleta de enfermiza anticipación—. Truco o trato, puta —dijo y rio de nuevo. Podía oírle reír aún después de que cerrara la puerta.

Me guardé la lanza en su funda y acto seguido me quedé de pie en la acera, mirando boquiabierta, cuando se marchó.

No por nada que él hubiera dicho, sino por lo que había visto cuando se acomodó en el suave asiento de cuero color cámel.

O, mejor dicho, por quién había visto.

A una mujer bella y voluptuosa, al estilo de las estrellas de cine de una época pasada, cuando las actrices merecían llevar el título de diva.

Ahora tenía el «volumen» alto, por lo que supe que también ella estaba consumiendo carne *fae*.

Bueno, ahora lo sabía: aunque Barrons hubiera matado a la mujer que había sacado del espejo, no había matado a Fiona.

Con un nuevo peinado, abrí la librería a las once en punto. Esta vez me había dado un tinte dos tonos más claro que el Noches Arábigas y volvía a aparentar más o menos mi edad (el pelo negro te hace parecer mayor, sobre todo si te aplicas pintalabios rojo), luego corrí calle abajo para que me hicieran un corte rápido y ahora unos pocos y largos mechones desfilados enmarcaban mi cara. El resultado era femenino y delicado, completamente contrario a cómo me sentía por dentro. Con el resto me había hecho un recogido y sujetado con un pasador. El resultado era coqueto, de una elegancia informal.

Llevaba las uñas cortadas a ras, pero me había aplicado una rápida capa de *Perfectly Pink* y un brillante pintalabios a juego. A pesar de estas pequeñas concesiones a mi pasión por la moda, me sentía insípida con mi atuendo habitual compuesto por vaqueros, botas y camiseta negra bajo una chaqueta fina, junto con la lanza enfundada y las linternas guardadas. Echaba de menos arreglarme un poco.

Me senté en el taburete, detrás de la caja registradora, y ojeé los diminutos frascos con carne viva *unseelie* allí alienados.

Había logrado aprovechar bien la mañana. Después de pasar por la farmacia, fui a un supermercado, a la sección de precocinados, y compré comida para bebés. Luego me teñí el pelo, me duché y vacié y fregué los frascos. Luego salí otra vez, ataqué a un *rhino-boy*, le corté parte del brazo y le apuñalé para acabar con la miseria de ambos y asegurarme de que no vivía para ir contando por ahí historias sobre una chica humana que va robando el poder a los *faes*. Más tarde corté en tacos pequeños la carne.

Si hubiera guardado una parte para tenerla a mano, como quise hacer después de darle de comer a Jayne, quizá Moira estuviera viva. Si sucedía algo inesperado y terrible mientras me encontraba en la librería, esta vez no estaría desprevenida; quería tener una dosis de súper poder a mano. No tenía fecha de caducidad, era el único aperitivo que conocía que tenía vida inmortal sin aditivos.

Mi expedición de caza no había tenido nada que ver con Derek O'Bannion o con Fiona, ni con el recordatorio de lo débil que era comparada con ellos. Era simplemente cuestión de iniciativa e inteligencia. Puro sentido común. Saqué la pequeña nevera de debajo del mostrador y guardé varios frascos detrás antes de volver a colocarla en su sitio. El resto lo escondería arriba.

Después de sorprenderme mirándolos embobada durante varios minutos sin parpadear, metí los tarros en mi bolso para apartarlos de mi vista y mi cabeza.

Encendí el ordenador portátil, conecté la cámara y comencé a descargarme las fotos. Mientras esperaba, llamé de nuevo al Departamento de Lenguas Antiguas para cerciorarme de que el chico de los ojos bonitos comprendía bien lo urgente del mensaje que le había pedido que entregara. Él me aseguró que lo entendía a la perfección.

Durante las horas siguientes me dediqué a atender a la clientela. Fue una mañana ajetreada y las ventas fueron muchas. Me fue imposible sentarme hasta por la tarde para echarle un vistazo a las páginas que Dani había fotografiado.

Me sentí decepcionada por lo pequeñas que eran, apenas tenían el tamaño de una ficha para recetas. Las frases estaban escritas a mano con letra apretada y cuando al fin logré descifrar la pequeña e inclinada caligrafía, me percaté de que lo que tenía era una libreta de bolsillo con observaciones e ideas plasmadas en un inglés realmente deplorable. La ortografía me hizo sospechar que el autor apenas había recibido una educación básica y que había vivido hacía muchos siglos.

Después de estudiarlas con atención durante cierto tiempo, abrí mi propio diario y comencé a escribir lo que creía era una buena traducción.

La primera página comenzaba a la mitad de una larga diatriba acerca de la Luz y la Oscuridad, lo cual no tardé en percatarme de que se refería a los *seelies* y los *unseelies*, y a lo crueles y malévolos que ambos eran. Eso ya lo sabía.

Sin embargo, cuando iba por la mitad de la página, encontré lo siguiente:

Sae I ken The Lyte maye nae tych The Darke nae maye The Darke tych The Lyte. Whyrfar The Darke maye nae bare sych tych, so doth the sworde felle et low. Whyrfar the Lyte may nae bare sych Evyle, sae The Beest revyles et.

Vale, eso venía a decir que los *seelies* odiaban a los *unseelies* y viceversa. Pero eso no era todo. Había algo más. Le di vueltas en la cabeza durante unos momentos. ¿Significaba que los *seelies* no podían tocar a los *unseelies* y viceversa? Continué leyendo:

Tho sworde doth felle thym bothe, yea een Mastr and Myst! Ay t'hae the blade n ende m'suffrin!

La espada mata tanto a los *unseelies* como a los *seelies*, incluso a la realeza. Eso también lo sabía. Y mi lanza hacía lo mismo.

Sae maye ye trye an ken thym! That The Lyte maye nae tych The Beest, nr The Darke the sworde, nr The Lyte the amlyt, nr the Darke the spyr...

Ahora tenía más clara la traducción: «Así que puedes intentar distinguirlos. La Luz (los *seelies*) no pueden tocar a la Bestia (¿el Libro?) y la Oscuridad (los *unseelie*) no pueden tocar la espada».

—¡Ya lo tengo! —exclamé.

¡Esto era importante! «Los *seelies* no pueden tocar el amuleto —escribí—, y los *unseelies* no pueden tocar la lanza.»

Lo que se decía era que los *seelies* no podían tocar las Reliquias *unseelie* y que los *unseelies* no podían tocar las Reliquias *seelie*; ¡y de esta forma es como se pueden distinguir!

¡Acababa de dar con el modo perfecto de solventar mis dudas sobre si Barrons era o no un *gripper*! Si lo era, no podría tocar la lanza.

Dejé el bolígrafo e hice memoria. ¿Le había visto tocarla alguna vez? ¡Sí! La noche en que acabé con el hombre gris, mientras colgaba suspendida del pelo. Entrecerré los ojos. En realidad, aquella noche no le vi tocarla. Cuando me la devolvió, la empuñadura estaba aún enganchada en el bolso, y la lanza sobresalía del mismo. Me la había entregado, sujetándola con la tela de por medio. Y aunque me había dicho que iba a llevarla sujeta al muslo en la subasta, no le había subido la pernera del pantalón para buscarla. Por lo que sabía, bien podría haberla dejado sobre su escritorio, justo donde yo la había dejado para él, y de donde la había recogido después.

De acuerdo, pero la noche en que robamos la lanza sin duda la habría tocado en algún momento, ¿no? Cerré los ojos y volví a recordarlo. Nos habíamos colado en la cámara subterránea del gángster irlandés Rocky O'Bannion. Barrons hizo que la arrancase de la pared y la llevara al coche. Me había indicado que rompiera el asta podrida del extremo de la lanza. Desde entonces la llevaba siempre conmigo.

Abrí los ojos. Pero que hombre tan listo.

Tenía que ponerle en una situación en que no tuviera más alternativa que coger la lanza, sujetarla y tocarla. No me conformaría con menos que con ver su piel en contacto con el acero. Si era un *gripper*, o cualquier otro tipo de *unseelie*, no sería capaz de hacerlo. La cosa era muy sencilla.

¿Cómo iba a engañarle para que la cogiera?

Sólo esta pequeña información bien valía el esfuerzo que Dani había hecho por conseguir estas páginas. Me alegraba de que el libro que hablaba de V'lane hubiera sido sustituido por éste en el escritorio de Rowena.

Retomé la lectura, que era lenta pero fascinante.

El autor de la libreta no era una *sidhe-seer*. Quien escribía era un hombre, o más bien un muchacho joven, cuya belleza era tal que le hizo objeto de las burlas de los guerreros de su época, aunque fue amado por las muchachas que le enseñaron a leer y escribir.

A los trece años, había tenido la desgracia de que una princesa *fae* se fijara en él cuando tomó un atajo por un oscuro y espeso bosque.

Ella le embelesó y sedujo para llevarlo al reino Faery, donde rápidamente se transformó en algo frío y aterrador. Le retuvo encerrado en una jaula de oro en la corte, obligándole a ver a los *faes* jugar con sus «mascotas» humanas. El juego preferido de estos seres era convertir a los mortales en *pri-ya*: criaturas que suplicaban que un *fae*, sin importar cual, las tocase; de hecho, imploraban cualquier contacto, que les hiciesen «las cosas más viles y hacerse cosas terribles entre sí», de acuerdo con el joven escriba. Esas criaturas carecían de voluntad, de pensamiento propio, eran ajenos a todo lo que no fueran sus necesidades sexuales. No conocían la moralidad ni la piedad y se atacaban unos a otros como animales rabiosos. Al muchacho le parecían aterradores y temía ser entregado a aquellos seres en que se habían convertido sus compañeros humanos. No tenía modo de contabilizar el paso del tiempo pero vio ir y venir a cientos de ellos, y cuando comenzaron a hacerse visibles los cambios de la pubertad, la princesa se fijó de nuevo en él.

Cuando a los *faes* dejaban de divertirles sus mascotas los desterraban del reino para que muriesen. De esta forma no se violaban los términos del Pacto, ya que no mataban a los humanos, sino que tan sólo los capturaban. No los salvaban. Me preguntaba cuántos de ellos habían muerto en manicomios o habían sido utilizados para dar aquello que, precisamente, ansiaban, y habían sido asesinados por los suyos.

El muchacho oía todo lo que se decía, escribía todo cuanto escuchaba, porque cuando expulsaban a los moribundos, se llevaban consigo sus posesiones y, aunque había perdido la esperanza de salvarse, esperaba poder advertir a los humanos. (El joven no sabía que pasarían cientos de años hasta que fuera liberado del reino Faery.) Esperaba que algo que hubiera escrito pudiera salvar a alguien o, quizá, que fuera la clave para un buen día poder destruir a sus aterradores y despiadados secuestradores.

Un escalofrío recorrió mi nuca. Que su plan hubiera funcionado significaba que el muchacho había muerto hacía mucho tiempo. Y tal y como esperaba, su libreta había encontrado el modo de volver al mundo de los hombres y acabado en la mesa de Rowena. ¿Por qué estaba en su escritorio? ¿No era más que una lectura ligera para la sobremesa o estaba buscando algo?

Miré el reloj, eran las dos y media, bien entrada la tarde. Tomé mi móvil y volví a llamar al Departamento de Lenguas Antiguas. No obtuve respuesta. ¿Dónde se había metido el chico de los ojos bonitos? ¿Dónde estaba Christian? Cerré el portátil, y estaba pensando en acercarme por allí cuando sonó mi teléfono. Era Dani, que me dijo que las chicas ya estaban esperándome en el club y que tenía que darme prisa.

Cuando bajé las escaleras que llevaban al oscuro club subterráneo me encontré con siete mujeres de veintitantos años esperándome, menos Dani, que era menor que ellas. Dos de las jóvenes estuvieron presentes el día en que Moira murió: la morena alta de ojos grises con mirada categórica, que escudriñaba constantemente el *pub* —y dudaba que se le pasaran demasiadas cosas por alto—, y la chica delgada de ojos negros y cabello platino, con mucho perfilador negro y uñas pintadas a juego, que se mecía ligeramente en su silla con ritmo, aunque su iPod y los auriculares estaban sobre la mesa. El local tenía una única salida, la puerta por donde había entrado, y no había ventanas, por lo que el lugar me parecía oscuro y claustrofóbico. Cuando tomé asiento me di cuenta de que estaban tan incómodas como yo en aquel entorno tan reducido y poco iluminado. Sobre la mesa había cinco teléfonos móviles, que emitían un pálido resplandor. También vi dos cuadernos digitales abiertos, con sus iluminadas pantallas blancas. Hice lo que pude por no sacar mis linternas, encenderlas y dejarlas sobre la mesa, sumándome al arsenal.

Nos saludamos con una inclinación de cabeza, tras lo cual fui directa al grano:

—¿Tenéis acceso libre a la biblioteca de la que me habló Rowena? —pregunté al grupo de mujeres. Quería saber lo útil que podría resultarme una alianza.

—Depende del puesto que ocupas en la organización —respondió la morena—. Hay siete círculos ascendentes. Nosotras estamos en el tercero, por lo que tenemos acceso a cuatro de las veintiuna bibliotecas existentes.

«¿Veintiuna?»

—¡Es imposible que alguien pueda leer tanto libro! —dije irritada. Estaba segura de que tampoco habría un fichero útil de la biblioteca.

Ella se encogió de hombros.

—Llevamos miles de años recopilándolos.

—¿Quién compone el séptimo círculo? ¿Rowena?

—El séptimo círculo es el Refugio, el Consejo Supremo de... ya sabes... —Aquella firme mirada plateada barrió el *pub* con inquietud.

Yo también eché un vistazo. Había cinco clientes en el local; dos jugaban al billar y los otros tres se encontraban enfrascados en sus cervezas. Ninguno nos prestaba la más mínima atención, y no había ni rastro de *faes*.

—Si no os sentís cómodas hablando en un lugar público, ¿por qué me pedisteis que escogiera uno?

—No creímos que quisieras reunirte en privado después de lo sucedido. Soy Kat, por cierto —dijo la morena—. Estas son Sorcha, Clare, Mary y Mo. —Señaló a cada una a su debido tiempo. La delgada gótica se llamaba Josie. La morena bajita era Shauna—. Por el momento, sólo somos nosotras, aunque se nos unirán más si resultas ser útil y demuestras que tu lealtad es verdadera.

—Oh, soy útil —dije con frialdad—. La cuestión es: ¿lo sois vosotras? Y en lo referente a la lealtad, si sois leales a la vieja, os sugiero que lo reconsideréis.

Su mirada se tornó tan fría como la mía.

—Moira era amiga mía. Pero vi lo que vi y no pretendías matarla. Eso no significa que tenga que gustarme o que tú tengas que caerme bien. Significa que pretendo hacer todo lo que esté en mis manos para impedir que se derrumben los muros, y si eso representa que tengo que unir fuerzas con la única persona que conozco que puede sentir el *Sin*... esto, el *Libro*... estoy dispuesta a hacerlo. Pero volviendo al tema de la lealtad; ¿a quién eres leal?

—A quien debería serlo toda *sidhe-seer*. A los humanos, a quienes se supone que debemos proteger. —Me reservé el resto de mis pensamientos, que eran, por orden riguroso: a mi familia, a la venganza y al resto del mundo.

Kat asintió.

—Muy bien. El líder de una causa jamás es la causa en sí. Pero no te equivoques, le hacemos caso a Rowena. A la mayoría de nosotras nos ha educado desde que nacimos. Y ha pasado años reuniendo y educando a las que no.

—Entonces, ¿por qué estáis actuando a sus espaldas al reuniros conmigo?

Las ocho, incluida Dani, se removieron incómodamente y la que no apartó la mirada, se puso a juguetear con alguna cosa: la taza del café, la servilleta, el teléfono móvil.

Fue Dani quien finalmente rompió el silencio:

—Éramos nosotras quienes custodiábamos el Libro, Mac. Nuestra labor era protegerlo y lo perdimos.

—¿Qué? —exclamé—. ¿Que quiere decir que lo «perdisteis»? He estado culpando a los *faes* por el lío en el que estamos, por hacer humano a Darroc, ¿y resulta que las *sidhe-seers* también son culpables? ¿Cómo lo perdisteis?

Sabiendo lo que sabía sobre el Libro, ¿cómo se las habían arreglado para retenerlo? ¿Cómo había podido alguna *sidhe-seer* acercarse a él? ¿Es que acaso no les repelía como me sucedía a mí?

—No lo sabemos —respondió Kat—. Todo sucedió hace poco más de veinte años, antes de que cualquiera de nosotras llegara a la abadía. Aquellas que vivieron esos aciagos días no hablan mucho sobre ello. El Libro estaba oculto debajo de la abadía y un buen día desapareció.

Ése era el motivo de que la abadía de Arlington hubiera sido reconstruida y fortificada constantemente: ¡porque en ella se guardaba la mayor amenaza conocida para el hombre! ¿Cuánto tiempo había estado allí, oculto en el subsuelo, protegido por aquello que era sagrado en cada época? ¿Desde que era un *shian* o antes incluso de eso?

—O eso es lo que tenemos entendido —prosiguió—. Sólo el Refugio sabía que se encontraba allí. Dicen que la noche en que desapareció sucedieron cosas terribles. Murieron algunas *sidhe-seers*, otras desaparecieron y comenzaron los rumores, hasta que toda la abadía se enteró de que había estado oculto bajo sus propios pies. Fue entonces cuando Rowena fundó la mensajería y abrió sucursales por todo el mundo, con mensajeras que recorrían las calles, atentas al más mínimo rumor acerca de él. Lleva intentando localizarlo desde entonces. Durante muchos años nada se supo de él, pero hace poco reapareció aquí mismo, en Dublín. Somos muchas las que tememos que el fracaso de nuestras predecesoras en su misión de retenerlo ha desencadenado los problemas que ahora padecemos, y que sólo recuperándolo podremos solucionar la situación. Si puedes sentir el Libro, Mac, entonces eres nuestra única esperanza, tal y como... —Su voz se fue apagando, como si fuera reacia a pronunciar lo siguiente en voz alta. Miró fijamente su taza de café, pero pude ver lo que luchaba por ocultar: una pura y potente fascinación. Estaba locamente enamorada, lo mismo que Dani. Se aclaró la garganta—. Tal y como dijo el *fae* que trajiste contigo esa noche. —Se humedeció los labios—. V'lane.

—Rowena dice que eres peligrosa —dijo Josie, acaloradamente, pasándose los dedos con las uñas pintadas de negro por su pálido flequillo—. Le dijimos que podías sentirlo, pero no quiere que vayas tras él. Dice que si lo encuentras, no harás lo correcto porque lo que quieres es vengarte. Dice que le dijiste que tu hermana fue asesinada en Dublín, así que investigó un poco, y resulta que tu hermana fue una traidora. Estaba trabajando precisamente para él, aquel que ha estado trayendo a los *unseelies* a nuestro mundo.

—¡Alina no era una traidora! —grité. Todos los ocupantes del local se volvieron a mirarme. Incluso el camarero apartó la atención del pequeño televisor tras la barra. Cerré los ojos y respiré hondo—. Alina no sabía quién era él —dije, modulando cuidadosamente la voz—. La engañó. Es un hombre muy poderoso. —¿Cómo había averiguado Rowena la relación de mi hermana con L. M.?

—Eso dices tú —adujo Kat en voz baja.

Ésas eran palabras mayores. Me levanté del asiento y planté las manos sobre la mesa.

Kat también se puso en pie.

—Tranquila, Mac. Escúchame. No te estoy acusando ni a ti ni a tu hermana. Si de verdad creyera que sois traidoras a nuestra causa, no estaría aquí. Vi la expresión de tu cara cuando Moira... —Se le quebró la voz, y advertí el profundo dolor reprimido que traslucían sus ojos. Habían mantenido una estrecha amistad. Y, pese a todo, aquí estaba, intentando conectar conmigo porque creía que era lo mejor para nuestra causa—. No hemos venido para hablar de muertes sino para planificar la vida. —Prosiguió al cabo de un momento—: Sé que las cosas no son siempre lo que parecen. Es algo que hemos aprendido desde que nacimos. Sabes bien el aprieto en el que nos encontramos. Te necesitamos, pero no te conocemos. Rowena está en contra tuya y, aunque normalmente la apoyamos en todo, sus muchos intentos por recuperar el Libro han fracasado. Necesitamos resultados y el tiempo es crucial. Le pediste a Dani una señal de buena fe y te la dio. Ahora te pedimos que hagas lo mismo por nosotras.

Reprimí una negativa instintiva.

—¿Qué es lo que queréis?

Había jurado no demostrar jamás mi valía ante la vieja, pero estas mujeres no eran Rowena. Deseaba desesperadamente que me invitaran de nuevo a la abadía y, además, eran las únicas que conocía que eran como yo. Me habían expulsado del único club al que jamás deseé unirme. Con el nombre de V'lane en mi lengua, no estaría a su merced en los solitarios bosques. Si las cosas se ponían feas, él acudiría para rescatarme en cuanto yo abriera la boca.

—¿Puedes sentir absolutamente todos los objetos *faes*?

Me encogí de hombros.

—Creo que sí.

—¿Has oído hablar del Orbe D'Jai?

Cuando asentí, se inclinó hacia delante y me dijo con apremio:

—¿Sabes dónde se encuentra?

Me encogí nuevamente de hombros. Hacía poco más de dos semanas que lo había tenido en mis manos, pero no tenía ni idea de dónde estaba en estos momentos, tan sólo que Barrons lo tenía en su poder.

—¿Por qué?

—Es importante, Mac. Lo necesitamos.

—¿Para qué? ¿Qué es?

—Una reliquia de una de las casas reales *seelies*. Según cree Rowena contiene cierta clase de energía *fae* que puede usarse para reforzar los muros. Lo necesitamos rápido, antes de *Samhain*.

—*Sowen*. ¿Y qué es eso?

—Si nos consigues el Orbe y nos lo traes, te contaremos todo lo que sabemos, Mac. Incluso Rowena tendrá que creer en ti.

Capítulo 11

*R*egresé apresuradamente a la librería sumida en mis pensamientos. Sin embargo no fui con la cabeza gacha, era un error que no pensaba repetir. Gané la batalla de no mirar con el ceño fruncido a dos *rhino-boys* que estaban reparando una farola. ¿De qué iban? ¿Acaso no deberían apoyar a sus iguales, las Sombras, apagando todas las luces en lugar de arreglarlas?

No podía creer que las *sidhe-seers* fueran las guardianas del Libro y que lo hubieran perdido. ¿Cómo había pasado? ¿Qué sucedió aquella noche de hace veintitantos años?

Mi encuentro con las chicas me había proporcionado algunas respuestas, pero había suscitado más preguntas.

¿Qué era *sowen*? ¿Qué pintaba en todo esto el Orbe D'Jai? ¿Cómo se había hecho con él Barrons? ¿Qué planeaba hacer con el objeto? ¿Venderlo al mejor postor? ¿Podría robárselo? ¿Quería quemar ese puente? ¿Quedaba acaso algún puente entre nosotros?

Si el Orbe era mi pasaporte a la central de las *sidhe-seers*, estaba resuelta a conseguirlo, por las buenas o por las malas. ¿Manipulaba Rowena mis esfuerzos por trabar amistad con las chicas? ¿Había permitido que Dani fotografiase esas páginas para entregármelas, aparentemente, sin su conocimiento?

El breve tiempo que llevaba en Dublín había conseguido que viera trampas por doquier. Me encantaría meter a Christian en una habitación con unas cuantas personas para utilizar su don para la detección de mentiras mientras yo hago preguntas.

Y hablando del escocés, intenté llamarle de nuevo. Pero, una vez más, no obtuve respuesta. *¡Grrr!* Entré en la tienda mientras me preguntaba qué entendía el chico de los ojos bonitos por «la tarde», encendí el portátil y me metí en la red.

Mi búsqueda de «sowen» no generó resultados. Probé con media docena de modos diferentes de escribir la palabra y estaba a punto de abandonar cuando un resultado de la búsqueda de Google me llamó la atención. Hablaba de la tradición del truco o trato, lo cual me hizo recordar el comentario socarrón de Derek O'Bannion.

Busqué Halloween y ¡bingo!, ahí estaba: *sowen*; vaya, ¿por qué no se me había ocurrido que se escribía S-a-m-h-a-i-n?

Samhain tenía sus orígenes, al igual que muchas de las festividades y celebraciones modernas, en la época pagana. En tanto que las *sidhe-seers* se habían inclinado por erigir iglesias y abadías en enclaves sagrados, el Vaticano acostumbraba a cristianizar antiguas festividades paganas en una campaña cuyo lema era «si no puedes vencerlos y tampoco quieres unirte a ellos, dales un nuevo nombre y finge que siempre han sido así».

Pasando varios nombres en la pantalla, la etimología y fotografías de calabazas y brujas, leí:

«Samhain»: término gaélico para el mes de noviembre, que marca el comienzo de la estación oscura del año celta, en tanto que Beltane señala la llegada de la estación de la luz.

Genial. Así que ¿estos últimos meses no habían sido la época oscura?

Técnicamente, «samhain» se refiere al 1 de noviembre, bautizado como el Día de Todos los Santos por el Vaticano, pero es la noche de Samhain, u Oiche Shamhna, el 31 de octubre, que antiguamente fue objeto de rituales y supersticiones.

Los celtas creían que la víspera del día de Todos los Santos era uno de los momentos liminales (en latín, «umbral») del año, cuando los espíritus del Más Allá pueden cruzar a este lado y la magia es más poderosa. Dado que los celtas sostenían que tanto sus difuntos como los aterradores e inmortales Sidhe residían en montículos debajo de la tierra, en esta noche podían alzarse y caminar con libertad. Había celebraciones y se encendían grandes fogatas comunes para alejar estos malos espíritus.

Leí una entrada tras otra, artículo tras artículo, atónita al ver cuántos países y culturas tenían creencias similares. Jamás me había dado por pensar en los orígenes de Halloween, tan sólo por recolectar caramelos y, en los últimos años, por causar sensación con los disfraces en las fiestas y disfrutar de las sustanciosas propinas si me pillaba trabajando.

El resultado final era que los muros entre nuestro mundo y el otro eran peligrosamente delgados durante el último día de octubre. Y concretamente a medianoche, eran más vulnerables, durante el paso de una estación a otra, en el umbral entre la luz y la oscuridad, y si algo o alguien (digamos un malvado ex *fae* con ansias de venganza), pretendía cruzar o derrumbarlos, ése era el momento de intentarlo.

«Hay ciertas noches al año, muchacha —me había dicho Christian—, en que mis tíos realizan rituales para reforzar nuestro compromiso y mantener la solidez de los muros que separan los reinos. Las últimas veces, surgió cierta magia negra que impidió cumplir la promesa de mantener los muros y el pago completo del diezmo. Mis tíos creen que los muros no resistirán otro ritual incompleto.»

Ciertas noches... no resistirían otro ritual incompleto...

¿Era *Samhain* la noche en que los MacKeltar debían realizar el próximo ritual? ¿Tan cerca estábamos del desastre... a sólo dos cortas semanas? ¿Era a esto a lo que hacía referencia la vil amenaza de O'Bannion?

Pulsé el botón de rellamada e intenté contactar de nuevo con el Departamento de Lenguas Antiguas. Pero, una vez más, no obtuve respuesta. La espera me había estado volviendo loca todo el día y ahora no sólo necesitaba advertirle, sino que también necesitaba respuestas. ¿Dónde estaba?

Apagué el portátil, cerré la tienda y me dirigí al Trinity College.

Sorprendentemente, me quedé adormilada, inclinada hacia un lado contra la pared de las oficinas cerradas del Departamento de Lenguas Antiguas. Creo que fue porque allí, en el iluminado pasillo del campus de una universidad, rodeada por los alegres sonidos de jóvenes que no tienen ni idea de lo que les aguarda en el mundo real, me sentía como Mac 1.0. Desperté cuando alguien me tocó la cara y mis sentidos internos de *sidhe-seer* se pusieron alerta.

Lo siguiente que supe fue que Christian estaba en el suelo debajo de mí, y que mi lanza estaba en su cuello. Tenía los músculos en tensión, estaba preparada para la lucha; rezumando adrenalina por los cuatro costados. Mis sueños se habían hecho añicos en cuanto sentí que me tocaban. Mi cabeza estaba despejada y centrada.

Respiré hondo y me obligué a relajarme. Christian apartó la lanza de su garganta.

—Tranquila, Mac. Sólo intentaba despertarte. Parecías tan dulce y tan mona dormida. —Su sonrisa se esfumó—. No volveré a cometer ese error.

Nos separamos con incomodidad. Como ya he dicho en alguna ocasión, Christian es un hombre, de eso no cabe la menor duda. Me había sentado a horcajadas sobre él igual que lo había estado hacía poco sobre Barrons. O bien mi lanza no le había intimidado o bien se las había arreglado para... bueno, para superarlo.

Y hablando de armas, Christian estaba mirando fascinado la lanza, que emitía un suave resplandor luminoso.

—Es La Lanza del Destino, ¿verdad? —Parecía impresionado.

La guardé de nuevo en su funda y guardé silencio.

—¿Por qué no me dijiste que la tenías, Mac? Pujamos por ella e intentamos comprarla. Creíamos que estaba en el mercado negro. La necesitamos ahora más que nunca. Es una de las dos únicas armas que pueden matar...

—Lo sé. Mata a los *faes*. Por eso mismo la tengo. Y no te lo dije porque es mía y no pienso renunciar a ella.

—No te he pedido que lo hagas. De todas formas, no puedo hacer nada con ella. Yo no puedo verlos.

—Cierto. Y por eso no debes tenerla tú.

—Estamos un poco susceptibles hoy, ¿verdad?

Me sonrojé porque tenía razón.

—Alguien intentó robármela hace muy poco y las cosas salieron mal —le expliqué—. Bueno, ¿dónde estabas? Llevo todo el santo día llamándote. Comenzaba a preocuparme.

—Mi vuelo se retrasó. —Abrió la puerta con las llaves—. Me alegro de que estés aquí. Pensaba llamarte en cuanto llegase. Mis tíos quieren que te comente una idea que se les ha ocurrido. A mí me parece pésima, pero han insistido en ello.

—*Samhain* es la noche en que tus tíos deben realizar el siguiente ritual, ¿verdad? —dije, y entré en el despacho—. Y si no lo hacen bien, los muros entre nuestros mundos se derrumbarán y estaremos jodidos.

Me estremecí, pues mis palabras parecían, extrañamente, una especie de edicto: los muros entre nuestros mundos se derrumbarán y estaremos jodidos.

Christian cerró la puerta después de que yo hubiera entrado.

—Chica lista. ¿Cómo lo has descubierto? —Señaló la silla frente a la suya, pero estaba demasiado alterada como para sentarme. En vez de eso me puse a pasear de un lado a otro.

—Las *sidhe-seers* mencionaron *Samhain*. Ellas quieren... —Mi voz se fue apagando y le miré con severidad, escudriñando sus ojos en busca de... qué se yo... quizá algún mensaje en letras mayúsculas que dijera «PUEDES CONFIAR EN MÍ, NO SOY DE LOS MALOS». Dejé escapar un suspiro. Algunas veces uno tenía que dar un salto de fe—. Quieren el Orbe D'Jai para intentar reforzar los muros. ¿Funcionaría eso?

Él se frotó la mandíbula, con un sonido áspero. No se había afeitado en varios días y la barba incipiente le sentaba bien.

—No lo sé, pero puede ser. He oído hablar de él, aunque ignoro de qué es capaz. ¿Quiénes son estas *sidhe-seers*? ¿Es que has encontrado a otras como tú?

—¿Estás de guasa, ¿no?

Sabía tanto acerca de Barrons y del Libro que di por hecho que también sabría de Rowena y sus mensajeras, y probablemente también sobre V'lane.

Él sacudió la cabeza.

—Me dijiste que habías seguido a Alina. Mientras lo hacías, ¿no viste a otras mujeres por ahí que observaran cosas invisibles?

—Tenía motivos para vigilar a tu hermana. Ella tenía en su poder una página del *Sinsar Dubh*. Pero no los tenía para vigilar a nadie más.

—Tenía la impresión de que tus tíos lo saben todo.

Christian dibujó una sonrisa.

—Ya les gustaría a ellos. Se tienen en muy alta estima. Pero no, durante mucho tiempo creímos que todas las *sidhe-seers* se habían extinguido. Hace unos años descubrimos que estábamos equivocados. ¿A cuántas has encontrado?

—A unas pocas —dije, sin entrar en detalles. No tenía por qué saberlo. Ya era suficiente con que V'lane y Barrons conocieran la abadía.

—No es toda la verdad, pero servirá. Puedes guardarte para ti la cifra real. Sólo dime una cosa: ¿son suficientes como para plantar batalla en caso de que sea necesario?

No endulcé la amarga respuesta:

—No con sólo dos armas. ¿Y bien? ¿Cuál es esa pésima idea que se les ha ocurrido a tus tíos?

—Hace algún tiempo tuvieron una pelea con Barrons y desde entonces llevan contemplando la idea. Pero se acabaron las contemplaciones. Mi tío Cian dice que el poder es el poder y que necesitamos todo el que podamos conseguir.

Entrecerré lo ojos.

—¿Qué tipo de pelea? ¿Dónde?

—En un castillo en Gales, hace mes y medio. Hacía tiempo que perseguían las mismas reliquias, pero nunca intentaron robarlas en el mismo lugar y a la vez.

—¿Aquellos tipos eran tus tíos? ¿Los otros ladrones que iban tras el amuleto la noche que Mallucé se lo llevó?

¡La noche que V'lane me había llevado por la fuerza a una playa en el reino Faery!

—¿Sabes dónde está el amuleto? ¿Quién es Mallucé? Y no es que sean ladrones, lo que pasa es que hay cosas que no deberían andar sueltas por el mundo.

—Mallucé está muerto y ha dejado de importar. Quien lo tiene es lord Master.

—¿Quién es lord Master?

Estaba atónita. ¿Es que no sabía nada que fuera de utilidad?

—¡Es quien ha estado trayendo a los *unseelies* a este mundo, quien intenta echar abajo los muros!

Christian parecía en la inopia.

—¿Es quien ha estado haciendo magia contra nosotros?

—¡Pues claro! —respondí.

—A mí no me vengas con esas, muchacha —gruñó, marcando el acento.

—¿Cómo es que sabéis tantas cosas pero ninguna importante? ¡Se supone que sois vosotros quienes protegéis los muros!

—Claro, los muros —dijo—. Y eso hemos estado haciendo, lo mejor que podemos. Con nuestra propia sangre. Y no se puede hacer más, muchacha, a menos que quieras que volvamos a las antiguas costumbres y sacrifiquemos a uno de los nuestros. Por eso mismo regresé a casa, para estudiar la idea, pero me vi obligado a llegar a la conclusión de que no funcionaría. ¿Qué hay de las *sidhe-seers*? ¿No se supone que también deberían hacer algo? —inquirió devolviéndome la misma acusación.

—Sí, por supuesto. Se supone que debían proteger el Libro. —Me distancié de ellas y me libré de las culpas.

Christian abrió la boca, la cerró de nuevo, y luego explotó:

—¿Vosotras teníais el *Sinsar Dubh*? Sabíamos que alguien lo guardaba, pero no quiénes eran. Por el amor de Dios, muchacha, ¿qué hicisteis con él? ¿Es que habéis perdido esa maldita reliquia?

Volví a aclararle las cosas.

—Precisamente, fueron ellas quienes lo perdieron. Y yo no formo parte de ese «ellas».

—Pues a mí me pareces una *sidhe-seer*.

—No intentes echarme la culpa, escocés —espeté—. Se suponía que tus tíos debían mantener los muros y que las *sidhe-seers* debían guardar el Libro. También se suponía que los *faes* debían borrarle la memoria a L. M. antes de endosárnoslo a los humanos, y se suponía que «yo» debía estar en casa con mi hermana, jugando a voleibol en alguna playa. No es culpa mía. Nada, absolutamente nada de esto es culpa mía. Pero por alguna estúpida razón, parece que soy capaz de hacer algo al respecto. Y lo estoy intentando, ¡así que no me toques las narices!

Nos enfrentamos cara a cara, respirando laboriosamente, fulminándonos con la mirada; dos jóvenes que viven en un mundo que se está desmoronando y que hacen todo lo posible por impedirlo, pero que rápidamente se dan cuenta de lo escasas que eran sus probabilidades de conseguirlo. Supongo que los tiempos difíciles propician las palabras duras.

—¿Cuál es esa idea tan nefasta? —dije, al fin, en un esfuerzo por volver a lo importante.

Él inspiró y exhaló de forma pausada.

—Mis tíos quieren que Barrons les ayude a mantener los muros en *Samhain*. Dice que está versado en las artes de los druidas y que no le teme al lado oscuro.

Me eché a reír. No, no temía al lado oscuro, ni mucho menos. Algunos días estaba casi segura de que precisamente él era el lado oscuro.

—Tienes razón, es una idea pésima. No sólo sabe que le habéis estado espiando, sino que es un mercenario de la cabeza a los pies. Le importa un huevo nada que no sea él mismo. ¿Por qué iba a importarle que se derrumbaran los muros? Todos le temen. No tiene nada que perder.

—¿Qué acabas de decir?

—En resumen: que le trae sin cuidado.

—¿Has dicho que sabe que le hemos estado espiando? ¿Cómo lo sabe?

Me di un manotazo mental en la frente. Había olvidado por completo la razón de venir hoy a verle. Le conté rápidamente que Barrons había empleado la Voz conmigo para interrogarme sobre mis actividades recientes, y que visitarle a él había sido una de ellas. Le dije que llevaba todo el día intentando dar con él para advertirle y que cuando dieron las cuatro de la tarde sin conseguirlo, me acerqué hasta aquí para esperarle. Cuando terminé, Christian me miraba con recelo.

—¿Consientes que te haga eso, que abuse de ti de ese modo? ¿Que te sonsaque respuestas por la fuerza? —Su mirada ambarina me recorrió de arriba abajo, con su bello rostro tenso—. Creí que eras… otra clase de chica.

—¡Y soy otra clase de chica! —O al menos lo era cuando llegué a Dublín. Ahora ya no estaba segura de ser ese tipo de chica. Pero detestaba la expresión que veía en sus ojos: distante, reprobatoria, decepcionada.

—Pues a mí eso no me parece una asociación, sino una tiranía.

No estaba dispuesta a discutir con nadie las complejidades

de mi vida con Barrons, mucho menos con un polígrafo andante.

—Está intentando enseñarme a resistirme a la Voz.

—Supongo que no se te da demasiado bien. Y buena suerte. La Voz es una habilidad cuyo aprendizaje puede llevar todo una vida.

—Mira, de todas formas teníais planeado hablar con él. Lo siento, ¿vale?

Christian me evaluó con la mirada.

—Pues compénsanos. Habla con él en nuestro nombre. Cuéntale lo que queremos.

—No creo que podáis confiar en él.

—Yo tampoco y así se lo dije a mis tíos. Pero desestimaron mi opinión. El problema es que no estamos seguros de poder mantener los muros, ni siquiera con la ayuda de Barrons. —Hizo una pausa y luego añadió, desalentado—: Pero sí sabemos que no podemos hacerlo sin él. —Abrió una libreta, arrancó un pedazo de papel, escribió algo en él y me lo entregó—. Puedes localizarme aquí.

—¿Adónde vas?

—¿Crees que Barrons no va a venir a por mí? Lo que me pregunto es por qué está tardando tanto en hacerlo. Mis tíos me dijeron que si en algún momento se enteraba de mi presencia, debía salir por patas. Además, te he dicho lo que tenía que decirte y me necesitan en casa. —Se acercó hasta la puerta y la abrió, luego se detuvo y me miró de nuevo, con mirada inquieta—. ¿Te acuestas con él, Mac?

Me quedé boquiabierta.

—¿Con Barrons?

Él asintió.

—¡No!

Christian suspiró y cruzó los brazos.

—¿Qué? —espeté—. Nunca me he acostado con Barrons. Compruébalo con tu detector de mentiras. Aunque no veo que sea asunto tuyo.

—Mis tíos quieren saber a qué atenerse contigo, Mac. Una mujer que mantiene relaciones sexuales con un hombre es una fuente de información, como mínimo, arriesgada. Y en el peor de los casos, una traidora. En ese aspecto sí es asunto mío.

Pensé en Alina y deseé protestar, decir que no era cierto, pero ¿qué le había revelado ella a su amante, creyéndolo en su mismo bando?

—Nunca me he acostado con Barrons —repetí—. ¿Satisfecho?

Su mirada era distante, como la de un tigre evaluando a su presa.

—Respóndeme a otra pregunta: ¿quieres acostarte con él?

Le miré con severidad y salí de la habitación echa una furia. Era una pregunta tan estúpida y fuera de lugar que no me digné siquiera a darle respuesta.

Me paré en seco cuando había recorrido la mitad del pasillo.

Mi padre me había dado toda clase de sabios consejos a lo largo de los años. Muchos de ellos no los había entendido aunque sí los había guardado, pues Jack Lane no malgastaba saliva en vano y había supuesto que algún día podrían cobrar sentido. «No puedes cambiar una realidad desagradable si no la reconoces, Mac. Sólo puedes controlar aquello a lo que estás dispuesta a enfrentarte. La verdad duele, pero las mentiras matan.» Cuando me dijo aquello habíamos estado discutiendo de nuevo sobre mis notas y yo le dije que me daba igual no llegar a graduarme. No era verdad. Lo cierto era que no me creía demasiado inteligente y que tenía que esforzarme el doble que los demás para conseguir aprobar, así que me había pasado la mayor parte del instituto fingiendo que me daba igual.

Me di la vuelta con lentitud.

Christian estaba apoyado en el quicio de la puerta, con los brazos cruzados; era un chico joven, atractivo, todo lo que una chica podría desear. Enarcó una ceja. ¡Estaba buenísimo! Debería estar pensando en acostarme con él.

—No —dije, con claridad—. No quiero acostarme con Jericho Barrons.

—Mientes —respondió Christian.

Me dirigí de nuevo a la librería con las linternas encendidas, observando a todos y todo. Mi cerebro estaba demasiado plagado de pensamientos como para ser capaz de distinguirlos. Caminé, observé, esperando que el instinto me llevase a dar con un plan de acción, y me lo notificase cuando lo hubiera hecho.

Pasaba por el *pub* Stag's Head cuando se me ocurrieron un par de cosas: el hielo negro de un Cazador cayó sobre mí y el inspector Jayne se detuvo bruscamente montado en un Renault azul, abrió la puerta del pasajero y me gritó:

—¡Suba!

Levanté la vista. El Cazador sobrevolaba el cielo, produciendo cristales de hielo con el batir de sus grandes alas negras. Ese lugar especial *sidhe-seer* en mi cabeza se sentía aterrorizado, pero había visto y hecho un montón de cosas desde mi último encuentro con uno de ellos y ya no era la misma. Antes de que pudiera hablarme mentalmente le envié un mensaje: «Te tragarás mi lanza si te acercas lo más mínimo a mí».

El Cazador se echó a reír, pero luego batió sus alas coriáceas, alzando el vuelo y desapareciendo en el cielo crepuscular.

Me subí al coche.

—Agáchese —me soltó Jayne.

Enarqué las cejas e hice lo que me pedía.

Condujo hasta el iluminado aparcamiento trasero de una iglesia —desde mi posición alcanzaba a ver el campanario—, aparcó entre dos coches y apagó las luces y el motor. Me levanté. El aparcamiento estaba demasiado lleno para tratarse de la noche de un jueves.

—¿Hay alguna celebración religiosa?

—Manténgase agachada —bramó—. No quiero que me vean con usted.

Volví a sentarme en el suelo del coche. Él continuó mirando al frente.

—Hace semanas que las iglesias se llenan. El aumento de la delincuencia está asustando a la gente. —Guardó silencio durante un momento—. Bueno, ¿es muy mala la situación? ¿Debería llevarme de aquí a mi familia?

—Yo lo haría si estuviera en su lugar —dije, con franqueza.

—¿Y adónde los llevo?

Ignoraba la situación en el resto del mundo, pero el *Sinsar Dubh* estaba precisamente aquí, una maldad concentrada que reducía a las personas a un estado puro de maldad.

—Lo más lejos que pueda de Dublín.

Él continuó mirando al frente en silencio, hasta que la impaciencia me hizo que comenzara a moverme nerviosamente. Me estaba dando un calambre en la pierna. Jayne quería algo más y deseaba que se diera prisa en ir al grano antes de que se me durmiera el pie.

Al fin, dijo:

—Aquella noche que usted... ya sabe... volví a la central y... vi a la gente con la que trabajo.

—Vio que algunos policías son *unseelies* —dije.

Él asintió.

—Ahora ya no puedo verlos, pero sé lo que son. Y me digo a mí mismo que me hiciste algo, no sé cómo, y que todo fue una alucinación. —Se frotó la cara—. Luego veo los informes y observo lo que hacen o, más bien, lo que «no» hacen, como investigar, y yo...

Su voz se fue apagando y esperé a que volviera a hablar.

—Creo que mataron a O'Duffy para cerrarle la boca y que intentaron que pareciera un crimen normal. Han sido asesinados otros dos policías que empezaban a hacer demasiadas preguntas y... —Su voz volvió a apagarse.

El silencio se dilató. De repente, clavó en mí la mirada. Tenía la cara enrojecida, los ojos brillantes y con expresión severa.

—Me gustaría tomar otra vez el té con usted, señorita Lane.

Me lo quedé mirando. Aquello era lo último que me hubiera esperado. ¿Le había convertido en un adicto?

—¿Por qué? —dije, con recelo.

¿Sentía la misma ansia que yo? ¿Podía sentir la presencia de los diminutos tarros de carne *unseelie* en mi bolso, a pesar de estar en los pisos superiores de la tienda? Yo sí podía. Había estado sintiendo su oscuro influjo bajo mi brazo durante toda la tarde.

—Juré mantener la paz en esta ciudad. Y lo haré. Pero no puedo hacerlo así; dando palos de ciego —dijo, con amargura—. Tenía razón, no sabía lo que había ahí fuera, pero ahora lo sé. Y ya no puedo dormir por las noches, siempre estoy furioso y mis esfuerzos son inútiles. No sólo estoy luchando por hacer mi trabajo; lucho por lo que soy. También por lo que era Patty y murió por ese motivo. Su muerte ha de servir de algo.

—Podría causarle la muerte —le dije en voz baja.

—Correré el riesgo.

Él ni siquiera sabía por qué mi «té» le había dotado de súper poderes. Solamente quería ser capaz de verlos de nuevo. No podía culparle. Yo tenía la culpa por haberle dado de comer carne *unseelie*. ¿Cómo me sentiría si estuviera en su lugar? Conocía la respuesta: superada la fase inicial de negación, me sentiría exactamente igual. Después de todo, Jayne no era de los que escondían la cabeza en la tierra como las avestruces, lo que yo le había acusado de ser.

—Si se pone en evidencia, ellos le matarán —le advertí.

—Podrían matarme de todas formas y ni siquiera los vería venir.

—Algunos son realmente horrorosos. Podrían llevarle a delatarse.

Jayne me brindó una sonrisa forzada.

—Señorita, debería ver los escenarios del crimen que he visto últimamente.

—Tengo que pensarlo. —Comer carne *unseelie* conllevaba demasiados efectos secundarios, y yo no quería ser responsable de aquello en lo que pudiera convertirse el buen inspector.

—Fue usted quien me abrió los ojos, señorita Lane. Me lo debe. Le daré el próximo soplo a cuenta de la casa; pero después del próximo crimen, no habrá más soplos si no hay té.

Me dejó a unas pocas manzanas de distancia de la librería.

Las luces del interior de la librería estaban bajas cuando entré, lo suficiente como para mantener a las Sombras a raya, pero poco más.

Me acerqué al mostrador, dejé las linternas y me quité la chaqueta. Había algunos papeles sobre el mismo que antes no estaban, así que les eché un vistazo. Eran recibos de un generador de emergencia, un sistema de alarma último modelo y un proyecto de instalación. La factura era astronómica. La fecha prevista para la instalación era a comienzos de la primera semana de noviembre.

No le oí detrás de mí, pero sí le sentí. Electrizante, salvaje. Con un lado oscuro que siempre estaría ahí. Y quería acostarme con él sin importarme quién o qué era. ¿Cómo se suponía que iba a guardar «eso» en mi cabeza? Hice una bola arrugada con el pensamiento, lo metí en mi caja acolchada y comprobé las cadenas. Iba a necesitar unas cuantas más.

Me di la vuelta y tuvimos una de esas conversaciones mentales que eran nuestra especialidad.

«Bonita disculpa —dije—, pero no basta.»

«No es una disculpa. No le debo nada.»

Nuestra conversación acabó ahí. Cada vez se nos daba peor. La desconfianza me empaña la vista y ya no veo más allá.

—¿Tiene noticias para mí hoy, señorita Lane? —preguntó Barrons.

Me metí las manos en los bolsillos.

—No me he topado con el Libro.

—¿Ninguna llamada de Jayne?

Negué con la cabeza. Podía utilizar la Voz con esta pregunta y aun así podría responder que no. Había formulado la pregunta incorrecta y eso me proporcionó cierto placer perverso.

—¿Algún contacto con V'lane?

—Esta noche estamos en plan preguntón, ¿eh? ¿Por qué no intenta juzgar mis acciones? —le dije—. Y hablando del tema, he decidido seguir su sabio consejo.

—¿Es que se ha congelado el Infierno? —repuso con sequedad.

—Qué graciosillo. Esta noche no voy a hacerle ninguna pregunta, Barrons. Voy a pedirle tres acciones. —Había sido mi instinto el que había elaborado el plan y esperaba que no se equivocase.

El interés se extendió por sus ojos como una oscura serpiente.

—Adelante.

Me llevé la mano a la funda, saqué la lanza y se la ofrecí.

—Tome. Cójala.

Ahí estaba, el momento de la verdad. Tan simple y tan revelador a la vez.

Barrons entrecerró sus ojos negros, la oscura serpiente se movió en ellos.

—¿Con quién ha estado hablando, señorita Lane?

—Con nadie.

—Dígame qué pretende o no me prestaré a su jueguecito. El tono de su voz no dejaba espacio a la negociación. Me encogí de hombros. Ya era hora de llevar a cabo este enfrentamiento.

—Me he enterado de que un *unseelie* no puede tocar una reliquia *seelie*.

—Así que ya no me los como —dijo, recordándome una acusación previa que había hecho contra él—. ¿Ahora, según insinúa, soy uno de ellos? Tiene una imaginación desbordante, señorita Lane.

—Cójala y punto —repliqué irritada. El suspense estaba acabando conmigo. Sabía que no lo haría, que simplemente «no podía». Barrons era un *gripper*. Y eso era todo.

Sus largos y elegantes dedos asieron el acero. Tomó la lanza.

Atónita, convencida de que sus facciones se deformarían por el dolor, mi mirada se posó directamente en su cara.

Ni siquiera pestañeó, ni movió un músculo. Nada. Si acaso, parecía aburrido.

Me la ofreció de nuevo.

—¿Satisfecha?

Me negué a cogerla. Quizá si la sostenía, pasaría algo.

Barrons esperó.

Yo esperé.

Al final acabé sintiéndome estúpida y cogí la lanza. Él se metió las manos en los bolsillos y me contempló con frialdad. Me sentía defraudada, Barrons no era *unseelie*. Hasta ese momento no me había dado cuenta de que le había juzgado y condenado. Eso lo hubiera explicado todo: su longevidad, su fuerza, su conocimiento de los *faes*, por qué las Sombras le rehuían, por qué V'lane le temía, y por qué lord Master se había marchado; todo habría tenido sentido si él hubiera sido *unseelie*. Pero no lo era, yo acababa de demostrarlo. Y ahora tenía que volver a la casilla número uno e intentar nuevamente descubrir qué era.

—Procure no parecer decepcionada. Casi podría pensarse que deseaba que fuera *unseelie*, señorita Lane. ¿Cuál es su segunda petición?

Quería que él fuera «algo». Quería poder identificarle y clasificarle y dejar de sentirme dividida, unas veces creyéndole mi ángel vengador y otras segura de que era el mismo demonio. No podía vivir así, sin saber en quién confiar. Trastornada, solté de golpe:

—Quiero que me de el Orbe D'Jai.

—¿Para qué?

—Para poder dárselo a las *sidhe-seers*.

—¿Confía en ellas?

—En este asunto —precisé—. Creo que lo utilizarán para un bien mayor.

—Desprecio esa frase, señorita Lane. Muchas atrocidades se han cometido en nombre del bien mayor. ¿Y qué es eso sino una forma de tiranía camuflada? Durante eones ha mudado de piel para servir a la sed política y la hegemonía espiritual del gobernante de turno.

Ahí estaba en lo cierto. Pero en este caso, el bien mayor era salvaguardar el mundo, mi mundo, tal y como lo conocía y quería seguir conociéndolo.

—Creen que pueden utilizarlo para reforzar los muros en Halloween —le aclaré.

—Muy bien. Se lo daré mañana por la noche.

Casi me caí de culo al suelo.

—¿En serio?

Dos sorpresas: Barrons no era *unseelie* y acababa de aceptar entregarme una reliquia de incalculable valor sin pedir nada a cambio. ¿Por qué se estaba mostrando tan amable? ¿Era su disculpa por lo de la noche pasada?

—¿Qué es lo tercero que quiere, señorita Lane?

Esto iba a ser un poco más delicado.

—¿Qué sabe de los muros que separan los reinos?

—Sé que en estos momentos son tan finos como el papel. Sé que algunos *faes* menos poderosos han atravesado sus grietas sin ayuda de lord Master. La prisión aún retiene a los más poderosos.

Su comentario me hizo desviarme del tema.

—Sabe, eso no tiene sentido. ¿Por qué los menos poderosos son capaces de escapar? Cabría pensar que fuera todo lo contrario.

—Los muros se crearon mediante una magia formidable que ningún *fae* ha sido capaz de igualar jamás —dijo—. A fuerza de un gran sacrificio personal, la reina entretejió fragmentos vivientes del Canto de la Creación en los muros de la prisión, que hacen que la magia de los *unseelies* se vuelva contra ellos. Cuanto más fuerte es el *unseelie*, más fuerte es el muro; al intentar liberarse lo que consiguen es hacer más fuerte su prisión.

Buen truco.

—Entonces, ¿sabe por qué los muros son tan delgados?

—Esta noche estamos en plan preguntón, ¿verdad?

Lo fulminé con la mirada. Él me sonrió débilmente.

—¿Por qué los muros son tan delgados? —repitió Barrons.

—Porque cuando se selló el Pacto, los humanos fueron designados para ayudar a mantenerlos. Pero aquellos responsables de mantenerlos con sus rituales (el más importante se realiza cada Halloween), han sido atacados por magia negra cada vez que se ha llevado a cabo durante los últimos años. Han agotado los límites de su conocimiento y poder. Si vuelve a suceder este año, y todo apunta a que es posible que así sea, los muros se vendrán abajo por completo. Incluso las paredes de la prisión.

—¿Qué tiene esto que ver conmigo, señorita Lane?

—Si los muros caen por completo, todos los *unseelies* quedarán libres, Barrons.

—¿Y qué?

—En una ocasión me dijo que no quería que eso sucediera.

—Eso no significa que sea asunto mío. —Parecía nuevamente aburrido.

—Ésta es la tercera acción que deseo. Quiero que lo convierta en asunto suyo.

—¿En qué sentido?

—Creen que usted les puede ayudar. ¿Es así?

Consideró el tema.

—Probablemente.

Me entraron ganas de estrangularle.

—¿Lo hará?

—Motíveme.

—Como mínimo, conseguirá que yo esté a salvo. Un detector de ODP a salvo es un detector feliz. Y cuanto más feliz, más productivo.

—Hace varias semanas que no ha detectado nada útil para mí.

—No me ha pedido que lo haga —dije, a la defensiva.

—Sabe que hay un ODP que quiero, pero me oculta información sobre el mismo.

—Ya tiene esa información. ¿Cuál es el problema?

¿Me estaba volviendo loca, o acababa de hablar como V'lane?

—El problema es que sigo sin tener el ODP, señorita Lane.

—Estoy en ello. Iré más rápido cuanto más segura esté. Si los muros se derrumban, todos los *unseelies* saldrán en su busca y se interpondrán en mi camino. En una ocasión me dijo que no quería a otros más en su ciudad. ¿Me estaba mintiendo?

—Entendido. ¿Qué quiere de mí?

—Quiero que se les una y ayude a realizar el ritual. Y quiero que prometa no hacerles daño. —Por el modo sutil con que había llevado la conversación, parecía que le estuviera pidiendo que ayudara a las *sidhe-seers*.

Me evaluó durante largo rato, luego dijo:

—Le propongo cambiar una acción por otra: usted me lleva lo bastante cerca del *Sinsar Dubh* como para que pueda verlo y yo ayudaré a sus coleguitas.

—Ayude a mis coleguitas —repuse—, y yo le llevaré tan cerca del Libro que podrá verlo.

—¿Tengo su palabra?

—¿Confía en mi palabra?

—Es una tonta idealista. Por supuesto que sí.

—Tiene mi palabra. —Ya me ocuparía en el futuro del problema que suponía la promesa que acababa de hacer. Ahora mismo, lo que necesitaba era que no cayeran los muros y asegurarme de que la raza humana tuviera futuro.

—Entonces, tenemos un trato. Pero su acción no depende del resultado de la mía. Haré todo lo que pueda por ayudarles con su ritual, pero no puedo asegurar que tenga éxito. Desconozco sus habilidades y se trata de una magia que no he realizado antes.

Asentí.

—Acepto su condición. ¿Les prestará su ayuda y no les hará daño?

—¿Confía en mi palabra? —me insistió.

—Por supuesto que no. Es un cínico cabrón. Pero mis colegas parecen desear hacerlo.

A sus labios volvió la sonrisa vaga.

—Les ayudaré y no les haré daño. Tome nota, señorita Lane: se perjudica como negociadora cuando permite que su oponente vea sus emociones. Nunca revele sus emociones al enemigo.

—¿Eso es lo que es usted?

—Así es como me trata. Sea constante y siga con atención los matices más sutiles. —Dio media vuelta y se acercó a la chimenea—. ¿A quién he de ayudar y proteger? ¿A la vieja bruja?

—No se trata de las *sidhe-seers*.

Barrons se detuvo y se quedó muy quieto.

—¿De quién se trata?

—De los MacKeltar.

Guardó silencio durante un prolongado momento. Luego comenzó a reír suavemente.

—Bien jugado, señorita Lane.

—He tenido un buen maestro.

La clase de Voz había comenzado y tenía la sensación de que esta noche podría ser brutal.

Capítulo 12

—«*I*ncluso Rowena tendrá que creer en ti», ¿no es eso lo que dijiste, Kat? He hecho lo que me pediste. Tengo el Orbe. ¿Y ahora me sales con que la vieja seguirá sin dejarme entrar en sus bibliotecas? —Estaba tan furiosa que estuve a punto de estampar el teléfono contra el suelo.

—Ha dicho que serías bienvenida una vez que el Orbe haya servido a su propósito y los muros sean firmes de nuevo.

Kat había pasado varios minutos disculpándose, pero eso no había logrado aplacar mi mal humor.

—¡Eso es mentira y lo sabes! ¿Y si los muros caen de todos modos? ¡No es culpa mía si lo que sea que planea no funciona! He cumplido con mi parte del trato.

Kat suspiró al otro extremo de la línea.

—Me dijo que no tenía derecho a hablar en su nombre. Y siento haberlo hecho, Mac. No pretendía engañarte, te ruego que me creas.

—¿Y qué más ha dicho? —pregunté, con voz tensa.

Ella vaciló.

—Que teníamos que cortar todo contacto contigo hasta después de *Samhain*, y que si no lo hacemos la abadía dejará de ser nuestro hogar. Dijo que podríamos irnos a vivir contigo a Dublín. Y eso también iba en serio.

Por mi mente cruzó una imagen fugaz de la librería Barrons invadida por jóvenes *sidhe-seers*, y la expresión del muy reservado propietario. Una efímera sonrisa afloró a mis labios antes de que el cabreo la borrara.

—¿Y qué le respondiste?

—Le dije que no deberíamos tener que escoger, ni aislar a una hermana *sidhe-seer* cuando corren tiempos difíciles, y que no entendía por qué te desprecia tanto. Y me dijo que puede ver la decadencia moral con la claridad con la que ve a un *fae*, y que estabas…

—¿Que estaba qué?

Kat se aclaró la garganta.

—Podrida por dentro.

¡Inconcebible! Mi decadencia moral era casi equivalente al estado de mi dentadura, y no tengo una sola caries. Esa mujer me odiaba. Lo había hecho desde el principio y mi visita con V'lane no había hecho más que empeorar las cosas.

Eché una ojeada al Orbe, que se encontraba en una caja forrada con papel de burbujas encima del mostrador. Me alegraba de haberme negado a entregarlo hasta haberme asegurado una invitación por parte de la Gran Maestra para volver a la abadía.

—Pues se queda sin el Orbe —dije taxativamente.

—Alegó que dirías eso y que con ello demostrarías que ella tenía razón. Dijo que antepondrías tu orgullo a la salvación del mundo —adujo Kat.

¡Qué arpía tan lista y manipuladora! Había tenido décadas para perfeccionar su estrategia. Hasta hacía sólo unos meses, la única estrategia que me preocupaba era la de las dos camareras que siempre fingían haber tenido una noche pésima para desplumarme de mis propinas, como si mi excepcional don para elaborar bebidas rápidamente no hubiera tenido nada que ver en su éxito financiero.

—Le dije que se equivocaba. Que te preocupabas por nosotras y por el mundo. Está siendo injusta, Mac. Lo sabemos. Pero… bueno, necesitamos el Orbe. Tal vez no seamos capaces de llevarte a la abadía, pero te… eh… —su voz se convirtió casi en un susurro—, te ayudaremos todo lo que podamos. Dani dice que cree poder conseguir más páginas del libro. Y a lo mejor nosotras podemos sacar otras pocas si nos dices lo que buscas.

Mi mano se flexionaba y relajaba. Sentía el peso de la lanza en su funda.

—He de saber absolutamente todo lo que hay acerca del *Sinsar Dubh*. Cómo lo conseguisteis, cómo y dónde lo guardabais. Quiero conocer todo rumor, leyenda y mito que haya existido sobre él.

—Esos libros se encuentran en las bibliotecas prohibidas. ¡Sólo el Refugio tiene acceso!

—Pues tendréis que averiguar cómo entrar.

—¿Por qué no le pides a…eh… ya sabes… a «él»… que te meta? —dijo Kat.

—No quiero involucrar a V'lane en esto.

Ya había considerado esa opción, y me estremecía la sola idea de que él estuviera en la misma habitación con todos esos libros sobre su raza. Su sola arrogancia podía llevarle a destruirlos. «Los humanos no tienen derecho a conocer nuestras costumbres», diría con desprecio.

—¿No confías en él?

Su nombre era una sensación agridulce e invasiva en mi lengua.

—¡Es un *fae*, Kat! Es lo más egocéntrico que existe. Puede que mantener los muros sea un objetivo común, pero para él los humanos no somos más que un medio para alcanzar un fin. Además, la abadía entera sabría de nuestra presencia y estaría buscando una aguja en un pajar, sin disponer de tiempo suficiente y rodeados por setecientas *sidhe-seers*. —Era una mala idea, de principio a fin—. ¿Sabes quiénes son los miembros del Refugio y si es posible persuadir a alguno de ellos para que nos ayude?

—Lo dudo. Rowena los elige por su lealtad hacia ella. Antes no era así. He oído decir que antes era costumbre elegir a los miembros del consejo mediante una votación, pero las cosas cambiaron después de que perdiéramos el Libro.

Hablando de tiranía… Deseaba con toda mi alma saber qué había sucedido hacía veinte años, cómo se había perdido el Libro y de quién era la culpa.

—También necesito saber acerca de la profecía del Refugio y sobre Los Cinco.

—Jamás he oído hablar de ninguna de las dos cosas —dijo Kat.

—A ver si puedes descubrir algo. Y también sobre las Cuatro Piedras de Traducción.

Tenía un montón de preguntas a las que necesitaba dar respuesta. Por no hablar de todas las relacionadas con mi procedencia. Pero, por ahora, estas últimas tendrían que esperar.

—Lo haré. ¿Y qué hay del Orbe, Mac?

Miré el objeto en cuestión de forma pensativa. Si me quedaba con él hasta Halloween y me negaba a consentir que Rowena lo tuviera, ¿podría ella recular y compartir la información conmigo? Lo dudaba mucho, pero aunque así fuera, ¿de qué serviría eso? ¿Qué información, por buena que fuera, serviría de algo a última hora? Tal y como había dicho la vieja, el tiempo era esencial. Necesitaba la información ahora.

Si los muros se venían abajo, ¿enviaría L. M. a todo *unseelie* existente a la caza del Libro? ¿Estarían las calles de Dublín tan atestadas de *faes* oscuros que no habría una sola *sidhe-seer*, ni tan siquiera yo, que se atreviera a andar por ellas?

No podíamos permitir que las cosas llegasen a esos extremos. Los muros tenían que mantenerse intactos.

Puede que tener el Orbe con antelación ayudase a Rowena a perfeccionar el ritual que planeaba realizar. Entre las *sidhe-seers*, Barrons y los MacKeltar seguro que podrían realizarlo con éxito esta vez y darme de margen hasta el próximo Halloween, todo un año, para solucionar las cosas. Me tragué mi orgullo… de nuevo. Realmente estaba comenzando a molestarme todo eso del «bien mayor».

Además, había una abadía llena de *sidhe-seers* tan preocupadas como yo y quería que supieran que estaba, inequívocamente, de su lado. Sólo que no del de su líder.

—Me pasaré mañana por el PHI para dejarlo, Kat —dije, al fin—. Pero me debéis una. Y una grande… más bien varias. Y dile a Rowena que es una puñetera suerte que una de las dos haya madurado lo bastante como para hacer lo correcto.

A las siete en punto del sábado por la tarde estaba sentada en la zona principal de lectura de la tienda, con las piernas cruzadas, agitando el pie con impaciencia, a la espera de Barrons.

«Su problema, señorita Lane —me dijo la noche anterior, después de entregarme el Orbe—, es que sigue siendo pasiva. Remoloneando en un sillón, esperando una llamada de teléfono. Aunque lo de Jayne no era del todo mala idea…»

«Lo de Jayne fue una idea brillante y lo sabe.»

«... el tiempo no juega a nuestro favor. Debe ser agresiva. Me prometió una excursión por la ciudad y la quiero.»

«¿Qué sugiere?»

«Mañana salimos de caza. Duerma hasta tarde, que voy a tenerla en vela toda la noche.»

Me libré de la excitación sexual que provocaron en mí sus palabras. No me cabía la menor duda de que Barrons podía mantener toda la noche en vela a una mujer.

«¿Por qué por la noche? ¿Por qué no vamos a la caza del Libro a la luz del día?»

¿Adónde iba y qué hacía Barrons?

«He estado siguiendo la oleada de crímenes en los diarios. Todos suceden por la noche. ¿Alguna vez le ha llamado Jayne durante el día?»

Eso era cierto, el inspector no me llamaba por el día.

«A las siete en punto, señorita Lane. Primero daremos una hora de clase de Voz.»

Me puse en pie, me estiré y divisé mi reflejo en la ventana admirando la imagen. Mis nuevos vaqueros eran franceses y me sentaban de miedo, llevaba un suave jersey rosa, botas de Dolce & Gabbana y una cazadora negra de Andrew Mac, hecha de la mejor piel que había visto en mi vida; me había trenzado en el pelo un pañuelo de seda en vivos tonos rosa, amarillo y morado y tomado mi tiempo para maquillarme. Tenía un aspecto estupendo y me sentía igual.

O bien Barrons continuaba disculpándose o bien sólo intentaba congraciarse conmigo. Esta mañana, cuando me desperté, había cuatro bolsas grandes, de distintas tiendas, llenas de prendas de vestir, y dos portatrajes ante la puerta de mi cuarto. Me excitaba que Barrons hubiera ido de compras para mí. Sobre todo teniendo en cuenta el contenido de dichas bolsas. El hombre tenía un gusto excepcional y buen ojo para los detalles. Todo me quedaba bien y eso también me excitaba.

La campanilla de la puerta sonó al entrar Barrons. Iba vestido con un traje de Armani, botas con puntera plateada y camisa negra a juego con sus ojos.

—¿Hoy no se ha molestado en venir a través del espejo? —dije despreocupadamente—. ¿O es que ha olvidado que sé que puede hacerlo?

—Arrodíllese ante mí, señorita Lane.

Sus palabras me envolvieron, se filtraron en mi ser, haciendo que me arrodillase como un humano ante un *fae*.

—Es doloroso, ¿verdad? —Me lanzó una de sus sonrisas más aterradoras—. Arrodillarse ante mí debe de resultarle profundamente ofensivo a ese vivaracho cuerpecito suyo.

Ya le enseñaría yo lo que era ser vivaracho. Apreté los dientes e intenté levantarme. Luego traté de rascarme la nariz, pero ni siquiera eso pude hacer. Estaba inmovilizada igual que una persona con una camisa de fuerza que abarca todo el cuerpo.

—¿Por qué su orden me ha paralizado todo el cuerpo? —Al menos las cuerdas vocales me funcionaban.

—No es así. Mi orden tan sólo hace que esté de rodillas. El resto de su persona tiene libertad de movimientos. Está usted agarrotada por resistirse con tanto ahínco. Cuando alguien utilice la Voz con usted, sólo tiene poder sobre usted con arreglo a la orden que le haya dado. Recuérdelo. Cierre los ojos, señorita Lane.

No era una orden, pero lo hice de todas formas. Logré menear los dedos y luego las manos. Rebusqué dentro de mi cabeza. Aquel lugar *sidhe-seer* ardía de calor aunque todo lo demás estaba oscuro. Mi lugar *sidhe-seer* no tenía nada que ver con resistirse a la voz.

—¿Quién es usted? —me preguntó, autoritario.

Qué pregunta tan extraña. ¿Es que no lo sabía todo acerca de mí? Me encantaría ser capaz de emplear la Voz con él y hacerle esa misma pregunta.

—Soy Mac. MacKayla Lane —Quizá corriera sangre O'Connor por mis venas, pero soy Lane de corazón.

—Deje a un lado el nombre. ¿Quién es usted?

Me encogí de hombros. ¡Ja! Ahora sólo mis rodillas estaban paralizadas. El resto se movía libremente. Balanceé los brazos para asegurarme de que él lo sabía.

—Una chica de veintidós años. *Sidhe-seer*. Hija…

—Etiquetas —dijo, impaciente—. ¿Quién narices es usted, señorita Lane?

Abrí los ojos.

—No lo pillo.

—Cierre los ojos. —La Voz reverberó de una pared a otra.

Mis ojos se cerraron como si fueran suyos—. Usted existe únicamente dentro de sí misma. Nadie la ve y usted no ve a nadie. Carece de censura, está más allá de las críticas. No hay leyes. No existe el bien y el mal. ¿Cómo se sintió al ver el cadáver de su hermana?

La cólera se adueñó de mí. Cólera por lo que le habían hecho, contra él por sacar el tema. La idea de que nadie pudiera verme o juzgarme resultaba liberadora. Me sentía invadida por el dolor y la ira.

—Ahora, dígame quién es usted.

—Soy Venganza —dije, con voz fría.

—Mejor, señorita Lane. Pero inténtelo de nuevo. Y cuando hable conmigo, incline la cabeza.

Sangraba por varios sitios cuando acabamos la sesión. Y eran heridas autoinfligidas.

Comprendía por qué lo había hecho Barrons: no se trababa de lecciones amorosas, sino de duras lecciones de vida. Tenía que aprender esto y haría lo que fuese necesario.

Cuando me hizo coger el cuchillo y cortarme a mí misma, había visto una trémula luz en la oscuridad dentro de mi cráneo. Me había cortado igualmente, pero algo había despertado en el fondo de mi ser. Estaba ahí, en alguna parte, y ojalá pudiera desenterrarlo lo suficiente como para llegar a ello. Me pregunté quién sería yo cuando llegara allí. ¿Era éste el motivo de que Barrons sea como es? ¿Quién había hecho arrodillarse a Jericho Barrons? Eso es algo que no alcanzo a imaginar.

—¿Se autolesionó usted mientras aprendía? —le pregunté.

—Muchas veces.

—¿Cuánto tiempo tardó?

Dibujó una débil sonrisa.

—Años.

—Eso es inaceptable. Lo necesito ya. ¿Entiende? Al menos necesito ser capaz de resistirme a ella, o nunca conseguiré acercarme a L. M.

Pensé que iba a discutir conmigo sobre eso de acercarme a lord Master, pero se limitó a decir:

—Por eso mismo me estoy saltando años de entrenamiento, adentrándola en un territorio difícil. Esta noche es sólo el comienzo del… dolor. Si no le parece bien a dónde va esto, dígamelo aquí y ahora. No pienso volver a preguntárselo. La presionaré tanto como crea que puede aguantar.

Respiré hondo y exhalé pausadamente.

—Me parece bien.

—Vaya a curarse, señorita Lane. Utilice esto. —Sacó un pequeño frasquito de ungüento del bolsillo.

—¿Qué es?

—Acelerará la curación.

Cuando regresé, abrió la puerta para que saliera primero y nos adentramos en la noche.

Miré instintivamente a la derecha. La gigantesca Sombra era una oscura nube sobre el edificio de al lado. Ésta se alzó de forma amenazadora y comenzó a descender por la fachada de ladrillo.

Barrons salió de detrás de mí y la Sombra retrocedió.

—¿Qué es realmente usted? —dije, irritada.

—En el Serengeti, señorita Lane, sería el guepardo. Soy más fuerte, más listo y rápido, y estoy más hambriento que nada que haya allí afuera. Y no pido disculpas a la gacela cuando acabo con ella.

Suspirando, me dispuse a ir hacia la moto, pero Barrons me hizo girar a la izquierda.

—¿Vamos andando? —Estaba sorprendida.

—Durantes unas horas. Primero quiero echar un vistazo a la ciudad y luego volveremos a por el coche.

Las mojadas calles adoquinadas estaban todas plagadas de *unseelies*. Por lo visto, el cada vez mayor índice de criminalidad no hacía que la gente se quedara en su casa. La yuxtaposición de los dos mundos teñía la noche con la escurridiza amenaza de un carnaval ambulante. Allí estaban los despreocupados humanos, algunos ya medio borrachos mientras otros acababan de empezar la noche en la ciudad, riendo y charlando, mezclándose con los voraces *unseelies* con la cabeza despejada y envueltos por un potente *glamour*, tanto que hasta yo tenía que esforzarme por verlo, todo lo contrario de lo que me sucedía antes, que tenía que esforzarme por mirar más allá.

Había *rhino-boys*, y esos vendedores callejeros de aspecto escalofriante, con ojos enormes y sin boca; había criaturas aladas y seres que correteaban. Algunos iban rodeados de un potente *glamour*, caminando por la acera con acompañantes humanos. Otros estaban posados sobre los edificios, igual que aves de presa, seleccionando a sus víctimas. En parte esperaba que uno de ellos nos reconociera, diera la voz de alarma, y se abatiera en picado sobre nosotros.

—Sirven a sus propios intereses —dijo Barrons cuando lo mencioné—. Obedecen a su amo siempre y cuando lo tengan delante, pero el verdadero amo de un *unseelie* es el hambre, y esta ciudad es un banquete. Han pasado cientos de miles de años atrapados. Llegados a este punto, poco más queda de ellos que el hambre. Es devastador sentirse tan vacío, tan... hueco. Hace que nada más les importe.

Le miré con atención. Sus últimas palabras sonaron extrañas, casi daba la impresión de que los... compadeciera.

—¿Cuándo fue la última vez que ha matado a uno de ellos, señorita Lane? —dijo de pronto.

—Ayer.

—¿Ha habido algún problema del que no me haya hablado?

—No. Sólo lo corté en pedazos.

—¿Qué? —Barrons se detuvo y me miró.

Yo me encogí de hombros.

—El otro día murió una mujer. Y no lo habría hecho si hubiera tenido algo de carne a mano. No volveré a cometer semejante error. —Estaba convencida de estar haciendo lo correcto.

—¿La mujer que falleció en mi tienda? —Asentí y él agregó—: ¿Y dónde tiene pensado guardar esas... partes, señorita Lane?

—En mi bolso.

—¿Cree que es prudente?

—Me parece que acabo de decirle que sí.

—¿Se da cuenta de que si consume de nuevo, será incapaz de sentir aquello que necesito?

—Lo tengo controlado, Barrons. —Ni siquiera había mirado los tarros desde la hora del almuerzo.

—Uno nunca controla una adicción. Si come de nuevo, le daré personalmente una paliza. ¿Me entiende?

—Si vuelvo a comer, puede intentar darme una paliza usted mismo. —Ser capaz de estar a la misma altura que Barrons había sido una de las numerosas ventajas de comer carne *unseelie*. A menudo tenía ganas de repetir sólo por ese motivo.

—Esperaré hasta que pasen los efectos —gruñó.

—¿Qué tendría eso de divertido? —Jamás olvidaría la noche en que luchamos, ni la inesperada lujuria.

Nos miramos el uno al otro y, durante un momento, aquellas nubes de desconfianza se despejaron y en sus ojos vi sus pensamientos.

«Fuiste digna de ver», me dijo mudamente.

«Fuiste digno de sentir», le dije para mis adentros.

Barrons adoptó una expresión inescrutable, yo miré en la distancia.

Recorríamos a prisa la calle cuando, de repente, me agarró del brazo y me condujo a un callejón lateral. Había dos *unseelies* haciendo algo junto a un contenedor de basura. En realidad, no deseaba saber qué.

—Veamos lo bien que se le da pelear, señorita Lane, cuando no está colocada de esteroides *unseelies*.

Pero antes de que pudiera perderme en la dicha de matar a algunos de esos mamones, sonó mi teléfono móvil. Era el inspector Jayne.

Capítulo 13

*L*os días siguientes se impuso una extraña rutina y, en su mayoría, se me pasaron rápidamente sin apenas darme cuenta.

Barrons venía cada noche para darme clases de Voz. Y cada noche, incapaz de sacar el coraje, acababa con nuevas heridas.

Luego salíamos en busca del *Sinsar Dubh*.

O, mejor dicho, él salía en busca del Libro y yo continuaba esmerándome al máximo por impedirlo; al igual que hice la otra noche cuando Jayne me dio el soplo: llevando a Barrons en la dirección contraria, manteniéndonos lo bastante lejos como para no revelar las sutiles señales de su proximidad, o sacudirme en un charco agarrándome la cabeza y echar espuma por la boca.

Cada día, V'lane aparecía en cierto momento para interrogarme acerca de los frutos de mis esfuerzos. Yo me aseguraba de no tener ningún resultado. Un día me trajo chocolate que no engordaba por mucha cantidad que comiera. Otro me trajo unas flores oscuras de olor especiado del reino Faery, que se mantenían eternamente frescas. Después de que se marchara, tiré ambas cosas a la basura. El chocolate debería engordar y las flores marchitarse. Ésas son cosas fiables, que es justo lo que yo necesito.

Cuando no estaba ocupada con el voy y vengo entre los dos, como si fuera un yo-yo, me ocupaba de la tienda, fastidiaba a Kat y Dani para sonsacarles información y continuaba rebuscando en los libros sobre los *faes* después de no haber encontrado nada útil en Internet. Había tanto juego de rol y *fanfic* en la red que era imposible distinguir la realidad de la ficción.

No llegaba a ninguna parte, como un coche cuyos neumáticos patinan en el barro, demasiado consciente de que, aun cuando lograra salir del fango, no sabía a dónde ir.

La tensión e indecisión que gobernaba mi vida se volvió insoportable. Estaba de los nervios y lo pagaba con todo el mundo, inclusive con mi padre cuando llamó para contarme que mi madre al fin parecía estar recuperándose. Había bajado la dosis de Valium y aumentado la de antidepresivos. El domingo había preparádo el desayuno: gachas de queso (¡cuánto las echaba de menos!), chuletas de cerdo y huevos; incluso había horneado pan. Medité acerca de ese desayuno cuando colgué el teléfono e intenté ubicarlo en mi vida al tiempo que me zampaba una barrita energética.

Mi hogar estaba a tropecientosmil kilómetros de distancia.

Dentro de diez días era Halloween.

Pronto las *sidhe-seers* realizarían su labor en la abadía. Barrons y los MacKeltar cumplirían con la suya en Escocia. Y yo no había decidido aún dónde iba a estar. Barrons me había pedido que le acompañara, sin duda para hacer de detector de ODP en la propiedad de los MacKeltar mientras estuviéramos allí. Estaba considerando la idea de colarme en la abadía. Quería estar en algún lugar, cumpliendo con mi parte, fuera la que fuese, aunque se tratase sólo de impedir que Barrons y los MacKeltar se matasen. Christian me había telefoneado ayer para contarme que las cosas estaban avanzando, pero que si sobrevivían al ritual, podrían no sobrevivir los unos a los otros.

Llegada la víspera del día de Todos los Santos, los muros empezarían a derrumbarse.

Curiosamente, comencé a tener ganas de que llegase Halloween porque, al menos así, mi espera habría acabado. Terminaría el estado de incertidumbre. Sabría con qué tenía que lidiar. Sabría con exactitud si las cosas iban a ir bien o mal y hasta qué extremo llegarían. Sabría si podía sentirme aliviada —un año me daría mucho tiempo para descubrir qué hacer— o si debería sentirme aterrada. En cualquier caso, quería hechos concretos.

No tenía nada concreto en lo que al Libro (¡a la Bestia!) se refería. No sabía cómo conseguirlo ni qué hacer con él.

Tampoco tenía hechos concretos con respecto a Barrons o V'lane. Y no confiaba en ninguno de los dos.

Para colmo de males, cada vez que miraba por la ventana o salía fuera, tenía que combatir contra la imperiosa necesidad biológica de matar monstruos... o comerlos.

Había *rhino-boys* por todas partes, y presentaban un aspecto ridículo, ataviados con el uniforme de empleados del ayuntamiento, con sus rechonchos brazos y piernas a punto de estallar botones y costuras. Su presencia me provocaba una ligera sensación de náuseas constantes. Reacia a volver a bajar mi «volumen» de nuevo, había comenzado a tomar Pepcid con el café del desayuno. Un día incluso había probado a pasarme al descafeinado para calmar los nervios, y había sido un terrible error. Necesitaba mi dosis diaria de cafeína.

Algo tenía que pasar. Me sentía nerviosa, deprimida y de mal humor.

No os podéis imaginar cuántas veces, durante esos interminables y angustiosos días, decidí confiar en Barrons.

Luego lo descarté a favor de V'lane.

Me planteé el caso de forma concienzuda, elaborando largas listas de pros y contras pulcramente tabuladas a tres columnas en mi diario, haciendo recuento de las «buenas» y «malas» acciones y de aquellas de «naturaleza indeterminada». Esta última fue, con mucho, la columna más larga en ambos casos.

Un día incluso me convencí de arrojar la toalla, darle a Rowena mi lanza y unirme a las *sidhe-seers*. Los números no sólo te proporcionan seguridad, podía pasar la aplastante responsabilidad de tomar decisiones y dejársela a la Gran Maestra. Si el mundo acababa por degenerar rápida e irremisiblemente, al menos estaría libre de obligaciones. Ésa era la Mac que conocía. Nunca quise estar al mando, quería que cuidaran de mí. ¿Cómo me había metido en este lío en el que se suponía que debía ser yo quien cuidara de los demás?

Por suerte, cuando Rowena me devolvió la llamada, yo estaba aún de peor humor y ella fue tan desagradable como de costumbre. No tardamos en llegar a un callejón sin salida y recuperé la cordura, por lo que fingí que sólo la había llamado para asegurarme de que hubiera recibido el Orbe, dado que estaba ausente cuando me pasé por allí. «Si llamas con la esperanza de que te dé las gracias, no vas a recibir nada de mí», me dijo con malos modos y colgó, recordándome las muchas razones por las que no podía soportarla.

Iba tachando los días en el calendario a medida que pasaban y el 31 de octubre se acercaba a toda pastilla.

Recordé días de Halloween pasados, los amigos, las fiestas, la diversión, y me pregunté qué me depararía este año.

¿Truco o trato?

Ah, sí, algo iba a suceder.

El mediodía del miércoles me encontraba en un spa en Saint Maarten, recibiendo un masaje, el último regalo de V'lane sacado de cualquiera que fuese el manual sobre citas con humanos que estuviera leyendo. ¿Era de extrañar que estuviera perdiendo rápidamente el sentido de la realidad? Monstruos, caos y masajes, ¡ay, Dios!

Cuando terminé me vestí y fui acompañada hasta un comedor privado del hotel donde V'lane se reunió conmigo en una terraza con vistas al océano. Retiró una silla y me senté ante una mesa con mantel de lino, cristalería fina y buena comida. La Mac 1.0 se habría sentido de muchas formas: halagada, coqueta y a sus anchas. Yo me sentía hambrienta. Cogí el cuchillo, ensarté una fresa y me la comí a mordiscos. Podría haber usado la lanza pero, como de costumbre, se había esfumado nada más aparecer él. Me sentía más desnuda sin ella, aun estando completamente vestida, de lo que me sentía sin ropa, y de tener alternativa, habría cruzado el hotel tal y como Dios me trajo al mundo si eso significaba conservar la lanza.

Durante los últimos días V'lane se había presentado con su forma más humana cuando nos veíamos, reduciendo su poder al máximo. También él intentaba congraciarse conmigo. Resultaba irónico, cuanto más empeño ponían Barrons y él, menos confiaba en ellos. Incluso reduciendo su poder, las mujeres se le quedaban mirando con ojos voraces.

Ataqué el festín con deleite, llenándome el plato con fresas, piña, langosta, canapés de cangrejo, tostaditas y caviar. Había estado viviendo a base de palomitas y fideos *ramen* durante demasiado tiempo.

—¿Qué es exactamente el *Sinsar Dubh*, V'lane, y por qué lo quiere todo el mundo?

Los párpados de V'lane se entornaron ligeramente y me miró de soslayo. Era una mirada humana, reservada, pensativa, como si estuviera revisando un montón de información, tratando de decidir si compartía algo conmigo y cuánto.

—¿Qué es lo que sabes de él, MacKayla?

—Prácticamente nada —respondí—. ¿Qué... contiene... para que todo el mundo lo quiera tan desesperadamente?

Era difícil pensar en ello como en un libro, con información dentro, cuando en mi mente tenía grabada la oscura forma de la Bestia, en vez de páginas.

—¿Qué aspecto tenía cuando lo viste? ¿El de un libro? ¿Antiguo y pesado, encuadernado con bandas metálicas y cierres?

Yo asentí.

—¿Has visto la criatura en que se convierte? —Observó mi cara con atención—. Veo que sí. Olvidaste decírmelo.

—No creí que fuera importante.

—Todo lo referente al *Sinsar Dubh* es importante. ¿Qué leyendas contáis los humanos acerca de sus orígenes, *sidhe-seer*?

Cuando me llamaba por mi título en vez de por mi nombre, era un signo inequívoco de que estaba descontento. Le dije lo poco que había averiguado en el libro *Invasiones en Irlanda*.

V'lane sacudió la cabeza.

—Historia reciente sumamente imprecisa. Llevamos aquí desde mucho antes. ¿Conoces la historia del rey *unseelie*?

—No.

—Entonces no sabes quién es.

Negué con la cabeza.

—¿Debería?

—El rey *unseelie* fue en otros tiempos el rey de la Luz, consorte de la reina y *seelie*. Al principio sólo existían los *seelies*.

Lo había conseguido, me tenía fascinada. Éste era el verdadero folclore de los *faes* contado de boca de uno de ellos, información que dudaba que hubiera encontrado en los archivos de las *sidhe-seers*.

—¿Qué sucedió?

—¿Qué fue lo que ocurrió en vuestro Edén? —se mofó—. ¿Qué es lo que sucede siempre? Alguien quería más.

—¿El rey? —aventuré.

—Nuestra línea de sucesión es matriarcal. El rey ostentaba

vestigios de poder. Sólo la reina conocía el Canto de la Creación.

—¿Qué es el Canto de la Creación?

Se lo había oído mencionar a Barrons y visto referencias en los libros que había estado leyendo, pero seguía sin saber qué era.

—Es imposible de explicar para que tu poco desarrollado conocimiento pueda comprenderlo.

—Inténtalo —le dije con sequedad.

Él se encogió de hombros torpemente.

—Es la vida. De ahí procedemos. Es el poder supremo de crear o de destruir, dependiendo de cómo se utilice. Es un canto a la existencia... al cambio.

—Todo lo opuesto al equilibrio.

—Exactamente —declaró. Luego entrecerró los ojos—. Te burlas de mí.

—Sólo un poco. ¿De verdad los *faes* comprendéis únicamente esos dos términos?

Una repentina brisa gélida azotó la terraza y diminutos cristales de hielo se posaron en mi plato.

—Nuestra percepción es infinita, *sidhe-seer*. Es tan ingente que desafía a vuestro irrisorio lenguaje, al igual que mi nombre. Se debe a que nuestra comprensión es tan vasta que debemos sublimar las cosas a su esencia. No pretendas creer que comprendes nuestra naturaleza. A pesar de que llevamos mucho tiempo en compañía de tu raza, nunca os hemos mostrado nuestro verdadero rostro. Es imposible que nos contempléis como somos en realidad. Si te mostrase... —Se detuvo de repente.

—¿Si me mostrases qué, V'lane? —dije, con suavidad.

Me metí en la boca una galletita untada con caviar ligeramente helado. Nunca antes lo había probado y no volvería a hacerlo. La carne de *rhino-boy* era más sabrosa. Tomé enseguida una fresa y me ayudé a tragarla con un sorbo de champán.

Él me brindó una sonrisa. Se notaba que había estado practicando, ahora era más fluida, menos extraña. La temperatura subió de nuevo, el hielo se derritió.

—Es irrelevante. Querías conocer nuestros orígenes.

Lo que quería era saber más acerca del Libro. Pero estaba ansiosa por escuchar cualquier otra cosa que estuviese dispuesto a compartir.

—¿Cómo es que conoces la historia de tu raza si has bebido del Caldero?

—Tenemos almacenes de conocimientos. Después de beber, muchos intentamos de inmediato conocer de nuevo qué y quiénes somos.

—Olvidáis recordar. —Qué chocante, pensé, ser tan paranoico, vivir tanto tiempo que caes en la locura. Renacer pero no perder verdaderamente todos los recuerdos. Retornar, temeroso, a un lugar de tan extraña y peligrosa política—. El rey *seelie* quería más —le insté.

—Sí. Envidiaba a la reina el Canto de la Creación y le pidió que se lo enseñase. Se había enamorado de una mortal de quien no deseaba privarse hasta haber saciado su deseo por ella. Pero su deseo no parecía disminuir. Ella era... diferente. Yo me habría limitado a sustituirla por otra. El rey le pidió a la reina que la convirtiese en *fae*.

—¿La reina puede hacer eso? ¿Convertir en *fae* a una persona?

—Lo desconozco, aunque el rey así lo creía. La reina se negó y el soberano trató de robarle aquello que quería. Y le castigó cuando le pilló. Luego aguardó a que su obsesión pasara. Pero fue en vano. El rey comenzó a... experimentar con *faes* de menor categoría, con la esperanza de aprender el Canto por sí mismo.

—¿Qué clase de experimentos?

—Un humano podría llegar a entenderlo como una forma avanzada de mutación o clonación genética, sin necesidad de ADN o células madre para mutar. Trató de crear vida, MacKayla. Y lo logró, aunque sin el Canto de la Creación.

—Pero creía que el Canto es la vida. ¿Cómo puede crear vida sin el Canto?

—¡Eso es! Era imperfecta, defectuosa. —Hizo una pausa—. Pero tenía vida y era inmortal.

Lo entendí y me quedé boquiabierta.

—¡Él creó a los *unseelies*!

—Sí. Los oscuros son hijos del rey *seelie*. Realizó experimentos durante miles de años, ocultándole su trabajo a la reina. Aumentó su número, así como su hambre.

—Pero su amante mortal llevaría muerta mucho tiempo para entonces. ¿Qué sentido tenía todo aquello?

—Estaba viva, encerrada en una jaula obra suya. Pero, al estar atrapada, se fue marchitando, por lo que creó para ella los Pasadizos de Plata y le dio mundos para explorar. Aunque el tiempo pasa fuera de ellos, dentro no es así. Puedes pasar miles de siglos en ellos y no haber envejecido ni una hora al salir.

—Creía que los espejos se usaban para viajar de un reino a otro.

—También se usaban para eso. Los espejos son… algo complicado, más si cabe desde que fueron malditos. Cuando la reina sintió el poder de los espejos cobrar vida, llamó al rey a la corte y le exigió que los destruyera. La Creación era derecho de ella, no de él. En verdad, la reina se inquietó al descubrir que se había vuelto tan poderoso. El rey alegó haberlos hecho como regalo para ella, cosa que la complació, dado que durante eones no le había rendido tributo alguno.

»Pero el rey sólo le entregó una parte de los espejos. La otra se la mantuvo oculta, para su concubina, donde sembró exuberantes jardines y construyó una gran casa blanca y resplandeciente sobre una colina, con cientos de ventanas y miles de habitaciones. Cuando su mortal comenzó a sentirse desasosegada, creó el amuleto para que pudiera moldear la realidad a su voluntad. Cuando se quejó de sentirse sola, le rey el creó la Caja.

—¿Para qué sirve?

—No lo sé. No ha vuelto a ser vista desde entonces.

—¿Me estás diciendo que también creó el Libro? Pero ¿por qué?

—Paciencia, humana. Soy yo quien cuenta la historia. El rey continuó con los experimentos. Pasaron eones. Creó más… aberraciones. Con el tiempo, durante el cual vivimos gran periodo de prosperidad, éstos comenzaron a mejorar hasta que algunos fueron tan bellos como cualquier *seelie*. Así nació la realeza *unseelie*, los príncipes y princesas. Homónimos oscuros de la Luz. Y al igual que sus homólogos, querían lo que era suyo por derecho: poder, libertad para moverse a voluntad, do-

minio sobre los seres inferiores. El rey se negó, pues el secreto
era condición necesaria para su plan.

—Pero alguien le denunció ante la reina —aventuré—.
Uno de los *unseelies*.

—Sí. Cuando se enteró de su traición, intentó despojarle de
su poder, pero se había hecho demasiado fuerte y aprendido
mucho. No el Canto, aunque sí otra melodía más oscura. Lu-
charon ferozmente, enviando un ejército contra el otro. Murieron miles de *faes*. Por aquella época aún teníamos muchas
armas, no sólo las pocas que quedan. El reino Faery se marchi-
tó y oscureció; los cielos estaba teñidos con la sangre de los
nuestros, el planeta en que vivíamos lloraba al ver nuestra ver-
güenza y se resquebrajó de un extremo al otro. Y pese a todo,
continuaron luchando hasta que él tomó la espada, ella una
lanza, y el rey mató a la reina.

Inspiré bruscamente.

—¿La reina está muerta?

—Y el Canto murió con ella. Cayó antes de que pudiera
nombrar a su sucesora y pasarle su esencia. Cuando falleció, el
rey y todos los *unseelies* desaparecieron. Pero antes de morir
logró terminar los muros de la prisión, y con su último aliento
pronunció el conjuro que los retiene dentro. Aquellos *unseelies* que escaparon al alcance del hechizo fueron perseguidos y
asesinados a manos de los *seelies*.

—Entonces, ¿qué pinta el Libro en todo esto?

—El Libro jamás estuvo destinado a ser lo que hoy es. Se
creó como acto de expiación.

—¿Expiación? —repetí—. ¿Quieres decir por la muerte de
la reina?

—No, por la de su concubina. La mortal abandonó los espejos y se quitó la vida. Abominaba tanto aquello en lo que se había convertido el rey, que le abandonó de la única forma en que
podía hacerlo.

Me estremecí, destemplada por el siniestro cuento.

—Dicen que el rey enloqueció y que, cuando su locura finalmente remitió, contempló con horror el oscuro reino que
había creado. Juró cambiar por la memoria de su concubina,
convertirse en el líder de su raza. Pero sabía demasiado. El conocimiento es poder. Y un conocimiento inmenso supone un

inmenso poder. De modo que, mientras lo tuviera, su raza jamás confiaría en él. Consciente de que no dejarían que se acercase al Caldero del Olvido y que, incluso si se lo permitían, le aniquilarían en cuanto hubiera bebido de él, creó un libro místico en el cual vertió todo su conocimiento. Libre ya de ello, lo desterró a otro reino donde jamás podría ser encontrado y utilizado para el mal. Regresó con su gente como el Rey de los *seelies*, suplicó su perdón y los condujo a una nueva era. Los *faes* se convertirían en una sociedad patriarcal. Los *unseelies*, como es natural, se pudrirían en prisión.

—¡Con que el Libro es eso! —exclamé—. ¡Parte del rey oscuro! La peor parte.

—Cambió a medida que transcurrían los eones, al igual que hacen todas las cosas *faes*, y se convirtió en algo vivo, muy distinto de lo que era cuando el rey lo creó.

—¿Por qué el rey no lo destruyó?

—Había creado… ¿cómo lo decís vosotros?… su doble. Era su igual y no podía ser derrotado. Y el rey temió que algún día le venciera a él. Así que lo desterró y estuvo perdido durante mucho tiempo.

Me preguntaba cómo había acabado al cuidado de las *sidheseers*. No le formulé tal pregunta, ya que no deseaba ser yo quien le contara a V'lane que había estado en la abadía, en caso de que él lo ignorase. Despreciaba a Rowena y podría decidir castigarla, y de ese modo las demás *sidhe-seers* podrían sufrir en el proceso.

—¿Por qué lo quiere la reina? Un momento, si la reina está muerta, ¿quién es Aoibheal?

—Uno de los muchos que vinieron después y trataron de gobernar nuestra raza. Lo quiere porque se cree que, entre toda la oscuridad que alberga, el Libro contiene la clave que lleva al Canto de la Creación que mi raza perdió hace setecientos mil años. El rey estuvo cerca, muy cerca. Y sólo se puede volver a encerrar a los *unseelies* con los versos de dicho Canto.

—¿Y Darroc para qué lo quiere?

—El muy necio cree que puede poseer su poder.

—¿Y Barrons?

—Por lo mismo.

—¿Y se supone que debo creer que tú eres diferente? ¿Qué

entregarías sin vacilar todo ese poder a la reina, sin pensar en ti mismo? —Mis palabras rezumaban sarcasmo. V'lane era sinónimo de egoísta.

—Olvidas algo, MacKayla. Soy un *seelie*. No puedo tocar el Libro. Pero ella sí puede. La reina y el rey son los únicos de nuestra raza que pueden tocar todas las reliquias, tanto las *seelies* como las *unseelies*. Debes conseguirlo, invócame y te llevaré con ella. Sólo nosotros tenemos esperanza de reconstruir los muros en caso de que se vengan abajo. No hay nada que puedan hacer la vieja, Darroc o Barrons. Debes depositar tu confianza en la reina, tal y como yo he hecho.

Había oscurecido cuando regresé tras haberme dado un masaje, hecho la manicura, la pedicura y la cera. Había, esperándome, una docena de rosas rojas de tallo largo envueltas en papel de regalo, apoyadas en la entrada de la librería. Me agaché a recogerlas y acto seguido me quedé en el iluminado portalito abriendo torpemente la tarjeta.

> Ayúdame a encontrarlo y te devolveré a tu hermana. Niégate y te arrebataré lo que más quieres.

Vaya, vaya, todos mis pretendientes llamaban a mi puerta. Había un teléfono móvil desechable entre las hojas con un mensaje de texto escrito: ¿sí o no? El número había sido borrado, de modo que podía contestar a su mensaje pero no llamarle.

—¿V'lane? —escuché la voz de Barrons a mi espalda.

Sacudí la cabeza, preguntándome a qué se refería con «lo que más quieres» y temiendo pensar en ello.

Sentí la electricidad de su cuerpo detrás de mí cuando alargó el brazo y me quitó la tarjeta de la mano. No se apartó y yo contuve el impulso de apoyarme en él, buscando consuelo en su fuerza. ¿Me rodearía con los brazos si lo hacía? ¿Me haría sentir segura aunque fuera sólo por un momento y no fuera más que una falsa ilusión?

—Ah, la tan trillada amenaza de «te arrebataré lo que más quieres» —murmuró.

Me di la vuelta pausadamente y levanté la vista hacia él. Barrons se puso rígido e inspiró bruscamente. Al cabo de un momento me acarició la mejilla.

—Cuánto dolor desgarrado —susurró.

Recosté el rostro en su palma y cerré los ojos. Introdujo los dedos en mi cabello, amoldándose a mi cabeza, y rozó la marca, que se calentó con su contacto. Su mano se tensó en la base de mi cráneo y apretó, haciendo que me pusiera de puntillas. Abrí los ojos y me tocó a mí contener la respiración. No era humano. Oh, no, este hombre no era humano.

—Jamás vuelva a mostrármelo. —La expresión de su cara era fría, dura, su voz gélida como un témpano de hielo.

—¿Por qué? ¿Qué hará si lo hago?

—Lo que está en mi naturaleza. Entre a la tienda. Es hora de su lección.

Después de haber recibido otro suspenso, Barrons y yo salimos a recorrer las calles.

No había recibido ningún soplo de Jayne desde su última llamada, hacía cuatro noches. Todas las mañanas leía el periódico. Si no me equivocaba al reconocer la tarjeta de visita del *Sinsar Dubh*, y estaba bastante segura de ello, saltaba a una víctima nueva cada noche. Sabía lo que el buen inspector hacía: estaba esperando su «té».

Y yo esperaba recibir inspiración divina de un momento a otro y que me mostrase el camino, en quién confiar y qué hacer. No me cabía la menor duda de que Jayne conseguiría lo que deseaba antes que yo.

Me equivocaba.

Llevábamos casi seis horas recorriendo de arriba abajo la ciudad en el Viper. Después de tantas noches, me conocía cada calle, cada callejón, cada aparcamiento. Sabía la localización de cada supermercado y gasolinera que abría desde la caída del sol hasta el amanecer. No había muchos. Tal vez la delincuencia no consiguiera que los juerguistas se quedaran en casa (no era fácil confinar a los borrachos y los solitarios, lo sé por el tiempo que pasé como camarera), pero sí hacía que los pequeños comerciantes y sus empleados cerraran antes de anochecer.

Me entristecía ver cómo Dublín se preparaba para los tiempos difíciles. Justo anoche habíamos descubierto una Zona Oscura, con una extensión de dos manzanas, que no aparecía en mi mapa. Lamentaba cada barrio desaparecido como si fuera una pérdida personal, como el largo pelo que había tenido que cortarme o las sosas ropas que tenía que vestir. Esta bulliciosa y alegre ciudad y yo estábamos cambiando.

Normalmente es Barrons quien va al volante cuando salimos de caza, por si acaso pierdo el control de mis funciones motrices básicas, pero eso hacía que me fuera más difícil evitar encuentros con el Libro, de modo que esta noche había insistido en conducir yo.

Era un pésimo copiloto, no dejaba de dar indicaciones que yo ignoraba, pero era mejor que la alternativa. La noche pasada cuando estuve a punto de tener un encontronazo con el Libro, fingí tener una repentina necesidad imperiosa de ir al baño (la única gasolinera abierta era aquella en que habíamos parado a repostar, que se encontraba en dirección contraria), y me gané una enervante mirada inquisitiva por su parte. Sospechaba que comenzaba a recelar. Al fin y al cabo, también leía el periódico. El crimen de esta mañana se había producido a poco más de kilómetro y medio de donde le había hecho dar la vuelta la noche anterior. Aunque él no sabía que mi radar era más potente, no me cabía duda de que acabaría sumando dos y dos.

Y por eso iba yo al volante, con los sentidos *sidhe-seer* totalmente alerta, esperando a sentir el más ligero hormigueo para poder dar media vuelta de forma sutil, cuando sucedió algo absolutamente inesperado.

El *Sinsar Dubh* apareció de golpe en mi radar y venía directamente hacia nosotros a toda velocidad.

Cambié de dirección y los neumáticos del Viper derraparon violentamente en el pavimento. No había nada más que pudiera hacer.

Barrons me miró con dureza.

—¿Qué? ¿Lo ha sentido?

¡Ah, menuda ironía! Se pensaba que había girado para dirigirme hacia él.

—No —mentí—. Es que acabo de darme cuenta de que me he olvidado la lanza. Me la dejé en la librería. ¿A que es increíble? Nunca me olvido la lanza. No sé en qué narices estaba pensando; supongo que no pensaba. Estaba hablando por teléfono con mi padre mientras me vestía y se me fue totalmente la pinza. —Pisé el acelerador y cambié de marcha.

Barrons ni siquiera intentó cachearme, sino que se limitó a decirme:

—Mentirosa.

Aceleré, adoptando una sonrojada expresión embarazosa en la cara.

—De acuerdo, Barrons. Me ha pillado. Pero necesito volver a la librería. Es... bueno... es personal. —El maldito *Sinsar Dubh* me estaba ganando terreno. Estaba siendo perseguida por aquello a lo que se suponía debía perseguir. Algo fallaba—. Es... un asunto de mujeres... ya sabe.

—No, no lo sé, señorita Lane. ¿Por qué no me ilustra?

Pasamos zumbando por delante de un montón de *pubs* a toda velocidad. Me sentí agradecía por que la noche era demasiado fría como para que hubiera excesivo tráfico peatonal. Si me veía forzada a reducir la velocidad el Libro me alcanzaría, y ya tenía una jaqueca del tamaño de Texas que amenazaba con tragarse Nuevo México y Oklahoma.

—Es ese momento... ya sabe... del mes. —Sofoqué un gemido de dolor.

—¿Ese momento? —repitió, con voz queda—. ¿Se refiere al momento de parar en uno de los numerosos supermercados que acabamos de pasar para que pueda comprar tampones? ¿Es eso lo que me está diciendo?

Iba a vomitar; el libro estaba demasiado cerca. La saliva se estaba acumulando en mi boca. ¿A qué distancia estaba? ¿A dos manzanas? ¿A menos?

—Sí —grité—. ¡Eso es! Pero utilizo una marca especial y allí no la tienen.

—Puedo olerla, señorita Lane —dijo, en voz aún más baja—. Y la sangre que capto es únicamente la de sus venas, no la menstrual.

Volví la cabeza hacia la izquierda como un rayo y me le quedé mirando. Vale, eso era lo más perturbador que me había dicho nunca.

—¡Ahhh! —grité, soltando el volante y la palanca de cambios para agarrarme la cabeza. El Viper se subió a la acera y se llevó por delante dos puestos de periódicos y una farola antes de estrellarse contra una boca de incendios.

Y el maldito y estúpido libro seguía acercándose. Comencé a echar espuma por la boca al tiempo que me preguntaba qué sucedería si pasaba a unos pocos pasos de mí. ¿Moriría? ¿Me explotaría de verdad la cabeza?

El libro se detuvo.

Yo me desplomé sobre el volante, jadeando, agradecida por la tregua. El dolor no amainaba pero al menos no estaba aumentando. Esperaba que la próxima víctima del Libro se diera prisa y se lo llevara en la dirección contraria a toda pastilla. No era un pensamiento demasiado propio de una *sidhe-seer*, pero tenía problemas.

Barrons abrió la puerta de una patada, se acercó hecho una furia a mi lado y me sacó de malas maneras.

—¿Por dónde? —bramó.

Yo señalé con el dedo.

—¿Por dónde?

Utilizó la voz y señalé en la otra dirección.

Agarrándome del pelo, me llevó a rastras consigo, acercándome cada vez más al Libro.

—¡Va... a... matarme! —grité.

—No tiene ni idea —gruñó.

—Por favor... ¡Pare! —Caminaba a trompicones, ajena a todo salvo al dolor.

Barrons me soltó tan de golpe que caí de rodillas, resollando, llorando. Me dolía tanto. Mi cabeza gritaba, por mis venas corría hielo y fuego bajo mi piel. ¿Por qué? ¿Por qué el Libro me hacía daño? ¡Si ya no era tan pura y buena! Había mentido a todo el mundo. Había matado a una *sidhe-seer*; vale, eso fue un accidente, pero tenía sangre inocente en las manos, junto con toda la de los hombres de O'Bannion. Había tenido pensamientos lujuriosos con hombres con los que ninguna mujer en su sano juicio los tendría. Había estado mutilando a otras criaturas vivas para comerlas a fin de robarles su...

Fuerza. Eso era lo que necesitaba. La fuerza y el poder de los *unseelies*, la oscuridad que era afín y amiga del Libro viviendo en mi interior.

¿Dónde estaba mi bolso?

Lo busqué sumida en el dolor. Estaba en el coche y jamás conseguiría llegar hasta él. Ni siquiera era capaz de ponerme en pie. El mero intento de levantar la cabeza me hizo gemir de dolor. ¿Dónde estaba Barrons? ¿Qué hacía? El aire era helador. El pavimento se congeló debajo de mí y lo sentí ascender por las rodillas hasta los muslos. Un viento ártico me agitó el cabello, se filtró a través de mi ropa y lanzó contra mí la basura de la calle.

¿Qué estaba haciendo Barrons? ¡Tenía que verlo!

Busqué ese lugar *sidhe-seer* dentro de mi cabeza. La sola existencia del Libro hacía que se inflamase. Era cuanto temíamos de los *faes*. Defendernos de él era nuestro único fin en la vida.

Inspiré rápida y profundamente, inhalando bocanadas tan gélidas que me ardieron los pulmones. Traté de abrazar el dolor y convencerme de que era uno con él. ¿Qué me había dicho Barrons? Que me agarrotaba. Tenía que relajarme, dejar de luchar contra ello. Dejar que se abatiera sobre mí y cabalgarlo como si fuera una ola. Era más fácil de decir que de hacer, pero logré ponerme de nuevo de rodillas y levantar la cabeza.

En medio de la calle adoquinada, a unos diez metros de distancia, se encontraba la Bestia.

Me miró. Me dijo «hola, Mac».

Sabía mi nombre. ¿Cómo es que sabía mi nombre? ¡Joder, joder, joder!

Cesaron los gritos en mi cabeza, el dolor desapareció y la noche se sumió en la quietud, me encontraba en el ojo del huracán.

Barrons estaba ahora a cinco metros y medio de él.

Ojalá pudiera describíroslo, aunque me alegra no poder hacerlo. Porque si pudiera encontrar las palabras necesarias, se me quedarían grabadas para siempre en la cabeza y no deseo tener dentro nada semejante. Su semblante es realmente terrible, pero una vez que ya no lo tienes delante, el cerebro no se aferra a ello. El modo en que se mueve, en que te mira y se burla de ti. Cómo nos conoce. Nos vemos reflejados en los ojos de otras personas. Es la naturaleza de la raza humana, somos especies que ansiamos el reflejo en todas las facetas de nuestra existencia. Quizá por eso los vampiros nos parecen tan monstruosos, carecen de reflejo. Los padres, si son buenos, reflejan el milagro de nuestra existencia y el éxito que podemos alcanzar. Los amigos, bien elegidos, nos presentan bonitas imágenes de nosotros mismos y nos alientan a convertirnos en ellas.

La Bestia nos muestra lo peor de nosotros mismos y precisamente hace que sepamos que es cierto.

Barrons se estaba inclinando.

La Bestia se transformó en un libro de tapa dura inofensivo.

Barrons hincó una rodilla en el suelo.

El libro se convirtió en el *Sinsar Dubh*, con bandas y candados metálicos. Estaba aguardando, podía sentir como esperaba.

Barrons alargó la mano.

Por primera vez en mi vida recé. «Dios, no, por favor. Dios mío, no. No permitas que Barrons lo coja y se vuelva malo porque, si lo hace, estamos todos perdidos. Yo estaré muerta, los muros se derrumbarán y el mundo se irá al garete.»

Entonces comprendí que la razón de que me sintiera tan confusa la noche en que vi a Barrons salir del espejo de plata era que, en el fondo de mi alma, no creía que en realidad fuera malvado. No me malinterpretéis, tampoco creía que fuera bueno, pero ser malo no es ser malvado. El mal es una causa perdida. No había estado dispuesta a confiar en mi corazón porque temía cometer los mismos errores que Alina y que, cuando muriera, la voz incorpórea del narrador de mi vida comentase: «bueno, ahí está la segunda chica de los Lane, más lerda aún que la otra». Cuando más confusos nos sentimos es cuando tratamos de convencer a nuestra razón de algo que el corazón sabe que es mentira.

Escasos centímetros separaban los dedos de Barrons del *Sinsar Dubh*.

—¡Barrons! —grité.

Él se estremeció y volvió la vista hacia mí. Sus ojos eran completamente negros.

—Jericho —gimoteé.

Barrons sacudió la cabeza violentamente de un lado a otro. Se levantó lentamente, moviéndose como un hombre que tuviera fracturados los huesos de todas las extremidades, y comenzó a retroceder.

De pronto el Libro se metamorfoseó en la Bestia y se alzó más y más ante nosotros, bloqueando la vista del cielo.

Fue entonces cuando Barrons se dio la vuelta y echó a correr.

El dolor regresó, aplastante y atroz. La noche se volvió fría y vacía de vida, y el viento retornó, llevando consigo las voces de los muertos que no habían sido vengados.

Sentí que me cogían en brazos y rodeé el cuello de Barrons, aferrándome a él mientras corría.

A las cuatro en punto de la madrugada, estábamos sentados delante de la chimenea de la librería, en la zona de ocio, detrás de las estanterías donde ningún transeúnte pudiera vernos, aunque no esperábamos que a esas horas hubiera alguno rondando la Zona Oscura.

Estaba acurrucada en un montón de mantas, con la vista clavada en las llamas. Barrons me trajo una taza de chocolate caliente que había preparado en el microondas, utilizando dos sobrecitos instantáneos del antiguo alijo de Fiona detrás de la caja registradora. Lo acepté, agradecida. Cada pocos minutos, me ponía a tiritar violentamente por el frío. Dudaba que volviera a entrar en calor de nuevo.

—Ella está con O'Bannion, sabe —le dije, los labios me ardían de fríos que estaban. Incluso Barrons parecía congelado, pálido.

—Lo sé —respondió.

—Está consumiendo carne *unseelie*.

—Sí.

—¿Le importa eso?

—Fio es dueña de sí misma, señorita Lane.

—¿Y si tengo que matarla? —Si me atacaba ahora no tendría otra opción que clavarle mi lanza.

—Ella intentó matarla. Si su plan hubiera funcionado estaría muerta. La subestimé, no la creí capaz de asesinar. Me equivocaba. Quería quitársela de en medio y estaba dispuesta a sacrificar cualquiera cosa que yo quisiera, o necesitara, para lograrlo.

—¿Era su amante?

Él me miró.

—Sí.

—Ah. —Removí el chocolate con la cuchara—. Era un poco vieja, ¿no le parece? —Puso los ojos en blanco tan pronto como solté eso. Me estaba dejando llevar por las apariencias, no por la realidad. Y la realidad era que Barrons, como poco, le doblaba la edad; ¿quién sabía cuántos años más le sacaba?

Él curvó ligeramente los labios. Yo me puse a llorar.

—Pare de inmediato, señorita Lane.

—No puedo —gimoteé, agachando la cabeza sobre la taza de chocolate para que no pudiera verme.

—¡Esfuércese más!

Sorbí por la nariz con fuerza y me estremecí, luego me serené.

—No he sido su amante desde hace... algún tiempo —me explicó, observándome con atención.

—¡Oh, no sea tan creído! No lloro por eso.

—¿Por qué entonces?

—No puedo hacerlo, Barrons —dije con voz apagada—. Ya lo ha visto. No puedo coger... esa... esa... «cosa». ¿A quién queremos engañar?

Miramos las llamas durante un rato, hasta mucho después de que me hubiera terminado el chocolate.

Su boca dibujó una amarga sonrisa.

—Durante todo este tiempo que he estado persiguiéndolo, me decía a mí mismo que yo sería la excepción. Que sería el único que podría tocarlo, usarlo. Que no me afectaría. Estaba tan seguro de mí mismo. Le decía «lléveme lo bastante cerca de él como para que pueda verlo», convencido de que entonces lo tendría prácticamente en el bote. Bien, pues estaba equivocado. —Prorrumpió en una repentina carcajada—. Yo tampoco puedo tocarlo.

—¿No puede o no quiere?

—Una sutil diferencia. La definición perfecta es «ironía»: aquello que deseo poseer no lo querría una vez lo poseyera. Lo perdería todo para no ganar nada. No soy dado a perder el tiempo.

Bueno, al menos ya no tenía que preocuparme de que Barrons o V'lane consiguieran el libro antes que yo. V'lane no podía tocarlo porque era *seelie* y Barrons no «quería» porque era lo bastante listo como para comprender que la devastadora Bestia echaría a perder el propósito por el cuál lo deseaba, fuese cual fuese.

—¿Venía a por nosotros? —pregunté.

—No lo sé —respondió—. Aunque sin duda tenía toda la pinta, ¿no es así?

Me arrebujé con las mantas.

—¿Qué vamos a hacer, Barrons?

Me lanzó una mirada sombría.

—Lo único que podemos hacer, señorita Lane. Vamos a mantener esos malditos muros en pie.

Capítulo 14

Cuando abrí la tienda al público el jueves por la mañana —señal de cuánto deseaba ser una chica corriente en un mundo normal—, el inspector Jayne me estaba esperando.

Retrocedí para dejarle pasar, eché la llave a la puerta y luego, con un sonoro suspiro, cedí a lo absurdo de mis acciones y puse de nuevo el cartel de «CERRADO». Yo no era una persona normal y el mundo tampoco lo era, y fingir no iba a servir de nada. Era hora de poner las cartas sobre la mesa. La librería me envolvió en un confort temporal al que no tenía derecho. Debería de sentirme inquieta y temerosa. El miedo es una inspiración poderosa.

Tomé el abrigo húmedo del inspector y le indiqué que tomara asiento cerca del fuego.

—¿Le apetece un té? Es decir, ¿un té normal?

Él asintió y se sentó.

Le llevé una taza de Earl Grey, me acomodé en una butaca frente a él y tomé un sorbo de mi té.

—Parecemos una parejita —dijo, soplando para enfriar su té.

Sonreí, sí que lo parecíamos. Parecía que había pasado un año desde que me llevó a rastras a la comisaría. Meses desde que me había acosado en la entrada con los mapas.

—Tiene sus inconvenientes —le dije, refiriéndome a la ingesta de carne *unseelie*. Él sabía de qué estaba hablando, era el motivo de su visita.

—Como todo.

—Te da súper fuerza, pero no se puede matar a un *fae*, Jayne. No puede pelear con ellos. Debe conformarse simplemente con mirar. Si intenta acabar con ellos, sabrán que usted está al corriente y le matarán.

—¿Hace que seas tan fuerte como uno de ellos?

Consideré aquello. Pero lo ignoraba y así se lo dije.

—Entonces, ¿podría ser? —me preguntó de nuevo.

Me encogí de hombros.

—Aunque así fuera, seguiría sin poder liquidarlos. No mueren, ya que son inmortales.

—¿Para qué cree que sirven las cárceles, señorita Lane? A nosotros tampoco se nos permite matar a los asesinos en serie.

—Ah. —Parpadeé—. No se me había ocurrido pensar en enchironarlos. No estoy segura de que exista algo que pueda retenerlos. —Exceptuando la prisión *unseelie* elaborada con versos del Canto de la Creación—. Pueden desplazarse en el espacio, ¿recuerda?

—¿Todos?

Había señalado algo muy interesante. Jamás había visto desplazarse a un *rhino-boy*. Suponía que era posible que sólo los *faes* más poderosos pudieran hacerlo; los príncipes y aquellos que eran únicos, como el Hombre Gris.

—¿No merece la pena probar? Tal vez a nosotros, los simples mortales, se nos ocurran algunas sorpresas. Mientras usted hace su trabajo, otros pueden hacer el suyo. En la calle se rumorea que se avecina algo malo y a no tardar demasiado. ¿Qué se cuece?

Le hablé acerca de Halloween, de los muros y sobre lo que sucedería si acababan por derrumbarse.

Jayne dejó la taza y el platito sobre la mesa.

—¿Y quiere dejarme ahí fuera, indefenso?

—También tiene otros inconvenientes. No estoy segura de todos, pero uno de ellos es que si te hieren con una de las armas inmortales, te... —le describí la muerte de Mallucé. La carne en estado de descomposición, las partes necrosadas de su cuerpo.

—¿Cuántas armas inmortales existen, señorita Lane?

—Dos.

Jayne había hecho un largo viaje; ¡había pasado de negar las partes desaparecidas de los mapas a hablar con desenvoltura de comer carne de los monstruos y de armas inmortales!

—¿Quién las tiene?

—Ah, otra persona y yo.

El inspector dibujó una vaga sonrisa.

—Me arriesgaré.

—Es adictivo.

—Antes era fumador. Si pude dejar el tabaco, puedo dejar cualquier cosa.

—Creo que, de algún modo, te cambia.

Estaba casi segura de que comer carne *unseelie* era el motivo de que hubiera podido acercarme al *Sinsar Dubh*. Ignoraba todos los efectos que tenía su ingesta, pero «algo» había hecho que el Libro me percibiera como alguien… corrompido, contaminado.

—Señorita, usted me ha cambiado más de lo que lo habría hecho un infarto prematuro. Deje de dar largas al asunto. No habrá más soplos, ¿recuerda?

De ahora en adelante, no quería más chivatazos. Mi único deseo de saber dónde estaba el Libro tenía como objeto poder esquivarlo.

—No me dio opción cuando me abrió los ojos —dijo el inspector, con brusquedad—. Está en deuda conmigo por ello.

Estudié su rostro, la tensión en sus hombros y manos. Yo también había recorrido un largo camino. Ya no veía en él a un enemigo que me impedía avanzar, lo que veía era a un buen hombre sentado en mi tienda, tomando el té conmigo.

—Lamento haberle hecho comer esa carne —dije.

—Yo no —respondió, tajante—. Prefiero morir viendo la cara de mi enemigo que morir ciego a todo.

Dejé escapar un suspiro.

—Tendrá que venir cada pocos días. No sé cuánto duran los efectos.

Me fui al mostrador y rebusqué en mi bolso. Jayne aceptó los tarros con demasiada impaciencia para mi gusto, su rostro traslucía repulsión e ilusión a partes iguales. Me sentí como si fuera un camello. Como una madre que envía a su hijo a enfrentarse a los peligros de la escuela primaria. No podía limitarme a darle la tartera con el almuerzo y a dejarle en el autobús; tenía que darle algunos consejos.

—Los que se asemejan a rinocerontes son los guardianes de los *faes*. Se dedican a espiar, y últimamente, por alguna extraña razón, han estado desempeñando labores de servicio público. Me parece que los que vuelan se alimentan de niños, pero no estoy segura. Los siguen volando por el aire. Los hay delicados y hermosos, que pueden meterse dentro de ti. Yo los llamo *grippers*. Si ve a uno que se dirige hacia usted, eche a correr como alma que lleva el diablo. Las Sombras le devorarán en un abrir y cerrar de ojos si se mete en una Zona Oscura. Por la noche, tiene que mantenerse en la luz... —Tenía medio cuerpo fuera de la puerta cuando le dije—: Lleve siempre consigo linternas. Si le atrapan en la oscuridad, está muerto.

—Ya me las apañaré, señorita Lane. —Subió a su coche y se marchó.

A las once en punto me encontraba en Punta Cana, paseando con V'lane por la playa, con un biquini de lamé dorado (el bikini lo llevaba yo, no V'lane; sí, ya sé que es una horterada, pero no fui yo quien lo escogió), con un pareo rosa.

Había liberado su nombre al viento y le había invocado poco después de que Jayne se marchara, desesperada por obtener respuestas y en absoluto reacia a tomar un poco de sol. Me había pasado toda la noche, y casi toda la mañana, pensando en los muros. Cuanto más sabíamos de ellos, mayores probabilidades teníamos de fortificarlos. La fuente más fiable de información era un príncipe *fae*, aquel en quien más confiaba la reina y que hacía mucho que no bebía del Caldero.

En primer lugar me exigió saber las últimas noticias sobre el *Sinsar Dubh* y se las dije, obviando el hecho de que Barrons había estado conmigo para evitar un posible concurso de «a ver quién la tiene más larga». Le dije que no tenía sentido que continuara persiguiéndolo en estos momentos puesto que no tenía ni idea de cómo acercarme a él y, dado que él tampoco podía, no había modo de hacérselo llegar a la reina. Y justo cuando acabé de decírselo, me vino a la cabeza una pregunta tan obvia que no podía creer que no se me hubiera ocurrido antes.

—Me has dicho que la reina puede tocarlo, entonces ¿por qué no va tras él ella misma?

—Porque no se atreve a abandonar el reino Faery. Sufrió un ataque no hace mucho que la dejó gravemente debilitada. Sus enemigos en el mundo de los mortales son demasiado numerosos. Ha huido de la corte y buscado refugio y protección en un antiguo santuario dentro de nuestro reino. Es, además, un lugar de gran poder mágico. Cree que allí puede recrear el Canto. Sólo aquellos pocos en quien confía pueden entrar. Debe protegérsela, MacKayla. No hay nadie que pueda ocupar su lugar. Todas las princesas han desaparecido.

—¿Qué les ha sucedido? —En una sociedad matriarcal, eso era una catástrofe.

—Aoibheal las envió en busca del Libro, junto con otros. Desde entonces no se les ha vuelto a ver ni se ha tenido noticias de ellas.

¿Y creían que yo podría hacerlo? Si las princesas *faes* eran incapaces de defenderse de los muchos peligros que había ahí afuera, ¿qué posibilidades tenía yo?

—Hay una cosa que no entiendo, V'lane. Los muros de la prisión *unseelie* fueron erigidos hace cientos de miles de años, ¿no es así?

—Sí.

—¿Eso no fue mucho antes de que la reina levantara los muros que separan nuestros reinos?

Él asintió.

—Bien, si antes eran independientes unos de otros, ¿por qué ahora no lo son? ¿Por qué caerán también los muros de la prisión si L. M. logra derrumbar los que separan los reinos? ¿Por qué se derrumbarán todos los muros?

—Los muros nunca han existido de forma independiente. Los que separan nuestros reinos son una extensión de los de la prisión. Sin el Canto la reina es incapaz de fabricar barreras por sí misma. Mantener separados nuestros mundos requiere un gran poder. Tuvo que aprovechar al máximo la magia de los muros de la prisión y confiarles parte de la fortificación a los humanos. Un pacto de magia produce, inevitablemente, mejores resultados que una única obra. Era arriesgado pero, aun a pesar de las objeciones del Consejo, ella lo estimó necesario.

—¿Qué objeciones tenía el Consejo?

—Cuando llegamos aquí, erais igual que el resto de la vida de este mundo: salvajes, animales. Pero un buen día desarrollasteis el lenguaje. Un buen día el perro ya no agitaba la cola y ladraba, sino que hablaba. En su opinión, eso os convertía en seres superiores. Os otorgó derechos y nos ordenó que coexistiéramos con vosotros. Y aunque no funcionó, en lugar de exterminaros (algo en lo que dos tercios del Consejo estaban a favor), nos separó como parte de vuestros nuevos derechos.

Era obvio que V'lane no nos creía merecedores de ningún derecho.

—Lamento que acabáramos con vuestra supremacía racial —dije con frialdad—. Pero este mundo era nuestro antes de que llegarais vosotros, ¿recuerdas?

Copos de nieve cayeron sobre mis hombros.

—Lo dices a menudo. Dime, humana, ¿qué crees que prueba eso? ¿Que la vida surgiera en este planeta por cosas del destino os da derecho a él? Vuestro mundo floreció gracias a nuestras atenciones. Lo cubrimos de vegetación; Gea, la Madre Tierra, floreció por nosotros. Tu raza la ha cubierto de gases tóxicos, la ha dividido, llenado de hormigón, y ahora la superpobláis. El planeta llora. Vuestra raza no conoce límites. Nosotros, sí. Vuestra raza no conoce la paciencia. Nosotros somos la raza más paciente que jamás conocerás.

Sus palabras me dejaron helada. Los *faes* podían permitirse el lujo de tardar miles de años en hallar la forma de encerrar de nuevo en prisión a sus hermanos oscuros, pero la raza humana jamás sobreviviría tanto tiempo. Más motivos para impedir que la fuga tuviera lugar.

—¿Qué está haciendo L. M. para debilitar los muros?

—Lo desconozco.

—¿Qué podemos hacer para fortalecerlos?

—Lo ignoro. Existían acuerdos entre la reina y los humanos que ocultaba y protegía. Deben de hacer honor a ellos.

—Y eso han hecho, pero no funciona.

Él se encogió de hombros.

—¿Por qué tienes miedo? Si los muros caen, yo te mantendré a salvo.

—No sólo me preocupo por mí.

—Protegeré a tus seres queridos en… Ashford, ¿verdad? A tu madre y a tu padre. ¿Quién más te importa?

Sentí que sus palabras eran como la punta de una espada acariciándome la espalda. Conocía la existencia de mis padres y de dónde era yo. Detestaba que cualquier *fae*, bueno o malo, supiese de la gente a la que quiero. Entendía cómo debió de sentirse Alina al tratar de mantener nuestra existencia oculta al nuevo mundo oscuro con el que se había encontrado en Dublín, incluyendo al novio en quien había confiado. ¿Habría librado una batalla entre el corazón y la razón a causa de él? ¿Habría sentido en el fondo de su alma que era malvado, pero se había dejado seducir por sus palabras y embelesar por sus actos?

No, él la había engañado. A pesar de sostener lo contrario, no cabía duda de que había empleado la Voz con ella. Nada más explicaba cómo habían terminado las cosas.

—Quiero más que eso, V'lane —dije—. Quiero que toda la raza humana esté a salvo.

—¿No crees que tu gente se beneficiaría con la reducción numérica? ¿Acaso no lees los periódicos? Acusas a los *faes* de ser unos bárbaros aunque la crueldad de los humanos no tiene parangón.

—No he venido aquí para discutir sobre el mundo. Ése no es mi trabajo. Yo sólo intento salvarlo.

Estaba furioso, igual que yo. No nos entendíamos. Cuando me estrechó entre sus brazos, su contacto era tierno, pero no así sus ojos. Se tomó su tiempo con mi lengua. Me avergüenza decir que sucumbí, perdida en el beso del príncipe *fae*, y me entregó cuatro veces su nombre.

—Una por cada una de las Casas Reales —dijo, y con una sonrisa burlona, se desvaneció.

Los efectos posteriores fueron tan intensos que tardé unos momentos en darme cuenta de que algo no iba bien.

—Ah, V'lane —dije al aire—. Me parece que te has olvidado de algo.

De mí.

—¿Hola? Sigo en Punta Cana.

Me pregunté si esa era su forma de obligarme a utilizar de nuevo su nombre para poder colocármelo otra vez. «Discúlpame, *sidhe-seer* —me diría—. Tengo muchas otras cosas de qué preocuparme». ¡Y una mierda! Si su mente era tan vasta como constantemente afirmaba, no tenía derecho a tener lapsus de memoria.

Había recuperado la lanza. La gente no paraba de mirarme.

Suponía que no todos los días tenían la oportunidad de ver a una chica en biquini, con una lanza, y hablando sola. Eché un buen vistazo a mi alrededor y me miré, cayendo en la cuenta de que era probablemente mi atuendo, y no mi lanza, lo que daba el cante.

Tan absorta había estado en mi conversación con V'lane que no me había percatado de que nos encontrábamos en una playa nudista.

Dos hombres pasaron por mi lado y me puse como un tomate. Tenían la edad de mi padre y... ¡tenían pene!

—Vamos, V'lane —dije entre dientes—. ¡Sácame de aquí!

Me dejó compuesta y sin novio durante unos minutos más antes de devolverme a la librería... vestida con el biquini de lamé dorado, por supuesto.

Mi vida cambió entonces, entró en una nueva rutina.

Ya no tenía ganas de llevar la librería, sentarme al ordenador o sumergirme en un montón de libros de consulta. Me sentía como un enfermo terminal. No sólo había fracasado en mi intento de hacerme con el *Sinsar Dubh*, sino que eso me había forzado a reconocer que estaba irremediablemente fuera de mi alcance en estos momentos.

No había nada que pudiera hacer salvo aguardar y esperar que otros pudieran hacer su labor y darme así más tiempo para descubrir cómo hacer la mía... si es que eso aún era posible. ¿Qué sabía Alina que yo ignoraba? ¿Dónde estaba su diario? ¿Cómo pensaba ponerle ella las manos encima al Libro Oscuro?

Quedaban siete días. Seis... cinco... cuatro...

No podía librarme de la sensación de que estaba sucediendo algo ahí fuera, justo ante mis narices, y que me lo estaba perdiendo. Puede que se me diera bien pensar con la mente más abierta, que hubiera dejado atrás mis ideas provincianas, pero sospechaba que tenía que ampliar aún más mis horizontes y, para hacer eso, tenía que ver dichos horizontes.

Con ese fin en la mente, me pasé los días armada hasta los dientes, con el cuello del abrigo subido para protegerme del frío mientras caminaba por las calles de Dublín, abriéndome paso entre los turistas que continuaban visitando la ciudad a pesar del inclemente tiempo y del alto índice de criminalidad.

Deslizándome entre horripilantes *unseelies*, entré en un club para tomarme un chocolate caliente, donde escuché descaradamente conversaciones ajenas, entre humanos y *faes* por igual. Me detuve en un antro en la esquina para comprar pescado y patatas fritas y charlé con el cocinero. Me paré en la acera a hablar con uno de los pocos quiosqueros humanos que quedaban (casualmente el mismo anciano caballero que me había indicado dónde estaba la comisaría de policía cuando llegué a la ciudad), y que ahora me confió, con su encantador acento, que los titulares de los periodicuchos eran ciertos; volvían los viejos tiempos. Visité los museos. Visité la impresionante biblioteca del Trinity College. Probé distintas cervezas en la fábrica de Guinness y me subí al andén a contemplar el océano de tejados.

Y tuve una sorprendente revelación: adoraba esta ciudad.

Amaba Dublín, pese a estar inundada de monstruos, a sufrir una oleada de crímenes y estar afectada por la violencia del *Sinsar Dubh*. ¿Se habría sentido Alina como yo? ¿Aterrada por lo que podría avecinarse, pero más viva de lo que jamás se había sentido?

Y más sola también.

Las *sidhe-seers* no me devolvían las llamadas. Ni siquiera Dani. Habían elegido y Rowena era la vencedora. Sabía que tenían miedo, que lo único que casi todas habían conocido en toda su vida era la abadía y que ella se aprovecharía de sus miedos para manipularlas hábilmente. Deseé irrumpir en PHI y luchar. Desafiar a la vieja, defender mi caso antes las *sidhe-seers*. Pero no hice nada de eso. Hay cosas que uno no debería tener que pedir. Yo les había entregado una muestra de buena voluntad y esperaba algo a cambio.

Recorrí las calles, observé y tomé notas en mi diario sobre las distintas cosas que vi.

Incluso Barrons me había abandonado, inmerso en el examen de algún antiguo ritual que creía que podría ayudar en *Samhain*.

Christian me llamó e invitó a ir a la tierra de los MacKeltar, en algún lugar de las montañas de Escocia, pero no tuve fuerzas para dejar la ciudad. Me sentía como si fuera su primera línea de defensa o, quizá, como si fuese el capitán que se hunde con su barco. Según me contó Christian con cierta hosquedad, sus tíos toleraban a Barrons, aunque por poco. Fuera como fuese, habían acordado trabajar en equipo por un tiempo. El tono de su voz me dejó claro que una vez concluyera el ritual, podría comenzar una guerra druida a gran escala. Me traía al fresco, por mí podían luchar cuanto quisieran siempre que los muros estuvieran fortificados.

Tres días antes de Halloween, encontré un billete de avión a Ashford ante la puerta de mi dormitorio. Era sólo de ida y el vuelo salía esa misma tarde. Me quedé allí de pie, sujetándolo durante un buen rato, con los ojos cerrados y apoyada en la pared, imaginando a mis padres y mi cuarto.

En Georgia es otoño en octubre y es cuando más bonita está: los árboles se visten de tonos rubí, ámbar y naranja; las hojas, la tierra y la comida casera del sur perfuman el aire con su fragancia; las noches claras, como sólo pueden serlo en la América rural, lejos de las luces de la ciudad.

La noche de Halloween, los Brook ofrecerían su caza del tesoro anual de fantasmas y vampiros. El club de golf Brickyard celebraría un concurso de disfraces, invitando a la ciudad a asistir si así lo deseaba. Siempre era un éxito. La gente elegía los trajes más extraños. Si libraba y la temperatura era adecuada, Alina y yo dábamos una fiesta en la piscina. Mis padres siempre se portaron estupendamente y esa noche se hospedaban en un hotel. Nunca ocultaron el hecho de que, más bien, estaban impacientes por marcharse a pasar una noche romántica ellos solos.

Reviví mi regreso a casa mientras sujetaba ese billete en la mano.

Luego llamé para intentar que le devolvieran el dinero a Barrons. Lo más que pudieron hacer fue reservar el importe, más un recargo adicional, para un futuro pasaje a mi nombre.

—¿Creía que iba a huir? —le pregunté más tarde aquella noche. Barrons estaba aún dondequiera que estuviese. Le había telefoneado con mi móvil.

—No la culparía si lo hiciera. ¿Se habría marchado si hubiera reservado un viaje de ida y vuelta?

—No. Tengo miedo de que algo pueda seguirme hasta allí. He renunciado a la idea de volver a casa en mucho tiempo, Barrons. Algún día lo haré, cuando sea seguro.

—¿Y si no vuelve a ser seguro que regrese?

—He de creer que lo será.

Siguió un prolongado silencio tras mis palabras. La quietud en la librería era tal que podría escuchar un alfiler al caer. Estaba sola.

—¿Cuándo vuelve a casa? —inquirí.

—¿A casa, señorita Lane?

—De algún modo tengo que llamarlo.

Ya habíamos mantenido esta conversación con anterioridad, de pie en un cementerio. Le dije que si el hogar se hallaba donde está el corazón, el mío se encontraba a dos metros bajo tierra. Eso ya no era verdad. Ahora mi corazón estaba dentro de mí, junto con todas sus esperanzas, temores y sufrimientos.

—Ya casi he terminado. Mañana estaré ahí. —Y colgó.

Las tres de la madrugada.

Me incorporé en la cama como un rayo. El corazón me latía desaforadamente y tenía los nervios a flor de piel.

Estaba sonando mi móvil.

—¿Qué puñetas hacías? —espetó Dani cuando respondí—. ¡Duermes como un maldito lirón! ¡Llevo llamándote cinco minutos!

—¿Estás bien? —exigí saber, tiritando. Había vuelto a estar en aquel lugar tan gélido. Los últimos vestigios de mi misterioso sueño desaparecieron, pero el frío no.

—Mira por la ventana, Mac.

Me levanté, agarré la lanza y corrí hasta la ventana.

Mi dormitorio, al igual que el anterior que había ocupado y que Barrons puso patas arriba, se encuentra en la parte posterior del edificio, de modo que puedo vigilar el callejón trasero por la ventana y tener controladas a las Sombras.

Dani estaba de pie abajo, en la angosta senda de luz entre la librería y el garaje de Barrons, con el teléfono apoyado entre su delgado hombro y la oreja, sonriéndome de oreja a oreja.

Llevaba puesto un abrigo largo de cuero negro que parecía

sacado de una película de vampiros y le quedaba grande de hombros. Mientras miraba, sacó lentamente de debajo algo largo, como de alabastro, e increíblemente hermoso.

Me quedé boquiabierta. Sólo podría tratarse de La Espada de Luz.

—Vamos a darles una lección a algunos *faes*. —Dani rio, y la expresión de sus ojos no parecía, en absoluto, la de una chica de trece años.

—¿Dónde está Rowena? —Me quité los pantalones del pijama y me puse unos vaqueros, sin que dejaran de castañetearme los dientes. Detestaba el lugar helado de mis sueños.

—Ro no está. Ha cogido un avión esta tarde y no pudo llevarse la espada consigo. Me he escapado. ¿Quieres hablar o quieres venir a cargarte a unos cuantos *unseelies*, Mac?

¿Estaba de guasa? Éste era el sueño húmedo de toda *sidheseer*. En vez de quedarme de brazos cruzados, dándole al coco, hablando o documentándome... ¡podía salir y hacer algo! Apagué el móvil, me puse dos camisetas debajo de un jersey, me calcé las botas, agarré el MacHalo a la que salía y me lo puse, deseando tener uno también para Dani. Pero no importaba; si acabábamos en algún lugar oscuro, me pegaría a ella como si fuera una lapa.

Nos cargamos a ochenta y siete *unseelies* aquella noche... Luego perdimos la cuenta.

Capítulo 15

*P*asé gran parte de la víspera de Halloween limpiando los estragos de los festejos de la noche anterior. A diferencia de las secuelas de una parranda en mi casa de Georgia, los restos del buen rato pasado en Dublín no eran vasos de plástico pegajosos, cortezas de *pizza* a medio comer y colillas de cigarrillos metidas en botellines de cerveza, sino monstruos muertos y partes de sus cuerpos.

El problema cuando matas a un *fae* es que éste deja de proyectar *glamour* y, contrariamente a lo que divulga la estúpida creencia de la cultura popular, los cuerpos no se desintegran. Permanecen aquí, en nuestro mundo, totalmente visibles para todo el mundo.

Inmersa en el placer de la matanza, me olvidé de los cadáveres. Igual que Dani. No se trata de que cuando mueren se hacen de pronto visibles a mis ojos, para mí son visibles en todo momento.

Por las noticias matinales me enteré del descubrimiento de «objetos de atrezo expuestos de forma truculenta por Dublín», monstruos de plástico del set del «rodaje de alguna película de terror, a modo de broma. La gente no debe alarmarse, aunque sí llamar a la policía; se ha asignado mano de obra para limpiar… bueno, para recogerlos».

Mi teléfono sonó antes incluso de que acabara el reportaje. Era Rowena.

—¡Limpia lo que ensucias, maldita imbécil!

Yo estaba tomándome le desayuno.

—Acaban de decir que la Policía se está haciendo cargo —farfullé con la boca llena, más que nada para irritarla.

Había estado pensando lo mismo: tenía que limpiar, y rápido. Me avergonzaba de mí misma por no haberme dado cuenta de lo que había hecho.

—¿Dejaste un rastro de cadáveres que pueden conducir hasta ti?

Me estremecí. Era posible que así fuera.

—No sabía que eso te importara, Ro —dije, con frialdad.

—¿Estuvo Dani contigo anoche? —me preguntó, exigente.

—No.

—¿Hiciste todo eso tú sola?

—Ajá.

—¿Cuántos?

—Perdí la cuenta. Más de cien.

—¿Por qué?

—Porque estoy harta de no hacer nada.

Rowena guardó silencio unos momentos, luego dijo:

—Quiero que vengas a la abadía para el ritual de mañana.

Estuve a punto de atragantarme con un bocado de panecillo tostado. Precisamente eso era lo último que hubiera esperado que dijera. Me había preparado para escuchar una larga exposición de mis muchos defectos y había estado contemplando la posibilidad de colgar antes de que tuviera oportunidad de empezar. Ahora me alegraba de no haberlo hecho.

—¿Por qué?

Hubo otro prolongado silencio.

—La unión hace la fuerza —dijo al fin—. Eres una *sidhe-seer* poderosa. —«Me guste o no» quedó suspendido en el aire.

Al igual que los MacKeltar, quería contar con todo el poder que pudiera tener a su disposición.

De todas formas, había estado pensando en dejarme caer por allí. Me seducía la idea de pelear con ellas. Si iban a oponer resistencia, quería estar allí. No me apetecía tanto unirme a los MacKeltar. Supongo que la sangre tira mucho. Y ahora había sido invitada.

—¿A qué hora?

—La ceremonia comienza exactamente una hora después de que el sol se ponga.

No tuve necesidad de consultar el calendario que colgaba en mi dormitorio para saber que mañana el sol saldría a las 7.23 de la mañana y se pondría a las 4.54 de la tarde. La Naturaleza me domina de formas que antes no solía hacer. Estoy impaciente por que lleguen los largos y soleados días de verano, y no sólo a causa de mi adoración por el sol. Los cortos y deprimentes días de otoño e invierno me asustan. El 22 de diciembre era el solsticio de invierno, y con sus siete horas, veintiocho minutos y cuarenta y nueve segundos de luz solar, sería el día más corto del año. El sol saldría a las 8.29 y se pondría a las 4.08. Eso hacía que las Sombras dispusieran de quince horas, treinta y dos minutos y once segundos para salir a jugar. Más del doble del tiempo del que disponen los humanos.

—¿Cuándo sabremos a ciencia cierta si ha funcionado?

—Poco después de abrir el Orbe —dijo, pero no parecía segura. Era inquietante escuchar la duda que traslucía la voz de Rowena.

—Me lo pensaré. —Era mentira, no me lo perdería por nada del mundo—. ¿Y qué saco yo de eso?

—Que me hagas esa pregunta sólo refuerza la opinión que tengo de ti. —Y colgó.

Me terminé el panecillo y el café, luego salí a barrer el rastro de miguitas de pan y a impedir que los monstruos lo siguieran hasta mi puerta.

Metí los restos de *unseelie* en contenedores de basura, los escondí en edificios abandonados e, incluso, me las arreglé para sumergir dos en el hormigón de una obra en construcción cuando los obreros hicieron el descanso para el café.

Arrastré los que estaban más cerca de la librería hasta la Zona Oscura. Aun a plena luz del día, no me resultó nada fácil adentrarme en ella. Podía sentir a las Sombras por doquier, la palpitante oscuridad de su voraz y terrible hambre. ¿Adónde iban? ¿Estaban apretujadas entre los oscuros y diminutos recovecos de los ladrillos, observándome? ¿Amontonadas en lúgubres rincones dentro de edificios desvencijados? ¿Cómo de pequeñas podían hacerse? ¿Podría una de ellas esconderse en una lata de refresco vacía, del tal modo que evitase que le diera la luz del sol? Nunca había sido dada a ir dando patadas a las latas vacías y no pensaba empezar ahora.

Las calles estaban extrañamente vacías. Más tarde descubriría la cifra de personas que se ausentaban por enfermedad dos días antes de Halloween. Los padres se cogían días de asuntos propios, las madres no llevaban a sus hijos al colegio, y todo ello sin que mediara un buen motivo. Creo que no era necesario ser una *sidhe-seer* para sentir la tensión expectante en el silencio que embargaba el ambiente o escuchar el distante y atronador sonido de los siniestros cascos en el agitado viento, acercándose cada vez más.

«Más y más.»

Preparé una nueva remesa de carne *unseelie* durante mi salida. Hacía días que esperaba la visita de Jayne, pero di por hecho que los efectos tardaban más en remitir en humanos corrientes.

De regreso a la librería me pasé por la tienda de comestibles para comprar unas cuantas cosas, luego fui a una panadería a recoger el pedido que había hecho el día anterior.

Después me metí bajo el chorro caliente de la ducha, desnuda salvo por la funda sujeta al muslo para poder lavarme mejor el pelo, y me froté bien para deshacerme de los restos de los *unseelies* muertos.

Barrons seguía sin aparecer llegada la medianoche y yo estaba mosqueada. Me había dicho que vendría y había hecho planes contando con eso.

A la una, estaba preocupada. A las dos, estaba segura de que no iba a aparecer. Y a las tres y cuarto, le llamé. Cogió la llamada al primer tono.

—¿Dónde narices está? —espeté.

Y al mismo tiempo él me decía:

—¿Se encuentra bien?

—Llevo horas esperándole.

—¿Por qué?

—Me dijo que vendría.

—Me he retrasado.

—¿Y no podría haberme llamado? —dije, con sarcasmo—. Ya sabe, coger el teléfono y decir: «Hola, Mac, llegaré tarde».

Hubo un momento de silencio en el otro extremo de la línea telefónica. A continuación Barrons me dijo en voz baja:

—Usted me ha tomado por otro. No espere por mí, señorita Lane. No construya su mundo en torno a mí. Yo no soy ese hombre.

Sus palabras dolían. Probablemente porque eso era, precisamente, lo que había hecho: planear la noche contando con su presencia, incluso había imaginado cómo iba a transcurrir.

—¡Qué le den por culo, Barrons!

—Tampoco soy de esos.

—¡Oh! ¡En sus sueños! Permítame que se lo diga con las mismas palabras que usted me enseñó: no me gusta que me haga perder el tiempo. Las llaves, Barrons. Eso es lo que esperaba de usted. El Viper está en el taller. —Y lo echaba de menos tanto como echaba en falta mi larga melena rubia. El Viper y yo habíamos forjado un vínculo. Dudaba de que algún día pudiera recuperarlo. Había sufrido graves daños cuando nos subimos con él a la acera a toda velocidad y, si conocía a Barrons tan bien como creía, preferiría venderlo antes que volver a conducirlo, por impecable que fuesen las reparaciones. Yo me sentía más o menos igual. Cuando te gastas tanto dinero en algo, lo que quieres es la perfección absoluta—. Necesito un coche.

—¿Para qué?

—He decidido ir a la abadía para el ritual —respondí.

—No estoy muy seguro de que sea prudente.

—La decisión no es suya.

—Tal vez debiera serlo —adujo.

—No hay nada que pueda hacer para ayudar a los MacKeltar, Barrons.

—Y no he dicho que deba. Quizá debería quedarse en la tienda mañana por la noche. Es el lugar más seguro para usted.

—¿Quiere que me esconda? —Incrédula, prácticamente grité la última palabra. Hace meses, me habría escondido encantada de la vida. Habría visto la tele hasta tarde mientras me pintaba las uñas de las manos y los pies a juego, de un tono rosa divino. ¿Ahora? ¡Ni hablar!

—En ocasiones, ser cauto es lo más inteligente —dijo.

—¿Sabe qué le digo, Barrons? Véngase aquí, conmigo, y seremos cautos los dos. No porque quiera su compañía —aclaré, antes de que pudiera hacer algún comentario incisivo—, sino porque, como suele decirse, lo que es bueno para la gansa es bueno para el ganso. Y no pienso hacer el ganso inútilmente.

—Usted es la gansa, señorita Lane. El ganso soy yo.

Como si pudiera confundir su sexo.

—He hecho un juego de palabras —le informé, con voz tensa—. Estaba siendo ingeniosa. Ganso tiene diversos significados. ¿De qué sirve ser ingeniosa si la persona con quien hablas es demasiado obtusa como para entenderlo?

—No soy obtuso —replicó, con la voz tan tensa como la mía, y presentí que se avecinaba una de nuestras peleas pueriles—. Como juego de palabras no funciona. Busque en un diccionario lo que es un juego de palabras.

—Ya sé perfectamente lo que es un juego de palabras. Y usted puede meterse su estúpida tarta de cumpleaños por el culo. ¡No sé por qué me he molestado!

El silencio fue tan prolongado que supuse que había colgado, así que yo hice lo mismo, deseando haberlo hecho primero.

Al cabo de veinte minutos, Barrons entraba por la puerta desde la trastienda de la librería. Había hielo cristalizado en su pelo y estaba pálido a causa del frío extremo.

Yo me encontraba sentada en el sofá de la zona de ocio, demasiado enfurecida como para poder dormir.

—Bien. Por fin ha dejado de fingir que no utiliza el espejo. Ya era hora.

—Únicamente utilizo el espejo cuando es necesario, señorita Lane. Incluso para mí es… desagradable.

La curiosidad superó al enfado.

—¿Y que entiende usted por «necesario»? ¿Adónde va?

Barrons echó un vistazo por la tienda.

—¿Dónde está la tarta?

—La tiré a la basura.

Me lanzó una miradita.

Dejé escapar un suspiro y me levanté para ir a por ella a la nevera. Era una tarta de chocolate, con siete capas alternas rellenas de chocolate y frambuesa, cubierta de azúcar glas rosa. En el centro, escrito con letra bonita, había un «Feliz Cumpleaños JZB» y estaba adornada con flores de azúcar. Era preciosa. Y era lo único que había logrado que se me hiciera la boca agua desde hacía semanas, aparte de la carne *unseelie*. La dejé sobre la mesita de café y fui a coger platos y tenedores del armario situado detrás del mostrador.

—Estoy confuso, señorita Lane. ¿La tarta es para mí o para usted?

Sí, bueno, ése era el tema. Había planeado comerme buena parte yo solita. No había reparado en gastos. Habría podido descargarme cuarenta y siete canciones de iTunes por lo que me había costado.

—No les quedaba cobertura de chocolate negro —repuse con hosquedad.

No estaba reaccionando tal y como había esperado. No parecía en absoluto conmovido o divertido. De hecho, tenía la vista clavada en el pastel con una mezcla de horror y... sombría fascinación; la misma expresión con la que yo contemplo a los monstruos que estoy a punto de matar.

Me meneé con nerviosismo. Cuando la encargué me pareció una buena idea. Pensé que era un modo gracioso de darle un toque de humor a nuestra... relación, al tiempo que le decía «sé que eres muy viejo y seguramente no humano, pero seas lo que seas es tu cumpleaños y eso hay que celebrarlo».

—Me parece que es costumbre poner velas —dijo al fin.

Metí la mano en el bolsillo, saqué unos número de cera y otra vela a la que le había dado forma de coma decimal, y las coloqué sobe la tarta. Barrons me miró como si me hubiera salido otra cabeza.

—¿Pi, señorita Lane? La tenía por alguien que había suspendido las matemáticas en el instituto.

—Saqué un suficiente. Siempre me lío con las cosas pequeñas. Pero lo importante se me queda.

—¿Por qué Pi?

—Porque es irracional e incontable —¿A que soy la monda?

—También es una constante —repuso con sequedad.

—No les quedaban seises. Parece que por estas fechas hay mucha demanda del seis-seis-seis —repliqué encendiendo las velas—. Es obvio que no han visto a la verdadera Bestia o, de lo contrario, no jugarían a adorarla.

—¿Ha habido más avistamientos? —Aún miraba la tarta con el ceño fruncido, como si esperase que le salieran docenas de piernas y echara a correr hacia él con expresión feroz.

—Ha estado cambiando de manos diariamente. —Había un

fajo de papeles junto a la butaca. Los crímenes de los que informaban los periódicos hacían que resultase arriesgado leerlos mientras desayunas.

Barrons levantó la mirada de la tarta y la posó en mi cara.

—Sólo es una tarta, lo prometo. Nada de sorpresas. No tiene carne picada de *unseelie* —bromeé—. Incluso me comeré el primer trozo.

—Es mucho más que una tarta, señorita Lane. Que la haya comprado supone que...

—... que tenía antojo de dulce y le he utilizado como excusa para saciarlo. Sople las velas, ¿quiere? Anímese, Barrons.

¿Cómo no me había dado cuenta de lo fino que era el hielo que pisaba? ¿Cómo narices se me había ocurrido pensar que podría regalarle una tarta de cumpleaños sin que él se mostrase misterioso por el gesto?

—Lo hago por usted —declaró con voz tensa.

—Entendido —respondí. Me alegraba de veras de haberme reprimido y no haber colgado globos—. Tan sólo pensé que sería divertido. —Me puse en pie, tendiéndole la tarta con ambas manos para que pudiera soplar las velas antes de que la cera gotease sobre tan bonita y perfecta delicia—. No me vendría mal un poco de diversión.

Sentí que el ambiente en la habitación se impregnaba de violencia una fracción de segundo antes de que estallara. Volviendo la vista atrás, creo que él mismo pensaba que la tenía controlada y por eso se sorprendió casi tanto como yo.

La tarta y las velas salieron disparadas de mis manos hacia arriba, se estrellaron contra el techo y allí se quedaron, goteando pegotes de azúcar glas. Me quedé mirando fijamente el desastre. ¡Mi bonito pastel!

Luego me encontré atrapada entre la pared y su cuerpo, sin ser consciente de cómo había llegado allí. Barrons es alarmantemente rápido cuando quiere. Creo que podría hacerle sudar tinta a Dani. Con una mano me tenía sujetos los brazos por las muñecas por encima de la cabeza, en tanto que con la otra me rodeaba la garganta. Tenía la cabeza gacha y respiraba con dificultad. Por un momento apoyó la cara contra mi cuello.

Luego retrocedió y me miró fijamente; cuando habló su voz grave destilaba cólera:

—Jamás vuelva a hacerlo, señorita Lane. No me insulte con sus estúpidos rituales y absurdos tópicos. Jamás intente humanizarme. No se crea que usted y yo somos iguales, porque no es así.

—¿Tenía que arruinarlo? —grité—. Llevaba todo el día esperando este momento.

Me zarandeó con fuerza.

—En su mundo no tienen cabida las tartas glaseadas de color rosa. Ya no. Su mundo ahora es hacerse con el Libro y seguir con vida. Y una cosa excluye a la otra, maldita tonta.

—¡No, no es así! ¡Sólo si puedo comer pasteles rosas de vez en cuando me será posible cazar el Libro! Tiene razón, no somos iguales. Yo necesito un arco iris, usted no. Ahora lo entiendo. Nada de cumpleaños para Barrons. Anotaré eso justo al lado de «no espere por mí» y «no esperes que te salve la vida a menos que saque tajada». Es un gilipollas. Y eso sí que es una constante en usted. No lo olvidaré.

Su mano se aflojó sobre mi cuello.

—Bien —dije, aunque realmente no sé por qué. Creo que sólo quería decir la última palabra.

Nos miramos fijamente el uno al otro.

Le tenía tan cerca, su cuerpo electrizante, su expresión salvaje…

Me humedecí los labios. Él tenía los ojos clavados en ellos. Creo que contuve la respiración.

Se apartó con tal brusquedad que su largo abrigo negro cortó el aire y me dio la espalda.

—¿Ha sido una invitación, señorita Lane?

—¿Y qué si lo ha sido? —pregunté sorprendiéndome a mí misma. ¿En qué estaba pensando?

—No juego con hipótesis, niña.

Clavé la mirada en su espalda, él no se movió. Pensé en algo que decir, pero no articulé palabra.

Barrons desapareció por la puerta que daba a la zona habitable.

—Oiga —le grité cuando se iba—. ¡Necesito un coche! —No obtuve respuesta.

Un trozo grande de tarta cayó del techo y se estampó en el suelo. Estaba prácticamente intacto, tan sólo un poco desmenuzado.

Tras soltar un suspiro, me ayudé del tenedor para ponerlo en un plato.

Al día siguiente me levanté de la cama al mediodía, desmonté mi alarma antimonstruos de delante de mi puerta y la abrí.

Afuera me esperaba un termo con café, una caja con donuts, las llaves de un coche y una nota. Abrí la tapa del termo, tomé un trago de café y desdoblé la nota.

Señorita Lane:

Preferiría que esta noche se uniese a mí en Escocia, pero si insiste en ayudar a la vieja bruja, aquí tiene las llaves como me pidió. Se lo he dejado preparado. Es el rojo que está aparcado delante de la puerta. Llámeme si cambia de opinión. Puedo enviarle un avión hasta las 4.00 de la tarde como muy tarde.

GT

Tardé un momento en descubrir qué significaban las iniciales, «gilipollas total», y sonreí.

—Disculpas aceptadas, Barrons, si se trata del Ferrari.

Lo era.

Capítulo 16

«*L*iminal» es una palabra fascinante. El tiempo puede ser *liminal*: el crepúsculo es la transición del día a la noche; la medianoche es la frontera entre un día y el siguiente; equinoccios, solsticios y Noche Vieja son todos umbrales.

Liminal puede ser, además, un estado de conocimiento. Por ejemplo, ese momento entre la vigilia y el sueño, también conocido como umbral de la conciencia, o hipnagogia; un estado durante el cual una persona podría creerse completamente alerta, pero en realidad estar soñando de forma activa. Es el momento en que mucha gente dice haber sentido una brusca sacudida o tenido la sensación de caer físicamente.

Los lugares pueden ser *liminales*: los aeropuertos con gente yendo y viniendo continuamente, pero que nunca se quedan. También las personas pueden ser *liminales*: los adolescentes, como Dani, están atrapados temporalmente entre la niñez y la edad adulta. Los personajes de ficción son a menudo seres *liminales*, arquetipos a caballo entre dos mundos que señalan o guardan umbrales o están físicamente divididos en dos estados de existencia.

El limen es una característica distintiva de *liminal*. Limbo es otra. Lo *liminal* no está aquí ni tampoco allí, sino que existe entre un momento y el siguiente, ubicado en ese lapsus entre la transición de un estado a otro. Es un tiempo mágico, difícil, cuajado de posibilidades… y también de peligro.

El día de Halloween parecía no acabar nunca. Lo cual resultaba irónico dado que había dormido hasta el mediodía. Disponía de cuatro horitas de tiempo que matar hasta las cuatro en punto, momento en que saldría de la ciudad rumbo a la abadía; horas que parecían no tener fin.

Llamé a Dani nada más levantarme. Estaba emocionada por mi llegada y me informó de que el ritual estaba previsto que comenzara a las seis y cuarto.

—¿Y bien, de qué se trata? ¿Mucho cántico y cosas raras? —pregunté.

Ella se echó a reír y me dijo que sí, que más o menos era eso. Había que recitar invocaciones y pagar el diezmo correspondiente antes de que el Orbe pudiera ser abierto y su esencia *fae* liberada para fortificar los muros. Le pregunté qué clase de diezmo era y se mostró un tanto reservada. Me pregunté si Rowena tenía planeado utilizar mi sangre o algo por el estilo; cosa que no me extrañaría tratándose de ella.

Telefoneé a Christian, que me dijo que todo estaba en marcha. Sus tíos habían comenzado con los ritos druidas al alba, aunque Barrons no se les uniría hasta más tarde.

Llamé a mi padre y hablamos largo rato acerca de coches, de mi trabajo y de todas esas trivialidades de las que conversábamos últimamente. Me repateaba que Barrons utilizase la Voz con él para sumirle en una especie de estupor libre de preocupaciones pero, al mismo tiempo, estaba agradecida por ello. Si mi padre me hubiera dicho algo mínimamente profundo o intuitivo, me hubiera echado a llorar y le habría contado todos mis problemas. Se trataba del hombre que me había dado besitos en todos los chichones y moratones que había tenido, incluso en los imaginarios, cuando era pequeña y lo único que deseaba era una tirita de la princesa Jasmine, que me abrazasen y arrullasen mientras me sentaba en su regazo.

Al cabo de un rato le pedí que le pasara el teléfono a mi madre, tras lo cual hubo una larga pausa durante la cual temí que no se pusiera al aparato. Luego lo hizo, ¡y no puedo describir la dicha que sentí al escuchar su voz por primera vez desde hacía meses!

A pesar de que escogió sus palabras con una indecisión inusitada en ella, se mostró coherente y era obvio que no se encontraba bajo los efectos de ningún fármaco. Mi padre me contó que aún se cansaba con facilidad, de modo que procuré que nuestra conversación fuese breve y alegre. Sólo le conté buenas noticias: que tenía un empleo fabuloso, que mi jefe era estupendo, que me habían ascendido, que tenía pensado abrir mi propia librería cuando volviese a casa, que estaba haciendo planes concretos para terminar la universidad y licenciarme en empresariales y que, aunque me era imposible ir para Acción de Gracias, procuraría estar en Navidad.

Mentiras piadosas, ahora lo comprendía. Casi podía sentir a Alina, de pie a mi espalda, asintiendo mientras le levantaba el ánimo a nuestra madre. Cada vez que Alina me había llamado a Ashford, haciéndome reír y sentirme querida, ella se encontraba en Dublín preguntándose si seguiría con vida al día siguiente.

Después de colgar, ataqué la caja de los donuts y seleccioné una lista de reproducción aleatoria en mi iPod. *Knocking on Heaven's Door* («Llamando a las puertas del Cielo») fue la primera en sonar, seguida por *Don't Fear the Reaper* («No temas a la Muerte»), así que lo apagué.

No sé lo que hice hasta las tres de la tarde. Creo que pasé gran parte del tiempo contemplando el fuego desde el sillón. Lo *liminal* es una mierda. Uno no puede tomar algo así en sus manos y darle forma. No se puede hacer que la medianoche se produzca antes o evitar los lapsus intermedios. Únicamente puedes vivirlos y superarlos.

Tomé una ducha, me maquillé y me recogí el cabello en una coleta. Me puse unos vaqueros negros, camiseta, jersey, botas y chaqueta. Sujeté la mochila y metí el MacHalo en ella, ya que iba a regresar tarde. Metí la lanza en la funda del arnés que llevaba sujeto al hombro, me guardé en la cinturilla dos de los puñales cortos de Barrons que había mangado de una vitrina del piso de arriba y me llené los bolsillos de la chaqueta y las bolsas de las botas con los tarros de carne de *rhino-boy*. Me até las bandas de velcro con las luces de presión alrededor de tobillos y muñecas. Incluso me guardé un vial con agua bendita en el bolsillo delantero de los vaqueros. En esta ciudad, nunca se sabe con qué te puedes encontrar. Como dicen en mi tierra, me había armado hasta los dientes.

Fui abajo, miré y remiré por la ventana, preguntándome si no habría perdido la noción del tiempo. Cuando subí al primer piso hacía un despejado y luminoso día invernal, típico de principios de noviembre. Ahora, a las cuatro menos cuarto, estaba prácticamente oscuro afuera. Se había formado una tormenta mientras yo me secaba el pelo. Aún no había empezado a llover, pero se estaba levantando viento y tenía toda la pinta de que el tiempo iba a ponerse realmente desapacible.

Cogí las llaves del coche y eché un vistazo por la tienda para cerciorarme de que no se me olvidaba nada. Cuando recorría con la vista la habitación de cuatro alturas me sacudió un repentino y opresivo temor a no volver a ver nunca más la librería. Quería mi tienda tanto como esta ciudad. Los suelos de madera noble relucían bajo los apliques y las lámparas de cristal y ámbar. Los libros estaban todos colocados en su lugar. El expositor de revistas recién abastecido. La chimenea apagada. Los sofás y butacas colocados de forma atractiva y acogedora. El mural que tenía sobre mí cabeza sumido en las sombras. Un día de estos me subiré allá arriba para ver qué es. El establecimiento estaba ordenado y en silencio, rebosante de mundos de ficción que explorar, listo para ser abierto y a la espera del próximo cliente.

Me dirigí a la puerta de atrás.

La librería me estaría esperando cuando volviese mañana, una vez que los muros hubieran sido fortificados, y tendría todo un año para resolver las cosas. Comenzaría por volver a llevar un horario regular y me pondría a trabajar en mis planes para crear una página web y catalogar las ediciones raras que teníamos en la planta superior. Se había acabado remolonear.

Pero en estos momentos me esperaba un semental italiano listo para devorar el asfalto y rugir con potencia. El Ferrari me llamaba en susurros desde la parte trasera. Había dos horas de trayecto hasta mi destino y ése era un momento *liminal* del que iba a disfrutar al máximo.

Capítulo 17

*L*ogré recorrer doce manzanas.

El extremo final de la ciudad donde me encontraba, próximo a la Zona Oscura, había sido abandonado como si de una zona de guerra se tratase. Ahora sabía el porqué.

Las calles a kilómetro y medio hacia el este de la librería estaban atestadas de gente y de *unseelies*, tanto que era imposible la circulación del tráfico motorizado. La mayoría de los *faes* se mostraban en su forma humana inducida por el *glamour*, tratando de incitar a la revuelta y consiguiéndolo.

La policía se abría paso entre ellos a empujones, pidiendo el reestablecimiento del orden con las porras en alto. Hay tantos jóvenes conflictivos en Dublín (en cualquier ciudad, de hecho), que es fácil encender los ánimos de una pequeña multitud furiosa y extenderse como la pólvora. Mucho más en Halloween, cuando todos los fanáticos del mundo salen ocultos tras mejores máscaras.

Mientras observaba, unos cuantos policías (que en realidad eran *unseelies* ocultos bajo el *glamour*), comenzaron a golpear violentamente con las porras a un grupo de jóvenes, enfureciendo a las masas. Otros *unseelies* comenzaron a destrozar escaparates, saqueando y animando a otros a tomar lo que desearan. Llamé a unos chavales que pasaron corriendo por mi lado para unirse a los altercados. Nadie parecía saber a qué obedecían los disturbios y tampoco daba la sensación de que les importase. Temía acercarme por miedo a que le hicieran algo al coche... o a mí.

Sentí que la bilis se retorcía en mi estómago al ver la multitud de *faes* aglomerada. Al menos el *Sinsar Dubh* no andaba cerca para dejarme incapacitada. La turba se estaba expandiendo, empujando hacia fuera, y de repente se me ocurrió que quedarme atrapada en medio, sentada en un Ferrari, era una muy mala idea. Di marcha atrás, giré apresuradamente y me alejé, contenta de haber salido con unos minutos de antelación.

Saqué un mapa de la ciudad que llevaba en la mochila y encendí la luz interior del coche. Aunque la tormenta seguía siendo sólo una amenaza, las nubes habían convertido el día en noche una hora antes de lo que esperaba.

A diez manzanas al norte de la librería, me encontré con otra muchedumbre. Hice lo mismo que antes y me dirigí al oeste, pero esta vez no había escapatoria. Las salidas de la ciudad estaban todas en iguales condiciones.

Estacioné en un aparcamiento para estudiar el mapa, luego puse rumbo suroeste, con la intención de bordear la Zona Oscura a la que salía y, si me veía obligada, encasquetarme el Mac-Halo y cruzar aquella parte para abandonar la ciudad. Pero cuando me aproximé al perímetro de la vecindad abandonada, pisé el freno y me quedé mirando.

El margen entero de la zona era una densa pared negra de Sombras, que se apretujaban hasta el borde mismo del foco de luz arrojado por las farolas de Dorsey Street. Ésta se extendía a derecha e izquierda hasta donde alcanzaba la vista como una gigantesca barricada de muerte.

Di marcha atrás y retrocedí. Sólo la atravesaría si me veía obligada a hacerlo. No estaba lista para admitir la derrota.

Pasé el siguiente cuarto de hora recorriendo la cada vez menor circunferencia de mi mundo, cercada por el peligro en todas direcciones. Los márgenes de las Zonas Oscuras habían convergido y observé, horrorizada, como los *unseelies* con aspecto humano gracias al *glamour* conducían a la gente hacia aquellas Sombras asesinas.

En última instancia, se me ocurrió dejar el llamativo coche rojo, que comenzaba a llamar peligrosamente la atención, para regresar corriendo a la librería donde pensaba cambiarlo por otro vehículo que pasara más desapercibido y encontrar un modo de escapar de la ciudad.

Cuando doblé hacia la bocacalle que lleva a la tienda, frené en seco de forma tan brusca que a punto estuve de descoyuntarme la espalda.

¡La librería estaba a oscuras!

La noche la envolvía completamente.

¡Todos los focos exteriores estaban apagados!

Me quedé mirando con la mirada vacía. Yo las había dejado todas encendidas. Levanté el pie del freno y me acerqué poco a poco. En la calle adoquinada vi el destello de cristales gracias al resplandor de los faros. No es que las luces estuvieran apagadas, sino que alguien las había roto o, considerando lo bien organizados que estaban, apagado a disparos. O... alguien había enviado a esos *faes* voladores, quizá incluso a los cazadores, a hacer el trabajo. ¿Estarían posados en el tejado ahora mismo, sobre las cornisas, aguardando mi llegada? La invasión *fae* en la ciudad era tal que sentía mi sensor *sidhe-seer* bombardeado, saturado por presencias demasiado numerosas como para contarlas o diferenciarlas. Alcé detenidamente la mirada, pero la oscuridad no me permitía ver el tejado de la tienda.

Aunque las luces de dentro estaban encendidas, había bajado la intensidad como hacía por las noches, y lo que se proyectaba al pavimento a través del cristal biselado de la puerta y escaparates no bastaba para detener a mi enemigo. Un nuevo edificio había caído en manos de las Sombras: el mío.

La librería Barrons formaba parte de la Zona Oscura.

¿Entrarían los hermanos más corpóreos de las Sombras en la librería, la destrozarían, romperían las luces de dentro, dejándolo todo sin posibilidad de salvación? ¿Podrían hacerlo? Sabía que Barrons no la había protegido contra todo, sólo contra las amenazas mayores.

Entrecerré los ojos, esto era inaceptable. ¡Los *faes* no podían tomar mi santuario! No permitiría que me echasen a la calle. Iba a arrastrar sus repugnantes y oscuras petunias fuera de mi territorio. Giré, haciendo chirriar los frenos, y conduje en dirección contraria. La muchedumbre me hizo retroceder a cuatro manzanas del nuevo perímetro de la Zona Oscura. Di marcha atrás, esquivando por los pelos los coches aparcados, y me detuve debajo del foco de luz procedente de unas potentes farolas. A mis oídos llegaban gritos furiosos, rotura de cristales y el rugido de la muchedumbre que se aproximaba. No dejaría que me engullesen, pero tenía que actuar con rapidez.

Bajé del coche, metí la mano dentro de la chaqueta y agarré la lanza. Esta vez no pensaba perderla.

Una fría niebla arrastrada por el viento me aguijoneó la cara y las manos. La tormenta se había desencadenado. Pero no era eso lo único que podía sentir en el ambiente. Algo no iba bien, nada bien, aparte de que la turba furiosa, las hordas de *unseelies* y las Sombras llegaran hasta mi casa. El viento era extraño, soplaba desde múltiples direcciones y apestaba a azufre. La primera línea de la caótica masa destructiva dobló la esquina a dos manzanas de donde yo me encontraba.

—¡V'lane, te necesito! —grité, liberando su nombre.

Se desplegó de mi lengua y se inflamó, asfixiándome, luego golpeó contra la parte interna de mis dientes, forzándome a abrir bien la boca.

Pero en vez de rugir en el cielo nocturno, se estrelló contra una barrera invisible y cayó al pavimento, donde se agitó débilmente como un oscuro pájaro caído.

Le di suavemente con la puntera de la bota y se desintegró.

Volví la cara hacia el viento, al este y al oeste, al norte y al sur. Se arremolinó a mi alrededor, azotándome por todos los flancos, abofeteándome como cientos de diminutas manos, y de pronto pude sentir a L. M., obrando su magia negra para derrumbar los muros. Las cosas estaban cambiando.

Doblegué ese lugar *sidhe-seer* que albergaba mi mente, lo enfoqué, me abstraje de todo, buscando y rastreando. Por un instante tuve una fugaz imagen de él, de pie al borde de un inhóspito y escarpado precipicio negro, en un lugar helado. Iba ataviado con su túnica roja y tenía las manos alzadas... ¿eso que sostenía en alto era un corazón chorreando sangre? Estaba entonando un cántico, invocando artes lo bastante poderosas como para colarse en una prisión forjada con versos vivos del Canto de la Creación, y le estaba haciendo algo que influía en toda la magia, incluso la *fae*, de forma terriblemente negativa.

Cerré con fuerza mi ojo interior antes de que acabara muerta. Me encontraba de pie en medio de una calle de Dublín sumida en el caos, sola y atrapada en la ciudad.

V'lane no aparecería hoy para resolverme la papeleta.

La turba estaba a menos de una manzana de distancia. Los alborotadores que iban al frente acababan de reparar en mi coche y rugían como bestias enloquecidas. Algunos portaban bates de béisbol, otros agitaban las porras que les habían quitado a los policías caídos.

Iban a destrozar a golpes mi Ferrari.

No había tiempo para sacar el móvil e intentar llamar a Barrons. Caerían sobre mí en cuestión de segundos. Sabía lo que le pasaba a la gente rica durante las revueltas. También era consciente de que no creerían que no era rica y no iba a consentir que me decapitaran con la aristocracia sólo porque resulta que, de cuando en cuando, conduzco un coche bonito que ni siquiera me pertenece.

Agarré la mochila del coche y eché a correr.

Otra multitud se aproximaba a una manzana de distancia.

Me sumergí en ella y me perdí dentro. Era una cada vez mayor masa de humanidad espantosa, maloliente y enfervorizada. Cólera arrolladora, frustración desatada, envidia desbocada. La muchedumbre jaleaba triunfante mientras saqueaban, destrozaban y destruían.

No podía respirar, estaba siendo engullida. Había demasiada gente, demasiados *faes*, demasiada hostilidad y violencia. Nadé en un mar de rostros, unos feroces, otros excitados y algunos asustados, como supuse que debía de ser el mío. Los *faes* eran monstruos, aunque también hay unos cuantos entre los humanos. Puede que los *faes* hubieran incitado a la revuelta, pero éramos nosotros quienes la manteníamos viva.

Los adoquines de piedra estaban resbaladizos por la niebla llorona. Vi con horror cómo una chica joven se caía, gritando, y cómo, en cuestión de segundos, quedó atrapada cuando la multitud continuó avanzando. Un anciano —¿por qué narices estaba en la calle?—, fue el siguiente. Un chaval adolescente fue empujado contra una farola, salió rebotado, perdió el equilibrio y desapareció de la vista.

Luego, durante un lapso de tiempo indefinido, un único objetivo me impulsó: permanecer de pie. Seguir con vida.

Me moví con la multitud, reacia y aprisionada, de una manzana a otra. Logré liberarme en dos ocasiones, abriéndome paso por la fuerza hasta los márgenes de la turba, sólo para verme de nuevo engullida de nuevo por ella, llevada por su incesante estampida.

Dos eran mis temores: que me arrastrasen de forma inexorable a una Zona Oscura, o que el *Sinsar Dubh* apareciera de repente y yo cayera de rodillas, agarrándome la cabeza con ambas manos. No acertaba a decidir cuál de esas muertes sería peor.

Sonó mi móvil dentro de la mochila, pero no tenía espacio suficiente de maniobra en medio del gentío para cogerlo. Me preocupaba que me arrebataran la mochila o se me cayera de los hombros. Sentía la lanza, fría y pesada, debajo del brazo, pero temía clavármela si la sacaba por culpa de la aglomeración.

Unseelies.

En los bolsillos tenía los tarritos de potitos con carne *unseelie*. Con su oscura vida corriendo por mis venas sería capaz de liberarme de la turba.

Nos aproximábamos a las afueras del barrio del Temple Bar. La Zona Oscura no quedaba lejos. ¿Nos estaban llevando de forma deliberada hacia allí? Si fuese capaz de flotar por encima de los disturbios, ¿vería a los *unseelies* arreándonos desde la retaguardia, como si fuésemos ganado al que conducen al matadero?

—Lo siento —farfullé—. No era mi intención golpearle.

Procurando no cabrear a nadie lo bastante como para recibir un puñetazo, me las arreglé para sacar un frasco del bolsillo. Había apretado la tapa demasiado para poder desenroscarla con una sola mano, así que me puse a empujar para hacer hueco y la abrí. Pero alguien chocó conmigo y se me cayó de las manos. Sentí que me daba en la bota y que acto seguido desaparecía.

Rechinando los dientes, busqué otro. Tenía tres en el bolsillo. El resto estaban sellados en bolsas de plástico dentro de mis botas y, con tanta aglomeración, jamás llegaría a ellos. Tuve más cuidado con este frasco, lo saqué y lo aferré como si me fuera la vida en ello... y suponía que así era. Tenía que salir de la multitud. Conocía los puntos de referencia del área, y estos me indicaban que nos encontrábamos a dos manzanas de la Zona Oscura. Conseguí abrir la tapa, pero no estaba dispuesta a agachar la cabeza para comer por miedo a llevarme un codazo en el ojo que hiciera que me quedase paralizada o tropezase por el dolor y cayera.

Levanté el frasco pegado a mi cuerpo, incliné la cabeza hacia atrás y engullí el contenido, sintiendo náuseas en todo momento. Por mucho que hubiera ansiado hacerlo, me costó trabajo tragar esa crujiente carne, llena de ternillas y bolsas quísticas que reventaban al masticarlas. Se retorcía en mi boca y trepaba como si fueran arañas dentro de mi estómago. Cuando bajé el frasco me encontré mirando directamente a los ojos de un *rhino-boy*, con dos cabezas humanas de por medio, y a juzgar por la expresión de su deforme cara gris, sabía lo que acababa de hacer. Debía de haber visto la trémula carne rosa grisácea del frasco que acababa de engullir.

Mallucé, L. M., O'Bannion, y ahora Jayne... suponía que se estaba extendiendo el rumor. Profirió un chillido, agachó la cabeza y embistió. Yo me giré y comencé a abrirme paso violentamente entre la multitud. Conseguí sacar el tercer frasco, que ingerí al tiempo que luchaba por lograr la libertad.

La última y única vez que había comido carne *unseelie*, estaba gravemente herida y al borde de la muerte, de modo que no sabía qué esperar ahora. En aquel entonces necesité una buena cantidad sólo para empezar a sanar y casi diez minutos para pasar de estar muriéndome a sentirme más viva que nunca. Esta noche estaba completamente ilesa. Sentí que la fuerza y el poder se apoderaban de mí como si me hubiera chutado una inyección de adrenalina directamente en el corazón. Me vi envuelta en un calor frío cuando la potencia *fae* anegó mi sangre.

Mac la salvaje levantó la cabeza, se adueñó de mis ojos y mi cerebro, infundiendo un poder devastador a mis extremidades.

En cuestión de momentos, me encontré libre de la muchedumbre, aunque podía escuchar que en la distancia se acercaba otra. La ciudad había enloquecido esta noche. Más tarde me enteraría de que los *faes*, envueltos en su *glamour*, habían irrumpido en casas y establecimientos de toda la ciudad; atacado a propietarios y residentes, expulsándolos a la calle y obligándoles a iniciar las reyertas.

Volví la vista atrás. Parecía haber despistado al *rhino-boy* que me había descubierto. O, tal vez, éste había decidido que le interesaba más la destrucción de toda una turba que de un sólo individuo. Tenía la Zona Oscura a mi espalda, otra muchedumbre al frente, cuya avanzadilla dirigida por *rhino-boys* iba destrozando farolas con bates de béisbol. A mi izquierda oía los ecos de la violencia desatada, a mi derecha tenía un callejón oscuro como la boca de un lobo. Me quité la mochila, saqué el MacHalo, me lo até bajo la barbilla y luego encendí una tras otra sus luces hasta parecer un pequeño faro. Junté con fuerza muñecas y tobillos, iluminando pies y manos.

La muchedumbre avanzaba hacia mí como si fuera una gran ola.

Me metí en el callejón oscuro.

Entonces perdí la noción del tiempo durante un rato, corrí por calles y callejones, parando en seco, volviendo sobre mis pasos, tratando de esquivar a las masas y escapar de las tropas de *rhino-boys*. Me tropecé con ellos en más de una ocasión, puesto que ya no podía sentirlos ahora que mis sentidos *sidhe-seer* estaban bloqueados por mi truculento aperitivo.

Marchaban como un ejército, reuniendo a los rezagados para unirlos a la muchedumbre. Atravesé las mismas manzanas una docena de veces, escondiéndome en portales y contenedores. Pasé un mal rato cuando quedé atrapada entre dos grupos y me vi obligada a meterme sigilosamente detrás de unas cajas de cartón a la sombra de un contendor de basura, y apagué todas las luces para que la horda de *unseelies* pasara de largo, sembrando la destrucción a su paso.

Saboreé la muerte allí sentada, en la oscuridad, preguntándome si existían los «Puntos» Oscuros —áreas verdaderamente diminutas donde sólo vivieran una o dos Sombras—, y si de un momento a otro saldrían de alguna rendija para cogerme. La idea era casi peor que arrojarme yo misma en medio de los *unseelies* que pasaban. Por cierto, mientras estaba arrodillada en la oscuridad, detrás del contenedor de acero, aproveché para desatarme las bolsitas y tomar otro bocado. Tal y como una vez le dije en broma a Barrons, quizá a las Sombras no les gustase la carne oscura y me dejasen en paz.

Después de que pasaran las tropas, salí a gatas y encendí de nuevo todas las luces que llevaba encima.

Sí, la gente estaba siendo reunida y arreada al matadero, igual que corderos. Se trataba de mi gente.

Y no había nada que pudiera hacer al respecto. Puede que al comer carne *unseelie* hubiera pasado de ser una navaja a ser un Uzi y me hubiera convertido en un arma andante, pero estaba sola y era muy consciente de ello. Era un arma defensiva, no ofensiva. Esta noche no podía lanzarse una ofensiva en la ciudad. Incluso la Mac salvaje, la más gallito del corral, se sentía aturdida. Se sentía amenazada, asilvestrada. Lo único que deseaba era encontrar una cueva en la que esconderse hasta tener las probabilidades más a su favor. Estaba tentada de darle la razón. La supervivencia era nuestro principal objetivo.

La primera vez que comí carne *unseelie* nada me había perturbado. Pero es que aquella noche sólo tenía que preocuparme por un vampiro en descomposición y, además, tenía a Barrons a mi lado. Esta noche estaba atrapada en una ciudad de cientos de miles de habitantes sumida en el caos, era Halloween, los *unseelies* eran numerosos y estaban muy organizados, no podía contactar con V'lane y Barrons estaba fuera del país.

Finalmente me encontré en un desierto callejón casi en penumbras, donde no se oía la marcha marcial ni el sonido de disturbios cercanos. Me metí en un portal iluminado por una sola bombilla para ocuparme de un asunto que requería mi inmediata atención. Me descolgué la mochila con cuidado, me despojé de la chaqueta y, con cautela y delicadeza, me quité el arnés de la lanza y lo dejé en el suelo al lado del resto.

Durante todo el tiempo que pasé corriendo y escondiéndome, había sentido el peso de la lanza como un ardiente terror contra mi costado. ¿Y si me caía? ¿Y si volvía a verme atrapada en la multitud y alguien me empujaba? Hola, Mallucé; adiós cordura. Tal vez fuera más fuerte que antes, pero no tenía dudas con respecto a mi capacidad para afrontar una muerte como la del vampiro: descomponerme hasta morir.

Me quité el jersey y la camiseta y, a continuación volví a ponerme el jersey, la chaqueta y el MacHalo y me colgué el arnés a la cintura, por fuera del abrigo, tocando únicamente los tirantes de piel.

Envolví la parte inferior del arnés con la camiseta que me había quitado como medida extra de protección contra la punta de la lanza.

Resultaba irónico que aquello que más quería, que me hacía sentir muy poderosa en circunstancias normales, se convirtiese en mi mayor incordio y en el objeto que más temía cuando estoy embebida por el poder oscuro. Puedo tener lo uno o lo otro... pero no ambas cosas.

Llevando la dicotomía un paso más allá, ya no podía sentir la lanza, lo que significaba que podría pincharme con ella sin darme cuenta. Sin embargo, tampoco podía sentir el *Sinsar Dubh*, por lo que ya no podía hacerme daño ni hacerme caer de rodillas, impotente, en medio de una situación peligrosa.

«¡Bah!»

Me quedé de pie en el portal maravillándome, y no en el buen sentido, de mi propia estupidez. Si comer carne *unseelie* hacía que fuese incapaz de sentir el *Sinsar Dubh*, entonces lo único que tenía que hacer la próxima vez que apareciese en mi radar era acercarme tanto como pudiera, ingerir algún bocado, y aproximarme a él lo suficiente como para cogerlo.

En mi mente se materializó una imagen de la Bestia tal y como la había visto.

¡Sí, claro! Recogerlo del suelo... ¿Y qué más? ¿Guardármelo en el bolsillo? No tenía ninguno que fuera lo bastante grande.

Así que, sabía cómo acercarme a él sin quedar incapacitada por el dolor, pero aún no tenía ni idea de qué hacer luego. Si lo tocaba, ¿me convertiría también en una psicópata? ¿O acaso una mutante *sidhe-seer*, *null* y detector de ODP estaba de alguna forma exenta? Aquello era algo del todo irrelevante, dado que mis probabilidades de sobrevivir a esta noche parecían tan escasas.

Saqué el móvil para llamar a Dani y contarle lo que estaba sucediendo en Dublín. No tenía forma de llegar a la abadía. Eché un vistazo al reloj y me quedé pasmada al ver que eran casi las siete en punto. ¡Llevaba horas huyendo y escondiéndome! Tal vez el ritual hubiera concluido ya y, de ser así, las *sidhe-seers* podrían venir a la ciudad y ayudarme a salvar a algunas personas de morir a manos de las Sombras. Puede que yo sola no pudiera hacer nada, pero setecientas *sidhe-seers* sí que podrían. Si no podían, o no querían, venir porque Rowena se lo prohibiese por alguna estúpida razón, llamaría a Barrons y si no me cogía el teléfono, llamaría a Ryodan. Y si ninguno de ellos atendía la llamada, era probablemente hora de llamar a ECDVOM: en caso de vida o muerte. Un velo de muerte flotaba sobre Dublín como el dolor en un funeral. Podía olerlo, saborearlo en el ambiente. Si ninguna *sidhe-seer* venía para unirse a mí, quería salir de aquí a toda costa.

Dani respondió al segundo tono, y parecía histérica:

—¡Porras, Mac! —gritó—. ¿Qué nos has hecho?

Me estaba ajustando las asas de la mochila para acomodar mi voluminoso arnés cuando la preocupación me hizo soltarla.

—¿Qué sucede? —exigí saber.

—¡Sombras, Mac! ¡Unas puñeteras sombras salieron del Orbe cuando lo abrimos! ¡Han invadido la abadía!

Estaba tan atónita que casi se me cayó el teléfono. Cuando volví a ponérmelo en la oreja, Dani me estaba diciendo:

—¡Rowena dice que nos has traicionado! ¡Que nos has tendido una trampa!

Se me encogió el corazón.

—¡No, Dani, no he sido yo! ¡Te lo juro! ¡Alguien debe de haberme tendido una trampa! —La idea me heló la sangre. Sólo había una persona que pudiera haberlo hecho, una persona que caminaba entre aquellos oscuros chupasangres sin temor. Qué dispuesto había estado a renunciar a él. Qué rápido había aceptado dármelo. Pero no me lo entregó aquella noche, sino que pasaron treinta horas desde que se lo pedí hasta que me lo cedió. ¿Qué había estado haciendo durante esas horas? ¿Poniendo Sombras en el ponche de las *sidhe-seers*?

—¿Cómo es de grave la situación?

—¡Hemos perdido docenas! Cuando abrimos el Orbe, se fragmentaron y pensamos que la luz del ritual las había matado, pero se fusionaron de nuevo en las sombras. ¡Están por todas partes! ¡En los armarios, dentro de los zapatos, allí donde esté oscuro!

—¡Dani, yo no he sido! Te lo juro por mi hermana, y ya sabes lo que ella significa para mí. Tienes que creerme. Yo jamás habría hecho esto. ¡Jamás!

—Dijiste que vendrías —espetó entre dientes—. No has aparecido. ¿Dónde estás?

—Atrapada en la ciudad, escondida entre York y Mercer. Dublín es una pesadilla y no puedo salir. ¡La gente lleva horas provocando disturbios y los *unseelies* los están conduciendo a las Zonas Oscuras!

Inspiró entrecortadamente.

—¿Cómo es de grave la situación? —repitió mi pregunta previa.

—¡Miles, Dani! Es incalculable. Si esto sigue así… —hice una pausa, incapaz de dar voz a mis pensamientos—. Si venís aquí, podemos salvar a algunos, pero no puedo hacerlo yo sola. Hay demasiados *unseelies*. —Pero si la abadía estaba llena de Sombras, no podían marcharse. No podíamos permitirnos perder la abadía. Las bibliotecas estaban allí, y solo Dios sabía qué más. La bombilla del portal parpadeó y chisporroteó como si hubiera aumentado la tensión eléctrica.

Es difícil decir qué es lo que hace que de pronto el cerebro encaje las piezas, pero tuve uno de esos momentos donde una serie de imágenes bombardearon mi mente y lo simple y evidente que era lo que se me había escapado me dejó estupefacta: los *rhino-boys* recogían la basura, reparaban las farolas, conducían los vehículos públicos, reemplazaban los adoquines del pavimento.

—¡Oh, no, Dani! —susurré, horrorizada—. Olvida lo que acabo de decir. No vengas a la ciudad y no permitas que nadie lo haga. Ahora no, bajo ningún concepto. No hasta que amanezca.

—¿Por qué?

—Porque han planeado todo esto. He estado viendo a los *unseelies* desempeñar trabajos públicos y no me había percatado hasta ahora. No son sólo barrenderos o basureros. —¿De dónde se puede aprender más sobre el enemigo que mirando sus desechos, su basura? El FBI siempre se infiltraba en la vida cotidiana de sus sospechosos, pinchaba los teléfonos de sus casas y también revisaba su basura—. También son funcionarios. —¿Cuánto tiempo llevaba L. M. orquestando su macabra sinfonía? Lo bastante para haber cuidado hasta el último detalle, y su vida como humano le había enseñado cuáles eran nuestras

debilidades—. Tienen control sobre la red de suministro eléc-
trico, Dani. Van a convertir toda… —Me aparté el teléfono de
la oreja y lo miré.

Batería cargada.

No hay línea. Los repetidores de telefonía móvil acaban de
caer. No tenía ni idea de cuánto había escuchado Dani.

—… la ciudad en una Zona Oscura —susurré.

La bombilla del portal parpadeó de nuevo. Levanté la vista
hacia ella. Ésta chisporroteó, se fundió y quedé a oscuras.

Capítulo 18

$\mathcal{M}$i mundo se estaba derrumbando a mi alrededor.

Estaba incomunicada con V'lane, Barrons tenía pinta de ser el traidor, la abadía estaba invadida por las Sombras, la librería era una Zona Oscura, la ciudad era presa de los alborotadores y los *unseelies* y estaba a punto de sumirse en la oscuridad absoluta.

Una vez que fuera así, ningún ser vivo estaría a salvo en las calles. Ninguno. Ni siquiera la hierba o los árboles. Bueno, tal vez yo sí, iluminada por el MacHalo y armada con la lanza (que podría matarme de una muerte horrible en estos momentos), pero ¿y si un grupo de alborotadores o *unseelies* me atacaban en masa y me dejaban indefensa? ¿Qué esperanzas tendría de lograr nada deambulando por la ciudad? ¿Podría salvar vidas? ¿Qué haría con ellas si lo conseguía? ¿Cómo iba a mantener a nadie a salvo cuando las luces se apagaran? ¿Lucharían conmigo hasta la muerte con uñas y dientes como personas que se están ahogando? Si yo moría, ¿quién localizaría el Libro? No soy una cobarde, pero tampoco soy tonta. Sé cuándo debo luchar y cuándo he de sobrevivir para luchar otro día.

Hasta la última célula de mi cuerpo deseaba ponerse en marcha, levantarse del suelo, alejarse de las calles, callejones y carreteras que pronto quedarían sumidas en la oscuridad e inundadas de Sombras; ir hacia el alba que se avecinaba por lo que parecía un horizonte increíblemente lejano.

Peiné las calles durante doce horas, puede que alguna más, en busca de mi Álamo particular, negándome a contemplar el resultado de esa terrible batalla. No sería tan estúpida como para hacer tal cosa.

Por último me instalé en una iglesia con una alta torre de

campanario descubierto y arcos abovedados de piedra donde podía sentarme y vigilar los flancos. Las altas puertas dobles de entrada estaban cerradas con llave y así era como a mí me gustaba que estuvieran. No había ventanas que dieran a la calle. Eso también me gustaba. Aquí estaba mi fortaleza, lo mejor que había encontrado… al menos por ahora.

Di la vuelta hasta la parte trasera, di una patada a la puerta de la rectoría y me colé dentro. Después de atrancar la puerta con un pesado armario para la porcelana, mangué una manzana y dos naranjas de una cesta con fruta de la mesa y atravesé sin perder tiempo las zonas comunes de la iglesia, tenuemente iluminadas.

Tardé un rato en encontrar la entrada al campanario, en la parte posterior de la amplia capilla, bajo la galería del coro entre los enormes tubos del órgano. La estrecha puerta quedaba casi oculta por completo detrás de una estantería que había sido colocada delante de ella, sospechaba que para impedir que los chavales curiosos subieran. Empujé la estantería a un lado, tarea fácil gracias a la fuerza de la carne *unseelie*, y abrí la puerta. Al otro lado estaba completamente oscuro. Me armé de valor y entré, iluminando la torre. No vi ninguna Sombra, nada se movía en la negrura. Exhalé aliviada.

Una angosta escalera de madera desvencijada, que se asemejaba más a una escalera de mano que de peldaños, ascendía en espiral por la pared de piedra de cincuenta metros hasta el campanario. En algunos tramos estaba clavada a la argamasa, no tenía contrahuellas ni suspensión y parecía tan segura como un castillo de naipes. Me pregunté cuándo fue la última vez que alguien había subido por ella. ¿Es que las campanas no necesitaban ningún tipo de mantenimiento? ¿O era más probable que hubieran pasado cincuenta años desde la última vez que alguien había subido estas escaleras?

Daba igual. No pensaba quedarme a ras del suelo.

Los travesaños cedieron en dos lugares y en ambas ocasiones me salvé gracias a mi súper fuerza y reflejos. Sin el poder *unseelie* corriendo por mis venas, me habría colado por los peldaños y desplomado a cincuenta metros de altura, produciéndome una grave rotura. Ambas veces fui absolutamente consciente del frío peso de la lanza contra mi cuerpo. Odiaba tener que llevarla dadas mis circunstancias. Yo era como un globo lleno de agua con un alfiler pegado a mi costado rodando por el suelo, tentando al destino.

En una situación precaria en el último peldaño, me estiré para alcanzar la trampilla, la empujé hacia arriba, me colé por ella y eché un vistazo a mi alrededor. Me encontraba en un cuarto justo debajo de la aguja. Por encima de mi cabeza había una segunda plataforma similar a aquella en la que me encontraba, sobre la cual pendían dos grandes campanas metálicas. La habitación en la que estaba tenía aspecto de ser una especie de trastero, con cajas de herramientas y un armario escobero que estaba parcialmente abierto. Me acerqué y, tras asegurarme de que estaba libre de Sombras, lo cerré. Las puertas ligeramente entreabiertas me daban escalofríos.

Subí la última escalera, ascendiendo hasta las campanas.

Me sorprendí al descubrir que la tormenta se encontraba ahora más al norte de la ciudad; las nubes se habían abierto y la luz de la luna, aunque pálida, iluminaba el campanario. Apagué todas las luces para no ser un cartel luminoso en forma de «x» que dijese «aquí hay una núbil *sidhe-seer*». Cuatro arcos de piedra, del doble de mi altura, enmarcaban la aguja al este, oeste, norte y sur. Me acerqué al que daba al este y me estremecí por la fría brisa mientras contemplaba Dublín.

Había incendios en muchas partes, los coches estaban volcados en las calles y miles y miles de alborotadores arrasaban, saqueaban y lo destruían todo a su paso. Los veía ir y venir, recorriendo en masa los barrios de la ciudad. Observé cómo un grupo de varios miles de personas era conducido directamente a una Zona Oscura, obligadas a adentrarse en la negra barrera formada por Sombras, donde éstas les chupaban la vida dejando tras de sí una cáscara de restos humanos. Escuché sus gritos de terror y seguiría escuchándolos hasta el fin de mis días.

Me quedé allí de pie, observando mientras la oscuridad se apoderaba de Dublín, barrio a barrio, distrito tras distrito, como si en algún lugar del subsuelo los interruptores automáticos magnetotérmicos estuvieran siendo desconectados de forma sistemática.

Recordé la noche que me había acurrucado en el asiento

de la ventana de la librería y había tenido una especie de alucinación.

Ahora no se trataba de ningún truco. O, mejor dicho, aquel era el mayor «truco» de todo Halloween. Esta noche no habría ningún «trato» en la ciudad. A esto era a lo que se estaba refiriendo Derek O'Bannion.

A las 8.29 p. m., reinaba la oscuridad e incluso los incendios se habían extinguido.

Los sonidos que llegaban eran ahora diferentes, las voces eran menos pero más asustadas y no furiosas. Unos pasos marciales pasaban por debajo de donde yo me encontraba con regularidad. Los *unseelies* continuaban manos a la obra, reuniendo y matando humanos. Precisé de todo mi autocontrol para no bajar a cazarlos en la oscuridad e intentar salvar a los humanos que quedaban con vida.

Allí fuera, más allá de cierta librería, había una Zona Oscura que se estaba extendiendo sin control y apoderándose de la ciudad.

Dublín estaba perdida hasta las 7.25 a. m., momento en que amanecía.

Me preguntaba qué estaría sucediendo con los MacKeltar. ¿Estaría Barrons saboteando también ese ritual? No le encontraba el sentido. ¿Por qué iba Barrons a querer que cayeran los muros? ¿De verdad quería que cayesen? ¿Podría haberle llegado el Orbe ya manipulado, como una granada prefabricada, sólo a la espera de que tirasen de la anilla? ¿De dónde lo había sacado? ¿Acaso era yo una tonta sin remedio que no dejaba de buscarle excusas?

¿Habrían caído ya los muros? ¿Sería esta avalancha de *unseelies*, que estaba destrozando la ciudad, la que habría sido liberada de su prisión? ¿O no eran más que los heraldos y lo peor estaba aún por llegar?

Me senté sobre la fría piedra del arco, flexioné las piernas y los brazos y apoyé la barbilla mientras contemplaba la ciudad. Mi cuerpo rebosaba energía gracias a la carne oscura, pero poseía los impulsos protectores de una *sidhe-seer*, y me exigía que hiciese algo, «cualquier cosa».

Me estremecí, inmersa en mi lucha interior. Tenía ganas de llorar, aunque no tenía lágrimas. Entonces desconocía que los *faes,* o cualquiera que estuviera bajo su influencia, son incapaces de llorar.

Ver la librería rodeada por las Sombras, engullida por una Zona Oscura, había sido terrible. Pero ver todo Dublín a oscuras era la gota que colmaba el vaso. ¿Cuánta gente quedaría al amanecer para intentar recuperar la ciudad? ¿Quedaría alguien? ¿Estarían los *unseelies* vigilando los servicios públicos que controlaban? ¿Tendríamos que formar ejércitos para luchar por entrar en ellos y recuperar el control? Mi mundo había cambiado esta noche. No tenía ni idea de cuánto, pero sabía que no era nada bueno.

Me quedé sentada en la piedra, observando, esperando.

Al cabo de tres horas y media quedó respondida la primera de mis preguntas.

A las doce menos un minuto, se me puso toda la piel de gallina. Literalmente. Me froté como loca. Incluso con los sentidos *sidhe-seer* adormecidos, sentí que se aproximaba.

El Mundo estaba cambiando, transformándose.

Sentí una aplastante sensación de distorsión espacial adueñarse de mí, retorcida y opresiva. Era gigante y delgada como el papel, después pequeña y redonda como una baya. Luego me había dado la vuelta, quedando expuestos mis huesos y finalmente volví a ser un recipiente de carne.

Entonces el mundo pareció de pronto mucho más grande y espantosamente deforme. Los edificios de más abajo se alzaron de golpe, adoptando irregulares ángulos imposibles, desaparecieron y surgieron de nuevo. Observé mientras las leyes de la física eran reescritas, al tiempo que las dimensiones que no debían coexistir colisionaban y pugnaban por hacerse con el dominio, disputándose el espacio. Contemplé cómo el tejido de la existencia se desgarraba y volvía a unirse, organizado en base a principios diametralmente contrarios.

El universo profirió su protesta mientras las barreras caían y los reinos colisionaban; luego la noche se llenó de otro tipo de gritos y me arrastré hacia la oscuridad, fundiéndome con ella, temiéndola, pero temiendo aún más encender las luces porque la segunda de mis preguntas estaba siendo respondida: no, los *unseelies* no habían sido aún liberados de su prisión. Ahora era cuando se acercaban, galopando un viento oscuro que soplaba en el horizonte hecho del material del que se componen las pesadillas. ¿Liderado acaso por La Muerte, La Peste, La Guerra y La Hambruna?

Ya venían.

Los veía acercarse.

A los sin nombre, a las abominaciones, a aquellos seres vivos imperfectos cuya hambre no puede ser saciada, cuyo odio es infinito; aquellos que necesitan más allá de todo lo imaginable, con sus miembros retorcidos y sueños psicopáticos, para quienes existe una única dicha: cazar, matar, saborear el néctar del polvo y las cenizas.

Sobrevolaron la ciudad a gran altura, por encima de mí como una vasta y negra ola que se extiende de un extremo al otro del horizonte, oscureciendo el cielo, chillando y aullando, jactándose de su victoria: ¡libres, libres, libres por primera vez en casi un millón de años! Libres en un mundo calentado por el sol, poblado por billones de fuertes corazones que laten, rebosantes de vida, ahítos del sexo, las drogas, la música y el esplendor incalculables que a ellos les había sido negado para siempre.

Aquí llegaban los Cazadores Alados, llevando a sus hermanos en los picos y garras y otras cosas que desafían toda descripción, escapando de su infierno helado, cubriendo el mundo a su paso con una resbaladiza y gélida estela plateada.

Me retiré al interior del campanario, mi aliento cristalizaba en el glacial aire frío.

Luego retrocedí aún más, metiéndome sigilosamente en la plataforma inferior, donde me arrastré hasta el armario escobero, abriéndome paso entre fregonas y cubos, y cerré la puerta.

Con los dedos insensibles a causa del frío, hice tiras de mi camiseta a la débil luz de uno de los pequeños focos y tapé cada reveladora rendija y grieta, luego encendí todas las luces e inundé el diminuto espacio de luz.

Con el corazón latiéndome desaforadamente y los ojos abiertos como platos por el terror, me acurruqué contra una esquina, doblé las rodillas y apoyé en ellas la barbilla. Dejé el arnés con la lanza a mi lado e inicié la larga vigilia hasta el amanecer.

Tercera parte

El alba

Resultó que me equivocaba.
No era la oscuridad lo que debía temer. Ni mucho menos.

El diario de Mac

Capítulo 19

$\mathcal{F}$ue la segunda noche más larga de mi vida. La más larga aún está por llegar.

Pasé el tiempo seleccionando en mi memoria los buenos recuerdos, reviviéndolos con vívido detalle: esos dos años en los que Alina y yo fuimos juntas al instituto; el viaje familiar que hicimos a la isla Tybee y el tipo al que conocí allí, que me dio mi primer beso de verdad entre las olas, donde mis padres no podían vernos; mi fiesta de graduación; la juerga de despedida que nos corrimos justo antes de que Alina se marchara a Irlanda.

El silencio se hizo mucho antes del alba.

Fue un silencio sepulcral. De las cinco a las siete, la quietud fue tan absoluta que temí que alguna catástrofe cósmica se hubiera abatido sobre mi armario; que uno de los reinos *faes* hubiera salido victorioso de la batalla que se libraba por el derecho a existir justo en la misma latitud y longitud en la que me encontraba y que las fregonas y yo hubiéramos sido relegadas a algún otro lugar. No tenía ni idea de cuál podría ser ese otro lugar, pero a las 7.25 a. m., cuando salía el sol, el silencio seguía siendo tan absoluto que, cuando posé la mano en el pomo, se me ocurrió preguntarme si al abrir la puerta me encontraría en un vacío espacial.

Eso, sin lugar a dudas, simplificaría las cosas.

Estaría muerta y ya no tendría que preocuparme por lo que iba a depararme el día.

Si abría la puerta, tendría que salir de allí y no quería hacerlo. Mi armario era acogedor, seguro y, quizá, hubiera quedado relegado al olvido. ¿Qué encontraría ahí afuera? ¿Cómo iba a salir de la ciudad? ¿Qué existiría fuera de los límites de Dublín? ¿Habríamos perdido algunas zonas del mundo la pasada noche, en una batalla metafísica entre reinos? ¿Continuaría Ashford, Georgia, estando en el mismo lugar? ¿Y yo? ¿Adónde iría? ¿En quién confiaría? En el gran esquema de las cosas, encontrar el *Sinsar Dubh* de pronto parecía carecer de importancia.

Abrí la puerta un poco, miré por la rendija y exhalé, aliviada, al divisar la plataforma inferior. Me coloqué de nuevo el arnés con desagrado y sumo cuidado. Por mi sangre corría el poder *unseelie*, prevaleciendo de forma agresiva. Continuaría haciéndolo durante unos días, durante los cuales tendría miedo de mi lanza. Salí del armario y, tras echar un buen vistazo para cerciorarme de que ninguna Sombra se hubiera atrevido a ocupar el lugar durante la noche, apagué mis luces y subí al campanario.

Cuando entré en la bóveda de piedra, exhalé otro suspiro de alivio.

La ciudad parecía, en su mayor parte, la misma. Los edificios continuaban en pie, no habían sido incendiados ni demolidos y tampoco habían desaparecido. Puede que Dublín tuviera peor aspecto, que su vestido de fiesta estuviera desgarrado, que tuviera carreras en las medias y los tacones rotos, pero estaba en desabillé, no muerta; un día podría volver a ser la ciudad bulliciosa y vibrante que antes había sido.

No había tráfico peatonal ni motorizado. La ciudad parecía desierta. Aunque las señales de los disturbios cubrían las calles, desde coches hasta basura y cadáveres, no se veía ni gente ni *faes*. Me sentía como si fuera el único superviviente.

Tampoco había luces. Comprobé el móvil, no había línea. Cuando cayera la noche tendría que volver a esconderme otra vez en un lugar seguro.

Observé la ciudad hasta que el día despuntó por completo y la luz del sol arrancó destellos a los cristales rotos y esparcidos por las calles adoquinadas. En los últimos cuarenta y cinco minutos nada ni nadie se había movido. Parecía que la infantería *unseelie* se había librado de la vida humana y continuaba avanzando. Dudaba de que las Sombras se hubieran marchado, ya que todavía podía ver vegetación verde a las afueras de la ciudad. Lo más probable era que se hubiesen dado el atracón hasta que las primeras luces del alba les obligaron a retroceder a sus escondites y agujeros.

Bendecía al destino o a lo que fuera que me hubiera inspirado para hacer el MacHalo. Parecía que iba a ser parte integral de mi supervivencia durante un tiempo. Era imposible permanecer en la luz cuando no había ninguna.

Mi primera tarea hoy era encontrar y llenar la mochila de pilas. La segunda, encontrar comida. La tercera era preguntarme si Barrons podía aún localizarme por el tatuaje que llevaba impreso en la nuca, en un mundo que se había fusionado con los reinos Faery, y si eso era algo bueno o malo. ¿Me estaría buscando V'lane? ¿Habrían sobrevivido las *sidhe-seers*? ¿Cómo se encontraba Dani? No me atreví a dejar que mis pensamientos se volcasen en mi casa. Hasta que no encontrase un teléfono que funcionase y pudiese llamar, no me dejaría vencer por esos temores.

En lo alto de la desvencijada escalera me quité el arnés con la lanza y lo dejé caer al suelo, a treinta metros por debajo, lanzándola a la esquina próxima a la puerta. Si los peldaños volvían a ceder, no caería sobre ella.

Descendía con lentitud y cuidado y no fui capaz de volver a respirar con normalidad hasta que no llegué abajo. Me había tomado toda la carne *unseelie* que había troceado y envasado. Me sentiría más segura si llevase encima un nuevo alijo; quería más. Necesitaba más. ¿Quién sabía qué batalla tendría que librar esa noche?

Agarré el tirante del arnés, me lo colgué al hombro y atravesé la puerta, inclinando la cabeza para escuchar cualquier voz, movimiento o signo de peligro posibles. La iglesia estaba sumida en un inquietante silencio, casi absoluto. Inhalé, aprovechando al máximo mis sentidos potenciados por la ingesta de carne oscura. Un olor peculiar flotaba en el ambiente, un olor que no conseguía ubicar. Odiaba no disponer de mis sentidos *sidhe-seer*. Odiaba no ser capaz de saber si había algún *fae* a la vuelta de la esquina, esperándome para tenderme una emboscada.

Avancé furtivamente y agregué una cuarta nota a mi agenda mental: conseguir calzado nuevo; unas zapatillas deportivas. Raras son las botas que se fabrican para ser sigilosas y las mías no eran la excepción.

Me detuve a medio camino frente a la antesala. A mi izquierda había un amplio tramo de escaleras de mármol, cubierto por una alfombra alargada que descendía hasta las altas puertas dobles de salida de la iglesia.

A mi derecha se encontraba la entrada a la capilla. Incluso con las puertas cerradas era capaz de oler su paz interior, el leve aroma empalagoso del incienso y ese otro evasivo olor especiado que me perturbaba e intrigaba. A la tenue luz de la silenciosa mañana, las puertas blancas del oratorio parecían tenderte una invitación tácita con su suave resplandor.

Podía girar a la izquierda y adentrarme en las calles de Dublín o ir a la derecha y tomarme unos momentos para hablar con el Dios con el que no había charlado demasiado en mi vida. ¿Estaría escuchando hoy o, a última hora de la noche anterior, habría sacudido la cabeza, recogido sus herramientas de creación y puesto en marcha hacia un mundo que no estuviese jodido? ¿De qué iba a hablarle? ¿De lo estafada que me sentía por la muerte de Alina? ¿De lo furiosa que estaba por encontrarme sola?

Giré a la izquierda. La calle estaba poblada de monstruos con los que era más fácil lidiar.

En lo alto de la escalera, la lujuria se adueñó de mí, reduciendo a cenizas mi voluntad, despertando en mí una exótica e insoportable necesidad sexual. Para variar, lo acogí con agrado.

—¡V'lane! —exclamé, apartando a la fuerza la mano del botón superior de los vaqueros. Podía sentirle fuera de la iglesia. Venía hacia mí por el sendero, subiendo la escalinata de acceso y a punto de entrar. ¡Me había encontrado! Me sorprendí dándole gracias al Dios con el que acababa de negarme a hablar.

Las puertas se abrieron y el sol me cegó. Mis pupilas se contrajeron hasta convertirse en dos cabezas de alfiler. Enmarcado en la entrada, el cabello de V'lane era una reluciente masa con docenas de tonos dorados, bronces y cobres. Tenía el aspecto de un auténtico ángel vengador, todo lo que Barrons nunca podría parecer. Capté aquel extraño olor. El olor que me tentaba y hechizaba lo exudaba su piel. ¿Siempre olía así y sólo ahora podía captarlo gracias a que mis sentidos estaban magnificados por la carne oscura?

Anegada por el poder de sus hermanos oscuros, no detectaba a V'lane como *fae* ni tampoco sentía náuseas. Su aparición sólo había sido precedida por su letal sexualidad. Me estaba afectando como lo haría con cualquiera otra mujer. No era de extrañar que se volvieran a mirarle cuando iba a algún sitio. Su encanto era aún mayor al no tener activos mis sentidos *sidhe-seer*, como si alguna propiedad especial de mi sangre me protegiese del impacto total de su efecto, pero no pudiera hacerlo cuando por mis venas corría el poder *fae*.

Fuera cual fuese el motivo, su influencia era hoy formidable. Era más intenso aún que la primera vez que me lo encontré, cuando no tenía ni idea de lo que él era. Se me doblaban las rodillas, sentía los pechos pesados, doloridos y los pezones me ardían. Quería sexo, lo necesitaba con urgencia. Desesperadamente. Tenía que tener sexo. Me daban igual las consecuencias. Quería follar y follar hasta que no pudiera moverme. ¿No me había dicho que podía hacerlo conmigo sin dañarme? ¿Apagarse, protegerme, para que no me causara ningún mal ni me cambiase?

—Apágate. —Me obligué a decirle, pero sonreí al decirlo y mi orden careció de fuerza.

¡Qué aliviada estaba de verlo!

Me agaché a recoger mi jersey que estaba en el suelo.

Él se apartó del deslumbrante charco de luz y subió las escaleras.

—*Sidhe-seer* —dijo.

Cuando la puerta se cerró a su espalda y la antesala volvió a sumirse en una débil penumbra, mis pupilas se dilataron, adaptándose a ella, y me di cuenta de mi error. Respirando entrecortadamente, retrocedí.

—¡Tú no eres V'lane!

La mirada del exótico príncipe estaba clavada en mis pechos, moldeados por un sujetador de encaje, por lo que me cubrí con el jersey. Él dejó escapar un grave sonido gutural y se me doblaron las rodillas con anticipación sexual. Sólo a base de un esfuerzo ingente pude mantenerme en pie. Quería arrodillarme, debía arrodillarme… ponerme a cuatro patas. Mi cabeza estaba vacía de pensamientos, mis labios y piernas se separaron.

Él se acercó lentamente.

Libré una frenética batalla conmigo misma y conseguí retroceder.

—No —dijo—. No lo soy. —Sus párpados se entornaron sobre esos extraños ojos antiguos—. Sea lo que sea.

—¿Qui... quién eres? —balbucí.

El príncipe *fae* dio otro paso más.

—El Fin —dijo sin más.

Las puertas que conducían al santuario interior se abrieron a mi espalda. Sentí la corriente del pasaje y de nuevo aquel extraño y perturbador aroma inundó mis fosas nasales.

La lujuria impactó sobre mí como un mazazo, por delante, por detrás.

—Todos somos el Fin —repuso una fría voz por encima de mi hombro—. Y el Principio. Pronto, Tarde, Después.

—Tiempo. Irrelevante —adujo otro—. Círculo dentro del círculo.

—Existimos siempre. Tú no.

Bien podrían estar hablando en una lengua extranjera. Me giré, capaz de respirar a duras penas. A mis pies yacía un sujetador de encaje. Era el mío. ¡Mierda! Sentía el aire frío sobre mi piel acalorada. No pensaba preguntar «¿después de qué?». Había dos príncipes *faes* orgásmico-letales. ¿Podría dejarlos atrás, sobrevivir a ellos? Los *faes* podían trasladarse en el espacio y me tenían rodeada. ¿Podría paralizarles? ¡Ay, Dios mío, no sin mis habilidades de *sidhe-seer*!

—¿Conocéis a V'lane? Es un príncipe *seelie* —Las palabras lograron salir de mis labios. Labios que ansiaban ser tocados, la plenitud sólo revelada por la sensación de tener el nombre de V'lane perforándome la lengua. Quería ahogarme en hombres. Deseaba sentirme absolutamente llena. Me conformaría con los labios, me conformaría con otras cosas. Paseé la mirada de la entrepierna del uno a la del otro. Sacudía la cabeza con violencia. Tenía la boca reseca, la cabeza me daba vueltas—. Él me protege. —Quizá fuesen amigos suyos. Tal vez ellos pudieran invocarle. Quizá le tuviesen miedo y retrocedieran.

No me hubiera sorprendido oír risas de villanos, comentarios desdeñosos de rivalidad… al fin y al cabo estaba allí de pie desnuda de la cintura para arriba. Esperaba algún comentario, alguna expresión, cualquiera que fuese, pero se limitaron a volver la cabeza con espeluznante suavidad y me examinaron de un modo que distaba tanto de ser humano que me heló la sangre y me quedé sin aliento.

Sabía quiénes eran. No eran amigos de V'lane. Aquel extraño gesto los había delatado.

Recobré la respiración de golpe, tomando una brusca bocanada de aire.

Aquellos eran los príncipes *unseelies*. *Faes* que jamás habían tenido la oportunidad de estudiarnos, aprender nuestras costumbres, perfeccionar el *glamour* imitando nuestros gestos y conducta; *faes* que podrían utilizar nuestra lengua pero carentes de referencias o metáforas; que habían aprendido acerca del mundo desde una gran distancia, de forma indirecta; que seguramente ni siquiera comprendían los conceptos básicos *faes* del equilibrio y el cambio. *Faes* que jamás habían sido libres, que jamás habían bebido del Caldero ni mantenido relaciones sexuales con una mujer humana.

Pero planeaban practicar sexo conmigo. Sus cuerpos exudaban una inmensa hambre oscura. La lujuria impregnaba la habitación, explosiva como la dinamita y con una mecha peligrosamente corta. El aire estaba saturado, me ahogaba en ella con cada aliento que tomaba, alimentando una insaciable y exquisita fiebre *fae*.

Un tercer príncipe entró en la iglesia.

¿Qué era lo que había dicho Christian? «Los mitos y leyendas equiparan a los jefes de dichas Casas, los príncipes oscuros, con nuestros Cuatro Jinetes del Apocalipsis.»

La Peste se había unido a la Muerte y la Hambruna en la casa del Señor. Ya sólo faltaba la Guerra y deseaba que siguiera siendo así.

Me cercaron lentamente, rodeándome los tres, metamorfoseándose de una forma a otra a medida que se aproximaban. Cambiaban de forma, de color y… algo más que podría haber sido una naturaleza dimensional. Mi vista es en tres dimensiones, no en cuatro o cinco. Mis ojos no podían explicarle a mi cerebro lo que estaba viendo, de modo que simplemente optaron por fingir que no lo veían. V'lane dijo que los *faes* jamás revelaban su verdadero rostro a los humanos y eso era lo que debía de haber atisbado.

Reprimiendo el miedo que me daba la única arma que tenía contra ellos, saqué la lanza, dejé caer el arnés y giré en círculo de forma amenazadora.

—¡Retroceded! —ordené—. Esta es una reliquia *seelie*. ¡Es capaz de matar incluso a príncipes! Apuñalé al más cercano, que se detuvo, contempló la lanza y, acto seguido, alzó sus ojos incandescentes hacia los míos. Giró la cabeza y me miró a los ojos; luego clavó la vista de nuevo en la lanza de un modo que hizo que yo también la mirase.

Descubrí con horror que mi mano se estaba volviendo hacia mí. Lenta, muy lentamente, hasta que la punta, la letal punta capaz de descomponer a un *fae*, me apuntó. Traté de apartarla, de dirigirla hacia él, pero no podía moverme. Mi cerebro lanzaba órdenes que mi cuerpo se negaba a obedecer.

La violación era de por sí horrible y, después de eso, de ningún modo iba a morir como lo había hecho Mallucé.

Cuando la punta quedó a un centímetro de mi piel, intenté arrojarla, esperando poder hacerlo y que ellos se olvidasen sin más del arma. Mi empeño de soltarla triunfó allí donde la resolución del control había fracasado, cosa que algún día tendría sentido para mí, y la lanza cayó y salió disparada por el suelo. Chocó contra la base del pedestal de la pila de agua bendita con tal fuerza que el agua se vertió por el borde y crepitó y humeó al tocar la lanza.

Los príncipes adoptaron una forma estática, se convirtieron en algo de una belleza tan indescriptible que dolió el alma sólo de mirar algo de tan exquisita perfección, y farfullé sin que ningún sonido saliera de mi boca. Estaban desnudos salvo por los centelleantes torques negros que se enroscaban como líquida oscuridad alrededor de sus cuellos. Sus fibrosos cuerpos de piel dorada estaban cubiertos con brillantes y complejos tatuajes que se extendían como caleidoscópicas nubes de tormenta en un cielo de oro. En sus centelleantes ojos fulguraban los relámpagos.

Lo más profundo de mi ser tronaba en respuesta.

No podía mirarlos, eran demasiado. Me di la vuelta pero ahí estaban de nuevo, obligándome a mirar sus aterradores y fantásticos rostros. Mis ojos se abrieron como platos, inmóviles.

Derramé lágrimas de sangre que rodaron por mis mejillas.

Me las restregué con los dedos, que acabaron quemados y manchados de color carmesí.

Entonces los príncipes tomaron mis dedos en sus bocas, con sus balsámicas lenguas frías y colmillos de hielo, y una bestia más primitiva que la salvaje Mac, a la que me era imposible controlar, bostezó y estiró los brazos por encima de su cabeza, despertando con una deliciosa sensación de anticipación.

Esto era lo que ella había estado esperando. Lo que había estado esperando todo este tiempo. Aquí y ahora. A ellos.

Sexo por el que merecía la pena morir.

Me deshice de las botas. Ellos me despojaron de los vaqueros y la ropa interior, pasándome del uno al otro, besándome, saboreándome, lamiéndome y tomándome. Se alimentaron de la pasión que provocaban en mí, devolviéndomela y tomándola para entregármela de nuevo, y con cada transferencia entre nosotros, crecía algo más grande dentro de mí, mayor que ellos, que se transformó en una bestia con vida propia.

Una parte recóndita de mi mente era consciente del horror de lo que me estaba sucediendo. Saboreé en sus labios perfectos el vacío que los llenaba y comprendí que debajo de su inmaculada piel de terciopelo dorado, mucho más allá de las sensaciones de Eros en que me ahogaba… no había nada salvo un… océano de… mí.

Aun mientras me entregaba a él, pude divisar fugazmente la verdadera naturaleza de los príncipes *unseelies*. Están vacíos, carecen de aquello que no tienen y más ansían: pasión, deseo, la chispa de la vida, la capacidad de sentir.

Hacía mucho tiempo que habían perdido algún componente fundamental en ellos o, quizá, lo habían eliminado durante los setecientos mil años de gélido cautiverio. O puede que, al haber nacido del Canto imperfecto del rey, los habían hecho siendo seres vacíos e igualmente imperfectos. Fuera cual fuese la causa, era el sexo lo que les provocaba las sensaciones más intensas. Eran maestros en el arte de la lujuria. Se les había negado eternamente la música en su reino, rodeados por otros seres también vacíos, sin un cuerpo humano con el que interpretar la melodía.

Pero con una humana podían sentir mientras ella lo hiciera y continuar saciándose con su canción hasta que la sala de conciertos quedase en silencio, la pasión se convirtiese en cenizas y ella muriese y su cuerpo se quedase tan frío como ese lugar dentro de ellos donde la vida jamás podría echar raíces.

Vacíos de nuevo buscarían otra mujer con quien jugar y atiborrarse una vez más, proporcionándole el sexo en su estado más elemental, puro y potente. Canalizarían todo eso, sacándolo y volviéndolo a introducir en ella una y otra vez. Mis orgasmos no eran débiles convulsiones sino una especie de renacer, una recreación de mí misma cada vez que me corría. Era sexo. Y el sexo era vida, era sangre y era Dios que llenaba cada uno de mis poros por completo.

Y me estaba matando.

Y yo lo sabía... y quería más.

Mis tres príncipes oscuros y yo rodamos y nos deslizamos por el frío suelo de mármol de la antesala, buscando apoyo en los escalones alfombrados, uno debajo de mí, otro detrás y el último dentro de mi boca.

Se movieron profundamente en mi interior, colmándome de sensaciones tan caleidoscópicas como sus cuerpos tatuados. Quedé reducida a una flor diminuta, que retoñaba y se fragmentaba una y otra vez en una mujer desgarrada. Sabían a néctar, olían a oscuras especias narcotizantes; sus cuerpos eran duros, esculpidos y perfectos, y de cuando en cuando el hielo de sus negros torques, lenguas rosadas y blancos dientes eran como agudas punzadas gélidas en mi piel; un pequeño precio a pagar por lo que hacían dentro de mí.

Sentí que mi mente se dispersaba; ante mis ojos desfilaron momentos de mi vida, antes de caer en algún lugar abandonado. Grité suplicando que me liberasen, pero de mi boca tan sólo salían órdenes y exigencias: más, con más fuerza, con mayor rapidez, ahí, en ese preciso lugar.

El último mes que había pasado en Dublín, con todas las esperanzas, preocupaciones y temores, apareció en mi cabeza... y quedó olvidado. Tras él se fue el día que había pasado con Alina en el reino Faery, seguido por todos los recuerdos de Mallucé, Christian, los O'Bannion, Fiona y Barrons, y el encuentro con Rowena en el bar aquella primera noche en Irlanda. El verano pasaba en retrospectiva ante mis ojos, desvaneciéndose.

¿Había un cuarto hombre besándome? ¿Saboreándome? ¿Por qué no podía verle? ¿Quién era?

Reviví el día de la muerte de Alina, que también se esfumó acto seguido y, de repente, ese día no había tenido lugar y las páginas de mi vida continuaron pasando hacia atrás.

Los besos de La Peste borraron los años de universidad. Dije adiós al instituto cuando La Hambruna se corrió dulcemente en mi boca. Perdí la infancia entre los brazos de los tres príncipes *faes*. Si había un cuarto, no llegué a verle la cara. Tan sólo sentí su extraña presencia, distinta a la del resto.

Y entonces ni siquiera había nacido.

Sólo existía el ahora.

Este momento. Este orgasmo. Esta ansia. Este infinito vacío. Esta ciega necesidad.

Era consciente de que otros habían entrado en la antesala, pero lo único que podía ver era a mis príncipes oscuros. Y no me importaba, quería más. Cuando mis príncipes se apartaron de mí, sentí un frío tal en el cuerpo que creí que iba a morir. Me retorcí en el suelo, suplicando más.

Alguien me tendió la mano y me así a ella con las dos en busca del consuelo del contacto. Me retiré el pelo de los ojos y alcé la vista, topándome con la cara de lord Master.

—Creo que ahora me obedecerá —murmuró.

¿Obedecerle?

Moriría por él.

Nota para el lector

$\mathcal{A}$nuncié este momento. Y he anunciado lo que está por venir, pero para aquellos que os estáis quedando sin pilas, que sentís que las Sombras se acercan y teméis que no haya esperanza, considerad esto:

En *Fiebre de sangre*, Mac dice: «Aunque puede que no lo parezca, ésta no es una historia que trate sobre la oscuridad, sino que gira en torno a la Luz». Kahlil Gibram dice: «Mientras más profundo cave el dolor en vuestro corazón, más alegría podréis contener. Si jamás saboreáis la amargura, la dulzura no es más que otro sabor agradable en tu lengua. Un día de estos tendré alegría a mansalva».

Y así será. Sus palabras son mi promesa.

Si quieres conocer las últimas noticias de Mac, fechas de publicación y ese tipo de cosas, pásate por: www.karenmorning.com

Es una página web interactiva, con enlaces ocultos, así que tendréis que investigar un poco, pero merece la pena. Los diseñadores de mi página tienen mucho talento y un gran sentido del humor. Encontrarás un juego, *Mac vs. las Sombras*, podrás descargarte la banda sonora del mundo *Fever*, el glosario completo de Mac (hasta la próxima entrega, el muro, la sala de mapas y mucho, mucho, mucho más).

Y encontrarás un fantástico foro por el que de vez en cuando me dejo caer.

No te apartes de la Luz,

Karen

Glosario del diario de Mac

Amuleto, El: Reliquia *Uunseelie*, o Reliquia Oscura, creada por el rey *unseelie* para su concubina. Forjada en oro, plata, zafiros y ónice, el engaste dorado del amuleto alberga una enorme piedra clara de composición desconocida. Una persona de poder épico podrá utilizarla para impactar y dar forma a la realidad. La lista de antiguos propietarios es legendaria, incluyendo a Merlín, Boudicea, Juana de Arco, Carlomagno y Napoleón. Comprada por última vez por un galés, por una cantidad de ocho cifras en una subasta ilegal, la tuve brevísimamente en mis manos y en la actualidad es posesión de lord Master. Se precisa alguna especie de diezmo o vinculación para utilizarla. Yo tengo el poder; no he podido descubrir el cómo.

Bicho de muchas bocas: Un repulsivo ser *unseelie* con multitud de bocas succionadoras, docenas de ojos y unos órganos sexuales superdesarrollados. Casta *unseelie* a la que pertenece: aún desconocida. Evaluación de amenaza: aún desconocida, pero prefiero no imaginar la forma en que mata el sujeto. (Experiencia personal)
Nota adicional: Continúa suelto. Lo quiero muerto.
Nota adicional: ¡Dani se ha cargado al muy cabrón!
¿Podía trasladarse en el espacio? ¿Cuáles pueden y cuáles no?

Brazalete de Cruce: Brazalete de oro y plata cuajado de gemas de color rojo sangre. Una antigua reliquia *fae*, que supuestamente provee al humano que lo lleva con una especie de «escudo contra muchos *unseelies* y otras... cosas indeseables» (según un *fae* orgásmico-letal... como si pudiera confiarse en ellos).

Caldero, El: Reliquia de La Luz perteneciente a los *seelies*, del cual todos acaban bebiendo para deshacerse de los recuerdos que se han convertido en una carga. De acuerdo con Barrons, la inmortalidad tiene un precio: la locura. Cuando un *fae* siente que se aproxima, bebe del Caldero y «renace» sin recuerdos de su anterior existencia. Los *faes* tienen un archivero que documenta cada reencarnación de los *faes*, pero la localización exacta de este escriba es conocida únicamente por un selecto grupo y el paradero de los archivos tan sólo por él. ¿Es eso lo que les pasa a los *unseelies*, que no tienen un caldero del que beber?

Cazadores Reales: Casta *unseelie* de nivel medio. Sensiblemente veleidosos, se asemejan a la clásica representación del diablo, con pezuñas hendidas, cornamenta, alargados rostros de sátiro, alas coriáceas, fieros ojos anaranjados y rabo. Con una altura que oscila entre los dos metros diez y los tres metros, son capaces de alcanzar una velocidad extraordinaria a pie o volando. Función principal: exterminar *sidhe-seers*. Evaluación de amenaza: mortal.
Nota adicional: Me topé con uno. Barrons no lo sabe todo. Era considerablemente más grande de lo que me hizo creer, con una amplitud en las alas de entre nueve y doce metros y cierto grado de capacidad telepática. Son mercenarios hasta la médula y sirven a un amo únicamente si eso les reporta algún beneficio. No estoy segura de que tengan un nivel medio, y, de hecho, dudo que sean *fae* en su totalidad. Temen mi lanza y sospecho que no están dispuestos a morir por ninguna causa, lo que me proporciona cierto margen de maniobra.

Cruce: Un *fae*, se ignora si es *seelie* o *unseelie*. Muchas de sus reliquias están dispersas por ahí. Maldijo los Espejos de Plata. Antes de que fuesen malditos, los *faes* los utilizaban libremente para viajar de una dimensión a otra. La maldición corrompió de alguna forma los canales interdimensionales y ahora ni siquiera los *faes* entran en ellos. Se desconoce en qué consistía la maldición, así como el daño que causa o el riesgo que suponen los Espejos. Sea cual sea, parece que Barrons no lo teme. Intenté meterme en el espejo de su estudio, pero fui incapaz de averiguar cómo abrirlo.

Cuatro Piedras, Las: Piedras translúcidas de color negro azulado, cubiertas de runas grabadas en relieve. Estas cuatro piedras místicas encierran la clave para descifrar el antiguo lenguaje y romper el código del *Sinsar Dubh*. Una piedra sola puede ser utilizada para arrojar luz en una pequeña porción del texto, pero el texto será revelado en su totalidad únicamente si las cuatro se vuelven a unir en una sola. (Mitos y leyendas irlandeses)
Nota adicional: Otros dicen que es la «verdadera naturaleza» del *Sinsar Dubh* lo que será revelado.

Dani: Una joven *sidhe-seer* al comienzo de la adolescencia cuyo don es la velocidad sobrehumana. En honor a ella —tal y como cacarearía orgullosamente desde las azoteas si le dan la mínima oportunidad—, ha acabado con cuarenta y siente *faes* hasta el momento. No me cabe duda de que mañana serán más. Un *fae* asesinó a su madre. La venganza nos hermana. Trabaja para Rowena y tiene un empleo en el Post Haste, Inc.
Nota adicional: ¡La cifra ha aumentado a casi doscientos! Esta chica no tiene miedo a nada.

Desplazamiento: Método *fae* de locomoción que sucede en un abrir y cerrar de ojos. (¿Lo ves? ¡Ya no lo ves!)
Apéndice a la entrada original: No sé cómo, V'lane me transportó sin tan siquiera ser consciente de que él estaba. No sé si fue capaz de acercarse a mí «oculto» de algún modo y luego me tocó en el último momento, y no me di cuenta porque sucedió muy rápido, o si tal vez en lugar de desplazarme, lo que hizo fue desplazar los reinos a mi alrededor. ¿Puede hacer eso? ¿Cómo de poderoso es V'lane? ¿Puede otro *fae* transportarme sin que me dé cuenta? ¡Es inaceptablemente peligroso! Necesito más información.

Detector de ODP: Yo. Una *sidhe-seer* que posee la capacidad especial de sentir los ODPs. Alina también lo era, motivo por el que lord Master la utilizó.
Nota adicional: Una rareza. Ciertas estirpes nacieron con este don. Las *sidhe-seer* de Rowena dicen que todas han muerto.

Dolmen: Tumba megalítica de una sola cámara, construida con dos o más piedras verticales, que soportan una gran losa de piedra plana. Los dólmenes son comunes en Irlanda, sobre todo en los alrededores de Burren y Connemara. Lord Master utilizó un dolmen en un ritual de magia negra para abrir el umbral entre los reinos y hacer cruzar a los *unseelies* al otro lado.

Druida: En la sociedad celta precristiana, los druidas dominaban el culto divino, los asuntos legislativos y judiciales, la filosofía y la educación de la selecta juventud de su orden. Los druidas creían poseer los secretos de los dioses, incluidos las cuestiones relativas a la manipulación de la materia, el espacio e incluso el tiempo. En irlandés antiguo, «Drui» significa mago, hechicero, profeta. (Mitos y leyendas irlandeses)
Nota adicional: He visto a Jericho Barrons y a lord Master utilizar el poder druida de la Voz; un modo de hablar con muchas voces que no admite desobediencia. «¿Qué significa eso?»
Nota adicional: Christian MacKeltar desciende de una larga y antigua estirpe de druidas.

ECDVOM: Otro de los números programados de Barrons; significa «en caso de vida o muerte».

Espada de Lugh: También conocida como Espada de Luz, es una reliquia *seelie* capaz de matar a un *fae*, tanto *seelie* como *unseelie*. Actualmente obra en poder de Rowena, y siempre que estima oportuno amenaza con ella a las *sidhe-seers* en PHI. Por lo general es Dani quien recibe su ira.
Nota adicional: ¡La he visto y es preciosa!

Fae (fay): Véase también *Tuatha Dé Danaan*. Se dividen en dos cortes: los *seelies*, o Corte de La Luz; y los *unseelies*, o Corte Oscura. Ambas cortes están compuestas por distintas castas de *faes*; cuatro casas reales copan la casta superior de cada corte. La reina de los *seelies* y su consorte elegido rigen la Corte de la Luz. El rey de los *unseelies* y su concubina actual gobiernan a los Oscuros.

Fiona: Es la mujer que dirigía la librería de Barrons antes de que yo me hiciese cargo. Estaba locamente enamorada de Barrons e intentó matarme apagando todas las luces una noche y abriendo una ventana para que entrasen las Sombras. Barrons la despidió por eso.
Vaya, ahora que lo pienso, ser despedida por intentar matarme parece una condena leve. Está enrollada con Derek O'Bannion y él le da de comer carne *unseelie*. Tengo el mal presentimiento de que entre ella y yo aún queda mucho por decir.

Glamour: Ilusión creada por el *fae* con objeto de camuflar su verdadera apariencia. Cuanto más poderoso es el *fae*, mayor es la dificultad que representa penetrar en su disfraz. Un humano corriente únicamente ve lo que el *fae* quiere que vea y la pequeña barrera de alteración espacial que forma parte del *glamour* le impide siquiera rozarla, mucho menos atravesarla.

Gripper: *Unseelie* delicado y diáfano con una sorprendente belleza. Los *gripper* son la representación mediática moderna de las hadas: delicadas bellezas resplandecientes y desnudas, de cabello en una delicada masa y bonitas facciones, sólo que tienen casi la altura de un humano. Los he llamado *gripper*, «pinza», porque se agarran a nosotros. Pueden meterse bajo la piel de un humano y asumir el control de su cuerpo. Me es imposible percibirlos una vez que están dentro de una persona. Podría estar justo al lado de una persona con un *gripper* dentro y no saberlo. Durante un tiempo temí que Barrons pudiera ser uno de ellos. Pero he hecho que cogiera la lanza.

Hallows: Ocho antiguas reliquias de inmenso poder creados por los *faes*: cuatro de Luz y cuatro Oscuras. Las Reliquias de Luz son la piedra, la lanza, la espada y el caldero. Las Reliquias Oscuras son el amuleto, la caja, el espejo y el libro (*Sinsar Dubh* o Libro Negro). (Guía definitiva de artefactos; auténticos y legendarios)
Nota adicional: Continúo sin saber nada de la piedra o de la caja. ¿Confieren poderes que podrían ayudarme? ¿Dónde se encuentran?
Corrección de la definición anterior: El Espejo es, en realidad, la Red de Plata. Véase *Silver*. El rey de los *unseelies* forjó todas las Reliquias Oscuras. ¿Quién elaboró las de Luz?
Nota adicional: Echa un vistazo a la historia del rey *unseelie* y su concubina tal y como me la contó V'lane (la encontrarás dentro de este relato). El rey creó los Espejos de Plata para ella a fin de impedir que envejeciera y para darle reinos que explorar. Él creó el Amuleto para que ella pudiera moldear la realidad y le dio la Caja para su soledad. ¿Qué es lo que hace? El *Sinsar Dubh* fue un accidente.

Hombre Gris, El: *Unseelie* leproso y monstruosamente horrendo que se alimenta robando la belleza de la mujer humana. Evaluación de la amenaza: puede matar, pero prefiere dejar espantosamente desfigurada a su víctima y con vida a fin de que sufra. (Experiencia personal)
Nota adicional: Supuestamente, Barrons y yo matamos al único de su especie.
Nota adicional: pueden desplazarse en el espacio.

Jericho Barrons: No tengo la menor idea. Él continúa salvándome la vida. Supongo que algo quiere decir.
Nota adicional: Guarda un Espejo en su estudio en la librería y cuando camina por él, los monstruos se apartan de su persona, lo mismo que las Sombras. Le vi sacando del espejo el cuerpo de una mujer que había sido brutalmente asesinada. ¿Por él o por las cosas que hay en el espejo? Tiene al menos varios cientos de años y, posible o probablemente, es aún más viejo. Hice que sujetara la lanza para comprobar si

era *unseelie* y lo hizo, pero gracias a V'lane descubrí que el rey *unseelie* puede tocar prácticamente todas las reliquias (al igual que la reina *seelie*) y, aunque no logro imaginar por qué el rey *unseelie* no sería capaz de tocar su propio Libro, quizá sea ése el motivo exacto de que Barrons creyese que podría tocarlo. Quizá haya evolucionado en algo más poderoso de lo que en principio era. Además, no puedo descartar que pueda ser alguna especie de híbrido *seelie* o *unseelie*. ¿Los *faes* tienen sexo y se reproducen? A veces... creo que es humano... que no está nada bien. Otras creo que es algo que este mundo no ha conocido jamás. Está clarísimo que no es *sidhe-seer*, pero ve a los *faes* tan bien como yo. Conoce las artes druidas, la hechicería, la magia negra, tiene una fuerza y una velocidad descomunales y sentidos agudizados. ¿Qué quiso decir Ryodan con aquel comentario acerca de alfa y omega? ¡Tengo que localizar a ese hombre!

Lanza de Luisne: Reliquia de la Luz (también conocida como Lanza de Luin, Lanza de Longino, Lanza del Destino, Lanza Flamígera). Fue la lanza utilizada para atravesar el costado de Jesucristo durante su crucifixión. No es de origen humano, es una reliquia de los *Tuatha Dé Danaan* y uno de los pocos objetos capaces de matar a un *fae*, independientemente de su rango o su poder. (Definición de J. B.)
Nota adicional: Mata todo lo que tiene procedencia *fae*, y si sólo se es *fae* parcialmente, mata parte de ello de forma espantosa.

Lord Master: ¡El traidor y asesino de mi hermana! Es *fae* y no lo es, líder del ejército *unseelie*, después de *Sinsar Dubh*. Utilizaba a Alina para buscarlo y apoderarse de él, del mismo modo que Barrons me utiliza a mí para buscar y hacerme con ODP.
Nota adicional: Me ha ofrecido un trato: devolverme a Alina a cambio del Libro. Creo que realmente es capaz de hacerlo.

MacKeltar, Christian: Empleado del Departamento de Lenguas

Antiguas del Trinity College. ¡Sabe lo que soy y conocía a mi hermana! No tengo ni idea de qué pinta en todo esto, ni de cuáles son sus motivos. Pronto averiguaré más. Nota adicional: Christian proviene de un antiguo clan druida que antaño servían a los *faes* y se han encargado de cumplir con la parte del Pacto entre los *faes* y el hombre desde hace más de mil años, realizando rituales y pagando un diezmo. Conoció a Alina superficialmente. Mi hermana acudió a él para pedirle que le tradujese parte de un texto del *Sinsar Dubh*.

Mallucé: Nacido John Johnstone, Jr. Tras la misteriosa muerte de sus padres heredó cientos de millones de dólares, desapareció durante un tiempo y reapareció como el recién creado vampiro no muerto conocido como Mallucé. Durante la década siguiente amasó numerosos seguidores por todo el mundo y fue reclutado por lord Master debido a su dinero y sus contactos. Pálido, rubio, ojos amarrillo limón, al vampiro le gusta el género de ciencia ficción ambientado en la época victoriana y el gótico de la misma etapa.

Muerte orgásmica fae (ej. V'lane): Se trata de un *fae* con una «potencia» sexual tan inmensa, que mantener relaciones sexuales con él provoca la muerte a un humano, a no ser que el *fae* le proteja del impacto total de su mortífero erotismo. (Definición en curso)
Nota adicional: V'lane se obliga a sentirse como un hombre increíblemente atractivo cuando me toca. Pueden alterar su capacidad letal si así lo desean.
Nota adicional: Esta casta de *faes* sólo se da en las estirpes reales. Pueden hacer tres cosas: proteger al humano por completo y proporcionarle el sexo más increíble de su vida, protegerle de la muerte y convertirlo en un *pri-ya*, o matarlo mediante el sexo.
Pueden desplazarse en el espacio.

Null: Una *sidhe-seer* con el poder de inmovilizar a un *fae* por contacto táctil (ej. yo misma). Mientras están inmovilizados, los *faes* pierden sus poderes por completo. Cuanto mayor es el nivel y poder de la casta del *fae*, menor es el tiempo que permanece inmovilizado.

O'Bannion, Derek: Hermano de Rockey y nuevo recluta de lord Master. Debería haberle dejado entrar en la Zona Oscura aquel día.
Nota adicional: Está consumiendo carne *unseelie* y se ha enrollado con Fiona, ¡que también la come!

O'Bannion, Rocky: Ex boxeador convertido en gángster irlandés y fanático religioso. La Lanza del Destino estaba en su poder, dentro de una colección oculta bajo tierra. Barrons y yo nos colamos en su casa una noche y la robamos. Su muerte fue la primera sangre humana que manchó mis manos. Cuando O'Bannion fue a por mí con quince de sus acólitos, las Sombras los devoraron justo al otro lado de la puerta de mi dormitorio. Sabía que Barrons iba a hacer algo. Y si me hubiese pedido que escogiese entre ellos o yo, le habría «ayudado» a apagar las luces. Nunca se sabe lo que uno está dispuesto a hacer para sobrevivir hasta que te encuentras acorralado y sin salida.

ODP: Acrónimo para Objeto de Poder; Reliquia *fae* imbuida de poderes místicos. Algunos son Hallows y otros no.

Orbe de D'Jai: Ni idea, pero lo tiene Barrons. Dice que es un ODP. No pude sentirlo cuando lo tuve en mis manos, pero en ese momento en concreto no podía sentir nada. ¿De dónde lo sacó y dónde lo puso? ¿Se encuentra en su misteriosa cripta? ¿Para qué sirve? ¿Cómo acceder a su cripta? ¿Dónde está el acceso a los tres pisos bajo su garaje? ¿Existe un túnel que conecta los edificios? Debo investigar.
Nota adicional: Barrons me lo dio para que pudiera entregárselo a las *sidhe-seers* a fin de que pudieran utilizarlo en un ritual para reforzar los muros en Samhain.

Patrona: Mencionada por Rowena, supuestamente me parezco a ella. ¿Era una O'Connor? En un tiempo fue la líder del Refugio de las *sidhe-seers*.

PHI: Porst Haste, Inc., una empresa de mensajería de Dublín que sirve como tapadera para la coalición *sidhe-seer*. Al parecer Rowena está al cargo.

Nota adicional: Después de que se perdiera el Libro, Rowena abrió sucursales por todo el mundo de esta empresa de mensajería en un intento por localizarlo y hacerse con él. Fue una jugada muy, pero que muy, inteligente. Tiene mensajeras en bicicleta que son sus ojos y oídos en cientos de ciudades importantes. La abadía y las *sidhe-seers* tienen un benefactor acaudalado que canaliza fondos mediante diversas empresas. Me pregunto de quién se trata.

Pri-ya: Un humano adicto al sexo *fae*.

Nota adicional: ¡Qué Dios me ayude, ahora sé lo que es!

Red de Plata o Pasadizos de Plata: Se trata de un intrincado laberinto de espejos creados por el rey de los *unseelies* y que durante un tiempo sirvió como método principal para viajar de un reino a otro entre los *faes*, hasta que Cruce lanzó una maldición que prohibió su uso. Ahora no hay *fae* que se atreva a entrar en los pasadizos.

Nota adicional: Lord Master tiene muchos en su casa en la Zona Oscura y los utiliza para entrar y salir del reino Faery. ¿Si destruyes uno, destruyes lo que hay dentro de él? ¿Deja una entrada/salida abierta al reino *fae* igual que una herida en el tejido de nuestro mundo? ¿Cuál fue la maldición y quién era Cruce?

Nota adicional: ¡Barrons tiene uno y se mueve por él!

Refugio, El: Consejo Supremo de las *sidhe-seers*.

Nota adicional: Antes elegido mediante votación y ahora por la Gran Maestra en base a su lealtad hacia ella y hacia la causa. Eran las únicas, aparte de Rowena, conscientes de lo que se guardaba debajo de la abadía. Algunas murieron y/o desaparecieron cuando el Libro escapó hace veintipico años. ¿Cómo sucedió? Yo tengo veintidós años... ¡¡¡¡¿sería posible que mi madre fuera miembro?!!!!

Rhino-boys: Simiesco *fae* de piel grisácea, cuya forma recuerda a la de un rinoceronte. Con protuberante frente amorfa, cuerpos orondos, brazos y piernas rechonchos, profunda boca sin labios y con prognatismo. Casta *unseelie* de nivel bajo-medio relegados fundamentalmente a la función de guardianes al servicio de *faes* de mayor rango. (Experiencia personal)

Nota adicional: Tienen un sabor horrible.

Nota adicional: No creo que puedan trasladarse en el espacio. Los vi encerrados y encadenados en celdas en la gruta de Mallucé. En aquel entonces no se me ocurrió lo raro que era eso, pero más tarde pensé que tal vez Mallucé los tuviera retenidos mediante hechizos. Pero después de que Jayne hiciera un comentario con respecto a encarcelar a los *faes*, caí en la cuenta de que no todos los *faes* poseen la capacidad de transportarse en el espacio, y comienzo a preguntarme si esa capacidad no la poseen sólo los más poderosos. Ésta podría resultar ser una importante ventaja táctica. He de explorarlo.

Rowena: Está a cargo hasta cierto punto de una coalición de *sidhe-seers* organizada como mensajeros en Post Haste Inc. ¿Es la Gran Señora? Tienen una sala capitular en una antigua abadía, a unas horas de Dublín, con una biblioteca en la que tengo que entrar.

Nota adicional: Nunca le he caído bien. Juega a ser juez, jurado y verdugo en lo que a mi respecta. ¡Envió a sus chicas a robarme la lanza! Jamás permitiré que la tenga. He estado en la abadía, pero muy brevemente. Sospecho que muchas de las respuestas que deseo se encuentran allí, en las bibliotecas prohibidas a las que sólo El Refugio tiene acceso, o en sus memorias. He de descubrir quiénes son los miembros del Refugio y conseguir hablar con ellas.

Ryodan: Socio de Barrons y en mi móvil figura como SNLDC «si no logras dar conmigo».

Seelie: Corte de la Luz o «fairer»; Corte de los *Tuatha Dé Danaan*, regido por la reina de los *seelies*, Aoibheal.

Nota adicional: Los *seelies* no pueden tocar las reliquias *unseelies* y viceversa.

Nota adicional: De acuerdo con V'lane, la verdadera reina *fae* lleva mucho tiempo fallecida, asesinada por el rey *unseelie*, y con ella el Canto de la Creación. Aoibheal es una princesa real más de entre los muchos miembros de las casa reales que han intentado gobernar a los suyos desde entonces.

Sidhe-seer (She-seer): Persona sobre la cual la magia *fae* no tiene efecto, capaces de ver la verdadera naturaleza que subyace detrás de las ilusiones o «glamour» creadas por los *faes*. Algunos pueden incluso ver *Tabh'rs*, portales ocultos entre reinos. Otros pueden sentir los objetos de poder *seelie* y *unseelie*. Cada *sidhe-seer* es diferente y su grado de resistencia a los *faes* varía. Algunos están limitados, otros están provistos de múltiples «poderes especiales».
Nota adicional: Algunos, como Dani, poseen una velocidad superior. Existe un rincón en mi cabeza que no es... como el resto de mi persona. ¿No lo tenemos todos? ¿De qué se trata? ¿Cómo hemos llegado a ser así? ¿De dónde provienen esos inexplicables retazos de conocimiento que parecen recuerdos? ¿Existe algo así como la inconsciencia genética colectiva?

SNLDC: Barrons me dio un teléfono móvil con algunos números programados. Éste significa «si no logras dar conmigo», y es el misterioso Ryodan quien atiende la llamada.

Sombras: Una de las castas inferiores de los *unseelies*. Apenas corpóreos. Tienen hambre, se alimentan. No pueden soportar el contacto directo de la luz y cazan solamente de noche. Roban la vida igual que El Hombre Gris roba la belleza, vaciando a sus víctimas con la rapidez de un vampiro, dejando tras de sí un montón de ropa y un seco cascarón. Evaluación de amenaza: mata. (Experiencia personal)
Nota adicional: creo que están cambiando, evolucionando y aprendiendo.
Nota adicional: ¡Estoy segura! ¡Juro que me acosa!
Nota adicional: Han aprendido a trabajar en equipo y a formar barreras.

Sinsar Dubh (She-suh-DOO): Reliquia Oscura perteneciente a los *Tuatha Dé Danaan*. Escrito en una lengua antigua, tan sólo conocida por los más ancianos de su raza, se dice que en sus páginas codificadas se oculta la más letal de todas las magias. Llevado a Irlanda por los Tuatha Dé durante las invasiones de las que se habla en la pseudo-historia de *Leabhar Gabhåla*, fue robado junto con otras Reliquias Oscuras y se rumorea que se ha introducido en el mundo de los hombres. Escrito supuestamente hace un millón de años por el Rey Oscuro de los *unseelies*. (Guía definitiva de artefactos, auténticos y legendarios)
Nota adicional: Ahora que lo he visto, no se puede describir con palabras. Es un libro, pero está vivo. Es consciente.
Nota adicional: La Bestia. Sobran las palabras.

Tabh'rs (Tah-vr): Entradas o portales *faes* entre reinos, a menudo ocultos en objetos humanos.

Trébol: Este trébol de tres hojas ligeramente deforme es un antiguo símbolo de las *sidhe-seers*, que tienen la misión de ver, servir y proteger a la humanidad de los *faes*.

Tuatha Dé Danaan o Tuatha Dé (Tua day dhanna o Tua Day). (Véase *fae*): Una raza sumamente avanzada que llegó a la tierra proveniente de otro mundo. (Definición en curso)

Unseelie: La Corte Oscura de los *Tuatha Dé Danaan*: los Ocultos. De acuerdo con la leyenda de los *Tuatha Dé Danaan*, los *unseelies* han pasado cientos de años cautivos en una prisión inexpugnable. ¿Inexpugnable? ¡Y un cuerno!

V'lane (fae orgásmico-letal): De acuerdo con los libros de Rowena, V'lane es un príncipe *seelie*, de la Corte de la Luz, miembro del Concilio Supremo de la reina y su consorte en ocasiones. Es capaz de provocar la muerte mediante el sexo y ha estado intentando que trabaje para él en favor de la reina Aoibheal para localizar el *Sinsar Dubh*.

Voz: Un arte o don druida que obliga a la persona que es objeto de su poder a obedecer su mandato sea cual sea. Tanto lord Master como Barrons la han utilizado conmigo. Es aterrador. Anula tu voluntad y hace de ti un esclavo. Ves, impotente, a través de tus propios ojos cómo tu cuerpo hace cosas que tu mente te pide a gritos que no hagas. Estoy intentando aprender. Al menos aprender a resistirme a ella porque, de lo contrario, jamás seré capaz de acercarme lo suficiente a lord Master como para matarle y vengar así a Alina.

Zona Oscura: Un área que ha sido ocupada por las Sombras. Durante el día es un barrio abandonado y destartalado como otro cualquiera. Cuando cae la noche, es una trampa mortal. (Definición de Mac)

Fiebre mágica

SE ACABÓ DE IMPRIMIR

EN ENERO DE 2010

EN LOS TALLERES GRÁFICOS

DE PURESA, CALLE GIRONA, 206

08203 SABADELL (BARCELONA)